BÜZZ

© 2022, Buzz Editora
© 2022, Brian Zepka
Título original: *The Temperature of Me and You*
Publicado mediante acordo com a Kaplan/DeFiore Rights, negociado com a Agência Literária Riff.

Publisher ANDERSON CAVALCANTE
Editora TAMIRES VON ATZINGEN
Assistentes editoriais JOÃO LUCAS Z. KOSCE, LETÍCIA SARACINI
Revisão ALEXANDRA MARIA MISURINI, GABRIELA ZEOTI
Ilustração PATRICK LEGER
Projeto gráfico ESTÚDIO GRIFO
Assistente de design NATHALIA NAVARRO

Nesta edição, respeitou-se o novo Acordo Ortográfico da Língua Portuguesa.

Dados Internacionais de Catalogação na Publicação (CIP) de acordo com ISBD

Z57t
  Zepka, Brian
    A temperatura entre você e eu / Brian Zepka.
  São Paulo: Buzz Editora, 2022.
    352 p.

ISBN 978-65-5393-088-9

1. Literatura americana. 2. Romance. I. Título.

2022-1795   CDD 813.5/CDU 821.111(73)-31

Elaborado por Vagner Rodolfo da Silva CRB-8/9410

Índice para catálogo sistemático:
Literatura americana: Romance 813.5
Literatura americana: Romance 821.111(73)-31

Todos os direitos reservados à:
Buzz Editora Ltda.
Av. Paulista, 726 — mezanino
CEP: 01310-100 — São Paulo/ SP
[55 11] 4171 2317 | 4171 2318
contato@buzzeditora.com.br
www.buzzeditora.com.br

Brian Zepka

A TEMPERATURA ENTRE VOCÊ E EU

TRADUÇÃO
Cristiane Maruyama
Isadora Sinay

UM

Eu cheguei a quatro importantes conclusões com a minha prova de química hoje. Primeira, o símbolo do oxigênio na tabela periódica, O, parece o número de coisas interessantes que acontecem normalmente na minha vida. O símbolo do sódio, Na, representa meu histórico romântico — não se aplica. O símbolo da prata, Ag, é sobre quando eu quero um namorado — agora. E o símbolo do ununhéxio, Uuh, é a minha resposta para quando as pessoas me perguntam se vou fazer algo a respeito disso.

A decisão que mais mudou minha vida no último ano foi quando anunciei que prefiro sorvete mais firme, em vez do molenga, sendo um funcionário do Dairy Queen.

Falando nisso, mais uma hora e o turno de hoje termina. Minhas amigas e eu ficamos falando sobre a aula de química enquanto eu finjo aguardar clientes que nem-tão-secretamente-assim torço para que não apareçam.

— A única resposta que eu sabia era hidrogênio — afirma Perry, enfiando uma colherada de sorvete de baunilha com chocolate Reese's na boca.

— Bem, dã. O símbolo desse é literalmente só um H — digo.

— Você acertou oxigênio também, espero — fala Kirsten.

Perry revira os olhos, mergulhando mais ainda em seu sorvete.

— É, eu acho. Coloquei Ox nesse.

Kirsten sorri e sacode a cabeça.

— É um O. É literalmente o mais fácil.

— O quê? Eu achei que O era de olério.

— Olério? — pergunto, inclinando a cabeça. — Isso existe?

— Claro que existe. Mas não estava na prova — responde Perry.
— É, porque definitivamente não existe.
 Ela ri.
— É sério? — Seus dentes de baixo estão cobertos de chocolate. Kirsten estica a mão por cima da mesa e cobre a boca de Perry.
— Fecha essa boca! — diz ela, rindo. — Ninguém quer olhar pra isso.
— Desculpa — fala Perry, pegando um guardanapo e limpando os cantos dos lábios. — A essa altura, quem se importa? Quando é que eu vou precisar realmente desses elementos na minha vida?
— Hum, neste exato segundo, enquanto você respira — responde Kirsten.
— Tão técnica.
 Perry tenta. Ela tenta de verdade. E quando digo que tenta, quero dizer que ela tenta de tudo para *não* se esforçar na escola e ainda assim passar. Tipo quando nós três nos reunimos noite passada para terminar de fazer os exercícios de química para a prova de hoje, Kirsten e eu realmente fizemos o trabalho enquanto Perry passou a noite tentando encontrar as respostas no Google e respondendo em fóruns que não estavam ativos há cinco anos.
 Diferentemente de Kirsten, que está contando com suas boas notas para entrar na faculdade, todas as suas esperanças de Perry estão em um bolsa de estudos por ela ser líder de torcida. Perry faz parte de uma equipe regional de estrelas, além de integrar a equipe de torcida da escola. Eu tenho certeza de que Perry poderia estar nas duas equipes e ir bem na escola ao mesmo tempo. Mas ela diz que prefere ser incrível em uma coisa do que ser mediana em várias coisas. Então Perry escolheu a torcida em vez da escola.
— Dylan, você pode preparar o meu sorvete agora? — pergunta Kirsten, girando na cadeira.
— Aqui, pode terminar o meu — fala Perry, batendo seu sorvete na mesa. Seu peito infla enquanto ela segura um arroto.
 Kirsten é, sem dúvida, a menina mais bonita do segundo ano. E, na minha opinião, de todo o Colégio Falcon Crest. Eu, um gárgula magrelo, que fica no limite do *ok* em termos de aparência, e Perry, um suricato confuso que fica acima da média no quesito aparência, mas perde muitos pontos pela falta de bom senso ou funcionalidade hu-

mana básica, não somos as pessoas que você esperaria ver andando junto com a Elle Woods do Falcon Crest.

Eu tiro meus braços do balcão e fico de pé. Coloco as mãos nas costas e me espreguiço para voltar à postura normal de um ser humano.

Meus cotovelos estão vermelhos porque eu não me movi nenhuma vez durante meu turno. Para a surpresa de ninguém, não atendi um único cliente a noite toda. É janeiro e está -6 °C em Falcon Crest. Até meu gerente sabe que não faz sentido a sorveteria ficar aberta o ano todo porque ele vai embora assim que eu venho para cá depois da escola. O que, aliás, é provavelmente ilegal uma vez que eu tenho dezesseis anos e estou tocando uma loja sozinho, mas não faço perguntas. Perry e Kirsten não contam como clientes, porque elas vêm aqui sempre que estou trabalhando para ganhar sorvete grátis e me fazer companhia.

— Perry, da próxima vez eu vou preparar o copinho kids já que você nunca termina o que eu te dou — falo.

— Como você ousa? — Kirsten rebate, me encarando com os olhos semicerrados.

— O que você quer, Kirsten? — Eu me viro e sigo na direção das máquinas velhas de sorvete, encarando o menu colorido acima de mim, decorado com fotos de casquinhas de sorvete e marcas de bala.

— Ei, Jimmy escapou pela porta dos fundos ou algo assim? — quer saber Perry. Ela se levanta e olha pelo corredor, até os banheiros.

— Eu só vou terminar o sorvete da Perry — avisa Kirsten, pegando o copo da mesa.

— Ele está no banheiro — digo. Jimmy é uma alma infeliz de outra escola que foi mandada até aqui como um possível candidato a namorado para mim. Mas minha opinião sobre isso pode ser representada pelo símbolo do elemento nobélio, No.

— É, ele está lá há uns vinte minutos — informa Kirsten. — Ele realmente não deve estar interessado em você.

— Ou dando uma enorme você sabe o que — afirma Perry, cruzando os braços e rindo sozinha.

— Eca! Para! — grita Kristen. — Estou comendo.

— Eu não sei por que você trouxe ele aqui — sussurro. — Eu te falei que tinha stalkeado o Instagram dele e que não estava interessado.

Perry dá de ombros.

— Às vezes as pessoas são diferentes pessoalmente. Savanna disse que ele estava solteiro e procurando alguém, então eu estou te ajudando — sussurra ela de volta. — Além disso, Kirsten e eu concordamos que vocês seriam fofos juntos.

— Em primeiro lugar, eu não sei por que aceitaríamos uma recomendação de Savanna Blatt. Ela é má com a gente e provavelmente está usando isso para nos ferrar de alguma forma. Ele provavelmente tem uma DST na garganta ou algo assim!

— Eu tenho certeza de que você sabe muito bem que estão faltando meninos legais nesta cidade. Você aceita o que conseguirmos.

— Isso é muito forçado e estranho para mim. Eu não estou no clima da Perry Casamenteira hoje.

— Todo dia é dia de Perry Casamenteira, meu amigo.

Arrumar um namorado para mim se tornou a missão pessoal de Perry. Mas eu às vezes gostaria que a missão dela tivesse alguns requisitos mínimos.

— Ele foi mal-educado esse tempo todo.

— Ele foi mesmo — diz Kirsten, concordando com a cabeça. — Ele nem me notou ainda.

— Viu — falo, apontando para Kirsten. — Eu não posso namorar alguém que não nota a minha melhor amiga ambiciosa. Se a Kirsten não é notada, então não tenho chance.

— Argh! — grunhe Perry. — Como é que sempre acaba sendo vocês dois contra mim? Vamos só ver como ele vai estar quando voltar.

— E como ele cheira — fala Kirsten, com a boca cheia de sorvete. Perry e eu reviramos os olhos ao mesmo tempo.

A porta do banheiro estala e Perry e Kristen se endireitam como se estivessem aprontando alguma coisa. Perry sorri para mim de um jeito irônico enquanto endireita os ombros.

— Olha... Ele não vai falar comigo — solta Kirsten no último segundo. Perry bate no braço de Kirsten e olha feio para ela.

Jimmy passa pela curva do corredor do banheiro e fica ao lado do balcão. Eu me afasto alguns passos dele, indo na direção da outra ponta do balcão. Perry sorri. Tudo fica quieto por alguns segundos.

Ele está tão deslocado. Mesmo que eu gostasse do Jimmy, ele nunca se daria bem com nós três. Jimmy parece um coroinha de igreja que acabou de sair da missa de domingo ou coisa assim. Ele está usando mocassins de couro marrom e bico fino, e eu juro que meu pai tem um par igual, calça cáqui e uma camisa por dentro dela. Enquanto isso, meu cabelo cacheado e bagunçado lembra uma bola de feno e tem sorvete espalhado pela minha camiseta e braços. O cabelo comprido e castanho de Kirsten desce pelas costas dela em ondas embaraçadas. O cabelo loiro de Perry está amarrado com um frufru de bolinhas no topo da cabeça, um coque do tamanho de uma bola de baseball. As duas estão usando legging, tênis e moletom da equipe de torcida.

— Você queria alguma coisa? — pergunto, batendo os dedos no balcão. Eu quero jogar uma colher de calda quente em Jimmy para arruinar seu ar certinho.

— Não, estou de boa — responde Jimmy. — Eu ouvi vocês falando de química?

Eu não respondo. Em vez disso, encaro Perry, erguendo minhas sobrancelhas, e espero que ela diga algo já que esse é o convidado *dela* afinal de contas.

— Nós estávamos falando sim — fala Perry. — Nós tivemos uma prova sobre a tabela periódica e precisamos combinar todos os elementos com seus símbolos e tal. O Dylan aqui tirou dez, não foi, Dyl? — Perry sorri.

— Nós fizemos isso, tipo, no nono ano lá na minha escola — conta Jimmy.

Eu resisto ao impulso de revirar os olhos de novo.

— Eu acho que fui bem — digo. — Não sei se tirei dez, mas não bombei.

— Eu tirei dez — afirma Kirsten.

— Boa, cara! — exclama Jimmy. Eu me encolho diante do entusiasmo dele. — Muito bom. — Ele estende o braço e levanta a mão para cima. Eu a examino a palma de sua mão com os olhos, seguindo as linhas em sua pele. Jimmy deixa a mão erguida para, eu presumo, um high five.

Eu quero derreter em uma poça como uma casquinha de sorvete de baunilha, ser limpado com um esfregão, torcido e nunca mais ser visto. Os lábios de Kirsten e Perry se curvam, elas estão prontas para cair na risada ao saber que vou ter que participar desse momento de broderagem. Eu dou alguns passos na direção do Jimmy, porque ele está longe demais para que eu alcance e bato de leve na palma dele com a minha, morrendo de vergonha por dentro. Meus dentes estão rangendo.

— Obrigada — digo, pigarreando.

Jimmy examina sua palma, então a limpa na calça. Eu devo ter deixado algum resíduo grudento na mão dele. Pelo menos a interação não foi um desperdício total.

Perry deixa escapar sua risada que parece um arroto grunhido.

— Eca! — Jimmy fala para mim. — Não é difícil ver por que você foi melhor na prova do que essas largadas. — Ele ri consigo mesmo, então bate no meu braço com o dorso da mão.

— Eu disse que tirei dez — Kirsten fala, semicerrando os olhos para ele. Jimmy ignora o comentário dela.

Eu me refugio no meu celular, me perguntando quanto tempo esse cara vai ficar parado aqui.

— Ah! — Perry solta. — Nossos kits de pintura novos foram enviados.

— Uhul! — Kirsten solta um gritinho. — Bem na hora.

Nós tentamos terminar uma tela de pintura por números a cada estação. Acabamos de terminar nossas telas de Natal na semana passada. Mas terminamos depois do nosso prazo, ou, na verdade, do prazo da Kirsten e não conseguimos ver nosso trabalho pronto antes das festas. Por causa disso, Kirsten nos forçou a pedir os kits de primavera mais cedo do que o esperado para que não ficássemos para trás de novo.

— Você não consegue pintar sozinha? — pergunta Jimmy. — Você precisa de numerozinhos indicando onde pintar? — Ele ri.

— Não, na verdade eu não preciso dos números — dispara Perry. — É só mais relaxante assim. Eu gostaria de te ver tentando.

— Não significa que você pinta bem de verdade.

— Mas que... — Perry se levanta.

Eu pigarreio.

— Preciso começar a arrumar tudo para fechar a loja — minto. — É melhor todo mundo ir embora. — Eu exalo.

— O quê? — pergunta Perry. — Mas nós...

Eu corto meu pescoço com a mão e olho na direção de Jimmy.

Perry assente.

— Boa ideia. Eu posso esperar depois que todo mundo for embora, se você quiser — Jimmy sugere.

Fico vermelho.

— Hum, não precisa, tudo bem. Fechar a loja leva um tempo. — Minto de novo. — Você não precisa ficar aqui esse tempo todo.

Jimmy faz que sim com a cabeça.

— Aqui, pegue meu número.

— Hum — começo. Eu o encaro, minha boca ligeiramente aberta.

— Seu celular? — Ele sacode seu celular na mão.

— Certo.

Eu puxo meu celular do bolso e digito meu código. Jimmy diz seu número para que eu salve, mas eu digito 555-555-5555.

— Pronto. Eu te mando o meu por mensagem — minto de novo.

— Boa. — Ele assente para mim e passa por Kirsten e Perry sem dizer nada.

— Tchau! — Kirsten grita. Ela volta sua atenção para mim. — Que menino mal-educado.

— Bem, eu não gostei dele — declara Perry, jogando as mãos para o alto.

— Por essa eu não esperava — digo e jogo um canudo nela. — Foi você quem o escolheu. Obrigado por nos fazer passar por isso.

— É melhor você ter dignidade e não mandar mensagem para ele — fala Kirsten. — Eu te ensinei a ser melhor que isso.

— Eu não vou mandar. Nem salvei o número dele.

— Ah, seu cafajeste! — diz Perry, piscando para mim.

— Cala a boca. Eu não aguento mais vocês.

— Os sapatos dele eram tão estranhos — comenta Kirsten, cruzando as pernas. — Se ele estava querendo um estilo vintage clássico, errou totalmente.

— Não é? Ele parecia um velho doido — afirma Perry. Ela endireita as costas. — Ah meu Deus! — Os olhos dela ficam arregalados. — E se ele for um doido e ficar bravo quando você não mandar mensagem e começar a te perseguir e te matar? Lembra daquela reunião que tivemos na escola em que o policial falou da menina que tinha sido morta pelo cara que a achou nas redes sociais?

— Você está brincando, Perry? — falei. — Por que você se lembrou disso?

Mas e se ele for? Poderia realmente acontecer. Jimmy sabe onde eu trabalho e estudo, e provavelmente poderia descobrir onde eu moro pelo meu Instagram. Talvez eu deva deixar minha conta restrita.

— Se acalme. Ele não é — afirmou Kirsten, afastando essa ideia com um aceno de mão. — Savanna disse que conhece a família dele.

— Da próxima vez que você vir a Savanna, diga a ela que *eu* vou cuidar da minha vida amorosa daqui pra frente — digo.

— Que vida amorosa? — quer saber Perry.

— Minha *potencial* vida amorosa.

— Ela tem um enorme potencial — comenta Kirsten.

— Obrigado, Kirsten. Eu também acho.

— Eu não. Você é feio e fedorento! — Perry grita, sorrindo.

Eu rio e pego um punhado de granulados coloridos, então jogo nela. Perry grita e corre para o outro lado da loja. Eu continuo jogando enquanto ela tenta desviar. Kirsten permanece sentada. Ela recolhe os granulados que caíram na mesa e os leva com cuidado até a lata de lixo mais próxima.

— Terminou? — questiona Perry, tirando os granulados do cabelo.

— Sim, porque me dei conta de que agora preciso limpar isso. — Coloco as mãos na cintura.

Pego a pá e a vassoura no armário e varro os confeitos.

Kirsten se levanta. Ela pigarreia antes de falar e a expressão em seu rosto é de preocupação.

— Dylan — começa a falar, com sua voz de locutora.

— Lá vamos nós — resmunga Perry.

Kirsten está determinada a se tornar âncora de jornal ou algum tipo de apresentadora de TV no futuro. Eu dei mais entrevistas de mentirinha para ela do que sou capaz de contar.

— Muitas pessoas estariam magoadas depois de terem perdido mais uma chance no amor — ela continua. Seu tom de voz cai duas oitavas. Kirsten pronuncia cada palavra lentamente. — Como você está lidando com isso?

— Me considerando sortudo por ter perdido essa chance — explico. Kirsten inspira. Mas antes que possa dizer outra palavra, continuo falando: — Agora vocês podem ir embora de verdade? — pergunto. — Quero terminar de limpar e ir embora daqui.

— Certo — diz Kirsten, voltando a seu tom de voz normal. Seus ombros caem. — Por favor, mande uma mensagem para nós quando tiver terminado. — Ela tira suas chaves do bolso da frente do moletom.

Kirsten é a única de nós três que tem carteira de motorista e eu tenho certeza de que ela adora fazer todo mundo saber disso. As chaves do carro dela têm chaveiros, anéis e pulseiras o suficiente para encher todas as lojas de acessórios da região da Filadélfia.

— Vejo vocês amanhã — digo.

Elas vão embora e eu termino de varrer o chão. Limpo os balcões, mesas e as máquinas de sorvete. Reponho os guardanapos, canudos, colheres, caldas e doces. Esvazio a caixa registradora e coloco o dinheiro em um estojo no cofre do escritório do meu gerente. Todo o processo de limpeza leva uns dez minutos porque não veio nenhum cliente hoje. Nós fechamos às 20h e são 20h10. Estou pronto para ir embora, mas, como sempre, meu gerente não está por aqui quando dá a hora de ele trancar a loja.

Enquanto eu espero, começo a cutucar uma parte do balcão de plástico que está descascando. Eu penso em como ele é composto de átomos e como os átomos são compostos de prótons e elétrons. Como as pessoas inventaram essas coisas?

Meus elementos favoritos dentre os que tivemos que memorizar foram o califórnio e o amerício. Principalmente porque foram superfáceis de lembrar, mas também porque as pessoas que deram esses nomes estavam tão exaustas que apenas escolheram algum nome óbvio. Tipo, e se eu descobrisse um elemento aqui no Dairy Queen? Meu professor disse que os elementos estão por toda parte. Eu poderia chamá-lo de oreoânio. Embora isso possa soar como alguma coisa sexual estranha sobre a qual as pessoas fariam raps.

A porta abre. Meu devaneio é interrompido no momento exato antes de minha mente viajar para ainda mais longe imaginando diversas posições sexuais envolvendo Oreos.

Eu levanto o olhar, esperando ver meu gerente, mas é outra pessoa.

DOIS

— Vocês ainda estão abertos? — pergunta baixinho um menino. Ele baixa o capuz, revelando seu cabelo castanho e grosso. Meus olhos vão de sua cabeça a seus pés *duas vezes*. Ele tem olhos castanho-escuros e pele bronzeada.

Correção: um menino bonito.

Em seu moletom vermelho está escrito em letras amarelas *Arizona State University*. Ele está usando calça jeans preta e Vans pretos. Parece ter minha idade, mas eu sou terrível em dizer idades.

— Sim — digo, engolindo em seco e ignorando o fato de que fechamos há dez minutos.

Ele vai até o balcão. Eu olho nos olhos dele. Ele olha de volta para mim, e baixo a cabeça para encarar o chão.

— O que você quer? Ou... quer dizer... desculpe. Isso foi rude. Quero dizer, como posso te ajudar? — pergunto.

Eu sou péssimo.

Levanto o olhar. Ele sorri, revelando grandes dentes brancos. Meus batimentos aceleram. A palma das minhas mãos está suando. Eu literalmente quero saltar por cima desse balcão e lamber o rosto desse estranho. Todas as minhas habilidades humanas estão em colapso. Minhas inibições, sumindo. O que está acontecendo? Coloco minhas mãos atrás das costas, assim não posso fazer nenhum gesto estranho.

— Hum — começa o menino. Ele encara o cardápio acima da minha cabeça. Eu encaro seu cabelo perfeitamente bagunçado. Está cortado curto dos lados, mas no topo há um ninho de mechas castanhas e cacheadas. Se o garoto não estivesse perto de mim, eu acharia que são pretas. Mas, quando ele fica na luz, tons de marrom brilham ao longo dos cachos.

Ele resmunga algo que eu não entendo.

— O quê? — pergunto, me inclinando na direção dele. Eu farejo discretamente, mas não sinto nada. O que é melhor que perfume demais.

— Posso pedir um desses? — Ele aponta para o cardápio.

Sigo o dedo dele e de jeito nenhum eu consigo saber para o que ele está apontando. Se fosse qualquer outro cliente, eu estaria superirritado agora. Mas ele não ler o cardápio e apontar é meio que adorável.

— Um do quê? — indago, rindo.

— A coisa de bolacha.

— A coisa de bolacha? — Levanto minhas sobrancelhas. — Você nunca ouviu falar de um sorvete assim antes?

— Na verdade, não.

— Certo? — Eu franzo o cenho. — O que você quer nele?

— Sorvete de baunilha e... Oreo. — Ele toca o queixo.

Que escolha simples, corriqueira. Eu achei que ele escolheria algo mais interessante como sorvete de chocolate com M&M's e Reese's. Ou talvez eu estivesse torcendo para ele escolher algo mais interessante. Todo mundo pede sorvete de baunilha com Oreo. Todas as pessoas velhas e chatas desta cidade só vêm aqui e pedem sorvete de baunilha com Oreo. Toda vez. Estou torcendo para que ele não seja igual a todo mundo.

Eu me viro e vou até a máquina de sorvete. Pego um copo médio, embora eu não tenha perguntado de que tamanho ele quer, e encho de sorvete de baunilha. Eu não vou me arriscar a parecer idiota de novo e perguntar de qual tamanho ele quer o copo.

Mas os três segundos de silêncio são demais para mim.

— Você é do Arizona? — pergunto, vendo o sorvete girando e preenchendo o copo vazio.

— Sim — responde ele. Sua voz é profunda e etérea. Quase como se ele tivesse medo de falar alto demais.

— Não tem Dairy Queen por lá? Eu nunca fui.

— Tenho certeza que tem. Mas eu sou de uma cidade pequena a norte de Phoenix. Nós não tínhamos quase nada lá.

Eu assinto. Tento colocar Oreos a mais no copo dele. Minha mão trêmula derruba metade das bolachas no balcão limpo. Eu olho por cima do meu ombro e o garoto está sorrindo para mim. Desvio meu olhar rapidamente, então misturo o sorvete. Ele, um menino bonito da minha idade na minha cidade, realmente está afim de mim? Com esse pensamento, meu corpo estremece.

— Mais alguma coisa? — pergunto, colocando o pedido dele sobre o balcão.

O garoto balança a cabeça e então tira o dinheiro do bolso da frente do moletom.

— São três dólares e setenta e cinco centavos. As colheres estão ali. — Aponto para uma cesta de colheres e espero para ver quantas ele vai pegar. Ele está sozinho? Ou alguém está esperando no carro para dividir o sorvete com ele? Um namorado? Uma namorada? Os pais dele? O cachorro dele? Seria fofo se fosse dividir o sorvete com seu cachorro. Se bem que tem chocolate nisso e chocolate é venenoso para cachorros, e um envenenador de cachorros não é fofo. Esqueça o devaneio sobre o-menino-ao-lado-e-seu-cachorro.

Ele pega uma colher. Eu inspiro com força.

— Você tem, tipo, um porta-copos? — questiona o garoto, olhando em volta e fazendo um círculo com os dedos.

— Hum, nós temos aquelas bandejas de papelão em que cabem quatro copos.

— Isso serve. Você pode colocar o copo nela?

— O quê? Você não consegue levar um copo de sorvete? É pesado demais para você? — brinco.

O rosto dele fica vermelho. O menino esfrega a nuca, mas não diz nada. Nós nos encaramos por alguns momentos até eu notar que ele está falando sério.

— Ah, ok — digo.

Eu puxo uma das bandejas de papelão que está em um armário e a coloco sobre o balcão.

— Você está aqui toda noite? — pergunta ele.

Eu estou pegando o sorvete dele quando ele faz essa pergunta.

— Quase toda noite.

Meus dedos envolvem o copo. A parte de fora está úmida por causa da condensação. Meus olhos estão tão distraídos com seus dedos longos, bronzeados girando a colher na minha frente que o copo escorrega da minha mão. Ele bate no balcão e então gira até a ponta.

— Ah não! Foi mal — digo, mergulhando em cima do balcão para tentar pegar o copo que está caindo.

O menino se contorce, se abaixa e pega o copo antes que caia no chão. Quando seus dedos o agarram, há um estalo alto, como um fogo de artifício. O copo literalmente explode. O sorvete explode em uma nuvem de líquido branco e então se espalha pelo balcão.

Gotas espessas caem nos meus olhos.

— Grrr! — resmungo.

Eu pisco enquanto limpo parte da água leitosa do meu rosto. Quando consigo ver novamente, o copo de papel está derretido em volta dos dedos dele.

TRÊS

Eu me afasto do balcão.
— O que foi isso? — pergunto. Eu cuspo pedaços de Oreo.
— Eu... Eu... — murmura ele. O menino examina suas mãos como se nunca as tivesse visto antes. Gotas de sorvete escorrem pelo meio da sua testa, entre as sobrancelhas. Seu cabelo castanho está com pontas brancas. Um líquido cremoso cobre o chão em volta de seus pés como se alguém tivesse derrubado uma caixa de leite por toda a parte.

A porta da frente se abre e meu gerente entra com seu skate na mão. Ele para depois de dar alguns passos.
— Uau! O que aconteceu aqui? — Seus olhos estão vermelhos.

O menino do Arizona se vira e sai correndo da loja antes que eu possa dizer qualquer coisa.
— Ei! — grito. — Aonde você vai?
— Foi aquele cara fez essa bagunça? — pergunta meu gerente.
— Eu acho que sim... Meio que... Mas eu também. — Agito minhas mãos acima da minha cabeça.
— O quê?
— Eu derrubei o copo e era sorvete antes e então ele pegou o copo e então tudo derreteu imediatamente e explodiu na nossa cara.
— Você está chapado?
— Não.
— Certo, bem, só limpe isso então.
— Não, eu preciso ir. — Corro para o escritório do meu gerente, pego minha jaqueta e mochila e corro de volta para a frente da loja.

— Você está falando sério, Dyl? Você não vai deixar isso desse jeito. — Meu gerente escorrega na poça de sorvete derretido quando tenta segurar meu braço.

— Eu normalmente saio daqui às oito e são oito e vinte. Você passou a noite toda fora fumando. Eu preciso alcançar essa pessoa. Explico depois.

Eu saio correndo pela porta da frente e olho atentamente o estacionamento do centro comercial. Só o Jeep do meu gerente está ali e mais alguns carros no drive-thru do Burger King. Tento limpar o sorvete dos meus braços, mas ele gruda nos meus pelos, e fica mais espesso e mais nojento.

À esquerda, não tem ninguém à vista. Só a loja da UPS que já está fechada. À direita, eu vejo o moletom vermelho vivo do menino em frente ao restaurante tailandês, a algumas lojas de distância.

— Ei! — grito de novo.

O garoto se vira e sai correndo quando me vê.

Eu corro atrás dele. Os livros dentro da minha mochila batem contra o meu corpo a cada passada. Eu puxo as alças para deixar a mochila mais apertada.

O menino vira a esquina do centro comercial. Eu acelero o passo. Por que ele está correndo assim? Como isso pode ser tão sério?

Eu finalmente chego à esquina do shopping onde ele desapareceu e escorrego em uns cascalhos quando viro à direita com tudo. Eu me apoio na parede de concreto para me estabilizar contra o impulso. Há uma fileira com quatro caçambas verdes ao lado do prédio. Uma cerca de 1,80m de altura corta o caminho por trás do prédio e há um bosque denso à esquerda. O menino vira sua cabeça diante da cerca de metal, buscando uma rota de fuga. Nuvens de ar saem de sua boca rumo ao ar congelante.

Eu paro de correr e troto lentamente até a última caçamba, onde ele está. Ele dá alguns passos na direção do bosque.

— Eu não entraria aí se fosse você — digo, colocando as mãos nos joelhos. — Quer dizer, a menos que você queira morrer. Tem uma ribanceira que dá em um penhasco. Você não vai chegar muito longe.

Isso é mentira. Bem, não totalmente mentira. Não tem ribanceira nenhuma, mas eu não entraria lá. A casa de Kirsten fica do outro lado desse bosque e eu já estive muitas vezes entre essas árvores.

Foi onde eu dei meu primeiro beijo, em Kirsten, no sexto ano. Mas foi também onde um cara me bateu no oitavo ano depois que eu decidi que não gostava de beijar meninas. Então eu diria que há uma queda brusca, embora não física. Uma queda metafórica rumo a um período estranho da minha vida que eu não estou tentando reviver neste exato momento.

— Por que você está me seguindo? — pergunta o garoto. Ele coloca as mãos na cintura.

— Por que você está fugindo de mim? — rebato. — Eu que deveria estar fugindo de você. Você acabou de fazer um sorvete explodir!

— Não fiz, não.

— Bem, foi isso que pareceu.

— Você derrubou o sorvete e ele se espalhou por toda a parte.

Eu rio.

— Você está zoando? Eu já deixei sorvete cair antes. Eles não entram em combustão espontânea. Boa tentativa.

— Eu não sei o que você está tentando dizer. — O menino passa a mão no cabelo.

Dou de ombros.

— Eu não estou tentando dizer nada. Só estou procurando uma explicação. Não é todo dia que isso acontece. Como você fez? Foi meio legal, barra meio assustador. Você tem fogos de artifício na manga?

Ele balança a cabeça.

— É por isso que você precisava do porta-copos? Você não pode encostar no sorvete?

O menino anda de um lado para o outro em silêncio. Seu rosto está tenso.

— Ok, bom, acho que estou vendo coisas então.

Uma lâmpada acende na parede atrás dele, lançando uma sombra em um lado do seu rosto. Eu tiro minha mochila, coloco minha jaqueta e fecho o zíper até o pescoço.

— Bem, tenho que dizer que o verdadeiro motivo para eu ter vindo atrás de você é porque você se esqueceu de pagar. Eu vou precisar daqueles quatro dólares para pagar os danos.

Ele coloca as mãos nos bolsos, e os remexe.

Eu suspiro.

— É brincadeira! Você realmente quer se livrar de mim, né?

O garoto respira fundo e torce as mãos vazias.
— De certa forma sim. Qual é seu nome? — pergunta ele.
Cruzo os braços.
— Não foi a mudança de assunto mais suave que já vi, mas tudo bem. É Dylan. E o seu?
— Jordan.
— Prazer em conhecê-lo, acho.
Ele assente.
Mordo meu lábio rachado.
— Se vamos conversar normalmente, como se nada de estranho tivesse acontecido, a gente pode pelo menos ir pra algum lugar longe dessas caçambas? — pergunto. — Está cheirando a cocô e leite azedo.
— Você já saiu do trabalho?
— Sim, um cara aleatório chegou e explodiu um sorvete, então precisei sair. Você pode ir para outro lugar?
O garoto sorri de um jeito irônico
Finalmente. O sorriso dele me derrete de novo.
— É. — Ele levanta o moletom para limpar parte do sorvete em seu cabelo, deixando a barriga à mostra. Eu olho para os músculos perfeitos dele, que mergulham em direção à sua cueca.
Nós caminhamos em silêncio até a frente do centro comercial. Faixas vermelhas com as palavras *Boas Festas* estão penduradas nos postes do estacionamento.
— Você andou até aqui? — pergunto, procurando outro carro estacionado ao lado do Jeep do meu gerente.
— Corri.
— Ah! Mas está fazendo menos dez graus. Quem corre para comprar sorvete no inverno?
— Você quer andar comigo até em casa? — Jordan ignora meu comentário. — Não é longe.
Eu olho ao redor, refletindo sobre a decisão e me perguntando por que essa pessoa misteriosa se recusa a responder a qualquer uma das minhas perguntas. Talvez Jimmy não fosse o doido de quem Perry estava falando afinal; talvez o Jordan seja. E eu estou prestes a andar pelas ruas com esse estranho só porque ele é bonito.
Por que faço isso comigo? Está um breu lá fora e congelando, o cenário perfeito para um assassinato. Isso saiu de um episódio de um

documentário sobre crimes reais. Espero que os detetives usem a penúltima foto do meu Instagram no meu pôster de pessoa desaparecida. Ela está com a luz boa da neve. Kirsten está nela, mas é fácil cortá-la.

— Eu posso. Sim — respondo, aceitando meu destino.

Nós passamos pelo Burger King até a calçada da rua principal. Não há postes, então logo somos engolidos pela escuridão da noite.

— Você não está congelando? — indago. Meus ouvidos doem. Eu puxo meu capuz felpudo e o coloco na cabeça.

— Na verdade não. Eu tenho alta tolerância ao frio.

— Sério? Isso é estranho, já que você veio do Arizona. Eu achei que as pessoas do sudoeste morressem quando fizesse menos de dez graus ou coisa do tipo. Eu sou daqui e mal consigo existir nesse frio.

O sal usado na última nevasca estala sob nossos sapatos enquanto caminhamos.

Ele dá de ombros.

— É, talvez algumas pessoas sim.

— Então, o que você está fazendo nos subúrbios da Filadélfia? — pergunto. Jordan não é muito bom de papo, mas isso é o máximo que eu já consegui conversar com um menino bonito... na minha vida. Eu me inclino na direção dele. Noto um único e comprido fio de cabelo castanho que caiu da cabeça de Jordan e está enrolado ao redor da orelha.

— Eu acabei de me mudar para cá.

— Quando?

— Tipo, duas semanas atrás. Para o início do semestre.

— Faz pouco tempo. Espera, você estuda no Falcon Crest? Por que eu não te vi ainda?

— Não, eu estudo no Santa Helena.

— Caramba. Ouvi dizer que aquele lugar é uma prisão.

— Não é tão ruim.

— Já conheceu as Galinhas do Helena?

— Quem?

— Galinhas do Helena? É, tipo, uma piada que as meninas que estudam na escola católica são ousadas porque passam o dia todo com as freiras.

— Ah, não. Acho que não.

— Deixa pra lá. É o humor idiota daqui e você não é daqui, dã. — Bato na minha testa.

O garoto passa a mão pelo cabelo de novo e pigarreia. Eu olho para trás, na direção do shopping e não consigo mais vê-lo. Uma escuridão sem fim se espalha em ambas as direções.

Um caminhão passa por nós na estrada. Nós dois damos um passo para o lado, nos afastando da luz forte dos faróis e continuamos a andar com longos períodos de silêncio. Nossos ombros roçam um no outro. Há um choque toda vez, que me faz estremecer.

Eu estou esperando que o menino faça qualquer pergunta a respeito da minha vida — literalmente sobre qualquer coisa. Mas ele parece bem desinteressado e é seguro dizer que isso rapidamente não está indo para lugar nenhum.

— Em que bairro você mora? — pergunto. — Vou mandar mensagem para minha mãe me buscar.

Me peça para passar mais tempo com você. Me peça para passar mais tempo com você. Me peça para passar mais tempo com você.

— Eu moro em Smithson Hills. Ela pode te pegar na porta. É subindo aqui à direita.

DESASTRE.

Meus ombros caem.

Jordan aponta na direção da casa dele e sua mão é iluminada por um carro que está passando. Pedaços secos de papel vermelho e azul do copo derretido estão grudados em seus dedos.

— Eu sinto muito por você ter ficado sem sorvete — falo. Eu não vou deixar isso pra lá.

— Eu nem queria muito. Eu só precisava sair de casa. Foi o primeiro lugar que vi. Estou meio que ficando doido.

— Por quê?

— Só... você sabe.

Dou de ombros e arqueio minhas sobrancelhas.

Jordan exala.

— Lugar novo, casa nova, escola nova. Tudo isso. Parece idiota.

— Eu aposto que é péssimo.

Ele ri.

— Obrigado pela solidariedade. Sim, é péssimo. Eu basicamente passei quase três semanas sozinho no meu quarto pintando.

Eu paro de andar.

— Você pinta?

Jordan sorri.

— Eu tento pintar. Não sou muito bom. Meu objetivo é fazer uma cena de todos os parques nacionais no Oeste. Mas eu roubei e encomendei alguns kits que te fazem pintar com números na tela. Não conta pra ninguém. — Ele coloca o dedo nos lábios.

Meu coração acelera. Eu examino seu rosto, tentando compreender como ele mesmo é uma obra de arte.

— Eu faço isso com as minhas amigas!

— Para.

— É. Eu tenho vários no meu quarto. Posso te mostrar uma hora dessas. — Minha respiração fica presa na garganta. — Hum — resmungo, notando com desconforto quão abusado esse convite foi. Cravo minhas unhas na palma da mão.

— É, poderia ser legal.

— Estou curioso, você já usou aparelho? Você tem dentes perfeitos.

— Não — ele diz.

— Que estranho. Eu usei aparelho e meus dentes não estão nem perto de ser bonitos que nem os seus.

— Eu sou bem estranho.

Sim. Sim, você é.

— Bem, vou deixar minha inveja pelos seus dentes irritantes de lado e ser seu amigo se...

— Se o quê?

— Se você me contar como explodiu...

— Eu disse que nada aconteceu. — Ele ergue o tom de sua voz e corta o ar com a mão. O sorriso some do rosto dele. — Sabe o quê? Eu não sei por que te pedi para andar comigo. Eu vou sozinho o resto do caminho. — Jordan coloca as mãos nos bolsos e então acelera.

Eu rio baixo.

— Você está falando sério? Relaxa, cara. Eu estava brincando.

Jordan continua de costas para mim.

Começo a correr leve para alcançá-lo.

— Ei, Jordan. Tudo bem. Eu vou deixar para lá.

Coloco a mão no ombro dele para chamar sua atenção e é como se eu tivesse colocado a mão no fogão. Eu grito, tirando minha mão do corpo dele. A dor é tão intensa que caio de joelhos. Seguro meu pulso com a outra mão e observo minha palma queimada. Ela está com um tom vermelho vivo e latejando. Formiga como se eu tivesse sido perfurado com um milhão de agulhas. Eu fecho os olhos com força. Lágrimas escorrem.

— Cara. — Respiro pesadamente. — Qual é o problema com você? — pergunto. Minha voz vacila. Sem resposta. Enfio minha mão num monte de neve. Um frio súbito percorre meu corpo. Eu exalo.

Olho para cima e estou sozinho na estrada escura.

QUATRO

Eu estou olhando para o teto quando meu alarme toca na manhã seguinte. Meus olhos estão coçando. Passei a noite toda acordado, pensando em Jordan — e também porque precisei colocar gelo na minha mão queimada, e foi superdesconfortável e me deu vontade de fazer xixi.

Depois de terminar uma análise meticulosa sobre o incidente com Jordan, que durou exatamente sete horas e trinta minutos antes de o alarme tocar, eu decidi que sim, a interação com ele tinha sido real e tinha acontecido de verdade na minha vida. Eu também havia decidido que Jordan é uma dentre três coisas: ou um menino com uma febre muito alta, ou um daqueles garotos estranhos que são obcecados por fogos de artifício ou pirotecnia e torturar esquilos, ou uma versão mais jovem do Tocha Humana do Quarteto Fantástico. O que me assusta é que Jordan pode não ser nenhuma dessas coisas.

Nota mental: espero que ele seja o Tocha Humana porque, tipo... corpo. Spoiler: Jordan provavelmente é o piromaníaco que engole três energéticos no café da manhã e então queima os braços na hora do almoço na frente de todo o refeitório. Eu nem sei por que tenho esperanças.

Meu celular acende com uma mensagem de Kirsten, reclamando porque está me esperando na frente de casa há mais de trinta segundos e nós vamos chegar atrasados na escola.

Eu me pergunto se ela está brava porque não mandei mensagem para ela ou Perry noite passada. Mas eu não queria conversar sobre o que aconteceu e de alguma forma tentar explicar o incidente com Jordan. Não achei que elas acreditariam em mim por mensagem.

Visto um jeans e um moletom e corro pela minha casa silenciosa para pegar uma bolacha na cozinha.

Meus pais trabalham na cidade, então sempre saem antes de mim, em algum horário absurdo no qual eu nem consigo pensar em estar acordado. Minha mãe trabalha no escritório de admissões da Universidade da Pensilvânia e meu pai, em alguma empresa de finanças fazendo algo que só gente com dinheiro entende.

Minha irmã está no sexto ano e pega um ônibus mais cedo porque é uma miniKirsten em treinamento e tem ensaio com a banda antes da aula. Ela participa de diferentes atividades extracurriculares todos os dias. Eu já estou irritado com seu *status* de ambiciosa. É difícil acompanhar a agenda dela. Minha irmã é uma daquelas crianças que já fala tudo para todo mundo e você consegue saber só de olhar para ela que ela vai ser um sucesso monumental.

Eu sou mais como um presente em lento desenvolvimento. Muitas pessoas me olham e pensam *eu deveria abordar esse terráqueo?* As que investem seu tempo têm sorte o suficiente de ser melhores na minha presença. As que não fazem isso são uma pessoa a menos me irritando.

Com sorte, eu estarei na faculdade quando minha irmã chegar ao ensino médio e se tornar representante classe, capitã do time de hóquei sobre grama, solista principal do coral, regente da banda da escola, campeã estadual de natação e rainha do baile. Juro que mamãe a está preparando para uma admissão tranquila na Penn. Eu acho que se mamãe olhasse minha ficha de inscrição para a Penn sem saber que era minha, ela provavelmente a rejeitaria.

Isso significa que eu me arrumo para ir para a escola todo dia sozinho. O que também quer dizer que sou um santo porque eu poderia facilmente faltar todo dia. Mas não faço isso porque a escola é legal e tenho sonhos que vão além desses subúrbios, sabe? Como é que UM DIA eu serei gerente do Dairy Queen sem o meu diploma do ensino médio?

Corro pela garagem da minha casa até o carro de Kirsten e pulo para o banco de trás. Perry está no banco do carona. O carro de Kirsten é um sedã compacto azul-marinho do início dos anos 2000. Nós o chamamos de carrinho de kart porque é literalmente um carrinho de kart deslizando pelas ruas. As laterais do carro têm dois centímetros de espessura e com certeza morreríamos em dois segundos se algum dia nos envolvêssemos em um acidente de carro. Mas uma coisa boa é que o motor sacode o carro inteiro, então você recebe uma boa massagem se estiver em um dos bancos da frente. Eu também tenho uma teoria de que se um dos pneus carecas passar por cima do seu pé, não vai doer. Mas ninguém quer tentar isso comigo.

— Por que você está correndo? — Perry grunhe. A cabeça dela está apoiada contra a janela.

— Eu tenho grandes, grandes notícias — digo.

Kirsten coloca o carro em ponto morto. As duas se viram.

— Espera. Para. Você não ficou com o Jimmy, ficou? — Kirsten pergunta.

— O quê? Não! — Balanço a cabeça. — Eu já me esqueci dele. Conheci uma pessoa noite passada no Dairy Queen.

— Jimmy?

— Não! Dane-se o Jimmy! Eu não estou falando dele. Depois que vocês foram embora, esse menino entrou para comprar sorvete e as coisas ficaram superestranhas.

As duas erguem as sobrancelhas.

— Não, não assim. Nós não ficamos nem nada. Embora eu teria gostado, porque ele era muito gato.

— Então por que você não ficou? — questiona Perry.

— Porque ele explodiu o sorvete dele.

— Explodiu?

— Ele jogou?

— Não, tipo, bum! — Agito minhas mãos no ar.

— Com, tipo, uma bomba? — pergunta Perry.

— Não, com a mão dele.

Kirsten revira os olhos, então olha para a frente.

— Não temos tempo para semântica a esta hora da manhã, Dylan.

— Eu estou perdida — comenta Perry.

Kirsten dá a partida no carro e sai da minha casa.

— Eu tenho certeza de que ele estava segurando alguma coisa e fez uma pegadinha com você.

— Foi o que pensei, mas ele não queria me contar o que tinha feito. Então eu encostei nele, e ele era muito quente.

— Você já falou isso — Kirsten diz.

— Não, tipo fisicamente quente.

— Qual é a diferença?

— Quente de temperatura. O menino era atraente e também quente ao encostar nele. Eu queimei minha mão! — Eu a levantei na cara delas.

— Você está chapado? — questiona Perry.

— Não! Por que todo mundo fica me perguntando isso? Eu nem fumo. Eu sabia que vocês não iam acreditar em mim. Por isso o silêncio noite passada. — Me recosto outra vez no banco e cruzo os braços.

— Eu estava me perguntando por que você não estava mandando mensagem no grupo. Achei que você estava bravo por termos levado o Jimmy para o Dairy Queen — Perry diz.

— Vocês mereciam mesmo o gelo por isso. Mas não.

— Você pegou o número dele? Mande mensagem agora para ele! Eu preciso de provas para acreditar em você.

Perry pega o celular do meu colo. Eu o pego de volta.

— Eu quero uma foto — ela pede.

— Ei! Vocês podem parar? — interrompe Kirsten. — Vocês vão me fazer causar um acidente.

— Eu não tenho foto e não peguei o número dele. — Afasto o braço de Perry de mim.

— Você o procurou no Instagram?

— Dã, no segundo em que cheguei em casa.

— E?

— E nada.

— Então como você vai sair com esse menino quente, quente de temperatura, e misterioso?

— Bem... eu nem tenho certeza se ele é gay — digo.

— Dylan! Você está preguiçoso. Ele estuda no Falcon Crest? Eu o conheço? — quer saber Perry. — Eu sempre tenho que fazer tudo pra você.

— Não, no Santa Helena.

— Escola particular? — pergunta Perry, trocando um olhar com Kirsten. — Tem cara de drama.

— Eu te digo para ir para o próximo — fala Kirsten, acenando. — Não quero ter que me preocupar com seu namorado pondo fogo em mim e no meu sorvete quando sairmos juntos. Parece que os riscos são maiores que os benefícios de essa pessoa participar do nosso grupo.

— Não foi só isso. — Suspiro. — Ele também pinta e era praticamente perfeito.

— Dyl, relaxe — diz Perry, falando com a janela. Sua respiração embaça o vidro. — Nós acreditamos que você conheceu um cara quente, *quente* de *atraente,* na noite passada. Eu só não sei para onde essa coisa da temperatura vai parar.

— Não há relação para mim — acrescenta Kirsten.

— Nem para mim. — Eu caio de lado e fico deitado no banco de trás usando minha mochila como travesseiro.

— Espero que a gente receba as notas de química hoje — fala Kirsten, mudando de assunto.

Fecho os olhos. Talvez não esteja fazendo sentido. A explosão do sorvete pode ser explicada. É estranho, mas coisas assim acontecem com comida o tempo todo, tipo Mentos que fazem a garrafa de Pepsi explodir. Mas o jeito como Jordan queimou a minha mão quando o toquei está me perturbando. E ele não ficou para me ajudar. Isso significa que Jordan não ficou surpreso com o que aconteceu.

Jordan sabia que era intocável.

CINCO

O dia na escola está demorando para passar porque a minha mão latejante não me deixa anotar nada, nem me deixa esquecer do Jordan um segundo que seja. A minha lista de perguntas que quero fazer para ele aumentou pelo menos umas dez vezes. Como Jordan vai para a escola se ele queima as pessoas quando elas encostam nele? Como ele segura um lápis? O lápis não seria simplesmente incinerado? Como Jordan lida com papel? Ele estuda mesmo no Santa Helena? Tudo o que Jordan falou na noite passada era mentira? Por que eu estou obcecado com essa pessoa?

Algo bate na minha mão machucada e fico ofegante.

— Melhor, sr. Highmark — diz meu professor de química.

— Deixa eu ver — fala Perry, que, sentada atrás de mim, toca meu ombro no exato segundo em que a minha prova é colocada sobre a minha carteira. Eu faço uma careta para o papel virado para baixo. Perry e eu fazemos Química 2 juntos, então podemos sofrer juntos sem Kirsten, que está na turma avançada e esfrega sua nota de dois dígitos na nossa cara sempre que tem a oportunidade de fazer isso.

— Que intrometida! — digo. — Vamos adivinhar.

— Certo. Sete...

— Espera, quanto você tirou? Se a minha nota for mais alta que a sua, você vai ter que comprar uma gravura para mim em uma das galerias neste fim de semana.

Perry resmunga.

— Talvez, mas só se for barata.

No centro da cidade de Falcon Crest acontece, todos os meses, o Segundo Sábado,[1] quando todas as galerias de arte ficam abertas até a noite e servem petiscos e vinho de graça. Perry, Kirsten e eu vamos todo mês, e normalmente somos pelo menos dez anos mais jovens que a maioria dos frequentadores. De vez em quando nós conseguimos roubar uma ou duas taças de vinho. Mas na maior parte das vezes nós vamos mesmo por causa do queijo, das bolachas e do coquetel de camarão.

Com uma mão, ela vira o papel, com a outra, cobre os olhos. Ela espia entre os dedos.

— Sete vírgula nove — murmura ela.

— Uau!

— Ah, meu Deus! Eu provavelmente vou para a turma avançada semana que vem! — Perry leva as mãos às bochechas, incrédula.

— O que ele marcou no elemento que você inventou, o olério?

Perry examina a página e ri.

— Ele colocou um X e um ponto de interrogação do lado.

— Não acredito! Ele deve ter pensado que essa garota tá doida!

— Você tirou 7,9 — Perry chuta, sorrindo com certo desdém.

— Eu espero que não.

— Quem dera você tirasse 7,9. Seria beeeeem melhor que o 3,5 que você tirou semestre passado.

— Esquece isso! Eu sou uma nova pessoa agora.

Ela está certa. Eu tirei 3,5 na prova de química do último semestre. Quando eu conferi as notas on-line, achei que fosse um erro e no dia seguinte fui até o dr. Brio, todo metido, e perguntei a ele qual tinha sido a minha nota de verdade. Ele disse que não era um erro e meu mundo caiu. Eu tinha certeza de que iam me mandar para a escola do porão. Mas a culpa não foi toda minha. O dr. Brio não tinha incluído as equações na prova e esperava que a gente memorizasse tudo! Baita sacanagem, se você quer saber a minha opinião.

— Bem, desvire essa prova, Jaime Lannister, e vamos ver. Ou você precisa da minha ajuda já que você só tem uma mão e tal?

— Rá! Você nunca seria a minha Brienne de Tarth!

---

[1] Os segundos sábados de um mês são dias nos quais uma comunidade é incentivada a interagir, festejar, etc. valorizando costumes locais. (N.E.)

Eu viro o papel e vejo um 7,7 ao redor de um círculo vermelho no topo.

— Argh...

Perry está com um sorriso gigante no rosto.

— Ganhei!

— Não é justo.

— É a lei do carma.

— Não, carma seria eu tirar uma nota melhor que você porque eu trabalhei com Kirsten. Eu estudei a semana toda.

— Não, carma é eu tirar uma nota melhor do que você porque você e a Kirsten me diminuem e não valorizam o fato de que eu simplesmente tenho uma forma diferente de adquirir conhecimento.

— Adquira isso — digo, coçando o nariz com o dedo do meio.

Perry ri.

O alto-falante em cima da porta estala, chamando a atenção de todo mundo. Um pigarro familiar ecoa pela sala.

— Oi, pessoal! — A voz de Kirsten está aguda. — Bom final de oitavo período! Por favor, prestem atenção aos seguintes anúncios: os treinos de hoje para as líderes de torcida avançadas foram cancelados por causa da manutenção no ginásio. Contudo, o treino da equipe de calouras segue confirmado às três horas. Meninas do avançado, não esqueçam que temos treino no próximo sábado e domingo para praticarmos nossa coreografia para o campeonato nacional, conhecido como Nacionais. Obrigada, pessoal!

Finalmente alguma coisa deu certo para mim hoje. Eu não sou líder de torcida, mas, como o treino foi cancelado, isso significa que não preciso ficar à toa por uma hora na biblioteca esperando a Kirsten me levar para casa.

O alarme toca. Eu bato na carteira de Perry.

— Para o carro!

Eu me levanto, mas uma mão no meu ombro me empurra de volta para a cadeira.

— Não tão depressa, mocinha.

A voz aguda de Savanna Blatt parece furar meus tímpanos. Sinto suas unhas cravando nas minhas costas. Eu me viro. A cabeça dela se inclina para o lado com seu habitual sorriso agressivo e brilhante. Seus lábios sorriem cinicamente. Seu cabelo loiro platinado está preso em um rabo de cavalo. Longos cílios postiços destacam seu olhar. Savanna usa um perfume que lembra o aroma do sorvete de algodão--doce do Dairy Queen.

— O que você quer?

— Você é sempre tão agradável, Dylan.

— Oi, Savanna — diz Perry.

Savanna se vira e dá um sorriso amarelo.

— Eu falei com o Jimmy depois do seu encontrinho ontem — fala Savanna, batendo as unhas no livro que ela está segurando.

— E?

— E ele disse que você era quieto, estranho e tinha cheiro de leite azedo.

— Ah, perfeito, era essa a impressão que eu queria passar.

Savanna aperta os olhos.

— E também disse que você não mandou mensagem para ele ainda. Alguma explicação?

— Também foi uma atitude proposital.

Savanna bufa e joga o livro na mesa com força. Me assusto com o barulho. Ela se inclina na minha direção.

— Sabe, o Jimmy está muito acima de você! Você tem sorte de eu ter deixado Kirsten e Perry arrumarem esse encontro — diz Savanna, baixando a voz. — Eu não sei como você sequer tem coragem de vir à escola com essa sua aparência.

Os olhos dela me analisam de cima a baixo, lentamente. Fixam-se nas minhas unhas roídas e estudam meus sapatos cobertos de lama. Eu fecho a mão.

— Se eu visse essa sua cara no espelho toda manhã, eu a deixaria embaixo da coberta, que é o lugar dela.

Eu me levanto e limpo a parte da frente do meu jeans. Perry fica brava e olha pela janela.

— Obrigado, Savanna. Eu realmente agradeço pela sua recomendação, mas seus amigos mauricinhos que parecem sair toda manhã de um catálogo da L. L. Bean não fazem o meu tipo.

— Melhor que do lugar de onde você saiu — rebate Savanna.

Dou de ombros.

— Você deve ter razão.

— Bem, certo. Essa foi a última vez que eu fui generosa e fiz uma coisa legal por vocês dois. Não sei por que a Kirsten ainda anda com vocês. — Savanna joga seu longo rabo de cavalo na nossa cara e segue na direção da porta.

— A Savanna hoje está na vibe Cruella Cruel — digo.

Seu cabelo loiro platinado, o fato de ser alta e magra, usar batom brilhante e de pintar suas unhas de vermelho e rosa ajudaram Savanna a ter esse apelido na escola. Ah, isso e o fato de que ela rosna pra você por qualquer coisa, tipo agora.

— Eu queria saber qual é o problema dela — afirma Perry depois que Savanna desaparece.

— Eu nem sei por que você às vezes é legal com a Savanna. O único motivo pelo qual ela fala com você é porque você é a melhor amiga da Kirsten e a Savanna precisa de você para se aproximar dela.

— Você pirou? É muito mais fácil simplesmente deixar isso pra lá.

— Tanto faz. Pelo menos ela não vai me arranjar mais ninguém.

— Por enquanto.

— Por enquanto — concordo.

Nós caminhamos até o estacionamento sem parar nos nossos armários. Não precisamos pegar nenhum livro. Não teremos lição de casa nos próximos dias. Nossos cérebros precisam de um descanso depois de termos usado toda a nossa capacidade intelectual para fazer essa prova de química.

Lá fora, quando a Kirsten nos vê, faz um movimento ornamental de líder de torcida usando o espaço de uma vaga do estacionamento. Todo mundo para o que está fazendo para admirar. O volumoso cabelo castanho da Kirsten brilha enquanto ondula sob o sol da tarde. Savanna Blatt está certa a respeito de uma coisa: é questionar o porquê de a Kirsten andar com Perry e eu.

Ainda assim, a lealdade da Kirsten é o que mais admiro nela. Ela poderia nos abandonar e se juntar a qualquer outro grupo da escola, já que Kirsten conhece todo mundo, ou poderia namorar todos os caras nojentos que ficam de olho nela o dia inteiro, mas a Kirsten escolheu estar com a gente desde o jardim de infância e esse é o nível de autenticidade que todo mundo deveria querer alcançar.

— Dyl Pickle, quais são as últimas novidades? — pergunta Kirsten com sua voz de apresentadora de telejornal.

— Obrigado, Kirsten! Eu estou falando ao vivo do colégio Falcon Crest com a testemunha do dia. Senhora, o que aconteceu aqui hoje? — digo, colocando meu iPhone na cara da Perry, cercando-a.

— Literalmente nada de emocionante, então vocês dois já podem parar.

Nós rimos.

— Se você estiver aceitando feedback, Kirsten, o tom da sua voz de apresentadora estava um pouco animado demais hoje — comento.

— Obrigada! Mas, na real, não vou aceitar feedback sexista desta vez — diz Kirsten.

— Você precisa ser mais séria, tipo, falar com aquele tom dos noticiários de entretenimento quando eles contam que uma celebridade sumiu ou coisa assim, e tem aquela música sinistra de fundo e todo mundo fica balançando a cabeça.

— Vou ter uma postura de âncora respeitável de telejornal. Muito obrigada.

— Hum. Pode dar certo

— Quer sentar na frente? — Perry me pergunta.

— Claro! — Eu me viro para abrir a porta com a minha mão boa.

— Por que você está esquisito? — indaga Kirsten.

— O braço dele está machucado por causa do cara quente do Dairy Queen — explica Perry com um suspiro.

Kirsten revira os olhos.

— Meu feedback para você é encontrar esse menino e descobrir o que aconteceu.

— E como você sugere que eu faça isso sem informações?

— Você tem muita informação!

— Tipo?

— Cara quente... Mora perto do Dairy Queen — conta Perry.

— Você está falando sério?

— Você disse que ele é do Arizona, certo? — pergunta Kirsten. — Vai até o bairro dele e procure os carros com placa do Arizona. Não deve ter muitas.

— Ah, uau! Boa ideia — concorda Perry.

— O que faríamos sem você, Kirsten? — pergunto.

— Morreríamos — declara Perry. — Nós estaríamos mortos, Dylan. Mas espera, isso não seria stalkear?

— É, sim, você quer que eu seja preso?

— Não, claro que isso não é stalkear — rebate Kirsten. — Finja que está fazendo exercício físico ou algo assim e então, quando você vir um carro com placa Arizona estacionado em frente a uma casa, você bate na porta.

— E se for a casa errada? — pergunto.

Perry ri.

— Viu? Isso é assustador! — Sorrio.

— Se o que você disse sobre esse menino for verdade, então você precisa descobrir — diz Kirsten. — Ele te machucou.

Meu sorriso desaparece.

— Além disso, esse pode ser o meu grande furo — continua Kirsten, colocando o cabelo atrás do ombro. — Vou noticiar e posso te dar parte do lucro que eu tiver com os anúncios no meu artigo se você quiser.

— Espera, para! Agora você está me assustando — digo, colocando minha mão no meu peito. — Estou me sentindo pressionado, preciso pensar sobre isso.

— Bem, você está com sorte porque os kits de pintura numerada terapêutica acabaram de chegar lá em casa — diz Perry, lendo o e-mail. — A gente deveria se desestressar pintando. Não fico confortável em deixar Dylan sozinho ainda. A gente também não pode permitir que ele estrague essa chance amorosa.

— Depende de qual for o tema — afirmo. — Eu esqueci o que a gente pediu. Se tiver a ver com amor, eu ainda não estou emocionalmente pronto. Como eu poderia pintar um coração quando o meu está preto?

Kirsten ri.

— Ah, gente! — fala Perry com um suspiro. — Nós pedimos, para sua informação, a coleção floral de primavera, que simboliza perfeitamente novos começos. Kirsten, por favor, vamos para minha casa antes que a gente se afogue na autopiedade do Dylan.

Os kits de pintura ajudam a gente a se sentir mais competente quando vamos às galerias da cidade, embora elas não exijam qualquer habilidade ou olhar artístico.

Uma vez, um homem puxou assunto com a Kirsten em uma das galerias e ela falou que tinha seu próprio estúdio na garagem, o que era mentira. No final, o cara disse que era dono de uma galeria e pediu para ver o trabalho dela — que, obviamente, não existia — e tudo o que restou foi a Kirsten com a cara vermelha de vergonha. Depois disso, ela insistiu que a gente precisava construir um portfólio para evitar gafes futuras. Foi uma das melhores ideias que a Kirsten teve. Além do tempo que passamos juntos, pintar é uma ótima desculpa para Perry e eu fugirmos da lição de casa.

Para falar a verdade, encontrar o número na tinta que corresponde ao número na tela é a parte mais difícil. E encarar a tela com milhões de números diferentes me faz lembrar da aula de matemática, ou seja, não é algo de que eu goste de me lembrar ou algo que eu faça tranquilamente. Tirando isso, nossas obras-primas ficam prontas da mesma forma que a minha vida amorosa desanda: rapidamente.

A tela que pintei no Natal foi a primeira cujo resultado me deixou frustrado. Eu pintei o Papai Noel, Perry pintou um cavalo branco na neve e Kirsten pintou uma floresta no inverno. A tela indicava onde deveria ser pintada cada mancha na pele. Mas mesmo assim o Papai Noel acabou ficando parecido com o Freddy Krueger. Minha mãe queria pendurar a tela na sala, em cima da lareira, mas eu a escondi no armário.

— Quem sabe a gente pendura ano que vem, que tal?

Nós três abrimos nossos novos kits na mesa da cozinha da casa da Perry. As pinturas são parecidas, buquês de flores azuis, rosa e amarelas em diferentes vasos. Eu escolho o buquê azul, e depois alinho minhas tintas com os números correspondentes.

Perry corre para o quarto e volta com o notebook. Ela o abre em cima da mesa. Seus dedos começam a digitar furiosamente.

— O que você está fazendo? Eu achei que a gente ia desestressar pintando.

— *Você* vai desestressar pintando — afirma ela. — Eu não estou estressada. Na verdade, estou animada! — Perry sorri, balançando os ombros.

— Por quê?

— Eu mandei mensagem para a Emily Huntsville no caminho pra cá. Ela está na minha equipe especial de torcida e estuda no Santa Helena. Emily sabe quem é o Jordan e eu estou falando com ela agora.

Meu estômago revira.

— Você fez o quê?

Kirsten deixa as tintas de lado e corre para o outro lado da mesa para espiar por cima do ombro de Perry.

— Excelente uso de recursos — observa Kirsten.

— Perry casamenteira está de volta aos negócios! — Perry dá um gritinho e as duas tocam as mãos.

— Não gosto nada disso — comento.

— Que nada! — diz Perry. — Foi uma ideia brilhante!

— É genial — fala Kirsten.

— Desse jeito nós não precisamos perder mais uma noite no Dairy Queen. Vamos saber tudo de que precisamos saber com antecedência!

— O que você escreveu?

Perry vira o notebook para que a tela fique de frente para mim. Eu leio as primeiras mensagens.

Perry
Ei, Em. Você ficou sabendo alguma coisa sobre o novo modelo dos uniformes / tenho um pedido aleatório. Você conhece um menino chamado Jordan na sua escola? Ele está na mesma série que vc e teoricamente entrou esse semestre. Não fala que eu perguntei.

Emily
Sim! Olha o seu e-mail. A treinadora mandou pra gente algumas opções. Você não recebeu?
E sim. Jordan Ator? Ele é uma graça. O que tem ele?

Perry vira o notebook antes que eu possa ler mais.

— Até que foi uma boa ideia mesmo.

— Continue pintando e deixa que eu lido com isso — diz Perry, digitando outra mensagem.

— Você sabe que eu não consigo focar em mais nada agora.

— Emily está digitando — avisa Perry, fazendo sinal para eu voltar a pintar. Nossos olhares se cruzam. Eu organizo mais algumas tintas. Perry morde a unha do dedinho. Kirsten passa o cabelo do ombro esquerdo para o direito.

— Certo, então... — Perry começa a ler.

— O quê?! — Kirsten e eu gritamos.

— Emily diz que ele chegou este semestre... bem, dã, eu já disse isso, Em.

— Só leia palavra por palavra.

— Certo, tudo bem... *Ele é superquieto, mas não de um jeito estranho.* — Nós nos entreolhamos. Perry dá de ombros. — *Não falei com ele, mas eu o vejo o tempo todo no corredor e na aula de matemática. Ele é um gato. Você quer ficar com ele?*

— Eu juro que se você ficar com o Jordan depois de tudo isso... — digo, balançando a cabeça.

Perry ri. — Eu nunca faria isso.

Ela pigarreia.

— *A vibe dele é de boa. Ele foi convidado para uma das festas do Helena no fim de semana passado e não apareceu. Mas tem drama. Ele sempre sai no meio das aulas para ir na enfermaria ou na orientação. E já deve ter perdido uns quatro dias de aula nessas duas primeiras semanas. Ouvi falar que é problema com drogas. Isso talvez explique por que ele está sempre atrasado. Ou algumas pessoas estão dizendo que ele saiu do reformatório e precisa conversar com um oficial de liberdade condicional. Mas a minha amiga Hannah Montour é amiga da Rachael Hill. Rachael tem um crush enorme no Jordan, então ela falou com a Jani Allen, que é colega de adaptação do Jordan...*

— Colega de adaptação? — interrompe Kirsten. — Nós não temos isso. Parece uma boa ideia a ser implementada no Falcon...

— Kirsten, shhhh! Estamos arrumando a vida do Dylan agora, não a escola. — Perry coloca o dedo na tela e continua a ler.

— *A Jani disse que ele tem uma permissão médica especial para sair da aula quando quer. Não diga que te contei isso. Pode ser asma grave ou alguma coisa tipo ansiedade. Eu não sei. Só estou chutando. Mas ele parece legal. O que mais você quer saber? Posso mandar mensagem para a Jani.*

Perry para.

— É isso.

Eu me sento.

— Interessante.

— Muito — concorda Kirsten.

Perry morde o lábio.

— Então, acho que o que descobrimos com a Emily é que o Jordan é muito atraente, de boa e legal. O resto é apenas... quer dizer... quem sabe?

— Aparentemente a Jani Allen sabe — comenta Kirsten.

— Posso só dizer pra ela por que estamos perguntando? Deixaria as coisas mais fáceis — explica Perry.

— Não. Eu já disse que ele parecia nervoso quando a gente se conheceu. Se descobrir que estou perguntando dele, vai fugir com certeza!

— Posso dizer que tenho uma amiga interessada então? — Perry digita mais algumas mensagens. — Certo, acabei de dizer.

Dou de ombros.

— Ah, ótimo. Ela está respondendo super-rápido. A Emily diz: *quem?! Eu posso tentar arranjar algo. Eu diria a ela para não ficar muito esperançosa, porém. Eu mandei mensagem para a Jani antes de você responder e ela disse que ele só está aqui para fazer este semestre. Ele está planejando ir embora depois do fim do ano letivo. Voltar para o Novo México ou coisa assim. Ninguém precisa se meter em problemas se o cara vai ficar aqui só por alguns meses.*

— Droga! — resmunga Perry.

Eu suspiro, passando a mão pelo cabelo.

— Mas isso é óbvio... Nunca devia ter perguntado nada.

— Sinto muito — diz Perry, triste. Ela fecha o notebook, então traz a tela de pintura de volta pela mesa.

— Tudo bem, Dyl — responde Kirsten, olhando para Perry —, talvez seja melhor deixar a casamenteira de lado um pouco.

Eu resmungo.

— Por que eu fico esperançoso depois de um encontro? Qual o meu problema?

— Nenhum — fala Perry. — Como eu disse antes, todo dia é dia de Perry Casamenteira. Só porque esse dia não deu certo...

— Ou o anterior — Kirsten acrescenta.

— Esse ou qualquer outro... não significa que um dia não vai certo.

Eu abro minhas tintas azuis. Eu giro o pincel em volta do pote até que parte do líquido azul escorra pelos cantos. Meus dentes rangem.

— Vamos só pintar umas flores.

As meninas concordam.

Começo combinando o azul com seu número correspondente na tela. Meu pincel corre pela borda de fora de uma pétala, conferindo um tom de azul real ao retângulo branco. As flores começam a ganhar vida em ondas esperançosas e românticas. Conforme eu ponho mais cor na tela a cada pincelada, me pergunto quando minha vida será tocada por pelo menos um pouco da beleza que eu coloco nas minhas pinturas ou quando minha vida vai ser digna de ser pendurada em uma parede para que as pessoas admirem. Nunca recebi flores ou cativei o coração de alguém. Mas já pintei as duas coisas.

Minhas outras pinturas estão empilhadas embaixo da cama. Cada uma me lembra de um tempo, lugar e coisa que eu amo. Alguns dos quadros são de quatro anos atrás, outros são mais recentes. Mas todos estão no chão em um esplendor permanente e intocado.

Eu tenho muitas ideias para minhas próprias pinturas, que não sejam ditadas por números ou prescritas em uma caixa. Mas, neste momento, eu meio que me sinto da mesma forma que Kirsten quando o dono da galeria pediu para ver o trabalho dela: com vergonha e sem nada para mostrar.

SEIS

Ontem o que deveria ter sido um momento para desestressar acabou se tornando um evento depressivo. Eu só consegui pintar por uma hora antes de guardar minhas coisas e ir para casa. Passei a noite revisando as respostas erradas que dei na prova de química, torcendo para conseguir melhorar minhas notas e usá-las para entrar uma faculdade bem, bem longe de Falcon Crest.

Como a possibilidade de ficar com o Jordan já era, estou agora me arrumando para o funeral dela, preparando a homenagem que farei antes de enterrar minhas esperanças românticas. De repente, a porta do meu quarto abre com tudo, batendo contra a parede. Chuto as cobertas de lado e vejo minha irmã, Cody, parada, com uma mochila pink muito maior que ela.

— Sabe, bater é uma forma educada de entrar em um quarto com porta fechada.

— Mas olha só... — diz Cody, ignorando meu comentário e cruzando os braços. — Quem resolveu aparecer.

Levanto uma sobrancelha.

— Aparecer? Este aqui é o meu quarto.

— De onde você não sai desde às seis da tarde de ontem.

— E?

— *Eeeeeee?*

— O que tem aí dentro? Uma biblioteca? — provoco, apontando para a mochila dela.

— Sim. Uma biblioteca de arte, história e intelecto.

Eu reviro os olhos.

— Ah, dá um tempo! Você realmente não me impressiona com isso.

Cody abre a mochila pink, e então exibe três livros: história norte-americana, literatura inglesa e biologia.

— Por que você ainda não está na escola? Você não tem ensaio da banda?

— Não. Hoje é a competição de soletrar da cidade. Eu estou de boa e a mamãe vai me levar para a biblioteca da faculdade para eu estudar. Quer vir?

— Estou ocupado — digo, vendo o Instagram no celular.

— Ocupado com o quê?

— Lendo.

— Lendo no seu celular?

Eu me sento na cama.

— Eu sei que você não me ouve com frequência, mas se tem uma coisa que você deveria ouvir é que ser inteligente não se resume a ler e memorizar esses livros. É ler e depois pensar a respeito, questionar.

— Mas você nunca lê — Cody retruca.

— Eu sei. Eu sou mais questionador. E você é mais leitora. Por isso nós somos irmãos. Nós nos equilibramos.

— A mamãe e o papai estão sempre gritando com você por causa das suas notas. Seus questionamentos estão rendendo nota 6 para você. As minhas leituras estão me rendendo nota 10.

— Mas questionar é uma das letras que formam a sigla LGBTQIA+ e isso é tudo o que importa. Você não quer ser questionadora, Cody?

— Não! — Ela ergue uma mão. — Por favor, não conte isso pra mamãe e pro papai. Já tenho muitas coisas com que lidar. E não tenho tempo para deixar as minhas obrigações de lado e viver A Semana de Sair do Armário como você faz todo ano.

Dou risada.

— Você é uma velha.

— Pense o que quiser, mas eu tenho livros para ler e uma competição para ganhar — afirma Cody, segurando as alças da mochila nos ombros e caminhando em direção à escada. — Tenha um bom dia! — grita ela do corredor.

É quase inacreditável que Cody não queira ser gay porque ela tem medo de receber apoio demais dos nossos pais.

Eu me assumi para a minha mãe e o meu pai no outono do oitavo ano, depois de uma experiência particularmente ruim que tive no Halloween. Dois gêmeos idênticos que estudavam comigo, Caleb e Carter Horizon, estavam dando uma festa de Halloween. Eu fui vestido de gótico, e o principal motivo era porque eu queria usar lápis de olho e esmalte preto. Puxei meu cabelo para trás, coloquei piercings falsos no rosto, fiz tatuagens temporárias nos braços e vesti uma camiseta preta e um jeans preto todo rasgado. A mamãe ficou brava por eu ter estragado minhas roupas, mas, tirando isso, ela gostou da fantasia.

A mamãe também era mãe motorista da festa. Nós buscamos Perry e Kirsten no caminho. A Kirsten estava vestida de Ariel de *A pequena sereia*, como quase todos os anos, e Perry estava usando uma fantasia de líder de torcida zumbi.

No começo, a festa foi divertida para mim. A casa dos Horizon era imensa e tinha a melhor decoração dentre todas que eu já tinha visto. Tinha um caldeirão de ponche, luzes de balada, teias de aranha em todos os cantos e a música-tema do filme *Halloween* ficava tocando nos alto-falantes. Também tinha uma cabine de fotos instantâneas e cinquenta alunos do oitavo ano em meio a um turbilhão de hormônios — a parte mais assustadora da festa.

Era questão de tempo até que o espírito do Halloween tomasse conta dos anfitriões, e quando bateu dez horas, foi exatamente isso que o espírito fez. Nós estávamos no porão e as luzes se apagaram. Carter Horizon iluminou seu rosto com uma lanterna e anunciou que todos iam jogar Gire a Lanterna. Ele mandou todo mundo formar um círculo. Nós obedecemos e eu segui todos os outros até o centro da sala.

As regras na primeira rodada eram que você precisava abraçar a pessoa a quem o feixe de luz iluminasse. Nós jogamos assim durante dez minutos, mas todo mundo ficou entediado bem rápido. O Carter então anunciou que passaríamos para a segunda rodada, na qual tínhamos que beijar o rosto de quem fosse apontado pelo feixe de luz.

— Se a lanterna cair num cara e você for um cara, gire de novo. Mesma coisa pras meninas.

Claro que eu girei a lanterna e a primeira pessoa que teve o rosto iluminado foi Carter Horizon. Todo mundo riu. Eu rapidamente girei de novo e a luz caiu na Kirsten. Eu dei um beijo rápido em seu rosto e voltei pro círculo, e me sentei de pernas cruzadas. Meu rosto estava queimando.

Nós jogamos a segunda rodada por um pouco mais de tempo que a primeira, mas, quando a terceira rodada começou, eu decidi sair do jogo. Tinha chegado a hora do beijo de verdade e eu não estava a fim.

Mandei uma mensagem para a minha mãe e disse que eu não estava me sentindo bem e que queria ir embora. A mãe de Kirsten era a motorista da volta, então não me senti culpado por deixar minhas amigas na festa.

Pensando nisso agora, eu dei muita sorte por ter usado minha fantasia de gótico porque consegui subir as escadas escondido e sair pela porta da frente sem que ninguém me dissesse nada.

Quando cheguei em casa, fui direto para a cozinha e me sentei no balcão. Eu não tinha trocado de roupa, nem ido ao banheiro nem nada. O aperto que eu sentia no peito era insuportável naquela noite.

Queria que os meus pais me perguntassem qual era o problema. Eu não conseguia entender sozinho. Não sei se era medo ou se só não sabia falar o que estava sentindo, mas eu precisava que eles abordassem o assunto primeiro.

Então, fiquei lá sentado, arrancando o esmalte das minhas unhas. Eu me lembro de tudo com muita clareza, mais do que de qualquer outra noite da minha vida. Meu pai estava sentado na sala lendo uma edição da revista *Sports Illustrated*. Seus óculos de leitura estavam equilibrados na ponta do seu nariz. A televisão estava ligada na CNN. A minha mãe estava na sala de jantar separando os doces que nenhuma criança quis e tinham sobrado. A maioria eram confeitos e jujubas, dois doces que eu não curtia nem um pouco.

Mamãe entrou na cozinha e colocou a tigela de doces na despensa.

— Dylan, você está fazendo sujeira — avisou ela, olhando para as lascas de esmalte no balcão. — Você precisa de removedor?

Eu não disse nada e arranquei o esmalte preto com ainda mais força.

— Dylan? — repetiu a mamãe. Como não falei nada, ela veio por trás de mim e colocou a mão nas minhas costas. Na hora eu me afastei.

— Querido, suas mãos estão tremendo. Está tudo bem? Você bebeu na festa?

Balancei a cabeça, negando.

— Você não bebeu?

— Não — respondi, mas a minha voz falhou. — Eu não bebi e não está tudo bem.

Eu me virei e olhei para ela. Minha visão ficou turva e eu enxuguei os olhos. O rímel sujou meus dedos.

— Eu... — Tentei falar, mas não consegui. Fiquei com um aperto na garganta e parecia que eu estava tendo uma reação alérgica. O fantasma hétero do passado de Dylan Highmark cortou minhas cordas vocais, numa tentativa de não deixar que eu me assumisse. Eu tinha que mandá-lo de volta para as profundezas de onde ele havia saído.

— Qual é o problema? — mamãe perguntou, sentando no banco ao lado do meu e se inclinando mais perto de mim. Meu pai se levantou do sofá e foi até a cozinha. A mamãe olhou para ele preocupada.

— Eu... Eu sou gay e não consigo mais não ser.

Saiu meio atrapalhado. Deixei algumas palavras de fora da frase. Mas esse acontecimento anestesiou a minha boca e não consegui dizer mais nada.

Meus pais entenderam e, a partir daquele momento, a casa dos Highmark se tornou a Casa Highmark do Orgulho Gay.

No final, acabamos tendo a melhor noite da minha vida. Minha mãe me disse quanto orgulho ela tinha de mim trinta e uma vezes. Trinta e uma vezes é só uma estimativa porque eu só consegui contar vinte e quatro. Mas ela já tinha dito algumas vezes antes que eu decidisse que era bastante engraçado e começasse a contar.

O meu pai não imaginava isso e me falou que ele podia jurar que eu estava namorando Perry Lyle. Eu concordei, com a parte de ele não imaginar, e falei que se ele ia dizer isso em voz alta, poderia ter pelo menos chutado a única amiga que eu realmente tinha beijado: Kirsten.

O Halloween daquele ano foi numa sexta-feira e, na manhã seguinte, quando desci as escadas e minha mãe me recepcionou com um bolo de arco-íris na minha cara com a frase *Livre para ser eu mesmo* escrita com glacê branco.

Na semana seguinte, uma bandeira de arco-íris apareceu na frente da nossa casa, um ímã no qual está escrito *Gay Is Good* foi colocado na nossa geladeira, broches de arco-íris surgiram nas roupas que meus pais usavam para trabalhar. A minha mãe de repente tinha várias calças que usava para fazer ioga com as cores do arco-íris, e toda noite meus pais tentavam encontrar filmes *queer* para assistir comigo.

No fim da semana, eu disse a eles que era tudo um pouco gay demais para mim de uma vez só. Eles pediram desculpas e disseram que só queriam ter certeza de que a nossa casa era um espaço seguro para mim. Eu disse que era o lugar mais seguro que eu tinha, e minha mãe desabou a chorar.

Quando chega o Halloween, todo os anos, antes de eu sair para uma festa ou para pedir doces, os meus pais cortam um bolo de arco-íris em comemoração por eu ter me assumido. Minha mãe batizou esse dia como o do meu segundo nascimento, ou meu "renascimento", como ela chama. Cada bolo tem um slogan gay diferente: *O amor vence, Born This Way* e o mais notável, que foi o do ano passado: *Desculpe, meninas, mas eu gosto de pinto!* O primeiro slogan foi meu pai que escolheu. Eu disse a eles que isso era demais e que o meu aniversário gay tinha que parar de ser celebrado quando eu me formar no ensino médio. A minha mãe concordou, com relutância.

E foi tudo tão gay que aparentemente Cody até ficou com medo de ser lésbica. E eu simplesmente *adoro* isso.

Posso não ter vivido um amor romântico ainda, mas eu conheço o amor e o amor dos meus pais. O amor precisa nos impactar e todo dia eu sou grato pela forma como o amor deles por mim me impactou. Eles fizeram questão de garantir que eu soubesse que as outras pessoas nem sempre podem ditar as regras e que eu mesmo posso pegar a lanterna e iluminar quem eu quiser.

Agora, ao pensar nos últimos dois dias, percebo que outras pessoas pegaram a lanterna de novo. A Savanna e um grupo aleatório de meninas do Santa Helena iluminaram o caminho errado. E eu permiti.

Mas eu vou girar a lanterna de novo. Minha mãe e meu pai estão certos. Como Perry disse, quem sabe com certeza se a fofoca sobre Jordan é verdadeira? Nós também não sabemos se, talvez, a lanterna do Jordan está apontada para mim.

Depois da aula, encontro Perry e Kirsten no saguão. Elas estão usando o uniforme de treino da equipe de torcida — short dourado, camiseta vinho e meias três quartos brancas. O cabelo delas está molhado de suor. As bochechas da Kirsten estão coradas. Perry está de braços cruzados.

— Oi, Dyl — me cumprimenta Kirsten. — Como foi o seu dia? Achei que a gente podia parar pra tomar um sorvete no caminho para casa.

— É — concorda Perry. — Desculpa de novo por acabar com a sua vibe na noite passada.

Respondo com um sorriso.

— Minha vibe está muito boa, para falar a verdade.

Elas se entreolham.

— Hein? — resmunga Perry.

— Não tenho tempo para tomar sorvete agora. Eu tenho planos.

— Desembucha! — ordena Kirsten, dando um passo à frente.

— A Operação "Placa de carro" está em andamento — digo, com um sorriso pretensioso.

Os olhos delas ficam arregalados.

— Que reviravolta!

— Sabe, se você tivesse ouvido a gente ontem e tivesse feito o que te dissemos pra fazer, a operação já estaria quase no final — argumenta Perry.

— Quieta! — digo, erguendo a mão e caminhando até a saída.

— Nós podemos procurá-lo com você — sugere Perry, correndo atrás de mim.

Eu balanço a cabeça.

— Não, vai ser estranho se eu realmente encontrá-lo. Vocês não sabem o que aconteceu naquela noite?

— Será que é seguro? — pergunta Kirsten. — Essa coisa do calor que você mencionou e agora ele sendo um criminoso em potencial me deixaram nervosa.

Abro as portas e uma lufada de ar frio atinge meu rosto.

— Vai ficar tudo bem. A Emily falou que ninguém conhece o Jordan. São só rumores. Disseram que ele vai voltar para o Novo México, mas ele é do Arizona.

— Bem observado — comenta Perry.

— Então vê se manda uma mensagem para nós desta vez se você o encontrar e precisar ser resgatado — pede Kristen.

— E aí... — começa Perry. Ela agarra meus ombros, me fazendo parar no meio do estacionamento. Ela coloca sua mão na minha coxa. — Você apenas finge que sem querer encostou a mão na perna dele e diz "ops, desculpe". Então o menino vai falar, tipo, "não, tá tudo bem". Aí você vai saber que ele está a fim de você e vai fazer o que tem que ser feito!

Eu dou risada.

— Não é assim que funciona.

— Bem, faça funcionar. — Perry acena.

— Me deixem na minha casa. Eu vou pegar minha bicicleta.

Assim que chego em casa, deixo a mochila na sala e vou dar uma olhada nas roupas de inverno que a minha família guarda no armário do corredor. Agora já sei o que esperar desse menino, então vou preparado. Eu reviro as luvas e os gorros e pego um par luvas grossas de esqui com uma camada extra de tecido para proteger as minhas mãos caso eu encoste em Jordan de novo. Coloco um gorro na cabeça e um cachecol no meu pescoço para eu ficar chique e atraente. Quem disse que você não pode ficar bonito e se proteger ao mesmo tempo! Smithson Hills, aí vou eu!

Já na bicicleta, viro com tudo quando entro no bairro do Jordan, e tiro um pé do pedal para deslizar pela rua.

Eu sei quem mora na primeira casa, então passo direto por ela. Tem uma mulher tirando umas crianças de um SUV na entrada da casa seguinte, então definitivamente não é esse o endereço do Jordan. A entrada da casa ao lado está vazia e eu noto quão idiota é esse plano porque e se por acaso as pessoas estiverem guardando seus carros na garagem no inverno?

Na frente da próxima casa tem alguns carros. Uhul! Vitória! Minha primeira pista. Ao inspecionar mais atentamente, porém, noto que as placas são da Pensilvânia. Sigo pedalando.

A porta da garagem da casa seguinte está fechando enquanto me aproximo. Eu acelero, tentando dar uma olhada antes que feche de vez, mas está escuro demais do lado de dentro para que eu possa ver a placa.

Uma luz é acesa no interior da casa. Vejo uma mulher saindo da garagem e andando em direção à cozinha, parece ser a pessoa que acabou de fechar a garagem. Pela janela, eu a vejo colocar uma sacola de compras no balcão e começar a esvaziá-la. Ela também pega papel-alumínio, embalagens para sanduíches e pão.

Sinto um aperto no estômago e puxo o gorro para cobrir o meu rosto. Estou com vergonha de mim mesmo. Essa foi a ideia mais doida que eu já tive. Eu viro minha bicicleta na direção de casa para pôr um fim nessa aventura stalker.

— Dylan.

Eu freio com tudo, fazendo a bicicleta derrapar. Eu me viro e Jordan está parado na calçada, ao lado da caixa de correio da casa que eu estava stalkeando. Ele está usando o uniforme do Santa Helena, um cardigã vinho, camisa branca, uma gravata e calça social cinza. Acho que eu nunca tinha visto na vida um garoto perfeito, mas tenho certeza de que isso acabou de mudar.

Jordan está lindo e eu me sinto mal porque ele estava realmente falando a verdade sobre sua vida, pelo menos sobre partes dela.

— Ah, oi...

— O que você está fazendo aqui?

Dou de ombros e olho ao redor.

— Só, tipo, andando de bicicleta — digo, enfiando a mão por baixo do cachecol para coçar o pescoço.

— Como você sabia que eu moro aqui? — Jordan aponta para a casa.

— Eu não sabia. Quer dizer, eu não sei.

— Ah... Parecia que você estava olhando.

Jordan desce da calçada e caminha na minha direção. Eu viro a bicicleta de volta quando ele se aproxima.

— Bem, na verdade, se você quiser falar sobre isso — falo, rindo de leve. — Talvez eu estivesse...

O semblante de Jordan muda.

— Eu queria te ver de novo... Depois de tudo o que aconteceu na outra noite.

Jordan desvia seu olhar do meu.

— Me desculpe... Mas o que exatamente você acha que aconteceu?

Dessa vez, eu rio alto com a resposta do Jordan. Aponto para ele e abro e fecho a mão rapidamente.

— Nada disso! Você viu o sorvete explodir e sabe que a sua pele estava pelando. Na verdade, eu sei que você estava pelando porque eu senti!

Jordan cruza os braços e resmunga algo.

Eu balanço a cabeça.

— Desculpe por ter vindo. Isso foi idiotice. Talvez a Emily tenha razão e você não valha a pena. — Eu ranjo os dentes enquanto deixo essas palavras escaparem. Mas depois que um segundo passa, fico feliz por ter dito algo, porque o Jordan me olha nos olhos pela primeira vez desde que me viu aqui.

— Quem estava certa? Emily? A Emily Huntsville? Você perguntou de mim para ela? O que ela te disse?

Ergo uma sobrancelha.

— Por que isso importa?

— Isso tudo importa! — grita Jordan, erguendo os braços. E quase me acerta no rosto. Nessa hora, eu sinto uma súbita onda de calor atingir minha bochecha. Eu pulo e quase caio da bicicleta.

— Mas que porcaria é essa, cara? Você pode parar com isso?

Jordan não sorri.

— Por favor, não tenha medo de mim, Dylan.

— E eu deveria ter?

Eu posso responder a essa pergunta com um sim estrondoso.

Jordan olha para os dois lados da rua.

— Eu preciso fazer isso — diz ele, chegando perto de mim.

— Fazer o quê? — Coloco os pés nos pedais, dou uma olhada na rua e estou pronto para sair *voando* daqui.

— Porque você não vai me deixar em paz. Confie em mim.

— Espere. — Levanto meus braços para me proteger. — Você está quente? Pare!

Jordan coloca as mãos nos meus ombros e uma onda de calor viaja pelo meu corpo, e de repente eu não vejo mais nada.

SETE

Abro os olhos e tudo o que vejo é uma parede branca: estou em um cativeiro.

Meu cóccix está doendo, e a minha bunda, dormente. Tem uma toalha gelada, úmida, na minha testa. Estou tremendo. Minha pele está toda arrepiada.

Estico as pernas. Elas atingem outra parede. Estou mesmo preso em uma caixa branca de um metro? Eu me esforço para virar de costas e enxergo um chuveiro: estou numa banheira. Coloco a mão na virilha e vejo que estou de calça. Suspiro.

Eu me sento. A toalha que estava sobre a minha testa cai no meu colo. Ainda estou com as luvas de ski. Na mesma hora, eu as tiro e jogo no chão. A palma das minhas mãos está suada.

A cortina do chuveiro está puxada. Na borda da banheira tem um frasco de shampoo Old Spice 2 em 1 — o que significa que estou na banheira de uma pessoa aleatória. O que eu não daria para ver uma esponja rosa, o sabonete líquido de lavanda da Dove e um shampoo hidratante da Pantene. Daí eu saberia que estou com a Perry e com a Kirsten. Mas elas não me salvaram. Elas me deixaram morrer de novo.

Meu sequestrador provavelmente está pegando o ácido que vai ser usado para desintegrar o meu corpo nessa banheira que nem em *Breaking Bad*. Eu preciso sair daqui. Dou umas tossidas dramáticas.

Eu me apoio na borda e me levanto. Então a porta do banheiro abre.

— Ah, me deixe sair daqui! Eu faço qualquer coisa! — grito antes de ver quem é.

Jordan está parado na porta. Ele trocou de roupa. Está usando uma camiseta branca e short preto da Adidas. Jordan consegue estar ainda mais bonito que antes.

— Shhhhh! — diz ele, colocando o dedo em cima dos lábios.

— Você! — grito mais alto do que antes. — O que você quer dizer com shhhhh? O que você vai fazer comigo?

— Eu vou explicar tudo para você.

— Obrigado. Mas é meio tarde para explicações. Eu passo.

Fico de pé e tento sair da banheira, mas minhas pernas vacilam. Jordan me segura pelo antebraço. Olho para a mão dele e então nos encaramos por um momento, e eu não sinto nada além de uma mão humana normal. O nariz dele e o meu estão quase se tocando. Nossos lábios, a centímetros de distância.

— Como você está fazendo isso e não está me queimando?

Jordan morde o lábio e então olha para baixo.

— Porque eu gosto de você, ok? E quero te conhecer — diz ele, com segurança na voz. — Mas eu não poderia depois de você ter descoberto o meu segredo.

Plim! Eu sabia que Jordan tinha um segredo. Mas espera, ainda mais importante, ele acabou de dizer que gosta de mim. Eu quase quero pedir para ele repetir o que falou só para o caso de eu ter escutado errado, mas não quero dar a chance de ele se corrigir caso tenha sido um erro.

— E qual seria?

— Sente de novo na banheira.

— O que? Não! — digo, tirando meu braço da mão dele.

— Você precisa sentar para que eu te mostre direito.

— Isso é estranho.

— Você quer saber?

— Sim, tá bom. Tá bom.

Eu volto para a banheira. Jordan entra e senta na minha frente com as pernas cruzadas. Eu respiro fundo. Jordan está cheirando a banho recém-tomado. Minha cabeça gira, assimilando a decoração do banheiro, ou melhor, a falta de decoração. Uma pintura está sobre o balcão, encostada na parede. A tela é coberta por penhascos vermelhos. A palavra *Zion* está escrita embaixo.

Eu aponto nessa direção.

— É uma das suas pinturas?

Jordan se vira.

— É. Sem números. Eu pintei à mão livre. Dá pra saber?

— É muito boa. — Minhas mãos estão tremendo. Eu as aperto contra meu estômago.

— O que você pinta?

— Nós não temos um tema específico. Um pouco de tudo. E faz sentido. Agora estamos pintando flores.

— Você não pinta sozinho?

Olho para o teto.

— Não, na verdade. Sempre foi uma atividade em grupo.

— Talvez a gente possa pintar juntos uma hora dessas..

Engulo em seco. — Seria muito legal.

Ficamos em silêncio. A água está pingando na pia. O aquecedor da casa está funcionando e faz a saída de ar do teto balançar conforme o ar passa pelas grades de metal.

— Então, o que você queria me mostrar?

— Promete que vai ficar calmo? — pergunta Jordan, estendendo a mão com a palma virada para cima.

— Prometo. — Cutuco seu dedo e parece normal. — Tá?

— Fica quieto. Só espere um pouco — diz Jordan, fechando os olhos.

Tamborilo nos meus joelhos.

De repente, uma chama azul sai da mão do Jordan e explode no ar. O calor quase queima meu rosto. Dou um grito. É melhor que ele não tenha queimado minhas sobrancelhas.

Dou um pulo e saio da banheira. A cortina branca do chuveiro fica enrolada no meu corpo e o suporte dela cai no chão.

— Puta merda!

A chama retorna para a palma da mão do Jordan e desaparece.

— Você é tipo o Tocha Humana? Eu achei que estava zoando para mim mesmo.

Devo ligar para a emergência? O que alguém faz numa situação como esta? Se Jordan quisesse me matar, poderia ter me carbonizado enquanto eu dormia, certo? Meu conhecimento sobre estudos cinematográficos, que obtive em todas as plataformas de streaming que existem, vem à minha mente e penso no que meus pares teriam feitos em circunstâncias como esta.

Thor. Eu acabei de assistir *Thor*. A Natalie Portman estava com medo do Thor no início, mas então ela o aceitou. Mas o Thor é o Chris Hemsworth. Quem iria dispensar um Chris Hemsworth mágico? Eu o deixaria por fogo em mim. Quando aquelas crianças de *Stranger Things* descobriram que a Eleven tinha poderes, acharam legal e deram waffles pra ela. Verdade. Se pessoas com doze anos de idade conseguem lidar com isso, eu também consigo.

— Pare. Você está fazendo muito barulho. Meus tios estão lá embaixo. Você não deveria estar aqui — diz Jordan, tirando a cortina do chuveiro da minha cintura, tentando me livrar dela.

— Poxa, me desculpa. Da próxima vez que um humano soltar fogo pelo corpo eu vou tentar agir naturalmente... Espera. — Eu paro. — Tios? Eu achei que você tinha se mudado pra cá com os seus pais.

— Se você esperar um segundo, eu estou tentando te contar. — Jordan está rangendo os dentes.

Eu fico parado com a cortina do chuveiro enrolada no meu corpo como se fosse um vestido.

— Não. Eu que mando. Qual é o seu nome verdadeiro? — pergunto, com a respiração pesada. Dou um passo em direção à porta.

Ele revira os olhos.

— Jordan.

— Sobrenome?

— Ator.

— Quantos anos você tem? — Eu pego uma escova que está sobre a pia do banheiro e a seguro diante de mim.

— Sério? Tenho dezessete e estou no segundo ano e estudo no colégio Santa Helena.

— Você se mudou do Arizona para cá duas semanas atrás?

— Sim.

— Onde estão seus pais?

— Mortos.

Sinto calafrios nos braços e minha voz falha.

— Ah... Desculpa.

Abaixo a escova. Lentamente puxo a cortina das minhas pernas e então me sento no chão, encostado na parede. Jordan faz o mesmo que eu e se senta de frente para mim. Em seguida, se encosta na banheira e coloca o queixo sobre o antebraço. Eu observo a um dos lados do rosto dele. A mandíbula está tensa.

— Desculpa.

— Não, tudo bem. Isso é confuso pra você. Eu entendo.

— Sim, um pouco.

— Da última vez que fiz isso com a chama eu coloquei fogo no meu edredom e quase incendiei a casa inteira. Imaginei que você ficaria assustado se eu tentasse trazer você aleatoriamente para o meu banheiro, então te sequestrar foi a única opção.

— Sério? Eu provavelmente teria achado que você estava dando em cima de mim e teria topado vir aqui.

Jordan continua me observando parado.

— Estou brincando.

— Enfim, voltando aos meus pais... É parte da história.

— Certo.

— Então, o que aconteceu foi... — Jordan suspira profundamente, mordendo os lábios. — Meu pai trabalhava para a HydroPro. Você já ouviu falar?

— Hum, talvez. Parece familiar.

— Bem, é uma empresa de combustível de hidrogênio, do Arizona. Eles produzem veículos movidos a hidrogênio e outras máquinas e estavam testando essa bateria nova. Eu nem sei o que era. Mas era para carros. E deram uma pro meu pai. — A voz Jordan falha. — Desculpa. Na verdade você é a primeira pessoa para quem estou contando isso. — Ele balança o corpo para a frente e para trás.

— Você não precisa falar sobre isso agora se não...

— Não. Eu te fiz passar por tudo isso. Quero que você saiba. Eu quero que alguém saiba. Eu *preciso* que alguém mais saiba. — Jordan está rangendo os dentes.

— Tudo bem, estou escutando — digo, me aproximando mais dele.

— Acho que vai ser mais fácil se eu te mostrar.

— Mais chamas?

Jordan sorri.

— Não. Espere aqui.

Jordan sai do banheiro. Eu ignoro a orientação e rapidamente vou atrás dele, torcendo para que essa conversa possa acontecer em um lugar mais normal do que dentro de uma banheira cercada por toalhas molhadas.

Entro no quarto de Jordan Ator e o cômodo é impecável. Não tem nenhuma peça de roupa jogada no chão de madeira. A cabeceira da cama é preta. Tem um edredom cinza superesticado, além de quatro travesseiros espaçados a uma distância perfeitamente igual uns dos outros. Perto da cama tem uma escrivaninha preta vazia. Não tem nada nas paredes, exceto um pôster em preto e branco da banda The 1975 em cima da cômoda preta do Jordan e um pôster do Jon Snow na parte de trás da porta. Cortinas pretas que vão até o chão emolduram as duas janelas. A única coisa meio desorganizada é uma pilha de livros que está sobre o assento próximo à janela.

Lá fora está escuro e de repente me dou conta de que eu não faço ideia de que horas são. Reviro os bolsos, procurando meu celular. Nada.

— Aqui — fala Jordan, enquanto examina uma das gavetas da escrivaninha, pegando um pedaço de papel e o entregando para mim em seguida. Eu o pego e coloco sobre a mesa para ler. Jordan acende uma lâmpada. É um jornal chamado *Local Valley Courier*. Jordan fica atrás de mim e eu sinto o peito dele encostando em mim. Seu corpo é tão quente. A manchete diz: "Primeira Starbucks da região deve trazer público recorde para o shopping-center de Sun Valley".

Eu olho para Jordan.

— Não entendi. O que isso tem a ver com os seus pais?

— Mais embaixo — avisa ele, apontando o canto inferior direito do jornal. Uma manchete muito, muito menor, acima de um paragrafozinho, informa: "Diretor da HydroPro e esposa mortos em incêndio infernal".

— Ah, Jordan... Isso é horrível. Eu sinto muito.

— Continue lendo.

No dia 9 de julho, o diretor sênior da HydroPro, Gregory Ator, e sua esposa, Lauren Ator, morreram em um acidente de carro na Lenape Road. Seu filho de dezesseis anos, Jordan Ator, foi levado para o hospital às pressas e, atualmente, está em estado crítico. Nenhum outro veículo se envolveu na batida. A polícia está investigando e, com base no tamanho das chamas, acredita-se que o acidente pode ter ocorrido devido ao mau funcionamento do motor de hidrogênio projetado pela HydroPro. A empresa não se pronunciou até o momento.

— Mas como é que isso explica...
— Isso? — fala Jordan, soltando uma chama pelo dedo indicador.
— Sim. — Engoli em seco, dando um passo para trás. — Isso.
— Esse artigo não fala toda a verdade. Eu não fui levado para o hospital. Eu descobri depois que a HydroPro chegou ao local do acidente primeiro e me levou de volta para a sede deles. Fiquei em coma por seis semanas. Alguma coisa estranha aconteceu comigo durante o...
— Espera, Jordan, isso é loucura. Por que isso não foi noticiado no país? Foi? Eu não vi? É essa sua condição médica? Quem se importa com essa Starbucks idiota?
— Que condição médica? Eu não chamaria assim. Não foi noticiado. Graças à HydroPro. Mas é melhor assim. Você não pode falar nada. Você é a única pessoa que sabe.
Eu dou um tapa na minha cabeça para garantir que escutei certo.
— Eu? Eu sou? Por que eu?
Alguém bate na porta.
— Jordan? — A voz é de uma mulher. — Nós vamos nos deitar. Te vemos de manhã, tá bem?
— Tá bem, boa noite.
Ficamos em silêncio enquanto observamos a sombra desaparecer pela fresta debaixo da porta.
— Era a sua tia? Que horas são? —pergunto.
Jordan tira o celular do bolso.
— Oito e quarenta e seis.
— Droga, preciso ir! Você pode me contar mais depois?
— Claro.
Eu pego o celular dele e começo a digitar.
— Esse é meu número. Me manda mensagem. — Jordan assente. — E onde estão as minhas coisas?
— Seu celular e cachecol e tudo o mais estão ali na cômoda.
— E a minha bicicleta?
— Está do lado da minha casa.
Vejo quatro ligações perdidas da minha mãe, duas do meu pai e setenta e três mensagens não lidas no meu grupo com Perry e Kirsten.
— Ah, não!
— Que foi?

— Nada. Eu só preciso ir para casa — digo, enfiando o celular no bolso.

— Desculpa por ter te segurado aqui até tão tarde.

— Não. Eu estou feliz por você ter me contado. Tudo meio que faz sentido agora... Mas não tudo.

— Deixa eu ir com você até lá fora.

Jordan abre um pouco a porta do quarto e espia o corredor. Liberado, e Jordan faz sinal para que eu o siga. Nós descemos lentamente as escadas e então saímos pela porta da frente. O ar frio e cortante atinge meu rosto assim que coloco os pés do lado de fora.

— Você tem certeza de que está bem para ir pedalando pra casa?

— Bem, eu não tenho outra escolha. Nós, humanos, aprendemos a dar conta das coisas sem os poderes do fogo.

Jordan ri.

— Eu não quis te ofender... Se ofendi... Eu não sei... Não quis dizer que você não é humano.

— Tudo bem. Não fiquei ofendido.

— Tchau — digo e estendo meus braços para um abraço.

— Ah, claro — fala Jordan, me abraçando.

— Você é tão quente.

— São 43 graus constantes.

— Eu fico em meros 36.

— Tão fraquinho.

Dou risada e saio do seu abraço.

— Não fique muito à vontade comigo agora.

— O que isso quer dizer?

— Estou brincando. Vejo você logo?

— Sim.

Dou alguns passos para sair da varanda mas então paro.

— Espera. O que eu digo para as minhas amigas?

— O que você quer dizer com o que você vai dizer para as suas amigas? Você não vai dizer nada.

— Mas eu meio que contei pra elas como foi que eu te conheci na outra noite e você era...

— Você não pode dizer nada, Dylan. As pessoas terem descoberto sobre mim foi o motivo de eu ter vindo pra cá. Ninguém pode saber. Pode ser perigoso demais.

— Pode ser o quê?

Assim que termino de fazer essa última pergunta, Jordan olha para a rua, o que faz com que eu olhe também. Um carro prateado com vidros escuros está parado na frente de uma casa vizinha. Muita fumaça sai do escapamento. O carro continua ali por um momento. Então, em seguida, as luzes vermelhas do freio acendem e o carro acelera pela rua coberta de neve.

— Jordan, você está aí fora? — pergunta a tia dele. Jordan fecha a porta atrás de si e me segura pelo braço.

— Venha comigo.

— O que está acontecendo?

— Depois eu te explico.

Jordan me empurra para a lateral da casa. Nós andamos rapidamente até ele puxar a minha bicicleta dos arbustos. Eu seguro o guidão e começo a empurrá-la de volta para o quintal, mas Jordan a pega e vira a bicicleta na direção dos fundos.

— Você precisa ir por aqui — diz ele, nervoso. Ele olha atentamente para todas as direções. Nós passamos por alguns quintais antes de sairmos em uma rua que eu não reconheço. Subo na bicicleta. Jordan faz sinal para eu seguir em frente.

— Jordan, o que está acontecendo?

— Nada. Falamos amanhã — responde ele, olhando para os dois lados da rua várias vezes. — Você vai ficar bem. Vá pra casa com cuidado.

— Bem *por quê*?

— Você vai ficar bem.

Jordan assente e então eu o vejo correr de volta para casa em meio às árvores sem dizer mais nada. Eu encaro a escuridão por alguns momentos, me perguntando se ele vai voltar. Os pinheiros farfalham com uma brisa leve. Jordan não volta, então resolvo descer a colina. O ar gelado faz meus olhos lacrimejarem conforme ganho velocidade.

Hoje, mais cedo, eu estava animado com a ideia de ser a única pessoa que sabia um segredo de Jordan. Mas agora eu sei realmente que: (a) o Jordan tem um segredo e (b) eu *sou* a única pessoa que sabe — caramba! Por que ele me contaria se é perigoso que eu saiba? E quem estava no carro em frente à casa dele? Tipo, pensando bem, que coisa maldosa de se dizer: *o que eu acabei de te contar vai pôr a sua vida em risco, mas tenha uma boa noite mesmo assim. Vá pedalando sozinho pra casa numa noite de frio polar.* Quem é que faz isso?

    Parece que serei uma donzela em perigo, tipo a Jane Foster do *Thor*, no fim das contas. Felizmente, estou bem acompanhado: Mary Jane Watson, Lois Lane, Pepper Potts. Várias minas, nenhum gay. Eu vou quebrar recordes mesmo enquanto estou sofrendo. Espero que Jordan tenha um bom motivo para ter me contado isso. Senão, vou me contentar com Jimmy.

OITO

Estaciono na frente da minha casa e todas as luzes estão acesas. Deixo a bicicleta na entrada e sigo para a porta da frente, mas, antes que eu chegue lá, alguém a abre para mim.

— Dylan! — diz a minha mãe da porta com o cabelo meio esvoaçante por causa do vento frio. Ela está usando robe e pantufas. — Cam, ele está aqui! — grita ela para o meu pai, que está dentro de casa.

— Oi, mãe.

— Oi?! Onde você estava? Você podia atender às ligações né? Responder mensagem?

— Desculpa. Eu estava na casa de um amigo e deixei meu celular em outro cômodo.

— Que amigo? Eu liguei para os pais de Perry e Kirsten e eles disseram que você não estava lá. As meninas disseram que também não sabiam onde você estava. — Esbravejou com os braços cruzados.

— Bem, você vai ficar feliz de saber que estou expandindo e fazendo novos amigos.

— Para dentro! — Ela aponta para o hall.

Eu passo por ela, que fecha a porta atrás de mim.

— Isso não tem graça, Dyl — fala meu pai, descendo as escadas. — Sua irmã estava sentada na varanda quando chegamos.

Eu resmungo baixinho.

— Hoje é quinta? Eu esqueci que era meu dia — afirmo, colocando as mãos nas têmporas.

— Você não pode esquecer. Ela tem dez anos.

Meus pais acharam que era uma boa ideia minha irmã ter as noites de quinta livres de atividades extracurriculares e tarefas, para fazer a lição de casa. Eu não consigo imaginar como deve ser ter só um dia de folga na semana. Eu tenho seis e honestamente ainda é cansativo. Meu turno único por semana no Dairy Queen me faz sentir que fui pisoteado por uma manada de elefantes e rinocerontes e as pessoas da escola nem estão lá. Eu acho que as pessoas do ensino médio sugam a vida de você. Minha teoria ainda não foi comprovada, mas ela me lembra do filme *Jumanji*. Nós todos estamos jogando o jogo, tentando avançar. Mas, no final, nós acabamos sugados para dentro de uma dimensão alternativa e nos esquecemos de quem somos.

— Desculpa. Só tem muita coisa acontecendo e eu precisei encontrar essa pessoa nova para ajudar ele com um negócio...

— Nova aqui? Na escola? — pergunta minha mãe.

— Na área.

— Hum. — Ela faz um bico. — Gentil da sua parte.

— Não achei que você fosse do tipo que guia garotos novos — meu pai diz, dando um sorriso irônico enquanto me dá um tapinhas nas costas.

— É... valeu.

— Não, de verdade, isso é ótimo Dyl. Só se lembre das quintas. É o único dia que te pedimos para ajudar.

— Eu sei. Não vai acontecer de novo.

— Agora vá pra cama.

— Já vou. Só preciso beber água. Estou morrendo de sede.

Eu os observo subir de novo as escadas e então vou para a cozinha. Eu encho um copo de água e escuto com cuidado até a porta do quarto deles fechar. Quando ouço o clique, eu corro para o porão.

Meu quarto no andar de cima fica bem ao lado do quarto dos meus pais. Eu juro que essa casa é feita de papelão ou alguma coisa assim, porque você consegue ouvir todas as conversas. Portanto, minhas ligações secretas para Perry e Kirsten precisam acontecer no porão.

Eu ligo um conjunto de luzinhas de natal enroladas em volta de uma viga de madeira e os bulbos iluminam o chão de cimento. Eu puxo meu celular do bolso e caio em um pufe.

— *Não tão rápido* — diz um objeto gigante de cobertor no pufe verde ao meu lado, surgindo. Eu grito de susto. O cobertor voa para o lado. Minha irmã aparece assustada, e me assusta de novo. Ela está usando pijamas rosa brilhante.

— O que você está fazendo aqui, sua doida? — Tento falar o mais baixo que consigo. — Você não devia estar na cama?

— O que *você* está fazendo é a melhor pergunta. — Ela me encara com os braços cruzados.

— Não é da sua conta. Vai pra cama, Cody!

— Afeee. — Ela suspira e finge desmaiar de volta no pufe. O dorso da sua mão toca a testa. — Eu fui abandonada e me deixaram passar frio e fome essa tarde e você ainda não é legal comigo. — Cody tosse. — Eu ainda não me aqueci. Tão frio. — A voz dela suaviza. Ela finge estar com frio.

Eu faço cosquinha nos pés descalços dela.

— Bom, talvez você devesse colocar meias então! — Ela ri e me chuta.

— Desculpa eu ter te deixado na calçada como uma lata de lixo — digo, puxando-a para um abraço.

— É bom pedir desculpas mesmo.

— Não vai acontecer de novo.

— Acho bom.

— Agora vá para a cama antes que mamãe e papai notem que você está aqui e fiquem bravos com nós dois.

— Eu vou. Mas primeiro você precisa me dizer onde estava.

— Eu só estava com alguém que conheci.

— Menino ou menina?

— Menino.

— Um menino que você beija ou um menino com quem você joga videogame?

Boa pergunta. No meu mundo ideal, um menino que eu poderia beijar enquanto jogamos videogame seria o sonho.

— Ainda não sei.

— Não sabe? É bom saber, então, na próxima vez que me esquecer.

Do nada, um desfile de sirenes de bombeiros e ambulâncias interrompe o silêncio do porão. As luzes vermelhas e azuis iluminam as janelas finas no alto da parede.

— Está ouvindo isso? Eles estão vindo te buscar porque você não foi pra cama.

— Pare! — grita Cody. Ela corre pelos degraus de madeira, então sai pela porta do porão.

Eu esfrego minhas mãos no rosto e suspiro. Se eu precisar preencher questionários toda vez que falar de Jordan esse relacionamento não vale a pena. Ninguém nunca esteve interessado na minha vida e agora eu tenho algo interessante acontecendo e gente interessada? Que engraçado.

Eu não pedi isso e não sei o que fazer.

Meu telefone toca e eu levo um susto. Kirsten está me ligando no facetime. Eu olho a hora e são quase dez da noite. *Eu* deveria estar ligando para *ela*. O que ela pode ter para me contar agora? Nada pode ser mais interessante do que minha vida no momento. Eu deslizo para atender.

Um brilho laranja cobre a tela. Fumaça sai da boca de Kirsten. *Eita*.

— Kirsten? Onde você está? Tudo bem?

Ela move a boca, mas as sirenes não me deixam escutar a voz dela. Abaixo o volume.

— Kirsten? Alô?

Eu me levanto e ando de um lado para outro do quarto.

— Dylan? — Ela coloca o celular na boca. A proximidade do rosto dela deixa a tela preta. — Eu não consigo te ouvir! Onde você estava?

— Eu também não consigo te ouvir. Minha investigação teve sucesso. Preciso te atualizar.

— O quê? — grita ela.

— Esse não parece ser o melhor lugar pra você me ligar. Me manda mensagem?

— Não consigo te ouvir!

Resmungo.

— Você precisa ver isso! Saia para o bosque perto da minha casa. As casas novas que estavam construindo pegaram fogo. É bizarro!

— Como assim? Tudo bem. Fique aí. Estou indo.

— Vou ficar!

Respiro fundo para inspirar o resto de calor antes de sair para o gelo do sudeste da Pensilvânia. Eu deslizo para fora da porta de vidro do porão e corro para a frente da casa onde deixei a bicicleta. O chão parece um caminho de concreto. A grama congelada estala embaixo das minhas botas como se fosse cascalho.

A previsão do tempo disse que algum sistema de vórtex polar está em cima da gente nessas últimas semanas e o resultado é cem graus negativos, cento e cinquenta se você contar o vento. Eu já consigo me ver congelado em um arbusto mais tarde, morto pela natureza tipo Jack Nicholson em *O Iluminado*.

Tudo está seco e eu tenho certeza que isso não está ajudando no incêndio. Definitivamente não está ajudando meus lábios, que estão rachando de frio neste exato momento. Pensando bem, eu nunca tive que cuidar dos meus lábios por outra pessoa. Eu passo o dedo pelo lábio inferior e sinto a pele rachada. Minha pele é quase tão branca quanto a neve. Eu me pergunto se Jordan teve nojo de mim. Eu tenho nojo de mim. Eu preciso ir na farmácia amanhã e comprar suprimentos para voltar a ter a aparência de um humano funcional e não um figurante de uma série sobre zumbis.

De longe, o céu perto da casa de Kirsten está laranja. Pedaços de papel, ou madeira, ou *algo* dançam por aí no ar brilhante. Eu pedalo para fora do meu bairro, passo pelo Dairy Queen e chego no condomínio. Dois caminhões de bombeiros passam por mim no caminho, jogando mais ar gélido na minha cara.

Quando chego no local, uma multidão de cerca de cinquenta pessoas está observando o fogo. Uma linha de carros de polícia impede que elas cheguem mais perto desse inferno inflamável. Chamas cobrem uma fileira de umas cinco casas. As ondas laranja-amareladas sobem a quatro andares de altura pelo céu negro. As estruturas de madeira das casas vizinhas estão a centímetros de pegar fogo. Dezenas de placas da Construtora Blatt estão penduradas em uma corrente em torno do canteiro de obras.

Eu examino a multidão e reconheço o pompom cor-de-rosa no topo do gorro de Kirsten. O cheiro de fogueira de acampamento toma o ar.

Me aproximo dela, tocando-a no braço. Ela choraminga.

— Kirsten, está todo mundo bem?

— Acho que sim. Estavam em construção, então não tinha ninguém dentro, mas os bombeiros estão apagando o fogo.

— Como começou?

— Ninguém sabe. Mas dava pra sentir o calor da minha casa.

— Credo — digo, apertando os olhos, colocando minha mão na frente do rosto.

— Você encontrou o Jordan? Eu imagino que a resposta seja sim já que você ignorou as minhas mensagens. Como foi?

Eu coço a cabeça.

— Bom.

Ela franze o cenho.

— Bom? Depois de tudo isso e foi só bom?

— É, foi bom. Nós acabamos de nos conhecer. Não é que vamos nos casar.

— Bem, do que vocês falaram?

— Ele só me contou da escola e coisas assim.

— Certo? Você está estranho. Vocês se pegaram ou coisa assim? — pergunta ela sorrindo.

— Não! — Eu coro. — Só não aconteceu nada. Talvez eu não goste dele tanto quanto achei que gostava.

Ela me examina, me mostrando com suas sobrancelhas que ela sabe que estou mentindo.

Eu olho em volta, evitando o contato visual com ela. Eu esfrego meus braços para me aquecer.

Do outro lado da multidão, Savanna Blatt observa o fogo com o pai. O cabelo longo, loiro e quase branco que desce pelas costas dela quase se mistura com a neve. Ela me vê e me observa. Nós fazemos um breve contato visual antes que eu consiga me virar. Em seguida, vejo Savanna vir na minha direção.

— Savanna chegando pela direita — sussurro.

A Savanna chega até nós. Ela faz pose, cruzando os braços e colocando a perna direita mais à frente.

— O que você está fazendo aqui? — Savanna pergunta, olhando para mim.

— Kirsten me contou. Eu pensei em vir e ver se ela estava bem.

— Isso não é um show. Sabe quanto dinheiro meu pai está perdendo com isso?

— Sinto muito, Savanna — diz Kirsten.

— Obrigada, Kirsten. — A voz dela suaviza. — Essa é a segunda propriedade a pegar fogo em duas semanas. Tem sido difícil para a família.

— Segunda vez? — pergunto.

— Sim, Dylan. Você presta atenção em alguma coisa? Por favor não me diga que não tem um cérebro nessa sua cabeça de formato infeliz. A casa-modelo no condomínio novo em Liberty Pike pegou fogo duas semanas atrás. Agora acham que foi proposital. — Ela aperta os lábios.

O pai e o irmão mais velho de Savanna surgem atrás dela com dois policiais ao lado. O pai dela é um cara alto com uma barriga enorme. Se você só o visse de costas, acharia que ele é magro.

— Quem são esses? — pergunta ele.

— Gente que conheço da escola — responde Savanna.

— Quando vocês chegaram aqui? — um dos policiais questiona, dando um passo à frente.

Kirsten e eu trocamos um olhar.

— Hum, vinte minutos atrás — diz Kirsten. — Eu moro no fim da rua. Eu estive em casa a noite toda. Você pode checar com meus pais. Desculpa se eu não deveria estar aqui...

O policial ergue a mão.

— Tudo bem. Obrigado. E você? — Ele se vira para mim.

— Hum, cinco minutos atrás — eu digo.

— De onde você veio, filho?

— Dali. — Eu olho e aponto na direção da minha casa.

Nesse momento, eu me assusto com o que vejo.

Mais embaixo da rua, o carro prateado que estava em frente à casa de Jordan encosta no local. Desta vez, ele não está sozinho. Mais dois carros prateados encostam atrás dele. Eles estacionam ao longo do meio-fio. Um grupo de pessoas sai dos carros e faz um círculo. Uma delas faz uma ligação, outra anota algo em um pedaço de papel, uma manda mensagem no celular e a outra se apoia em um carro com os braços cruzados. Eu ergo meu celular e tiro foto delas para mostrar para Jordan.

— Ei, rapaz — diz o policial, tocando meu braço. — Eu te fiz uma pergunta.

Eu volto para a conversa.

— Como? Me desculpe, o que você perguntou?

— Eu disse que temos algumas testemunhas dizendo que viram um adolescente fugindo da cena logo depois que o fogo começou a aumentar. Alguma ideia do que isso se trata?

— Não... Não. Eu estava em casa com meus pais, você pode perguntar pra eles.

O policial anota algo em um bloquinho.

— Conhece outros meninos da sua idade na rua hoje?

— Você está perdendo seu tempo — declara Savanna, dando um passo a frente. — Dylan não tem amigos homens.

— Obrigado por esclarecer, Savanna. Eu acho que o ponto que você acabou de fazer vai realmente contribuir com a investigação.

— Claro. Vocês dois não têm nada contra a família Blatt, têm?

— Obrigado, senhorita — diz o policial. — Deixe que cuidamos das coisas aqui.

Os policiais assentem. Eles vão embora, com o pai e o irmão de Savanna atrás, até outro grupo de espectadores.

— Savanna, você não acha que tivemos algo a ver com isso, não é? — Kirsten pergunta. — Eu nunca faria algo do tipo.

— Não a menos que você tenha algo para me contar — rebate Savanna, piscando mais rápido.

— O quê? Claro que não.

— Ótimo. Achei que não.

— Savanna! — grita o sr. Blatt e aponta para que ela volte para perto dele.

Savanna passa um cabelo solto para trás da orelha.

— Acho que vejo vocês na escola amanhã... — Ela olha para mim. — Infelizmente. — Savanna dá um passo na direção do pai e me dá um encontrão de propósito quando passa por mim.

— Qual seu problema?

— Você devia estar fazendo essa pergunta pra você mesmo, não pra mim.

Eu me viro para Kirsten.

— Ela é um saco às vezes...

— Veja, essa é uma situação estressante pra ela. Qualquer um passando por algo assim vai acabar descontando nos outros.

— Dá pra você concordar comigo?

— Mas acreditar em incêndio proposital é assustador — diz ela, ignorando meu comentário. — Minha casa fica bem ali.

— É, mas parece haver um tema nos incêndios, se já foram dois. Então acho que estamos bem.

— E o tema é?

— *Des*-truidora Blatt — falo, dando uma risadinha.

Kirsten controla um sorriso.

— Entendeu? Tipo, como é uma construtora...

— Sim, eu entendi. Mas você nunca sabe o que pode acontecer. Esse incêndio é enorme. Também é assustador pensar em alguém fazendo isso com os Blatt ou que exista um criminoso à solta na nossa cidade. O que alguém poderia ter contra eles para fazer *isso*? Parece que uma investigação é necessária — diz, apontando para as chamas.

— Bom, eu posso pensar em vários motivos para odiar os Blatt.

Kirsten bate no meu braço.

— Não seja tão rancoroso. Não combina com você.

— Ai, foi uma piada, relaxa.

Os bombeiros conseguiram diminuir as chamas, revelando esqueletos negros do que costumavam ser casas. O poder do fogo levou menos de trinta minutos para destruir tudo e, recentemente, conheci um garoto que pode controlar essas mesmas chamas com as pontas dos dedos. Eu checo meu celular para ver se tem mensagens dele. Nada. Provavelmente não é minha decisão mais sensata, ou mais segura, tentar me aproximar dele. Mas não posso ignorá-lo. Não depois de hoje. Não depois dele ter se aberto para mim.

Eu olho para trás, onde os carros prateados estavam estacionados. Eles foram embora.

Kirsten e eu viramos de costas para a cena. O calor do fogo se foi. Na mesmo hora, penso em querer tocar o Jordan. Sentir o calor de novo. Sentir o calor do peito dele em minhas costas.

E é aqui que eu redefino desejo. Embora ele tenha usado seus poderes para me derrubar duas vezes, ainda assim quero tocá-lo de novo.

Eu tenho um novo crush. Alguém me ajude.

NOVE

Existem alguns motivos pelos quais eu nunca tive um namorado. Alguns são circunstanciais e estão definitivamente mudando para melhor. Outros, como meus braços finos, são apenas fatos da vida que não me ajudam em nada. Tecnicamente, poderiam mudar. Mas quem tem tempo pra isso? Eu calculei quantas horas precisaria passar na academia para começar a ter bíceps, mas, quando isso acontecer, eu já terei me formado no ensino médio e estarei na próxima fase disso que chamam de vida. Então por que eu perderia tempo em uma academia mal iluminada?

Eu fingi ser hétero no fundamental e estraguei esses anos. Nenhum menino poderia ter saído comigo quando todo mundo pensava que eu gostava de garotas. No primeiro ano do ensino médio, eu tive meu primeiro período exploratório e fiquei com dois meninos em um mês! Mas devo mencionar que nenhum deles era da minha série ou da minha escola. Minhas opções rapidamente acabaram e não sobrou mais ninguém para namorar. A seca tem sido severa, para dizer o mínimo.

E agora parece que as coisas não vão acelerar tão cedo. Já faz quase dois dias e Jordan ainda não me mandou mensagem. Ele deveria pelo menos ter me mandado seu contato, para eu poder salvar o número no meu celular. Eu nem posso mandar mensagem para Jordan agora, mesmo se eu quisesse. Que cara irritante...

Surge uma notificação no meu celular enquanto penso nisso. Não é a Perry ou a Kirsten porque eu já sei de cor o tamanho das mensagens e os emojis que elas mandam. Alguém chamado jay_ordan10 me adicionou no Snapchat. Tem dois foguinhos depois do nome de usuário. Ele só pode estar de zoeira. Eu me sento na cama e o sigo de volta.

Dois segundos depois o Jordan posta uma selfie. Ele está deitado na cama com a língua para fora e a sobrancelha esquerda arqueada. Um cobertor esconde a maior parte do corpo do Jordan, mas os ombros estão à mostra. Ele está sem camisa e suas clavículas saltam da pele acima dos músculos do peito. Eu engasgo. Reconheço na hora as cortinas pretas e compridas do quarto ao fundo.

A foto desaparece em cinco segundos. Eu mando uma mensagem porque não tenho tempo para joguinhos.

Dylan
Ah, oi?

Jordan
Bom dia

Dylan
Por onde você andou?

Jordan
Escola

Dylan
Rezando?

Jordan
Kkkk basicamente
A gente às vezes estuda também

Dylan
Interessante

Jordan
Mto

Dylan
O que você vai fazer hoje?

Jordan
Eu preciso ir pro centro

Dylan
Centro? Da cidade?

Jordan
É

Dylan
Que aleatório. Fazer o quê?

Jordan
Coisas

Dylan
Ah. Parece interessante
Obrigado pelos detalhes

Jordan
Kkkk Coisas relacionadas ao acidente
Eu vou ao médico

Dylan
Afe. É a segunda vez. Desculpa

Jordan
Ainda te sobra uma jogada
Brincadeira
O que vc vai fazer?

Dylan
Galerias de arte

Jordan
Chique

Dylan
Então você vai me mandar mensagem para eu ter seu número aqui? Ou vamos nos falar só pelo Snapchat?

Jordan
Talvez, se eu receber uma foto

Uma foto? Como assim? Sexting com o Jordan? Acho justo eu mandar uma foto já que ele me mandou uma. Eu saio do chat e abro a câmera. Toco na tela duas vezes para virá-la para mim.

Tem uma remela amarela e gigante no canto do meu olho direito e baba branca e seca no canto da minha boca. Eu resmungo e jogo o celular pro lado e então corro para o banheiro para me limpar da vergonha resultante de catorze horas de sono. Arrumo o cabelo enquanto corro de volta para o quarto. Eu abro as cortinas para ter uma iluminação melhor, mergulho na cama, pego meu celular, tiro uma selfie, seleciono um filtro mais claro e mando para jay_ordan10.

Leva mais ou menos um minuto para ele responder. Com sorte ele não perdeu o interesse em falar comigo nesse tempo. Mas vai saber com esse cara é.

Jordan
Bonitinho.

Dou risada e passo a mão no cabelo.

Dylan
Obrigado
Uma troca justa então?

Jordan
Insistente

Dylan
Diz o cara que literalmente insistiu em pôr fogo em mim duas vezes

Jordan
Justo. Eu espero que você saiba que foram acidentes
Desculpa de verdade

Dylan
Eu sei

Jordan lê minha última mensagem e não responde. Suspiro. Já entendi que qualquer coisa relacionada a habilidades, anormalidades, poderes — não sei como chamar — dele é um assunto sensível.

Jordan me manda mensagem com seu número cinco minutos depois, com as palavras *meu número*. Percebo que não está mais a fim de conversar.

Eu me pergunto por que ele me contaria o que deve ser sua coisa mais secreta e então me dá um ghost. No meu manual de psicologia do namoro existe um capítulo inteiro dedicado ao ghosting. Não existe um exemplar impresso desse livro. Ele só existe na minha mente.

Um dia, eu deveria publicar esse livro com todo o conhecimento que adquiri com meus relacionamentos hipotéticos. Primeiro, para dar um ghost, o cara precisa ter demonstrado interesse. Se ele nunca mostrou interesse e para de falar comigo, então ele nunca esteve a fim de mim. Eu entendo. Mas o que eu não aguento é quando alguém mostra interesse em mim e então desaparece. Sem mensagens. Sem ligações. Nada. Adiós. Bye-bye. Isso me causa mais raiva do que o fato de a minha irmã ser mais inteligente aos dez anos de idade do que eu conseguirei ser durante a minha vida inteira.

Tipo quando eu fiquei com o Ryan Bonchetti na festa de quinze anos da Maddie Leostopoulos ano passado. O primeiro ano do ensino médio foi ridículo por vários motivos, mas um dos principais era o de que tínhamos uma festa de quinze anos fim de semana sim, fim de semana não, e, eu de alguma forma, fui convidado para metade delas. A melhor amiga da Maddie anunciou no início da noite que metade das pessoas presentes só tinha sido convidada para que a Maddie pudesse dizer que teve uma das maiores festas de quinze anos do ano — o que fez essa festa ser mais uma vingança do que qualquer outra coisa.

O Ryan estudava na escola vizinha, então eu já o tinha visto por aí. Ele era alto, magrelo e sempre usava calça de moletom. Ele também tinha a cabeça raspada.

O Ryan me abordou e começamos a conversar, o que de alguma maneira levou a gente a ficar. Eu não gostei muito. Não porque o Ryan não fosse bom de beijo. Eu só tinha ficado com algumas pessoas antes dele, então não tinha muitas referências em termos de comparação.

Eu não gostei porque Perry tinha roubado uma garrafa de Bailey's de caramelo salgado do armário de bebidas da mãe dela, e nós tomamos tudo cerca de cinco minutos antes de a festa começar. Eu falei pra Perry que achava que esse não era o tipo de bebida que as pessoas bebiam sem misturar com outra coisa. Perry perguntou se eu tinha com o que misturar. Eu não tinha. Então bebemos puro mesmo. Em certo ponto eu arrotei no meio do beijo e quase vomitei na boca do Ryan.

Ele foi um cara decente e pediu meu número no fim da festa. Eu dei meu número verdadeiro e nós trocamos mensagem durante o resto da noite e por alguns dias depois disso. No fim de semana seguinte, eu mandei mensagem perguntando se ele queria sair e o cara só visualizou. Eu mandei um ponto de interrogação três dias depois e meu pobre ponto de interrogação ficou flutuando sozinho em sua bolha azul pelo resto da eternidade — LEVEI UM GHOSTING.

Foi diferente quando fiquei com o Marshall Andrews, no verão depois do primeiro ano. Marshall estava indo para o último ano e era a única pessoa além de mim que tinha se assumido na minha escola. Eu estava hospedado com Perry e sua mãe na casa de verão delas em Ocean City, Nova Jersey, naquela semana. Perry conhecia o Marshall de sua equipe avançada de torcida, e acabou que ele também estava na praia com um amigo naquela semana. Ela os convidou uma noite e nós jogamos cartas na varanda. Depois do jogo, nós corremos para a praia à meia-noite.

As coisas com Marshall esquentaram rapidamente na praia. E quando eu digo esquentaram, quero dizer que esquentaram *mesmo*. Ele tinha barba e músculos de verdade e era a primeira pessoa que eu estava beijando em público. Teve até uma sarrada. Não conseguia acreditar. Eu estava tremendo.

Depois que terminamos, o Marshall disse:

— Eu não quero nada sério. Só pra você saber.

Eu achei que foi a resposta mais esquisita do mundo para um amasso. Tipo, *relaxa, eu também não quero me casar com você*. Mas gostei da honestidade e cada um seguiu seu caminho.

Eu vi Marshall na escola no outono e perguntei se ele queria sair um dia. E não foi porque eu queria namorar com ele. Eu não era um stalker nem estava ignorando as intenções do Marshall, mas pensei que talvez pudéssemos ser amigos. Eu não tinha amigos gays e não tinha feito nenhum amigo novo desde Perry e Kirsten, no jardim de infância, então achei que podia tentar fazer um esforço. O Marshall disse que ia me chamar, mas nunca chamou. Eu não considerei isso ghosting porque ele havia me dito de cara que não queria o meu eu feio, então não fiquei perdendo tempo pensando nisso.

De qualquer forma, o ghosting aconteceu basicamente por dois motivos: ou Marshall encontrou outra pessoa, ou não estava pronto para se comprometer com nada.

Com Jordan, estou considerando a ideia de que ele não está pronto para se comprometer com a nossa amizade. Eu vou dar espaço pra ele e deixá-lo esfriar a cabeça depois da grande revelação que fez. Acho que esfriar vai levar mais tempo que o normal, se é que é possível, já que o Jordan é de fogo. Eu deveria ter tirado um print daquela selfie dele sem camisa. *Droga*! Cubro a minha cabeça com as cobertas e resmungo.

Jordan visualizou o último snap que mandei pra ele, e fico pensando sem parar no fato de que ele não me respondeu. Jordan desapareceu do Arizona sem deixar rastros. Sua vida gira em torno de se esconder da HydroPro. Ele é basicamente um fantasma profissional.

Dou um Google no nome Jordan e na família dele. Nenhuma menção ao acidente. Digito o nome do Jordan e HydroPro na caixa de busca. Zero resultados relevantes. Mas quando pesquiso apenas HydroPro, tem muita informação para digerir. Eu não preciso descer muito a tela antes de um artigo chamar a minha atenção. O título é "HydroPro expande atuação na região de Filadélfia". Eu me sento.

Copio o endereço da nova sede da empresa na Filadélfia. Jogo no Google Maps, clico no Street View e giro em torno da estrutura. Toco várias vezes na tela para poder enxergar melhor o prédio, mas só dá pra ver até o estacionamento. Mas não importa. Eu já vi o suficiente.

Jogo o celular sobre a coberta, passando as mãos no cabelo enquanto analiso a imagem.

Os mesmos carros prateados da outra noite no estacionamento. Estou começando a achar que não é uma coincidência que Jordan e esses carros tenham entrado na minha vida ao mesmo tempo.

DEZ

Fico enrolando em casa até às 16h00, quando acaba o treino de Perry e Kirsten. Estou parado na porta da frente enquanto vejo Kirsten estacionando o carro na minha garagem. As duas sacodem os ombros de um lado para o outro quando sobem no meio-fio. Corro para entrar no carro, porque não quero ficar passando frio.

— Está congelando! — digo, enquanto mergulho para dentro do carro, esfregando as mãos.

As duas estão com rabo de cavalo, que está ultrapassando o encosto de cabeça do banco. Tanto Kirsten quanto Perry estão usando um laço branco no cabelo.

— Como foi o treino? Nós vamos ganhar o campeonato nacional?

Elas se entreolham.

Kirsten fecha os lábios com força.

— Não, porque tem um grupo de salto que cai toda vez. É muito frustrante!

— E irritante! — complementa Perry.

— Quem é?

— A Kara Bynum é quem salta — explica Perry. — Ela é a menina mais magra da equipe e não consegue ficar mais de dois segundos no ar sem cair.

— Nós já ensaiamos a coreografia dezenas de vezes. Ela também tem o melhor apoio, então nós sabemos que o problema não é isso — completa Kirsten, com um grunhido.

Ela dá marcha a ré para sair e nós seguimos para o Chili's. Eu nem preciso perguntar para onde estamos indo. É o primeiro lugar da programação do Segundo Sábado.

— O que é então?

Kirsten dá de ombros.

— Falta de disciplina.

— Tornozelos fracos — fala Perry.

— Não dá risada de quem tem tornozelo fino — digo. — Você já viu os meus pulsos? — Enfio o braço entre os bancos da frente e giro a mão. Meu pulso estala.

— Bem, você não está na equipe de torcida! — afirma Perry.

— Você devia ver se não está com falta de proteína — sugere Kirsten.

Ainda bem que eu não estou na equipe. Minha autoestima sofreria. E ela já mal se sustenta como está.

— Como alguém consegue deixar os tornozelos fortes?

— Leite e coisas do tipo. Eu não sei. Pergunta pro Popeye — responde Perry.

— Pra quem?

— Aquele desenho do homem caolho que come espinafre.

— Não lembro... Vai ver ela precisa de tornozelos gordinhos. Deem uma barrinha pra ela, daquelas que ajudam a ganhar peso, que nem no *Meninas malvadas*, assim os tornozelos dela ficarão bonitos e fortes!

— Aí ela vai ficar pesada demais e vai ser difícil para ela ser erguida — rebate Kirsten. — Você precisa pensar bem nessas coisas. Onde dá pra comprar essas barrinhas, aliás?

— Estou brincando, é óbvio. Vocês parecem ter expectativas pouco realistas em relação à Kara. Deixem ela viver a vida dela com seus tornozelos finos e fraquinhos!

— Afe, a gente só não quer que ela caia!

— Falando em cair — falo, fingindo jogar meu cabelo para o lado —, acho que tem alguém caidinho por mim...

— Ah, Jordan? — diz Perry, virando-se para olhar para mim. — Finalmente vamos saber mais detalhes?

Eu rio e assinto.

— Fala sério! — grita Kirsten.

— Ele não está *caidinho* por mim. Eu tava brincando. Acho que Jordan me odeia. Mas ele me deu o número do telefone.

— Eu diria que é um sinal positivo, Dylan — afirma Kirsten.

— É, se Jordan te odiasse, ele faria o que você fez com o Jimmy e só digitaria um monte de cincos — sugere Perry.

— Justo.

— Você procurou o Instagram dele, agora que está nos seus contatos? — quer saber Perry.

Eu me assusto.

— Ah, não. Não procurei.

Eu abro o Instagram e vou nas Configurações para ver as sugestões de pessoas com base nos meus contatos. O Jordan é a primeira. Eu clico no perfil dele.

— É fechado.

— Bem, então peça pra seguir. Vocês são amigos. Não é estranho fazer isso.

Eu dou risada

— Verdade! — Ainda me esqueço de que eu conheço essa pessoa melhor do que qualquer outra no planeta, o que é *muito* louco. — Olha que fofo. Agora eu posso mostrar uma foto pra vocês.

Não consigo ver as outras fotos ainda, mas na foto de perfil ele está cobrindo metade do rosto com a mão. Seu sorriso branco brilha como se o Jordan fosse garoto-propaganda de um comercial de pasta de dente. Eu viro meu celular para mostrar para Perry e Kirsten.

— Ele só tem setenta e sete seguidores! — avalia Perry.

Eu reviro os olhos.

— Esse é o seu primeiro comentário?

— Ele é muito bonito! — diz Kirsten.

— Ele é mesmo.

— Deixa eu ver de novo — fala Perry.

Eu mostro outra vez.

— Jordan também só tem seis posts. Ele acabou de se mudar para cá e diz que está recomeçando, então provavelmente criou um perfil novo. Não julgue, Per. Foi difícil para ele. E já tem aquelas meninas do Santa Helena espalhando fofocas. O Jordan não precisa da sua negatividade também.

Eu me pergunto se Jordan tem alguma foto dele pegando fogo ou soltando umas chamas. Seria um jeito de conseguir novos seguidores rapidamente.

— Não estou julgando. É só uma observação. Eu nunca disse nada de negativo.

— Foi seu tom.

— Tá bom, *mamãe*.

— De qualquer forma — se intromete Kirsten —, convide o Jordan para ir à minha casa depois de irmos às galerias hoje à noite.

— Pode ser. O que vamos fazer?

— Sei lá. Passar o tempo.

Dou de ombros.

— Vou convidar.

Estou digitando uma mensagem para o Jordan, mas não sei se quero mesmo que ele vá. Toda vez que eu o vejo, aqueles carros aparecem. Parece má ideia dizer pra ele onde a Kirsten mora. Também não parece que ele sabe controlar totalmente seus poderes quando fica chateado. A última coisa da qual eu preciso é que Jordan queime o pulso da Kirsten bem antes das Nacionais!

Nós chegamos ao Chili's e montamos nosso trio de petiscos com asinhas de frango, nachos e rolinhos primavera. Normalmente, escolhemos petiscos crocantes de cheddar ou pickles fritos, mas Kirsten e Perry estão fazendo uma dieta de proteína para ganhar músculos para a coisa da Flórida. É o que dizem. Eu defendo os petiscos crocantes de cheddar, dizendo que as duas passaram a semana tomando sorvete de baunilha, então que diferença faz? Mas são duas contra um e é claro que eu perco.

Seria bom ter Jordan por perto em situações assim para equilibrar. Ele poderia alterar o trio de petiscos para sempre. E, sendo honesto, essa mudança poderia ser bem maior do que eu ter um namorado. Meu relacionamento com os petiscos do Chili's já tem alguns anos.

— Algum avanço no front da torcida pro ano que vem? — pergunto à Perry, mergulhando uma asinha no molho de queijo.

— Não, e não quero causar problemas antes do campeonato nacional — responde ela.

— Você devia fazer isso logo, antes dos testes da primavera — diz Kirsten.

Perry revira os olhos.

— Estou sabendo...

Perry e Kirsten são BFFs com certeza. Mas sempre houve essa tensão entre elas quando o assunto é líderes de torcida. Resumindo: Perry é uma líder de torcida melhor, mas Kirsten recebe todos os elogios, pelo menos na equipe do Falcon Crest.

Tudo isso por causa da técnica delas, que é um poço de amargura, a sra. Gurbsterter. Ela tem, tipo, 62 anos de idade em um dia bom, e tem uns quatro pelos pretos no canto esquerdo do queixo. Se você chegar perto o suficiente, consegue ver o quinto pelo. Os cotovelos da sra. Gurbsterter provavelmente quebrariam só de ela pensar em uma parada de mão.

A sra. Gurbsterter é muito leal à escola, ou assim dizem. Quer dizer, qualquer um provavelmente seria leal a uma escola na qual passou quarenta anos de sua vida. Mas alguém que passa quarenta anos da vida em um lugar obviamente está em busca de algum tipo de validação, então de qualquer modo não podemos levar a sra. Gurbsterter muito a sério.

Se alguém tenta corrigi-la a respeito de algo da escola, seu bordão é:

— Eu estou aqui desde o governo do presidente Reagan. Acha que eu não sei?

Tipo, dã, o motivo pelo qual você não sabe é porque você está aqui desde que o Reagan era presidente dos Estados Unidos. Seu cérebro derreteu.

Perry entrou na equipe de competição da escola quando estava no nono ano, mas então saiu no ano seguinte para se dedicar à equipe regional mais avançada. Ela se inscreveu outra vez para participar da equipe da escola este ano porque sentia falta das amigas e de se apresentar nos jogos de futebol americano. E foi então que a brilhante carreira de Perry como líder de torcida do Colégio Falcon Crest começou a entrar em decadência. A sra. Gurbsterter a via como uma traidora e a colocou na equipe reserva por puro rancor, e Kirsten se tornou a capitã da equipe principal.

Enquanto os outros membros da equipe reserva continuavam a cair de cara em seus mortais, Perry dava saltos duplos e mortais por cima deles, e a sra. Gurbsterter finalmente a colocou na equipe principal na primavera. Eu disse à Perry que tinha sido por causa de seu talento, mas ela tinha certeza de que o diretor do colégio havia influenciado na decisão porque queria boa publicidade para o departamento de esportes depois que o diretor esportivo, mais velho ainda que a sra. Gurbsterter, bateu as botas e descobriram que ele não cuidava bem das finanças.

A sra. Gurbsterter não fez Perry ser capitã, nem mesmo cocapitã. Sua equipe de acrobacias não podia participar das competições individuais também, o que Perry queria fazer por causa da faculdade. A sra. Gurbsterter adora o sofrimento que causa na Perry, mas logo, logo eu vou organizar um protesto contra essa mulher.

— O jantar acabou. Vamos embora daqui — ordena Perry.

A primeira galeria fica a cinco minutos de caminhada do restaurante. Flocos de neve dançam pelo céu cinza e nublado. Nós nos damos os braços e caminhamos juntos pela calçada. Kirsten e Perry tentam pegar flocos de neve com a língua. Meus olhos se fixam em todo carro que passa, em busca de um que seja prateado.

— Bem-vindos de novo à Galeria de Arte Contemporânea Ellis — diz um homem na entrada da nossa primeira parada. É onde fazemos nossa primeira parada todas as vezes. A maior parte dos funcionários nos reconhece e nós os reconhecemos. A gente nunca tenta arranjar uma taça de vinho aqui.

A galeria está cheia de casais vestindo sobretudos e cachecóis, de mãos dadas e sorrindo diante das obras. Um homem dá um beijo na bochecha de uma mulher na minha frente enquanto eles observam um quadro com um coração que tem mais tons de amarelo do que eu sabia que existiam. Eu confiro meu celular para ver se chegou alguma mensagem de Jordan. Nada. Estalo os nós dos dedos, meio tenso.

De barriga cheia, estudamos as exposições. Decidimos não comer ou beber nada nas galerias, então vamos mais rápido do que o normal. Perry compra uma cópia do coração amarelo da primeira parada. Kirsten compra uma cópia de uma pintura de Londres na terceira galeria.

A maior parte das galerias troca sua coleção para o Segundo Sábado, então sempre há algo novo para ver. Exceto pela galeria de escultura, que tem as mesmas esculturas há anos. Nós ainda entramos, apesar disso.

Uma vez, fomos expulsos depois que Perry tentou tirar uma selfie beijando uma das estátuas de homem nu. Agora estamos tentando ver quantas poses conseguimos fazer com a estátua antes dos funcionários fuzilarem a gente com o olhar. Nesta noite, mal demos dois passos antes que os olhos de todos os três galeristas nos façam sair.

— Vamos ver mais uma? — pergunto. — Eu quero ver se consigo comprar alguma coisa... Talvez algo com cores quentes.

Perry faz que sim.

— É, mais uma — Kirsten diz esfregando as mãos. — Vamos por aqui.

A última galeria em que entramos é uma em que nunca estivemos. Ela fica no final da rua principal. Quando entramos, ela tem o cheiro do meu casaco de inverno quando minha mãe o tira do sótão em novembro.

— Acabamos de entrar em um episódio de *Acumuladores?* — questiona Perry.

Eu engulo em seco.

— Parece que sim.

O lugar não se parece em nada com as outras galerias que têm paredes brancas, chão de taco e quadros pendurados a 3 metros de distância um do outro. Ela tem um carpete bege com uma grande variedade de manchas. Vasos, livros, flores e mobília velha estão espalhados por entre pinturas tortas penduradas na parede e no teto. Longos corredores separados por altas estantes de livros ocupam todo o espaço. Nós somos as únicas pessoas presentes. Eu paro em frente a uma pintura.

É uma imagem de três homens. Dois estão na frente, com os braços em volta um do outro. O cabelo deles é dourado e eles estão sorrindo. Seus lábios parecem quase se beijar. Eles estão parados embaixo de um poste de luz que ilumina seu lado da tela. Atrás deles está um outro homem olhando na direção deles, onde a tela escurece. O cabelo dele é escuro e seu rosto pálido. Sua expressão de inveja é tão marcante que quase faz parecer que ele está na frente da pintura. Eu nunca vi uma pintura assim em nenhuma das outras galerias.

Um homem mais velho usando avental se aproxima de mim.

— Com licença, senhor, você tem alguma cópia à venda?

Ele olha para a pintura e sacode a cabeça.

— Não, desculpa — diz, com a voz ríspida. — Não fazemos isso aqui.

Solto um suspiro. Olho de volta para a pintura. Minha mente voa. Um peso enche meu peito enquanto crio dezenas de cenários na cabeça para o que essa pintura está tentando retratar. Fico pensando que nunca vou ser como os homens na frente, dourados, brilhantes e felizes no amor. Todo mundo é tão claro como esses dois homens e eu não sou. Eu sou fácil de esquecer. Eu sou um cara do momento, um degrau para interesses amorosos mais bem resolvidos. Sou um cara do tipo *eu não quero nada sério com você*. É difícil pensar em um futuro em que eu não acabe como o cara no fundo, sozinho e pensando no que poderia ter sido com um cara que sequer pensou que existíamos.

Dou um passo na direção da saída, mas congelo quando vejo alguém bloqueando a entrada. Um homem alto me encara com braços cruzados. É o mesmo homem que estava apoiado em um dos carros no incêndio. Seu cabelo grisalho está grudado na cabeça. Seu rosto é comprido e ele é magro. Ele veste um casaco preto e está parado, me observando.

Olho em volta, na galeria vazia, e então dou um passo para trás. Meus pés tropeçam em uma lâmpada antiga no chão. Ela cai de lado e o suporte se desconecta da base.

— Kirsten? — murmuro, enquanto procuro minhas amigas. Minhas mãos tentam loucamente consertar a lâmpada, mas as peças são desajeitadas e não parecem mais querer ficar juntas. Eu as jogo de lado. Elas batem na lateral de uma estante.

O homem na porta dá um passo à frente.

— Dylan. Só espere um pouco. — Seu tom voz dele é baixo e profundo, como se tivesse acabado de acordar.

Eu engasgo. Uma onda de adrenalina toma conta do meu peito. Meu coração tenta escapar do meu corpo pela garganta.

Saio correndo por um dos corredores com estantes na direção dos fundos da galeria. Atinjo a lombada dos livros com os ombros e o canto das pinturas enquanto corro. Alcanço a parede do fundo e então observo o espaço ao meu redor. Olho de novo para o corredor, o homem sumiu. Minha respiração está pesada.

— Perry... Kirsten...

Ninguém responde.

O chão estala embaixo de mim. Um choque sobe pela minha espinha. Eu me viro, mas o espaço está vazio.

Caio de bunda no chão. Aperto as minhas têmporas e deixo minha cabeça escorregar para trás e se apoiar na parede. Quando meus olhos sobem, o homem aparece na minha linha de visão, do outro lado da sala, no topo de uma escada de metal em espiral. Ele me observa de um mezanino. Eu solto um gemido. Me viro para sair rastejando, mas bato em uma pilha de livros que se espalham pelo chão. Eu consigo me levantar. Minhas botas deslizam em capas de livros pelo chão. Encontro a saída, então corro na direção dela.

Eu salto pela porta como se fosse um obstáculo de corrida. Lá fora, bato com tudo nas costas da Kirsten, que cai em uma montanha de neve depois do encontrão.

— Meu deus, Dylan!

— O que aconteceu? — questiona Perry. — Estávamos procurando você.

— Vamos sair daqui — digo, ajudando a Kirsten a se levantar, e então seguimos pela calçada.

— Você está bem, Dylan?

Elas continuam me pressionando, querendo respostas. Respondo, dizendo que estou com frio. Mas, na verdade, eu estou apavorado.

ONZE

Jordan
Que horas vocês chegam na casa da Kirsten?

Recebo a mensagem de Jordan no segundo em que chegamos à casa da Kirsten. Ou ele está só checando, ou perguntando a que horas deve chegar. Só agora a minha frequência cardíaca voltou ao normal depois da invasão inesperada da HydroPro ao único evento que eu frequento todo mês, mas bastou eu ler a mensagem do Jordan para que meus batimentos cardíacos ficassem acelerados de novo.
    Em vez de conversar no caminho de volta para casa, fiquei examinando todos os carros que surgiam atrás de nós. Eu não tinha certeza se queria que o Jordan viesse antes mas, agora, eu tenho 100% de certeza de que preciso dele aqui, porque também preciso de respostas.

Dylan
Agora
Jordan
É para eu ir?
Dylan
Sim
Jordan
Suas amigas são legais?
Dylan
Sim
Se elas gostarem de você

Flertar não é meu forte. Flertar enquanto estou sendo perseguido por um sósia do Liam Neeson não é uma opção no meu repertório de habilidades. Normalmente, eu estaria pensando em tentar não ficar muito animado com a ideia de o Jordan vir, para não parecer desesperado. Mas, neste exato momento, não posso pensar duas vezes nisso.

Jordan
Kkkkkkk. Vamos torcer pra elas gostarem

Como assim? Ele quer ficar aqui por um tempo?

Jordan
Qual é o endereço dela?

Sinto a garganta formigando. Mando o endereço para o Jordan e me remexo no banco de trás. Coloco o celular no bolso da frente do moletom.

Kirsten estaciona em frente à casa dela. Dá uma olhada no espelho do quebra-sol e ajeita seus cílios antes de sair do carro. Nós descemos pelo gramado na frente da casa da Kirsten e chegamos à porta da frente. As janelas estão escuras, então os pais dela já devem estar dormindo.

Eu olho de um lado para o outro da rua. Tem um carro estacionado em frente à casa do vizinho, mas é um SUV azul.

Eu pigarreio.

— Como estou? — pergunto.

Kirsten revira a bolsa, procurando as chaves de casa.

— O que você quer dizer com "como estou"? — questiona ela, virando a cabeça para tirar o cabelo do rosto.

— Tipo, eu tô com cara de quem tomou banho, ou sujo ou cansado ou alguma coisa ruim?

Perry faz uma careta.

— Você é muito estranho, Dylan. — Ela cruza os braços. — Rápido, Kirsten! Está congelando aqui fora!

Fico irritado.

— O Jordan vai vir, então eu estou tentando ter uma noção da minha aparência. Caramba!

— Sério?! Ele vem? — pergunta Kirsten. — Por que você não disse nada? Eu não entendo por que você tá se recusando a falar nesses últimos dias. — Ela tira as chaves da bolsa e gira na fechadura, abrindo a porta. —Você está horrível. Vamos. — Kirsten pega minha mão e me puxa escada acima até o quarto.

— Ui! — Perry grunhe, enquanto caminhamos para o quarto da Kirsten, que acende a luz e joga a bolsa no chão.

— Eu pareço exausta — diz Perry. — Estou suada do treino. Isso devia ter sido mais bem planejado. Eu não quero causar uma primeira impressão ruim. — Ela puxa a fita do cabelo e a deixa cair no chão. O cabelo loiro da Kirsten cai sobre seus ombros.

— Você falou para eu convidar o Jordan.

— Eu sei, mas... Sinceramente, alguém achou mesmo que ele ia vir?

Damos de ombros enquanto sacudimos a cabeça.

Dos três quartos, o da Kirsten é meu favorito. A parede à qual a cama dela fica encostada é foi pintada com um pink bem forte, sem falar que a cama da Kirsten é king e nós três cabemos nela perfeitamente. A gente sempre tem bastante espaço para se aconchegar no início da noite e para nos distanciar quando começamos a suar. Eu já senti peitos suados o suficiente pra deixar qualquer garoto hétero com inveja. Em cima da escrivaninha da Kirsten tem vários tipos diferentes de ring lights que ela usa para gravar vídeos treinando como âncora de telejornal. Essas luzes também são boas para a gente tirar fotos juntos usando o temporizador.

Mas a melhor parte é o adesivo de parede de 1,80 m da Ariel que faz parte da decoração do quarto da Kirsten desde o Fundamental. A Kirsten diz que não pode tirá-lo da parede agora porque ela e Ariel são boas amigas. Eu apoio essa decisão.

No meu quarto, tem uma cama de solteiro igual à de uma criança que está no terceiro ano e sempre reflito sobre o impacto disso na minha psique. Se o meu corpo está acostumado a dormir sozinho toda noite, como posso abrir espaço para outra pessoa? A minha mente iria, inconscientemente, empurrar a outra pessoa da cama para que o espaço fosse só meu — tipo aquela coisa de só-o-mais-forte-sobrevive. Se eu tivesse uma cama de casal, talvez o meu cérebro entendesse que existe a possibilidade de alguém dormir ao meu lado. Pelo menos é o que eu espero.

Eu me sento na beira da cama da Kirsten. As meninas ficam me observando.

— O que podemos fazer com essa bagunça? — questiona Perry, enquanto leva a mão ao queixo. Ela segura meu rosto e o vira de um lado para o outro. — Que espécime feio. Você não acha?

Eu tiro a mão dela da minha cara.

— Tá bom, já chega. Sua besta!

— Dylan, este é um momento crucial da sua vida no Ensino Médio! — avalia Kirsten. — Você está melhor do que estava no Dairy Queen, então, daqui pra frente não dá pra ficar pior. A gente só precisa fazer alguns ajustezinhos. Já volto.

Perry sai do quarto, e então volta com um pote de pomada modeladora e sua escova de dentes. Ela abre a pomada e enfia os dedos no creme.

— Não — digo, colocando a mão na frente do meu rosto. — Meu cabelo é comprido demais pra isso. Vai parecer oleoso.

— Não, não vai! — rebate Kirsten. — Seu cabelo é um dos seus pontos fortes. Vamos dar uma valorizada nele!

— Vai dar um pouco de brilho — Perry diz, dando de ombros. — A Kirsten é bonita por um motivo. Ela sabe o que está fazendo. E vai dar um jeito nesse frizz doido. — Perry arranca um fio da minha cabeça.

— Ai, você quer me deixar careca?

— Longe disso! — diz Kirsten, enquanto passa a pomada no meu cabelo. Meu couro cabeludo reclama do tanto que meu cabelo está sendo puxado. Perry dá uns tapinhas nas laterais da minha cabeça e então dá um passo para trás. Ela inspeciona o trabalho.

— Bem melhor!

— Uau, agora você parece um modelo, Dyl! — comenta Perry.

Kirsten estende a escova de dentes.

— E isso! — fala.

— Acho que meu hálito está bom. Lambo minha mão e sinto o cheiro.

— Você acabou de comer asinhas de frango, nachos e molho. Eu tenho certeza de que não está bom, não!

Eu pego a escova de dente. — Isso aqui está limpo por acaso?

— Sim, é minha.

— E?

— E o quê? O que você está dizendo?

Penso que se um dia eu precisasse usar a escova de dentes de alguém, eu usaria a da Kirsten. Vou ao banheiro escovar os dentes. Coloco algumas mechas de cabelo para trás da orelha e sorrio para o espelho. Apago as luzes em volta dele, porque são fortes demais e me deixam feio, e me olhar no espelho apenas com a luz mais fraca, acima dele, me deixa com um falso sentimento de confiança e uma percepção diferente da minha aparência na vida real. Eu ajeito os ombros no moletom e volto para o quarto.

— Ele já chegou? — questiona Perry, sentada na cama enquanto olha o celular. Eu checo o meu. Nada.

— Não.

— O que vocês acham que a gente devia fazer hoje à noite? — pergunta Perry, mordendo o lábio. — Acho que não dá pra só assistir TV como a gente sempre faz.

— Por que não?

— É chato. Não queremos parecer chatas.

— O que a gente quer parecer?

Ela olha para o teto.

— Não sei.

Aleatoriamente, uma das luminárias na escrivaninha da Kirsten acende como um flash, iluminando o quarto. Eu quase fico cego. Kirsten aparece ao meu lado na beira da cama. Ela cruza as pernas antes de falar.

— Dylan, enquanto o Jordan embarca em sua jornada pela cidade para te ver, qual é a sua maior expectativa para esse próximo encontro? — pergunta ela, com sua voz de apresentadora.

— Sabe, é uma ótima pergunta, Kirsten, obrigado por perguntar — respondo, entrando no jogo. Se eu fosse totalmente honesto, a minha resposta seria: descobrir quem está dirigindo os carros prateados e fazê-los desaparecer. Mas eu jurei segredo. — Eu venho refletindo muito a respeito do meu passado e acredito que, frequentemente, eu penso demais nos meus relacionamentos. Para este novo encontro, não farei planos e nem vou ter expectativas.

— É um pensamento saudável de se ter.

— Realmente.

— Agora, quando você menciona seu passado, de que eventos em particular você fala?

A tela do meu celular acende na cama. O Jordan escreveu, dizendo que está do lado de fora.

Eu engasgo.

— Que foi? — quer saber Perry.

— Ele chegou.

— Onde? — Kirsten pergunta, voltando ao seu tom de voz normal.

— Lá fora.

— Tipo, encostando o carro ou já na porta?

— Eu não sei.

Perry salta para fora da cama. Ela desce correndo os degraus até a janela do lado da porta, então espreme seu rosto contra o vidro.

— Perry! — dou um grito abafado. — Deixa eu abrir a porta.

— Não, eu abro — diz Kirsten.

— O quê? Não. Por que você abriria?

— Aqui é minha casa.

— Você não conhece ele. É estranho.

— Seria mal-educado da minha parte não receber uma visita na minha própria casa.

Kirsten dá um sorrisinho e mexe os ombros. Ela abre a porta.

Jordan está parado na entrada. Seu braço levantado, prestes a bater na porta.

— Ah!

— Oi — fala Jordan, sério.

Eu o encaro. A Perry congela. A Kirsten se vira para mim e balança a cabeça e eu noto que nós recebemos o Dylan parecendo três robôs. Nós não sabemos interagir com uma quarta pessoa. Ele está atrapalhando a nossa dinâmica.

— Oi! — respondo, exasperado.

Jordan sorri. E eu *não* consigo não retribuir o sorriso. Meus músculos relaxam. Ele está literalmente vestindo a mesma roupa que estava usando no Dairy Queen na noite em que a gente se conheceu, exceto pelo fato de que, em vez de jeans preto, está usando jeans azul. O cabelo do Jordan está naturalmente bagunçado e sem brilho. Eu não acredito que deixei a Kirsten passar pomada no meu cabelo como se eu estivesse indo para o baile de formatura do Ensino Médio.

— Posso entrar?

— Ah, sim, com certeza! Desculpa — diz Kirsten, ficando de lado.

— É, saia da porta, Kirsten — fala Perry.

— Entre — eu digo.

Dou uma olhada na rua enquanto o Jordan entra na casa. Ela ainda está vazia.

Jordan imediatamente abre os braços para me abraçar. Eu fico surpreso. Ele tinha tanto medo de encostar em mim antes.

Eu vou para seu abraço. Minhas mãos flutuam por cima das costas do Jordan por alguns milissegundos antes de eu apertá-lo com força. Ele está quente, mas nada fora do normal. Jordan me solta e eu coço a minha nuca.

— Ei, eu sou a Kirsten. Esta é minha casa.

— E eu sou a Perry. A melhor amiga do Dylan. — Perry dá o braço para a Kirsten e encosta a cabeça no ombro dela.

Kirsten fica boquiaberta.

— O quê? Não — digo, corando. — As duas são minhas melhores amigas.

Observo o Jordan atentamente, esperando para ver se ele vai abraçar as meninas. Estou tentando entender como essa coisa do calor funciona. Jordan só queima as pessoas quando as conhece? Ou, tipo, ele consegue controlar essa coisa às vezes? Jordan só queima os meninos? As meninas ele não queima?

Se o Jordan fica quente quando vê as pessoas pela primeira vez, então, *por favor,* não abrace a Perry nem a Kirsten. Eu nunca poderei ver o Jordan de novo se ele fizer com elas o que fez comigo na rua aquele dia.

Jordan fica parado e acena. É estranho, mas eu respiro algumas vezes para me acalmar.

— Obrigado por me convidar — diz ele para a Kirsten.

— Claro! Vamos entrar? — Kirsten estende o braço na direção da cozinha e começa a descer o corredor. Jordan a segue. Depois de ele dar alguns passos, a Perry dá um tapa na minha bunda. Eu seguro seu punho e a afasto de mim. A Perry dá uma risadinha perto de mim e nos cutucamos enquanto vamos até a cozinha.

— O Dylan nos contou que você é novo na cidade — diz Kirsten. Ela dá um pulo para se sentar no balcão da cozinha. — Quais são as suas impressões sobre a Véia Pensilvânia? — Kirsten levanta as sobrancelhas.

Eu fico com os olhos semicerrados.

— Véia? Nós não somos, tipo, amish.[2] Pare de ser estranha.

Jordan joga a cabeça para trás.

— Com certeza é diferente.

Pego meu celular e vejo notificações.

Perry
MDDC que gato
Não dou conta

Kirsten
É sério

Eu bloqueio o celular e o coloco sobre o balcão com a tela virada para baixo, porque está nítido que estamos trocando mensagens. Eu evito olhar para a Perry e a Kirsten.

— São os garotos? — pergunta Perry, me cutucando.

Jordan ri, dando de ombros.

— Talvez. Você vê mais deles no Arizona, com certeza.

— Tem mais garotos no Arizona?

— Não. — Jordan dá um sorriso irônico. — Tipo, você vê mais porque, né, quanto mais quente, menos roupa.

Perry arregala os olhos.

Ele só me viu de jaqueta, moletom e jeans. Da última vez, eu estava usando luvas de esqui e um gorro. Ai! Ele, tipo, praticamente só viu o meu queixo. É um bom queixo e tal, mas eu preciso parar de ser tão ermitão e deixar um pouco mais de pele à mostra para corresponder às expectativas do Jordan. Vou usar uma camiseta da próxima vez e mostrar os braços. Deixo um lembrete no meu celular para fazer vinte e cinco flexões amanhã.

---

2   Os amish são um grupo cristão conservador cujo estilo de vida é simples e isolado da vida moderna e de suas comodidades — eletricidade, automóveis, equipamentos eletrônicos etc. (N.E.)

— Você vai ter que dar uma olhada no censo para ter acesso aos dados demográficos — sugere Jordan.

— Hum, ela não vai fazer isso.

— Não nesta semana — diz Perry. — Ainda estou de licença da lição de casa.

— Eu já sei o que podemos fazer! — grita Kirsten da despensa. Ela dá uma mordida num pretzel. — Alguém quer um desses? — Kirsten ergue um pacote marrom de pretzels. Perry pega um.

— Nós devíamos fazer uma dessas atividades de inverno com o Jordan. Você nunca fez isso, certo? — pergunta Kirsten.

— A tiração de roupa pode ficar pra mais tarde — fala Perry, com um pedaço de pretzel na boca.

Eu tusso sem graça, enquanto Kirsten lava os dedos na pia para se livrar do sal do pretzel. Pelo reflexo na janela, eu vejo que ela está sorrindo.

Jordan dá de ombros e olha para mim.

— Ninguém sabe o que você quer dizer com *atividades de inverno* — digo, me concentrando especificamente no inverno e não na outra atividade mencionada pela Perry.

— Uma atividade de inverno é não fazer nada porque o tempo está horrível — afirma Perry.

— Nós podemos ir patinar! O lago vai estar congelado.

— Kirsten, tá muito frio!

— Não com um pouco de líquido especial em nossos corpos — diz Perry, apontando para o alto e fazendo uma dancinha.

Fico sem graça, porque eu sei do que a Perry está falando, mas eu não sei se Jordan sabe. Se eu soubesse que a gente ia acabar bebendo, provavelmente não teria convidado o Jordan. A última coisa de que preciso agora é estragar tudo com outra experiência Ryan Bonchetti.

— Perry, eu não sei se essa ideia é boa, já que estamos com alguém que acabamos de conhecer... — avalia Kirsten, com firmeza.

— Ah, bora, Kirsten! — rebate Perry, balançando a mão. — Não precisamos ser tão boazinhas. Sempre tem coisas lá no porão. Eu tenho certeza de que o Jordan quer se divertir.

— Vocês estão falando de álcool? — pergunta Jordan.

— Não, metanfetaminas. Tá dentro? — retruca Perry.

— Cala a boca — respondo, dando um tapa no braço dela.

— Sim, de álcool — diz Kirsten. — Você bebe? Não precisa, se não quiser. Esta é uma zona livre de pressão. — Kirsten faz um X com os braços. — E a gente pode colocar casaco se ficar muito frio.

— Claro — responde Jordan. — De boa, sem pressão — diz, ironicamente.

— Excelente — afirma Perry, sorrindo.

O porão da Kirsten é praticamente outra casa. Tem uma TV de tela plana na parede, de frente a um enorme sofá com um daqueles assentos compridos e confortáveis na ponta, onde você pode se esticar. Atrás do sofá, tem um bar abastecido. É basicamente uma casa ao estilo rancho embaixo da casa dela de verdade. Ninguém precisa de uma. Mas todo mundo quer uma.

Nós vamos até o bar, e toda vez que estou aqui embaixo, eu questiono as escolhas de vida dos pais da Kirsten. Ter um bar localizado no mesmo cômodo no qual seus filhos passam o tempo é nota 3. A variedade é grande, não tem apenas licor Baileys. Mas se tivesse uma filha como a Kirsten, eu também confiaria nela, então até que faz sentido.

— Quanto você quer? — pergunta Kirsten, examinando a garrafa de algum licor claro.

— Não muito, se vamos ficar girando no lago — digo. — Eu vou vomitar com certeza.

— Você vomitou? — questiona Jordan, se afastando de mim.

— Desculpa, claro que não. — Dou risada, pegando o braço dele e puxando-o de volta para perto de mim. Meu sorriso some e minha respiração falha. Eu olho para minha mão no braço dele. Eu não sei quem eu sou. Minha mente rapidamente volta para onde estava. — Eu já fiquei enjoado algumas vezes antes, mas nunca passei mal de verdade. Isso é coisa da Perry.

— Hum, mentira! — diz Perry. — Eu vomitei uma vez por causa de bebida e nem conta, porque foi depois que eu comi um hambúrguer estranho, mal passado, do McDonald's.

— Ela ainda põe a culpa no hambúrguer! — observa Kirsten, balançando a cabeça. — Você simplesmente foi irresponsável. — Kirsten pega quatro copos de shot no armário e os coloca sobre o bar.

— Você vomita mais de uma vez quando é intoxicação alimentar.

— Eu tomei um antiácido, dã. Fiquei melhor — afirma Perry.

— Jordan — interrompe Kirsten, sorrindo. — O que você quer beber? Você é a visita, afinal: você escolhe.

— Hum, eu não gosto do gosto de nenhuma dessas. Geralmente eu bebo o que está na minha frente.

— Justo. Que tal rum ou vodca? — pergunta Kirsten.

— Rum — respondo.

— Você é o Jordan?

— Não, mas estou passando por cima dele. Eu já bebi vodca demais.

— Vamos de rum! — grita Perry. Kirsten tira uma garrafa contendo um líquido marrom de um armário embaixo do bar e bate com ela no balcão.

— Ah, não! Esse não! — fala Perry. — Não tem do branco?

Kirsten revira os olhos.

— Você é irritante.

Kirsten encontra um rum branco e cada um de nós vira três doses. Em seguida, eu engulo um Gatorade amarelo para tirar o gosto da morte da minha língua.

Kirsten e Perry correm para o andar de cima para pegar seus casacos, deixando o Jordan e eu sozinhos no porão.

— Posso dar um gole nisso? — pergunta ele, pegando meu Gatorade.

— Claro. — O pomo de Adão do Jordan sobe e desce quando ele engole a bebida. Ele coloca a garrafa de volta no bar. Seus lábios estão úmidos e levemente entreabertos.

— O que você está olhando? — quer saber Jordan, olhando para o meu peito enquanto evita contato visual.

Estou olhando para os lábios rosados dele. Estou olhando para os dois dentes da frente que estão aparecendo por trás de seu lábio superior. Estou olhando para o sombreado tênue de pelos escuros ao redor de sua boca.

— Nada — respondo. — Estou feliz que você veio.

— Eu também. — Jordan olha ao redor. — Isto é divertido!

Jordan está sentado em uma banqueta e eu estou de pé de frente pra ele. Quero sentar no colo dele, mas acho que ainda não temos essa liberdade. Embora o álcool já esteja me dizendo que estamos pra lá de ter essa liberdade.

Ergo a minha mão e abro meus dedos. O Jordan tem razão. Isto é divertido. Eu não quero estragar o momento falando dos carros prateados. Mas, sem as meninas aqui, agora parece ser o único momento.

— Quando você vai me contar como funciona?

— Como funciona o quê? — retruca Jordan. Eu o vejo erguer a mão e encostar sua palma na minha. Outro choque. O calor dele passa para mim, mas eu não me queimo. — Você disse que tem aula de química, certo?

— Depende do que você vai dizer.

Jordan sorri.

— Sabe como seu corpo é composto quase todo de oxigênio?

— Pare de fazer perguntas retóricas ou o que quer que seja. A resposta provavelmente é não. Me fala logo. — Eu mordo o lábio e desvio o olhar.

— O corpo humano é composto de alguns elementos principais, como oxigênio, carbono, hidrogênio e nitrogênio. Seu corpo é quase todo feito de oxigênio, como o de todo mundo. Algo tipo setenta por cento. Mas o meu é quase todo composto de...

— Hidrogênio.

— É. — Jordan suspira. — O acidente alterou o meu corpo completamente. Ou foi o que me disseram depois que acordei do coma.

— *Quem* disse? Como você controla isso?

— A HydroPro. — Jordan estuda nossas mãos, ainda se tocando, e começa a girar a dele.

— São eles nos carros prateados? Eles estão atrás de você?

Jordan suspira de novo.

— Podemos sair na semana que vem? Só nós dois? — Ele pressiona sua mão contra a minha com mais força. — Aí, eu te conto. Eu fico nervoso de falar qualquer coisa com mais gente aqui.

Eu não sei se consigo esperar até próxima semana. Jordan continua pressionando sua mão contra a minha. Eu também pressiono. A palma dele aquece, fazendo um arrepio descer pela minha espinha. Começa a arder. Eu fico ofegante e afasto minha mão da dele. Meus dedos roçam o joelho de Jordan e ele dá um pulo.

A porta do porão é aberta e Perry e Kirsten entram com suas jaquetas. Jordan gira no banquinho até ficar de costas para mim e bebe mais Gatorade.

— Aqui — diz Kirsten, jogando um par de casacos para a gente. — Podem usar os casacos do meu irmão.

Eu enfio meus braços nas mangas e coloco o casaco nos ombros.

— Obrigado — agradece Jordan, colocando o casaco sobre o balcão. — Mas eu vou ficar bem.

Perry e Kirsten riem.

— Jordan, está muito frio lá fora.

— É, não tem como você já estar tão bêbado — comenta Perry. — Apesar de que eu acho que eu já estou.

— O quê? — Kirsten e eu dizemos ao mesmo tempo.

— Até mais tarde, perdedores! — Perry sorri e desliza pela porta dos fundos.

— Ela bebeu mais? — pergunta Kirsten. — Isso não é justo.

Dou de ombros.

— Acho que você vai aprender sobre o frio do jeito mais difícil, Jordan — afirma Kirsten. — Bora, meninos, vamos correr atrás da Perry! Ela provavelmente já está congelada em alguma vala por aí.

— Vocês sabiam que tem partes do Arizona com neve e tal, né? — questiona Jordan. — A gente também tem um time de hóquei.

— Me conte mais lá fora — diz Kirsten.

Abrimos a porta dos fundos e eu cruzo os braços quando o ar frio me atinge. Quando exalamos, sai aquela "fumacinha" por causa da respiração condensada enquanto andamos até os limites do bosque. Nós quatro seguimos em fila indiana. A respiração do Jordan está mais pesada do que a minha, a da Perry e a da Kirsten.

Toda vez que caminho por entre essas árvores, sinto uma pontada no peito. É impossível não pensar no motivo número um pelo qual eu não gosto dos Blatt. O mesmo motivo pelo qual eu não quis vir aqui na noite em que conheci o Jordan.

Aconteceu quando eu estava no nono ano, logo depois que evoluí de um Charmander bonitinho, gay e não assumido para um Charmeleon gay, assumido e melancólico. Eu ainda estava eufórico com a dose de confiança e de possibilidades que recebi depois de ter contado para as pessoas que eu era gay. Mas a Savanna roubou isso de mim e voltei para a realidade bem rápido.

Eu estava no balanço do quintal da Kirsten depois do treino de futebol. Ainda estava usando meias, chuteiras e caneleiras. A Kirsten estava deitada em um escorregador de plástico azul, com seu uniforme de líder de torcida, e a Perry estava encostada em um dos postes de madeira girando uma folha seca.

O irmão mais velho da Kirsten, Trever, saiu do porão com o irmão mais velho da Savanna, Miles, logo atrás. Nós três nos viramos e ficamos olhando.

Os pais da Kirsten e da Savanna eram amigos de infância, o que acabou fazendo a Kirsten e a Savanna terem uma amizade meio que obrigatória. A presença da Savanna, ou de seus irmãos ou dos pais dela era sempre um fator de risco para sofrimento em potencial quando íamos à casa da Kirsten.

Antes de sair do armário, eu superestimei o quanto as pessoas que eu conhecia iam se importar com isso e subestimei quantas pessoas aleatórias iam subitamente ficar interessadas na minha vida. Quando me assumi, eu descobri que o irmão mais velho da Savanna era uma dessas pessoas aleatórias.

— Eu não sabia que o menino gay era tão próximo da sua irmã — falou Miles, alto o suficiente para que eu ouvisse. Eu juro que o cara nem sabia que eu existia antes disso. Nós tínhamos estado juntos na casa de Kirsten dezenas de vezes e ele nunca tinha me dito uma palavra. Mas, de repente, eu estava rodeado por um arco-íris brilhante sobre o qual alguém sempre tinha que comentar.

— Você não deveria estar usando sainha de líder de torcida também? — perguntou Miles.

— Cala a boca, Miles! — gritou Kirsten.

Eu parei de balançar e olhei para o chão lamacento.

— Ele não vai conseguir nenhum garoto se só andar com garotas!

— Trever, mande ele calar a boca! — gritou de novo Kirsten, para o irmão.

Trever balbuciou alguma coisa e bateu no braço de Miles.

— Vamos embora daqui, Dylan.

Nós três saímos da área do balanço e fomos até o bosque. Meu corpo ficou rígido quando nos aproximamos dos outros garotos no meio do jardim. Quando passamos por eles, Miles fez questão de bater seu ombro no meu com força.

— Ai, cara — disse, rangendo os dentes na tentativa de manter uma expressão neutra. Miles estava no terceiro ano na época e meus braços eram finos como fio dental. Meu corpo era frágil, na melhor das hipóteses.

— Ah, foi mal, cara. Doeu? Eu achei que tinham dito pra gente não ter estereótipos, que não é verdade que todos os gays são maricas —

falou Miles. Ele ergueu a mão, fingindo que ia me bater, mas parou a alguns centímetros do meu rosto.

Eu me encolhi. Minha visão embaçou. Eu olhei para a Perry e a Kirsten. Elas estavam agarradas a um tronco de árvore perto dos limites do bosque, tensas. Miles estava entre nós. Eu fechei meus punhos e o chutei na parte interna da coxa. Eu estava mirando as bolas, mas as minhas pernas estavam cansadas por causa do treino, então errei. Acabou sendo um erro fatal porque o Miles conseguiu me agarrar logo depois que me virei para fugir e acertou dois socos no meu rosto antes que o Trever, a Perry e a Kirsten o tirassem de cima de mim.

No dia seguinte, estávamos na escola quando a Savanna perguntou como estava o meu rosto. Eu achei que ela estava sendo gentil. Mas depois que eu falei que estava melhor, Savanna me disse para ser menos irritante e talvez o irmão dela não precisasse me bater.

DOZE

Finalmente chegamos ao lago congelado. Não há nuvens no céu e o gelo brilha com o luar. Meu peito está quente por causa do álcool e a minha cabeça começou a pesar.

— Você já patinou antes? — questiona Perry.

— Não — diz Jordan. — Como vamos patinar sem patins de gelo?

— Bem, isso é tipo patinação caipira improvisada. Nós deslizamos com nossos sapatos e usamos galhos para dar impulso.

A Kirsten pisa no lago com um galho nas mãos. Ela o pressiona contra o chão sólido e pega impulso. Kirsten desliza até o centro do lago congelado, para, e então gira 360 graus com as mãos para o alto.

— Agora você também vai ganhar as Olimpíadas de Inverno? — grita Perry.

Jordan e eu aplaudimos.

Kirsten ri.

— Venham logo — diz ela, acenando na direção do gelo.

— Eu vou balançando — fala Perry. — Esses galhos estão enlameados e nojentos. — Perry pisa no gelo e move seus pés para a frente e para trás o mais rápido que pode. Ela está basicamente correndo, mas sem sair do lugar.

— Quer tentar? — pergunto a Jordan.

— Só se você for comigo.

Meu peito se expande enquanto meu coração bate acelerado dentro dele.

— É o único motivo para eu ter vindo aqui, honestamente.

Ele ri.

— Mas pegue um galho — digo. — A não ser que você queira fazer igual a Perry.

— Eu ouvi isso! — grita ela, ainda no mesmo lugar onde começou. Perry está mexendo os braços agora, mas ainda não consegue pegar tração.

Jordan pega um galho e coloca um pé no gelo, deixando seu outro pé na grama. Seu pé começa a deslizar no gelo e ele lentamente abaixa, até abrir um espacate.

— Ah, cara — diz ele, rindo. — É muito escorregadio.

Solto alguns galhos que são curtos demais e corro até ele. Eu piso no gelo, esticando meus braços para me equilibrar. Ele está sentado agora, com os joelhos dobrados de um jeito estranho. Eu coloco as mãos nas axilas dele e o ergo.

— Obrigado. — Jordan suspira, limpando as mãos.

Nossos pés estão sobre o gelo. Nossas barrigas se tocam. É o mais perto que já estivemos. O hálito quente do Jordan está aquecendo meu rosto.

— E agora?

Eu engulo em seco.

— É mais difícil do que parece.

— Eu acho que vamos ter que fazer isso dar certo com um galho só. — Jordan me passa o galho que estava segurando.

— Deixa eu fazer isso, já que você claramente não sabe o que está fazendo.

Logo em seguida, Jordan desliza atrás de mim. Sem perguntar, passa seus braços pela minha cintura. Sua mão aperta a minha cintura, logo abaixo do meu umbigo, ou, mais importante, na região bem acima do meu pinto.

— Pronto?

Eu empurro o galho contra o lago congelado e nós deslizamos pelo gelo, e nos afastamos da beirada. Mas não vamos muito longe, porque não consigo nos empurrar até o centro do lago, só o suficiente para ultrapassar a Perry. A Kirsten está em seu próprio mundo, girando no canto do lago com os braços erguidos acima da cabeça como uma majestosa atleta olímpica.

Nós só nos movemos por alguns segundos, mas deslizar em um lago congelado com um garoto me abraçando pela cintura no meio da noite é provavelmente uma das coisas mais mágicas que eu já fiz. Olho para a lua e penso em quão estranha é a vida, que um mesmo lugar possa ser o lar de uma das minhas piores lembranças, mas, de alguma forma, ainda há espaço para que um novo momento se torne uma das minhas melhores lembranças.

Eu me viro para ver o rosto do Jordan e colocar as mãos na cintura dele. Meu polegar toca sua pele nua embaixo do moletom. Eu encaro os lábios de Jordan.

Ele sorri, então se afasta de mim, indo para trás no gelo.

— Tchau — diz Jordan, acenando.

Tão provocador! Eu tento alcançá-lo, mas pego ar.

— Volte aqui! — grito.

— Pessoal — chama Kirsten, sua voz está aguda.

Olho por cima do ombro, na direção da Kirsten. Ela está parada, seus joelhos estão levemente flexionados e os braços estão estendidos para a frente. O rosto dela está sem expressão.

— O que foi?

Jordan evita deslizar para mais longe e olha para Kirsten com olhos arregalados.

— O gelo está quebrando aqui — diz ela.

— Você está zoando? — retruca Perry. Ela para de se mover e apenas desliza. Seus braços se agitam.

— Não! É sério! — A voz de Kirsten vacila. — Tem uma rachadura enorme entre as minhas pernas.

— Hum, não se mova! — digo. Eu examino o gelo em volta dos meus pés para ver se tem rachaduras.

— Parece que estou me movendo?

— Você consegue se afastar da rachadura?

— Como? Eu joguei meu galho fora quando estava girando. O que eu faço?

A noite fica muito silenciosa sem nenhum de nós se movendo ou falando. Nós estamos espalhados pelos quatro cantos do lago. Uma brisa suave toca meu rosto. As árvores altas balançam acima de nós. Eu engulo em seco.

Perry é quem está mais perto da Kirsten. Ela dá um passo. O gelo parece sussurrar abaixo da Kirsten.

— Me ajudem! — pede ela. Sua voz falha.

— Aqui! — grito. — Vou jogar meu galho pra você. Use ele para pegar impulso e chegar na beirada. — Eu me abaixo lentamente e fico de joelhos. Coloco o galho no gelo e o posiciono na direção da Kirsten. Usando minha melhor mira, eu empurro para ela. Deixo meu braço estendido no ar, observando o galho bater no gelo como se eu fosse um daqueles jogadores de curling.

O galho bate mais algumas vezes no gelo, mas chega aos pés da Kirsten, parando embaixo dela.

Ela expira profundamente, coloca o cabelo atrás da orelha e abaixa seu braço esquerdo.

— Devagar...

Kirsten assente. Ela abaixa e tenta pegar o galho. Seus dedos ficam a alguns centímetros dele.

Então ouvimos o som de algo rachando e a Kirsten desaparece sob o gelo. Meu coração dispara.

— Kirsten! — grita Perry.

Água espirra no ar onde Kirsten estava há milésimos de segundos.

A mão dela de repente sai do buraco e bate no gelo. Kirsten consegue segurar a borda, mas acaba quebrando-a com seu peso. Ela desaparece de novo.

As rachaduras se espalham como teias de aranha pelo lago. Perry fica de quatro e engatinha na direção de Kirsten.

— Perry, cuidado!

— Nós temos que pegá-la!

Ouvimos outro ruído, como se alguém estivesse despejando cubos de gelo numa pia. O braço direito de Perry mergulha no gelo enquanto ela se aproxima do buraco. Perry cai de barriga para baixo. O queixo dela bate na dura superfície gelada. Ela tira a mão da água e sua manga está ensopada.

Eu limpo a neve e folhas secas na superfície congelada, procurando a Kirsten debaixo da placa de gelo. Estou ofegante e não consigo respirar direito. Olho para o outro lado do lago e Perry está se mexendo de novo. Ela avança mais alguns centímetros, mas então seu joelho direito afunda com o gelo. Perry geme. Ela consegue puxar o joelho e a parte da frente de seu corpo está toda encharcada.

— Você precisa voltar pra beirada! — grito.

Perry assente e analisa a superfície. O cabelo dela está caindo em seu rosto. Como está deitada de barriga, em vez de rastejar, rapidamente ela vai rolando até a beirada. É a coisa mais inteligente que Perry já fez na vida. Ela se levanta e corre até a beirada mais próxima de Kirsten.

— Eu ligo para a emergência? — pergunta ela. — Ah não! Meu celular tá todo molhado! — Ela seca freneticamente o celular com a blusa.

Eu continuo procurando a Kirsten, tirando a sujeira de cima do gelo com as duas mãos. Mas não consigo fazer isso por muito mais tempo. Minhas mãos estão congeladas. Meus dedos estão dormentes.

— Kirsten!

Então percebo que é a primeira vez que minhas mãos estão geladas a noite toda... E me lembro do porquê. Eu me viro e encaro o Jordan.

— Jordan — digo, com a respiração pesada —, você precisa ajudar.

Ele balança a cabeça e desliza no gelo para longe de mim.

— É a minha melhor amiga — eu digo por entre os dentes. — Você pode fazer alguma coisa.

— Eu... Não posso...

Eu soco o gelo. Os nós dos meus dedos começam a sangrar.

— Ninguém pode saber. Senão a HydroPro vai saber onde estou. Eles vão vir atrás...

— O quê? — Eu jogo minhas mãos para o alto. — Ninguém vai... — começo a falar, mas desisto e viro para a Perry.

— Perry, vai buscar ajuda! Vai buscar os pais da Kirsten! — falo, apontando para o bosque.

— Eu não vou sair daqui!

— Você precisa ir!

— Eu não vou...

— Se você buscar ajuda, alguém pode tirar a Kirsten daí! Nós vamos ficar aqui. Vai!

Perry resmunga, se vira e desaparece por entre as árvores.

— Agora, Jordan. Não tem ninguém aqui. Você pode pegar a Kirsten! Ninguém vai saber. Por favor!

Ele olha ao redor e fecha a boca com força. Kirsten ainda não reapareceu.

— Saia do gelo — diz Jordan, com um tom neutro. Ele fecha os punhos.

Eu faço que sim com a cabeça e me arrasto o mais rápido que posso. Escorrego algumas vezes até chegar ao solo. Quando chego lá, me levanto e limpo meus joelhos. Jordan está sozinho no meio do lago.

— O que você está esperando?

Ele não se move, apenas olha para os próprios pés. Tudo está silencioso. Eu caminho no entorno do lago. Folhas secas estalam sob os meus sapatos.

— Jordan!

— Quieto, Dylan!

Eu paro de andar e coloco a minha mão no peito.

Jordan coloca as mãos nas laterais da cabeça. Sua boca abre e ele solta um grito gutural. Eu gemo e caio para trás com o ruído. Meus olhos ficam arregalados. Meu peito fica apertado. Pássaros negros surgem dos galhos das árvores acima de nós e mergulham para cima e para baixo céu. Veias grossas saltam no pescoço dele.

Uma aura laranja surge ao redor do corpo de Jordan. Eu aperto os olhos e bato com a mão na testa. O ar é sugado na direção dele. Uma lufada de vento gelado atinge minha nuca exposta e faz um arrepio descer pela minha espinha. Folhas mortas e gravetos são puxados para o lago congelado e estalam quando se aproximam de Jordan.

Há um estrondo e Jordan explode em uma bola de fogo. Uma luz intensa atinge meu rosto. É tão brilhante que preciso fechar os olhos.

TREZE

Quando abro meus olhos, o gelo havia sumido. E o Jordan também.

Ondas sobem e descem do centro do lago. A água atinge a margem como se alguém tivesse acabado de jogar uma pedra gigante no meio do lago. Espirra, invadindo o bosque.

Sem o gelo do lago refletindo a luz da lua, eu não consigo ver muito.

— Jordan? — sussurro.

Eu me levanto devagar. Meus joelhos estalam. Estou enjoado. Não sei o que eu esperava que fosse acontecer, mas definitivamente não imaginava nada isso.

Quando pedi ao Jordan para ajudar, estava pensando que ele ia simplesmente pular no buraco onde a Kirsten caiu e trazê-la para a superfície. Achei que não seria demais para ele nadar na água congelante para salvar uma vida. Mas o Jordan *realmente* se explodiu. Vou acrescentar isso à lista de poderes do Jordan — criar calor, soltar chamas, fazer objetos inanimados pegarem fogo, fazer *humanos* pegarem fogo. É óbvio que o Jordan achou que medidas mais drásticas seriam necessárias. Eu só espero que todo esse drama tenha sido o suficiente para trazer a Kirsten de volta.

Os pássaros se acomodam na árvore acima de mim. Eu sou o único humano em volta do lago. Deveria haver três. Faltam dois. Eu começo a andar de um lado para o outro, tento ver o máximo que consigo por cima da água, mas é impossível.

— Kirsten? — sussurro.

Quanto tempo faz desde que ela caiu na água? Alguns minutos? Quanto tempo leva para alguém morrer congelado? Há uma abertura no bosque atrás de mim. Eu me viro.

O que eu vou dizer para a Perry quando ela chegar aqui com ajuda? Como vou explicar dois adolescentes mortos enquanto eu estou na beirada do lado, completamente seco? A explicação do lago congelado não vai funcionar sem gelo.

Eu ouço o som de água espirrando, e fico de frente para o lago outra vez. A cabeça de Kirsten emerge na superfície, e ela puxa o ar com tudo para poder respirar. O som que emite parece um Dementador prestes a sugar a alma de alguém — e Kirsten parece um, também.

Corro para a parte rasa para ajudar a trazê-la para o solo. A água gelada rapidamente enche meus sapatos e minhas pernas ficam pesadas demais. Meus dedos doem com o frio e meu corpo começa a tremer. Kirsten está tentando boiar e não consegue.

— Kirsten! — grito. — Estou aqui.

— Dylan... — murmura ela, engolindo um pouco de água.

Quando me aproximo, Kirsten sai da água e mergulha nos meus braços. Ela tenta recuperar o fôlego e seu corpo está tremendo.

De repente, sou transportado para a cena final de *Titanic,* mas os papéis estão invertidos. A pele de Kirsten está roxa, seu cabelo, grudado no rosto. Minhas mãos deslizam por seus braços molhados e frios enquanto eu tento segurá-la firme.

— Eu estou com muito frio — sussurra ela. Kirsten cospe água.

Pego-a pelo braço e a puxo para a beirada. Suas roupas molhadas a deixam dez vezes mais pesada e meus braços e pernas congelados me deixam dez vezes mais fraco do que o normal, mas eu continuo puxando Kirsten.

— Te peguei. Estamos quase lá.

Resmungo. Acabei pisando em uma pedra embaixo da água e virei o tornozelo. Minha boca solta vapor como uma chaminé no meio da noite. A dela também, o que eu tomo como um bom sinal.

Com um último longo passo, tiro minhas botas da água. A parte superior do corpo de Kirsten está nos meus braços, mas suas pernas ainda estão flutuando no lago. Jordan sai da água perto dos pés dela como uma orca caçando uma foca. Eu pulo e caio de bunda.

— Cara, me ajude! — digo, apontando para as pernas dela. Jordan as agarra e juntos nós levamos Kirsten para longe do lago, andando de lado. Nós a deitamos delicadamente de costas.

Os olhos dela estão fechados.

— Kirsten? — Sacudo seus ombros. Suas pálpebras parecem tremer, mas não há mais nenhum movimento em seu corpo
— Se afaste — diz Jordan, puxando meu braço.
— Como assim?
— Vá um pouco pra trás.

Eu obedeço. Jordan coloca as mãos nos ombros de Kirsten e em um segundo é como se o corpo dela esvaziasse. A linha fina de vapor saindo de sua boca se torna uma nuvem cinza e grossa. Seus músculos relaxam e a pele roxa volta para a cor normal. O peito dela sobe e desce em um ritmo cada vez mais rápido.

Eu me ajoelho ao lado de Kirsten e ela se move para perto de mim. Eu a abraço e apoio sua cabeça no meu ombro.

— Kirsten! — Uma voz vem do bosque. *Senhor Lush*. Gravetos estalam ao longe.

Jordan olha por cima do meu ombro, na direção do som.
— Preciso ir.
— O quê? Não. Não precisa — digo. — Ninguém vai saber o que aconteceu.

Jordan se levanta e dá um passo para longe de mim e de Kirsten.
— Você não entende, Dylan.
— Por favor, fique.
— Não posso. Espero que a Kirsten fique bem. — Ele se vira e corre para o outro lado do lago.
— Você não precisa sumir toda vez que alguma coisa acontece! — grito para Jordan. — Você vai voltar?

Ele para de correr, mas continua de costas para mim. Fica imóvel por alguns segundos.
— Eu não vou sumir. Só não posso ficar com você.

Então ele volta a correr, desaparecendo no meio da escuridão das árvores.

Meu coração está acelerado e minha respiração ofegante. Eu o quero tanto, mas ele fica fugindo de mim. Eles sempre fogem de mim. Como eu posso fazer ele entender que não ligo para os poderes dele? Bem, eu ligo. Ele é extraordinário. De um jeito bom. Mas não vou julgar. Eu não sou como as pessoas do Arizona que querem feri-lo ou assustá-lo. Eu sou só um garoto apaixonado que quer conhecer o Jordan melhor.

— Kirsten! Ah, meu Deus! — grita a sra. Lush quando ela, o sr. Lush e a Perry surgem do bosque. A sra. Lush está usando um robe cor-de-rosa e calça de moletom cinza. Seus calcanhares esmagam um tênis de corrida que ela deve ter calçado com pressa. O sr. Lush está de camiseta e calça xadrez de pijama. Ele me empurra para o lado e pega Kirsten nos braços.

— O que aconteceu aqui? — pergunta ele, mas sem esperar por uma resposta. Simplesmente volta pelo bosque na direção da casa deles com a Kirsten desmaiada em seus braços.

— Dylan, querido, você está bem? — indaga a sra. Lush. Eu faço que sim com a cabeça, tentando entender a tempestade de coisas acontecendo ao meu redor. Ela coloca as mãos no meu rosto. — Você está congelando.

— O gelo? — questiona Perry, examinando o lago.

Eu esfrego a nuca. Faço menção de tentar explicar, contar a ela o que aconteceu com Jordan. Mas a sra. Lush está bem aqui. Pro Jordan confiar em mim, preciso dar motivos.

— Tudo começou a quebrar depois que você saiu... E afundou...

É o melhor que consigo fazer.

Perry me encara, o cenho franzido. Eu não sei se ela acreditou em mim. Eu não acreditaria em mim. Não há mais nenhum pedaço de gelo no lago. Se fosse acontecer naturalmente, acho que alguns pedaços pequenos estariam flutuando na superfície. Ou até mesmo haveria algum gelo na beirada. Mas não há nada. O lago está igual no verão, quando a água é quente e nadamos nele.

Mas a Perry normalmente não questiona as coisas. E espero que esta não seja a noite em que ela decidirá se tornar uma pensadora crítica.

— Onde está o Jordan?

— Ele foi pedir ajuda também.

Ela me olha, confusa.

— Perry, vamos embora — diz a sra. Lush, puxando Perry pelo braço. — Eu preciso que você me ajude a arrumar as coisas da Kirsten. Precisamos levá-la ao hospital. — O tom dela é duro.

— Certo, vamos — fala Perry, assentindo. — Vamos, Dylan.

Eu olho para o outro lado do lago.

— Eu... Eu acho que vou chamar o Jordan e avisar que está tudo bem com a Kirsten.

— Tem certeza?

— Sim. Eu não quero ele correndo por aí no frio por mais tempo do que o necessário. Depois nos falamos — digo, acenando pra a sra. Lush.

Eles vão na direção do bosque. Vejo os pés da sra. Lush entrando e saindo do tênis.

Um segundo depois, estou sozinho no lago.

Uma onda de exaustão me atinge. Fiquei quinze minutos totalmente tenso, então deixo os músculos do meu corpo todo relaxarem. Meus braços estão doloridos por ter puxado o corpo quase sem vida da Kirsten pela água. Eu abro meus dedos e minhas juntas estalam. Algumas das feridas que fiz quando soquei o gelo reabrem e sangue se espalha nas costas da minha mão. Balanço ela com força, esperando me livrar da dor.

Não há nada mais que eu possa fazer por Kirsten. Eu sei que ela estará segura depois do toque de Jordan. O pai dela provavelmente a colocou no carro e está a caminho do hospital a essa altura. E eu não posso ficar perto de Perry e ser questionado, não tenho como explicar. Pelo menos não por enquanto. Não tem nada que eu possa fazer por ela também. Então, eu me viro e decido pela única coisa que importa agora.

Eu vou atrás do Jordan.

CATORZE

Sigo os rastros de Jordan até onde consigo. Como na noite em que nos conhecemos, estou fazendo tudo por iniciativa própria. É algo novo para mim e isso só tem me causado problemas até agora. Sempre fui muito passivo: não sou o cara que manda mensagem primeiro, curte uma foto primeiro ou toma a iniciativa. Mas o Jordan é como um ímã. Os homens que estão atrás de mim devem saber de alguma coisa, devem pensar que eu não deveria estar com ele. E às vezes, quando forças externas estão tentando manter algo separado, isso significa que vocês foram feitos um para o outro. Então, não posso deixar isso acontecer.

Quando nos conhecemos, eu achei que ele ia ser o cara dos meus relacionamentos hipotéticos, alguém que eu stalkeio on-line por dias e, então, me pergunto como ele pode ser tão perfeito e como eu poderia conseguir um namorado igual?

Esse era meu lugar seguro. Os caras hipotéticos não eram reais, e meu coração nunca foi machucado. Mas eu não quero ficar imaginando o Jordan. Eu quero *saber*.

Tropeço em uma árvore caída e escorrego em uma pilha de folhas.

— Jordan! — Eu grito, limpando a sujeira dos meus lábios. Estou péssimo depois de beber e nem estou bêbado. O calor do álcool se foi, estou com roupas molhadas e não consigo encontrar o Jordan para me aquecer.

Algo estala atrás de mim e eu levo um susto.

— Jordan?

Uma sombra corre por uma fileira de árvores alguns metros adiante. Fico parado, com medo.

— Tem alguém aí? — Minha voz treme.

A figura reaparece e desta vez o vermelho vivo do moletom da Universidade Estadual do Arizona de Jordan Ator pisca no canto do meu campo de visão. Meus batimentos aceleram dentro do meu peito.

— Jordan! — E saio correndo atrás dele.

Acho que não corria tanto desde, tipo, meu último jogo de futebol no nono ano e eu estou pagando o preço disso. Talvez, se futebol envolvesse perseguir um garoto bonito, eu teria jogado decentemente.

Não consigo mais ver Jordan, mas estou seguindo seus sons. Ele não é sutil, o que eu acredito ser um problema geral dele. Ele é péssimo em manter seu "segredo" um segredo. Mas, neste momento, a incapacidade que ele tem de ficar quieto está a meu favor. Eu sei que ele sabe que estou aqui, porque, caso contrário, ele não estaria mais correndo. Umedeço meus lábios e me aperto entre duas árvores.

Uma luz surge adiante e eu me reoriento. Estamos saindo do outro lado do bosque, perto do canteiro de obra dos Blatt, com várias casas novas. Os postes da rua nos iluminam.

Passo correndo pela última fileira de árvores e para dentro da clareira. Jordan escala o alambrado do canteiro. Daqui, vejo a bunda dele. Seu pé chuta uma placa da Construtora Blatt quando ele se prepara para pular a grade para o outro lado.

— Jordan, por que você está entrando aí? — Digo, tentando recuperar meu fôlego. — Só converse comigo.

Ele olha para trás e seus olhos se arregalam. Ele perde o equilíbrio no topo da cerca e cai de costas.

Quando chego até a cerca, vejo que ela está esburacada nos lugares onde ele escalou. O metal cinza parece estar derretido. Há marcas de mão gravadas na barra de metal superior. Um fino contorno laranja brilha nas bordas do metal, mostrando que ele ainda está derretendo.

Jordan se levanta e limpa o queixo com o braço. Me apoio com cuidado na grade e o encaro.

— Você de novo — diz, respirando pesadamente.

— Eu de novo.

Ele dá um passo para trás.

— Você precisa me escutar, Dylan.

— Te escutar sobre o quê? Eu não te entendo.

— Você deveria ter medo...

Jordan grita e se encolhe, apertando a barriga com a mão direita.

— Você está bem?

— Você deveria ter medo de mim.

Uma chama sai da sua mão esquerda, queimando o chão. A grama fica preta na hora.

— Ah, não — murmura. Ele grita de novo como se estivesse com dor. Jordan fecha os olhos com tanta força que vincos surgem do canto de seus olhos até seu couro cabeludo. Outra chama sai da sua mão e desta vez atinge o chão a um centímetro dos meus pés. Eu dou um salto pra trás.

— Você precisa ir embora — ele mal consegue dizer.

— O que está acontecendo? Você precisa de ajuda?

— Não. — Jordan balança a cabeça com agressividade. — Você precisa ir.

Ele olha para mim uma última vez. Seus olhos estão laranja-dourado. Um círculo azul-claro aparece em volta das suas pupilas. Uma aura começa a brilhar em volta dele novamente. Ele caminha com dificuldade ao lado de uma casa em construção. As suas costas se contorcem enquanto ele se afasta.

— Não me siga. De jeito nenhum.

— Isso não é justo — digo, chacoalhando a cerca.

Meio mancando, Jordan segue na direção da fileira mais próxima de casas vazias. Uma lona azul ondula com o vento por cima dos telhados das estruturas de madeira. O pé esquerdo de Jordan se arrasta pelo chão enquanto ele tenta caminhar com o direito. Ele continua abraçando a própria barriga. Uma chama esporádica sai do corpo dele de tempos em tempos.

Visualizo a placa que diz *Canteiro em obras: não entre* e tudo faz sentido. *Não.* Outro não. Mas não tão rápido.

Eu começo a escalar a grade. Ele está quase na porta.

— Não entre aí!

Me jogo por cima e, desajeitadamente, desço para o outro lado. Meu casaco fica preso em uma das bordas derretidas e irregulares da cerca. Eu puxo o tecido com força e ele rasga. Acabo perdendo o equilíbrio e caindo para trás por causa da inércia.

Eu me viro e Jordan desapareceu dentro da casa. Um brilho de fogo cintila pelas aberturas quadradas das janelas. Corro para a casa e entro com tudo, mas é tarde demais. A escada está pegando fogo e uma linha de chamas sobe lentamente até o teto. O calor é insuportável.

Gotas de suor se formam rapidamente na minha testa. Eu tiro o casaco e atiro meu gorro.

Jordan está parado no corredor, literalmente pegando fogo.

— Era isso que você queria saber? — Jordan pergunta, jogando as mãos para o alto. — É assim que funciona! — Seu lábio inferior treme.

Eu olho em volta e engulo em seco.

— Eu não sei o que eu queria saber. Como suas roupas não queimam? Você não consegue parar?

Ele balança a cabeça.

— É assim que funciona. As roupas vieram deles. Tudo veio deles. Eu não sei como controlar. — Uma viga cai do teto atrás dele e se quebra no chão, explodindo em uma revoada de brasas que se dispersam pelo ar como vagalumes. — Eu sou feito de hidrogênio, então eu tenho todas as propriedades do hidrogênio. E você sabe quais elas são?

Outra pergunta retórica. Mas para essa eu sei a resposta.

— Inflamável.

— E combustível e explosivo e tudo o mais.

— Você fez isso com as outras casas? — Nós dois estamos gritando, mas eu não acho que seja porque estamos bravos um com o outro. Pelo menos, eu não estou bravo com ele. O crepitar do fogo a nossa volta que é muito alto.

Ele faz que sim.

— O que mais eu deveria fazer? Para onde eu poderia ir? Eu não quero machucar ninguém, então venho para essas casas vazias — a voz dele falha. — Eu preciso deixar queimar. Acontece quando eu fico sobrecarregado ou algo parecido. — Jordan bate com as mãos contra o peito. — É tipo um sintoma péssimo de ansiedade. Foi o que aconteceu no Dairy Queen. Eu fiquei tão nervoso perto de você que o calor fez aquele copo explodir.

Meu peito aperta. Eu respiro fundo, mas inalo fumaça. Eu tusso e meus olhos lacrimejam.

— Então, duas semanas atrás, a casa-modelo em Liberty Pike...

— Fui eu. Porque eu tinha acabado de me mudar para cá e não tinha amigos e não queria estar aqui.

— E alguns dias atrás, a casa ao lado...

— Fui eu. Porque te conheci.

Bum. Fico totalmente arrepiado em uma casa em chamas. Ele acabou de dizer que ficou atordoado por me conhecer? Agora eu sei que eu não sou o único sentindo o calor. Eu quero correr para o outro lado da sala e abraçá-lo. Mas eu não posso fazer isso sem pegar fogo e morrer. Entretanto, as palavras que ele acabou de dizer já me mataram.

Eu engulo em seco. Minha boca está seca.

— E hoje?

— Eu não sei. Ser pressionado para salvar uma menina morrendo é muito estressante. — Ele olha por cima do ombro, quando outra viga de madeira cai no chão. A luz da chama cria uma sombra preta em seu rosto. Os olhos dele parecem buracos negros. Algumas das chamas em volta dos ombros dele se apagam.

— Bem, falando assim...

Há um estalo e suas pernas atravessam o chão de madeira até os joelhos. Eu me assusto e me aproximo alguns passos.

— Nós precisamos tirar você daqui.

— Não, vai embora. Você não tem como sobreviver a isso. Eu vou ficar bem.

— Acredito que você não vai sobreviver a uma casa desabando na sua cabeça. Ou você também consegue fazer isso?

Ele parece estar olhando para mim, mas seu olhar está distante.

— Não exatamente.

Jordan sai do buraco, então se senta no chão. A maior parte das chamas em volta do corpo dele sumiram.

Então, as sirenes. Eu estava esperando por elas no segundo em que chegamos no canteiro de obras. Parecem ser vários carros de polícia e pelo menos um caminhão de bombeiros. A fumaça provavelmente é visível em toda a cidade.

Eu me ajoelho ao seu lado.

— Antes de irmos, você precisa me dizer quem está atrás de você, porque agora eles estão atrás de mim.

— Os carros prateados? — pergunta. Eu não queria admitir para mim mesmo, mas quando vi o carro em frente da minha casa aquela noite, eu sabia que eles sabiam.

— Sabiam o quê?

— Minha localização. É a HydroPro. Eles estão me espionando. Eu vim para cá para fugir deles. Mas eles querem me levar de volta por causa de tudo isso. — Ele aponta para as chamas. — Eles querem continuar os experimentos em mim. Eu sei que querem. Quando estavam comigo no Arizona, depois do acidente, estavam sempre me cutucando para testar meu sangue e cortar pedaços da minha pele e me deixar com frio, ou com calor, ou com frio de novo. Era por isso que eu não podia ficar perto de você. Mas é tarde demais.

As sirenes chegam na frente da casa.

— Tudo bem, agora nós realmente temos que ir — digo, estendendo a minha mão. Nossos rostos brilham de suor. Uma gota de suor pinga no meu olho, fazendo-o arder.

Ele observa a minha mão.

— Você sabe que não posso te tocar agora.

— Não pode mesmo? Você disse que não sabia como isso funcionava. Nós podemos descobrir no caminho.

Jordan chuta de leve o meu joelho para me testar.

As sirenes aumentam.

— Se você vier comigo, eu te compro um sorvete e te dou na boca, para você poder comer de verdade desta vez — falo. — Se a única coisa que você tiver da nossa amizade for um sorvete, então vou considerar um sucesso.

Ele ri. Eu vejo que os seus olhos voltaram ao castanho-escuro.

— Que foi? — pergunto.

— Você me atordoa e me acalma ao mesmo tempo. Achei que você não tivesse poderes...

Eu mordo o lábio.

— Quem sabe? Eu posso ter. Mas eles provavelmente não estão bem desenvolvidos, como quase tudo na minha vida.

Ele ergue as sobrancelhas.

— Isso saiu diferente de como tinha pensado. Eu não sou mal desenvolvido, tipo, anatomicamente... Ou mesmo emocionalmente. Na verdade, pensando bem, eu posso ser mal desenvolvido emocionalmente. Eu ainda estou descobrindo essa...

— Dylan — diz Jordan, batendo sua mão de leve na minha. Não há nada de extraordinário nela. Sua palma está áspera e fria. Nossos dedos se entrelaçam e nossos olhares se cruzam. — Eu vou com você se você me prometer que podemos recomeçar na semana que vem. Podemos ter um encontro normal? Sem chamas. Sem combustão.

— Você, tipo, literalmente nem precisa me pedir isso.
— Isso é um sim?
— Sim!
— Então vamos.

Eu o ajudo a se levantar. Por alguns segundos ali, eu esqueci que estávamos em uma casa em chamas. Nós seguimos para a porta e, do outro lado das chamas, luzes vermelhas e azuis se aproximam de nós.

— Não podemos ir por ali — digo, puxando-o de volta.

Ele solta minha mão e pega meu casaco do chão.

— Aqui. Se enrole nisso.

Eu pego o casaco dele e jogo por cima do ombro. Ele o amarra com força no meu peito.

— Nós vamos correr pela porta dos fundos — instrui Jordan. Eu olho para ela: a abertura não é bem uma abertura, são chamas dançantes, na verdade.

— Tem certeza?
— Sim. Se corrermos bem rápido, nada acontece. É ciência.
— Certo, legal. Amo ciência.
— Pronto? Eu vou contar até três.
— Apenas diga "agora".
— Agora!

Nós corremos para a porta. O braço dele passa pelo meu ombro. Eu agarro a parte de dentro do meu casaco para ele continuar fechado e meus braços não serem expostos às chamas. Eu fecho os olhos e nós saltamos pelo fogo.

Nossos pés aterrisam no chão e perdemos o equilíbrio. Saímos rolando por uma colina não muito íngreme e, aos poucos, paramos ilesos. Estou em cima dele e nossos peitos se tocam por causa de nossas respirações ofegantes. Suor pinga do meu nariz para o queixo dele, mas ele não parece se importar.

— A ciência funcionou.
— Sempre funciona.

Policiais estacionam em frente à casa junto com um exército de carros prateados que já tínhamos visto na casa de Jordan e no outro incêndio. Muitas pessoas saem dos carros. O homem alto e magro da galeria de arte se destaca.

Eles ligam as lanternas para examinar a propriedade. Jordan me levanta com suas mãos quentes em meu peito. Eu queria que nós não precisássemos sair dessa posição, mas a última coisa que eu quero é ter esse momento arruinado pelos Blatt e pela HydroPro. Nós fugimos noite adentro, de mãos dadas.

Me pego pensando aonde iremos no nosso encontro? E *ele* chamou de encontro.

Toda vez que vejo o Jordan, meu coração fica um pouco mais completo.

QUINZE

Eu nunca tinha me apaixonado. Nunca desejei estar com alguém por longos períodos de tempo e, então, me tornei um cara chato e emburrado por causa disso. Eu gosto do meu pequeno círculo de amigos e do tempo que tenho sozinho fora da escola. É difícil para mim imaginar um estranho aparecer e mudar esse cenário.

As pessoas nesta cidade se casam depois de namorarem por um ou dois anos. Eu conheço a Perry e a Kirsten há dez anos e ainda descubro coisas novas sobre elas todos os dias. Então, não entendo como escolher um estranho para dividir a sua vida com tão pouco tempo. Eu fico genuinamente curioso para saber o que acontece nesses poucos anos. Todo mundo faz isso porque é o que se deve fazer? Ou o amor romântico é diferente do amor que tenho pelas minhas amigas e existe um momento em que tudo muda magicamente? Eu entendo que tem a coisa física envolvida, que a difere de uma amizade. E eu já tive crushes, com certeza. Mas amor, amor de verdade, é algo que venho tentando entender há anos. Quando um crush vira amor? O que precisa acontecer?

No primeiro ano do Ensino Médio, Perry namorou com Keaton Cyrus durante oito meses, e no segundo mês eles já estavam dizendo "eu te amo" um pro outro. Foi meio rápido para mim, mas não era meu relacionamento, então não julgo.

No verão, ele deu uma sumida e eu gostei disso, porque tive Perry só pra mim de novo. Mas ela estava feliz com ele e o término foi meio triste para ela. Fiquei curioso para entender como, em dois meses, ele tinha construído um relacionamento que era tão especial quanto o que eu e Perry tínhamos construído em uma década.

Keaton é um dos meninos mais bonitos da escola. Ele tem 1,80 m de altura e uma cara de mau. Joga futebol no outono e corre na primavera, então tem pernas gostosas e musculosas. A coisa mais especial em Keaton é que ele é muito legal.

Durante todo o relacionamento, Keaton sempre se esforçou para ser meu amigo. No meu aniversário do ano passado, ele me comprou um vale-presente do Cinema Regal no valor de trinta e quatro dólares. Eu perguntei a ele o motivo do valor tão específico e ele me respondeu que tinha calculado quanto custaria comprar dois ingressos e uma pipoca pequena para ver todos os filmes em cartaz. Fiquei estupefato quando ele me disse isso. Nem meus próprios amigos se esforçaram tanto para me dar um presente.

No Natal daquele mesmo ano, ele me deu um quadro que ganhou num leilão do eBay. O quadro é uma combinação péssima de formas geométricas por cima do contorno de um gato. Às vezes, eu sinto vergonha alheia por ele ter realmente achado que ela era boa, mas gente assim não aparece no Falcon Crest com tanta frequência, então eu valorizo muito. Esse quadro está pendurado sobre a minha escrivaninha.

No baile da primavera, Perry foi com Keaton e Kirsten foi com um aluno do último ano do time de beisebol. Eu não tinha ninguém para ir comigo, então fui sozinho. Dancei com Perry e Kirsten e seus acompanhantes a noite toda, o que foi legal. Já estava acostumado a segurar vela. Por volta das 21h30, o DJ anunciou que o baile ia terminar em meia hora e ele ia tocar uma última música lenta. Dei tchau pro grupo e fui me sentar, como normalmente fazia em músicas lentas.

Um minuto depois, Perry correu até mim e me chamou para dançar.

— Por que você não está dançando com Keaton? — Eu perguntei. Perry pegou minha mão e me puxou para a pista de dança.

— Ela é seu par pelo resto da noite — disse Keaton passando por nós.

E não foi de um jeito nojento tipo *eu estou te dando permissão*. Foi de um jeito legal que é a cara do Keaton. Ele sabia o que Perry e eu tínhamos e sabia que a noite de Perry seria melhor se ela tivesse esse momento. Eu perguntei se ela queria ser meu par no ato final do Baile de Primavera e ela topou.

Eu conseguia ver por que Keaton era tão amável e por que Perry disse que o amava depois de apenas dois meses. Isso me fez pensar que um ingrediente para o amor pode ser percebido quando a pessoa com quem você está começa a amar as pessoas que chegaram antes dela.

Eu perguntei a Perry como ela sabia que o amava.

— Sabe quando você está viajando em férias longas e tudo é estranho e então você chega em casa e senta na sua cama e sente aquele sentimento enorme de conforto e de estar à vontade? É o que eu sinto quando estou com ele. E não só naquele dia. O tempo todo.

Era abstrato, mas honesto.

— Como é, tipo, a sensação física?

— Eu não sei. Você já usou um daqueles cobertores térmicos grossos? É assim. Como se você estivesse quente e seguro nos braços de outra pessoa.

Eu nunca tinha usado um desses cobertores. Mas eu fui até a Target no dia seguinte e comprei um cobertor térmico elétrico de trinta dólares para experimentar o amor. Eu o levei para o meu quarto, liguei na tomada, coloquei na temperatura mais quente e assisti ao filme *Invocação do Mal 2*.

Eu não senti amor, só uma sensação enorme de que eu estava perdendo alguma coisa. Eu só usei o cobertor por uns trinta minutos, porque meus pés começaram a suar, então talvez não tenha dado a ele a chance de chegar a seu efeito máximo. Combinando isso com a influência do filme, foi o momento em que eu decidi que o amor deveria ser diferente para cada pessoa. Precisava ser. Se isso fosse o amor pra todo mundo, eu não queria.

O que eu mais tenho medo é do amor se tornar uma rotina. Uma palavra que só é dita para as pessoas de quem você é próximo. Você pode amar alguém só por obrigação? Acho que esse é um amor sem motivo para ser chamado de amor. Se presumimos ou esperamos o amor com base na probabilidade, tipo ficar com o único menino assumido da escola, eu não quero. Não nasceu de um sentimento. Eu acho que esse é o tipo de amor que eu quero. Eu quero que exista uma troca. Eu quero que meu primeiro amor seja conquistado, não dado de graça para mim pelas circunstâncias. Eu quero construir um novo amor com alguém inesperado, para que toda vez que eu diga, seja verdade. Para que toda vez que eu diga, eu possa sentir o gosto do Baile de Primavera, do Segundo Sábado, dos filmes, dos beijos e da arte do qual ele é feito.

Escuto Perry buzinar. Observo com cuidado para ver se Kirsten está na frente. Ela não tem ido às aulas desde o acidente. Mesmo assim, ela deixou Perry dirigir o carro esta semana, então eu tenho sido co-piloto. E parece que estou no banco da frente hoje de novo.

Esses dias tenho ficado deitado no sofá da sala, pensando se devo pedir um atestado médico. Eu estou com uma febre de 38 ºC que não passa.

No domingo à noite, minha garganta estava fechada. Eu fui ao banheiro, encarei minhas amígdalas no espelho e elas pareciam tão grandes quanto a lula gigante que engoliu Johnny Depp no final de *Piratas do Caribe: O Baú da Morte*. Ela estavam com bolinhas brancas e feridas vermelhas e inchadas. Algo ia sair a qualquer momento. Eu fechei a boca e voltei correndo pra cama e não me movi pelo resto da noite.

Acho que posso ter passado esses últimos dias doente de amor. Não estou melhor nesta manhã. Eu me pergunto o que a secretaria do colégio diria se eu mandasse para eles um bilhetinho no meio do dia dizendo que eu estou "doente de amor". Eles me mandariam para a enfermaria ou para o psicólogo?

— Oi — digo, entrando no carro.
— Oi.
— Nada da Kirsten ainda?
— A menos que você seja a Kirsten.
— Você falou com ela hoje?
— Não. Mas ela está ótima. Nós falamos pelo FaceTime ontem à noite. Ela quer aproveitar o dia para recuperar os conteúdos da escola que perdeu e relaxar.
— Argh, que inveja.
— De?
— Ela estar boa. Eu estou aqui, tipo, morrendo.
— De quê?

— Hipotermia ou alguma gripe.

— Dylan, por favor. Se ela não teve hipotermia, você com certeza não tem.

Kirsten foi para o pronto-socorro no sábado à noite, mas saiu de lá antes do meio-dia no domingo. Eles disseram que ela estava boa e não tinha sinais ou sintomas de hipotermia. Isso teria sido impossível de acreditar para quem visse ela no sábado quando saiu da água. Mas a única pessoa que a viu naquele momento fui eu. Depois disso, Jordan consertou tudo. Conveniente para ela, terrível para mim. Eu também estive na água gelada e nem penso em ficar doente. Estou ainda mais ansioso para ver Jordan agora. Espero que ele possa mandar uma onda de calor pelo meu corpo e me curar também.

Perry e Kirsten estão na mesma sala de aula principal porque seus sobrenomes começam com L. Isso significa que seus armários ficam um ao lado do outro, o que também significa que elas se veem um monte ao longo do dia, algo que sempre invejei. Eu odeio quando chegamos na escola e preciso virar no corredor de A a K sozinho. As pessoas com sobrenomes que começam na segunda metade do alfabeto se divertem bem mais porque seus armários ficam no fundo da escola, longe das salas administrativas.

O corredor de A a K, onde meu armário mora, tem uma parede de noventa metros com uma exposição dos "heróis locais". No geral, são retratos de todos que estudaram no nosso colégio e que, ou entraram para algum braço do Exército, ou foram jogar esportes universitários. Atrás do meu armário ficam três retratos dos irmãos mais velhos de Savanna, que jogaram futebol na Estadual da Pensilvânia, na Estadual da Lousiana e na Universidade da Flórida. Eu tenho que olhar a cara deles quando arrumo minhas coisas todo dia. Hoje, estou com vontade de dar um soco na cara deles mais do que o de costume. É difícil ver como Savanna vai seguir os passos dos irmãos e acabar como uma "heroína local". Talvez ela saiba disso também e se comporte mal porque não consegue lidar com a verdade.

— Dylan! Ei! Ah, meu Deus — diz uma voz aguda. Levo um susto, me viro e vejo Darlene Houchowitz sorrindo para mim. Pego meu livro de história no armário e começo a andar.

— Oi, Darlene.

Todo mundo a chama de Lena, mas Darlene é um nome *tão* bom que eu me recuso a chamá-la de qualquer outra coisa. Quando eu penso no nome Darlene, eu imagino uma mulher grisalha de setenta e cinco anos de idade, mas nossa Darlene é o total oposto. Ela tem 1,55 de altura e sempre enfatiza esses cinco centímetros. Ela usa um corte chanel diagonal e veste coturnos pretos e saias curtas coloridas com cintura bem alta. Todo dia ela usa um par diferente de óculos de sol coloridos e espelhados. Hoje, meu reflexo roxo me encara enquanto falo com ela e isso me causa tonturas.

— Eu estava te procurando.

— Sério? Qual a ocasião?

— Bem, não surte, porque eu sei como você fica, mas eu preciso de você pra uma coisa.

Eu paro de andar e aperto as alças da minha mochila nos ombros. O calor dentro do meu corpo se intensifica e tenho cem por cento de certeza de que eu estou com febre neste exato momento. Limpo suor da minha testa.

— Você está me assustando.

Ela revira os olhos.

— Dylan, não é assustador. — Ela pausa e aperta os lábios. — Eu quero saber se você gostaria de se unir à AGH da sua escola. — Ela junta as mãos e me dá um sorriso reluzente.

— AGH?

Os olhos dela se apertam e ela acena com a mão.

— A Aliança Gay-Hétero

— Nós temos algo assim?

— Claro que temos. Mas não por muito tempo, a menos que façamos alguma coisa. Nós só temos três membros e nosso professor responsável vai se aposentar no fim do ano.

Faço uma careta.

— Quem está nisso?

— Esta que vos fala. — Ela puxa as laterais da saia e faz uma mesura. — Maddie Leostopolous e Brenton Riley.

— Quem raios é Brenton Riley?

— Um calouro apaixonado por mudança social.

— Esse é o conjunto mais aleatório de pessoas que eu já vi. Brenton é gay?

— Não, mas você não precisa ser gay para estar na Aliança Gay-Hétero.

— Obviamente.

— É por isso que precisamos de você, Dylan!

Eu começo a andar de novo e Darlene me segue.

— E então? — ela pergunta, desviando de alguns alunos para me acompanhar.

— Você sabe que eu não participo de atividades extracurriculares.

— Bem, se você fosse fazer alguma atividade, não seria essa?

— Por quê? Porque sou gay?

— Sim! Precisamente porque você é gay. Nós não temos um membro gay desde que Marshall Andrews se formou dois anos atrás e as orientações da AGH, que vêm da Rede Educacional para Gays, Lésbicas e Héteros, a REGLH, diz que nosso grupo deve ser inclusivo e composto de diversas identidades.

— Você está bastante informada.

— Eu não faço nada meia-boca, Highmark.

— Você já tentou recrutar mais alguém? — Meus olhos correm pelos dois lados do corredor tentando achar o banheiro mais próximo. Um caroço começa a crescer na minha garganta. Sinto saliva acumular no fundo da minha boca.

Ela suspira e coloca a mão na cintura.

— Não.

— Bem, talvez você tenha mais sorte do que pensa e não dependa apenas da minha participação. — Eu seguro um garoto pelo ombro quando ele passa por nós.

— Ei, quer fazer parte da AGH?

— A AG-o quê? — ele pergunta e continua a andar. Eu balanço a cabeça.

Kara Bynum, que é líder de torcida, está parada perto do seu armário. Talvez eu tenha mais sorte com ela porque ela sabe da minha existência. Eu corro atrás dela e toco suas costas.

— Kara!

— Ei, Dylan.

— Pergunta rápida. Quer entrar na AGH?

— O que é isso?

— Aliança Gay-Hétero.

Ela aperta os lábios.

— Quando é o encontro?

— Boa pergunta. — Me viro para Darlene.

— Toda segunda-feira depois da aula, e temos alguns eventos aqui e ali no fim de semana.

— Ah, desculpa — Kara diz, franzindo o cenho. — Tenho treino de torcida depois da aula e o campeonato nacional está chegando, então provavelmente não posso. Desculpa.

Quando ela fecha a porta do seu armário, Savanna surge.

— Devemos tentar? — pergunto pra Darlene. Eu sei que Savanna não vai participar, mas não posso deixar passar a oportunidade de deixá-la desconfortável. Também preciso terminar logo com essa interação, porque sinto que eu vou vomitar a qualquer momento. Falar com Savanna é o melhor jeito de acabar com qualquer tipo de situação, pelo menos pra mim.

— O quê? Não! — Darlene diz, rangendo os dentes. Eu dou alguns passos à frente e ela agarra meu braço. — Dylan, eu não quero ela no...

— Savanna, como vai você nesta manhã?

Ela pega alguns livros do seu armário e os coloca na bolsa sem dizer nada. Eu estou do lado dela, vendo-a de perfil.

— Darlene e eu estamos recrutando gente para a Aliança Gay-Hétero e queríamos saber se você gostaria de participar.

A cabeça dela vira. Ela olha Darlene de cima abaixo, mastigando chiclete.

— Por que eu iria querer me associar a esse circo?

— Sei lá, talvez eu tenha achado que exista alguma gota de bondade em você.

— Eu estou ocupada depois da escola fazendo coisas que realmente importam.

Eu me inclino pra frente com ânsia de vômito. Savanna dá um passo para trás.

— Eca. Qual é o seu problema?

Eu engulo com força, então apoio minha mão no armário ao lado do dela. Eu aperto minha garganta.

— Nada. Estou bem.

— Você está suado e nojento. Eu disse que estou ocupada depois da escola, então vá embora antes que você deixe todos nós doentes.

Darlene pigarreia e ergue um dedo.

— Hum, posso acrescentar algo? — ela pergunta.

Os olhos de Savanna se movem de Darlene para mim, mas sua cabeça continua imóvel. Darlene engole em seco.

— A AGH, na verdade, tem um impacto bem impressionante fora da escola — ela começa. — No ano passado, nós fomos voluntários em quase vinte eventos e, durante as festas, nós organizamos uma doação para...

Savanna coloca a mão na frente do rosto de Darlene.

— Lena, o fato de vocês terem sequer pensado em me considerar para esse grupo já me ofende o suficiente. Mas sua minúscula presença perto de mim está me deixando enjoada. Como você é a peste residente desta escola, eu sei que o único jeito para você fazer amigos é começar um grupo para outras pessoas sem amigos se encontrarem. Eu entendo. Mas aí vai uma novidade, já que você provavelmente não consegue enxergar com esses óculos de sol coloridos idiota que você usa todo dia: eu *não* sou uma dessas criaturas. Então, cai fora.

Darlene dá um passo para trás. Ela cruza os braços e suas unhas se afundam na sua pele, deixando-a vermelho vivo. Ela morde seu lábio inferior e continua em silêncio.

— Por que você disse isso pra ela? — pergunto, entrando na frente de Darlene. — O que você faz depois da aula aliás? Julgamento simulado?[3]

— É, exatamente isso. E vôlei e tênis.

— Chamam de julgamento *simulado* por um motivo. É falso, um fingimento e ninguém se importa.

— Meus esportes têm classificatórias e o julgamento simulado tem uma lista de espera de vinte pessoas. Então, acho que as pessoas se importam. — Ela aperta os olhos para mim. — Seu grupo, que ninguém sabe que existe, está obviamente desesperado por membros. Eu vi todo mundo neste corredor te rejeitar. Deve ter sido péssimo. Preciso usar minha influência em outro lugar.

Eu rio enquanto seguro a minha ânsia de vômito.

— Por favor... Que influência?

---

[3] As simulações de julgamentos são realizadas por grupos de estudantes, nas quais se trabalham a oratória e a retórica. Existem concursos em que as escolas competem entre si. É uma atividade extracurricular bem difundida nos Estados Unidos. (N.E.)

— Eu não posso explicar. Talvez se você não fosse tão "uau, sou o único menino gay da escola" o tempo todo você conseguiria alguma influência e poderia entender melhor.

— Certo. — Eu bato com meus dedos no armário e deixo minha cabeça abaixada. O alarme do primeiro período toca. — Melhor ir pra aula de carpintaria.

— Nós nem temos essa aula, doido.

— Bem, talvez você e seu pai possam começar uma.

— Talvez ele faça isso! Depois que ele encontrar os idiotas que estão queimando as casas dele. Seja lá quem for o responsável pelos incêndios, deveria ficar com muito medo. Perder aula de carpintaria seria o menor dos problemas.

Eu rosno para ela. Ela se vira e sai pelo corredor com seu rabo-de-cavalo balançando de um lado pro outro.

— Desculpa por isso, Darlene — digo, puxando minha camisa para longe do peito pra me refrescar. Ela está cabisbaixa e seu rosto está mais pálido que o meu.

— Eu... — ela começa. — Eu nunca tinha interagido com ela antes e ouvi dizer que ela era malvada, mas eu não sabia que ela era tão ruim com você a esse ponto. Quem ela pensa que é?

Eu giro a cabeça.

— Desculpe. Eu não devia ter perguntado a ela. Eu e ela temos um longo histórico... Finja que ela não existe.

O alarme toca, o que significa que temos um minuto para entrar na sala.

— Eu preciso ir. Depois me fala mais do clube?

— Tudo bem... Por que você não quer fazer parte? Se Perry Lyle e Kirsten Lush estivessem nele você viria?

Eu dou de ombros.

— Acho que sim, provavelmente. — Não minto. — Por que você se importa tanto se eu vou fazer parte ou não?

— Eu não sei... O Ensino Médio já é difícil o suficiente. Eu não consigo imaginar ter que lidar com tudo isso sozinho como você faz.

Eu solto um longo suspiro. É a segunda vez em um minuto que alguém sente necessidade de me contar o quão sozinho eu sou.

— Bem, talvez não devesse ser minha responsabilidade consertar isso então. — Eu jogo minhas mãos pro alto. — Vocês falam disso no clube? Por que o único cara gay tem que tornar a escola melhor pra todo mundo?

Minha voz falha quando termino de falar. Minhas mãos de repente ficam anestesiadas. Meus pés se erguem alguns centímetros do chão e minhas costas batem contra os armários quando uma lufada de vento passa por mim. Meu corpo cai com tudo no chão.

Minha cabeça está girando. Eu nem consigo processar o que acabou de acontecer, porque estou olhando fixamente para o chão para me estabilizar. Aconteceu um terremoto ou eu peidei tão forte e a força me impulsionou? A essa altura, eu não ficaria surpreso com a segunda opção.

Eu finalmente olho pra cima e Darlene está com os olhos arregalados. Nós nos encaramos por alguns segundos em silêncio.

Seu queixo treme e ela cruza os braços.

— O que foi isso? Ela olha para os dois lados do corredor.

Eu balanço a cabeça dizendo que não sei.

Ela geme ao meu menor movimento.

— Não faça isso.

— O quê?

— Se mover.

Eu dou de ombros.

Ela geme de novo e cobre a boca com a mão.

— Você se moveu.

— Darlene...

Ela se afasta de mim. Seus olhos estão brilhando.

— Eu não sei o que é isso, mas eu sei que você é cruel, Dylan. Eu só estava tentando ser gentil e te incluir.

— Espere — eu balbucio e estendo minha mão na sua direção. — Darlene, desculpa. Tem muita coisa acontecendo e...

Ela afasta meu braço.

— Eu disse para não se mover! — grita. — Você é igualzinho a Savanna. — Ela corre pelo corredor sem me ajudar a levantar.

Um grupo de meninos passa por mim e eu a perco de vista.

— Cruella te pegou de novo, Highmark? — um deles pergunta. O grupo ri. Ele chuta meu livro de história e ele desliza pelo corredor. Eu reviro os olhos. — Cresça, cara. Ela é um saco.

Eu os ignoro quando eles entram na sala do dr. Brio. Eu me levanto e limpo os joelhos.

— Você não tinha que estar em algum lugar, sr. Highmark? — pergunta dr. Brio, saindo da sua sala. Eu olho para os dois lados do corredor e vejo que sou a única pessoa ali.

— Sim. Eu deveria estar em casa.

DEZESSEIS

Eu fui pra enfermaria depois de ter desmontado na frente de Darlene e foi constatado que eu estava com uma febre de 38 °C. Minha mãe precisou sair do trabalho para me buscar na escola. Quando voltei para casa, dormi por quinze horas, sem exagero.

Ontem, respondi uma mensagem de bom-dia do Jordan às 12h30 e disse a ele que estava doente. Ele não pôde responder porque estava na escola e mandou mensagem às 15h15. Eu estava dormindo a essa hora, então respondi a segunda mensagem por volta das 19h00. Então, ele respondeu minha segunda mensagem às 22h00 dizendo que ia dormir. Essa não foi a conversa que eu achei que teríamos antes do nosso primeiro encontro.

— Dylan! — minha mãe grita da cozinha. — Você precisa vir aqui comer alguma coisa. Vai ser bom se você se mexer um pouco.

— Eu discordo! — grito de volta. Não estou conseguindo sentir minhas pernas. Como ela espera que eu desça um lance de escadas?

De repente, som de passos irrompem no corredor.

— Ah, não — resmungo. A maçaneta gira e minha mãe entra com tudo no quarto.

— Me dê isso — ordena ela, mergulhando na direção da cama e pegando o celular da mesa de cabeceira.

— Ei! — reclamo, girando para a borda da cama, lentamente. Eu tento pegar meu celular de volta, mas minha mãe já está de volta no corredor quando minha mão toca a superfície vazia.

— Se suas mãos têm energia suficiente pra ficar nisso o dia todo, então você consegue ir até a cozinha, vamos — ela diz, me apontando para o corredor.

— Argh — eu resmungo. — Me dê uns minutos.

Eu fico deitado na cama por mais do que alguns minutos. Meia hora se passa e eu não posso ficar para sempre encarando o teto já que meu celular foi ilegalmente confiscado.

Me levanto para fazer xixi e decido que posso usar esse impulso para ir até a cozinha. Deslizo de bunda pelas escadas, carregando meu travesseiro nos braços. Eu apoio minha cabeça nele porque meu pescoço não aguenta o peso sozinho.

Com as mãos nas paredes, ando lentamente até a mesa da cozinha. Meus tornozelos fraquejam a cada passo. Desabo em uma cadeira. As pernas de madeira rangem como se fossem quebrar. Consigo ver a cadeira se desmontando embaixo de mim, suas pernas de madeira explodindo em farpas que esfaqueiam meu corpo enquanto me estatelo no chão. Meu enjoo piora.

Minha mãe arranca o travesseiro do meu braço e o atira na sala. Ela enfia um prato com morangos, ovos e torrada na minha frente. Em seguida, ela põe um pote inteiro de mel em uma xícara de chá quente e a coloca nas minhas mãos trêmulas.

— Chega de ser dramático, Dylan.

— Eu não estou sendo dramático, estou doente. Por que você está de mau humor?

Ela apoia as mãos no balcão e, suspirando, fica cabisbaixa.

— Desculpe, eu não estou de mau humor. Só preocupada.

— Com o quê?

Dou uma mordida na comida e a fome me acerta como uma onda. Eu percebo que não como nada há quase um dia. Como tudo sem deixar nada no prato.

— Bem, não posso deixar de achar que você está doente porque ficou fora até tarde no fim de semana passado... E ter esquecido da noite da Cody... Sabe, não há nada de errado com o Dylan quieto e bonzinho que você é agora. Eu espero que esse novo amigo não seja algo...

Eu suspiro.

— Eu estava com a Perry e a Kirsten no fim de semana passado, fazendo o que a gente sempre faz.

— Eu sei... Eu sei.

Meu estômago faz um barulho que parece o de um trovão. Minha mãe arregala os olhos. Eu acho que os receptores de fome do meu cérebro estão satisfeitos, mas meu corpo certamente não está feliz com a situação. Eu agarro a minha barriga. O monstro na minha garganta está se preparando para sair.

Saio correndo da mesa e *quase* chego no banheiro social antes da minha alma deixar meu corpo. Um líquido amarelo-avermelhado explode para fora da minha boca. Metade vai pro vaso sanitário, a outra metade fica na entrada e no chão do banheiro.

Minha mãe vem correndo atrás de mim.

— Meu Deus, Dylan, o que você fez?

— Você acha que estou fazendo de propósito? — tento falar, ofegante, com restos de vômito saindo pela boca.

Ela me ajuda a me levantar e, juntos, nós subimos para o meu quarto. Minha mãe coloca meu celular de volta na cômoda e, então, pede desculpas por ter me pressionado.

Reúno energia suficiente para mandar uma mensagem para Jordan perguntando se podemos remarcar nosso encontro, mas de alguma forma não tenho energia suficiente para me importar por estar cancelando. Coloco isso na conta do meu azar de sempre, no meu carma por ter ignorado Darlene, no meu boneco de vodu que Savanna tem no quarto dela e em todas as outras forças do universo que conspiram contra mim.

Jordan responde com uma carinha triste, o que me faz murchar. Eu só fico feliz por meu travesseiro ter sobrevivido sem restos de ovo. Ele está limpo e cheiroso e eu desmaio na hora.

Na manhã seguinte, minha cama é literalmente uma piscininha de criança. Eu estou nadando no meu próprio suor. Parece mais um toboágua feito com meus lençóis azuis, só que não está escorregadio. Ao contrário, está quente, grudento e fedido — exatamente como uma piscininha de criança em pleno verão. Quem sabe? Pode até ter fezes aqui também, para parecer de vez com uma piscininha de criança. Mas acho que não fiz cocô na cama nessa noite.

Embora isso tudo seja nojento, é bom. Certo? Acho que isso quer dizer que a febre baixou ou algo assim. Meu corpo combateu a doença e a expulsou pelos meus poros! Fico feliz por meu corpo poder combater uma rara gripe suína, e, ao mesmo tempo, não conseguir lidar com uma crise de acne rotineira na minha testa.

Eu me sento e círculos multicoloridos surgem nos cantos dos meus olhos. Minha visão fica turva, mas então meu olhar rapidamente entra em foco de novo. Jordan me mandou algumas mensagens na noite passada dizendo *espero que você esteja melhor* e *queria estar com você agora*. Já estou me sentindo melhor, então tenho esperanças de que consigo salvar nosso relacionamento neste fim de semana.

Minha mãe entra pela porta do quarto. Eu rapidamente fecho minhas mensagens e puxo o edredom por cima do meu peito.

— Uau! — digo, e na hora percebo que é a primeira vez que pronuncio uma palavra sem parecer que um cacto está espetando minha garganta. — Ninguém bate na porta para entrar?

Minha mãe inclina a cabeça.

— Desculpa. Eu preciso levar sua irmã para escola e estava esperando você acordar para ver como você está. Ouvi você se remexendo, então só pensei em entrar. — Ela pega roupas do chão e as enfia na cômoda enquanto anda na direção da cama.

— Me remexendo? Eu literalmente não me movi.

Minha mãe senta na beira da cama e puxa um termômetro do bolso.

— Ah, querido! — suspira, vendo minha cama. — Precisamos lavar isso para tirar os germes. — Ela pega meus lençóis. Eu puxo de volta.

— Você pode lavar quando voltar do trabalho à noite. Não me faça vomitar de novo.

— Aqui. — Ela enfia o termômetro na minha boca e eu dou uma engasgada.

Mamãe volta a limpar as roupas do chão, rearranja meu desodorante, a caixa do aparelho e o creme facial na cômoda. Então, fecha alguns livros e os empilha na escrivaninha.

Eu murmuro enquanto tamborilo no joelho e espero que o termômetro indique a temperatura. Ele apita e minha mãe o tira da minha boca.

— Hum — resmunga ela, encarando o palito branco de plástico. Ela o chacoalha.

— Qual o problema?

— Tem três linhas na tela. Eu não sei se a bateria acabou.

— Tipo, eu acho que estou bem, já suei toda a febre.

— Ah, sabe o quê? — Ela se levanta, ergue um dedo no ar e sai do meu quarto.

Cody aparece na porta com os braços cruzados.

— Bem, olha só pra você.

— Bem, olha só pra *você* — diz ela. — Seu quarto está com cheiro de chulé.

Eu deslizo meu pé debaixo das cobertas e o estico no ar.

— Eca! — Cody ignora.

Minha mãe volta pisando duro pelo corredor e tirando Cody da frente.

— Use este — fala a minha mãe, me dando um termômetro velho que parece uma régua de vidro com uma linha vermelha no meio.

— O que é isso? É dos anos sessenta?

— Apenas coloque na boca. É sempre o mais confiável.

Eu o enfio na minha boca, mas então rapidamente o tiro de volta.

— Espera, isto não tem mercúrio dentro?

— Tem, é como ele mede a temperatura.

Eu faço uma careta.

Minha mãe coça a cabeça.

— Se você comer mercúrio puro, sim. Mas ele está dentro do vidro. Não fariam as pessoas usarem algo venenoso. Vamos lá, eu preciso ir.

Ando curtindo química atualmente, por que será?

— Estamos indo, mãe? — Cody pergunta. — Vamos chegar atrasadas.

— Sim, Cody. Só desça e espere. Já estamos indo.

— Eu pensei que eles costumavam colocar mercúrio nos dentes das pessoas antigamente e é por isso que os baby boomers estão todos se voltando contra a gente agora e tentando destruir a Terra — eu digo.

— Você está sendo ridículo.

Eu o enfio embaixo da língua e espero.

— Ah, muito bem. Está indo rápido — minha mãe diz.

Ela o pega depois de alguns segundos, olha para o tubo de vidro e joga as mãos para o ar.

— Hoje não é meu dia.

— Como assim? — Pego o termômetro e o puxo dos dedos dela. A linha vermelha está no último número: 43 ºC.

Eu engulo em seco. Meus batimentos aumentam. Eu começo a contar as batidas, mas em alguns segundos o sangue pulsa pelo meu coração em uma velocidade rápida demais para eu contar e os números se misturam na minha cabeça.

Minha mãe sente minha testa.

— Você ainda está bem quente.

— Isso está certo? — pergunto, esfregando a palma das mãos nos joelhos.

— Não, meu bem. Eu acho que você estaria morto se sua temperatura fosse 43 graus. Vai ver você está certo e essa coisa é muito velha. Nós temos isto desde antes de vocês dois nascerem.

Eu faço que sim. O calor do meu corpo se torna mais aparente. Gotas de suor se formam na minha testa e escorregam pelas minhas costas e pelo meu pescoço. Passo as mãos pelo cabelo e ele está ensopado.

— Você tem certeza de que está se sentindo bem? Você parece melhor.

— Sim, devo estar bem. Vou ao banheiro — digo, saindo da cama. Na hora, sinto meus joelhos fraquejarem, mas não falo pra minha mãe.

— Tudo bem, seu pai vai trabalhar de casa hoje. Então, fale com ele se precisar de qualquer coisa.

— Certo — digo, passando por ela e entrando no banheiro do corredor. Fecho a porta e apoio minha cabeça nela.

— Hum, o que está acontecendo? — murmuro. Minha palma suada desliza da maçaneta.

Acho que seria mais fácil dizer para minha mãe que era apenas o termômetro errado, se eu não soubesse que saí com alguém que tem exatamente essa temperatura corporal. Jogo uma água fria no rosto. Pego uma toalha e seco minha testa e meu cabelo. Minhas mãos estão tremendo. Aperto elas para mantê-las firmes, fecho meus olhos e respiro fundo algumas vezes.

Quando ouço a porta da frente se fechar, vou até o armário de toalhas do corredor e remexo as pequenas cestas brancas cheias de coisas de banheiro em busca do termômetro de mercúrio.

Vamos testar a confiabilidade e validade desse instrumento. O dr. Brio estaria orgulhoso só de eu conseguir lembrar dessas palavras. Mas eu não consigo lembrar de verdade o que elas significam. Não tenho certeza sobre qual resultado eu quero. Se este termômetro for confiável, então ele vai mostrar a mesma temperatura várias vezes. Isso significa que 43 graus constantes é sinônimo de um termômetro que funciona. Mas como eu sei se isso está certo? Ou se é válido? Eu acho que estou ferrado de qualquer forma. Talvez eu precise enfiar o termômetro na boca do meu pai para ver que temperatura ele mostra.

O aparelho está junto de uma caixa de Band-Aids. Na hora, ponho o termômetro de volta na boca e caminho até o banheiro. Na frente do espelho, vejo a linha vermelha subir. Rapidamente, ele indica 43 °C e eu o arranco da boca.

— Ah, não.

Eu o seguro por um tempo e a temperatura cai. Coloco de volta embaixo da língua uma última vez e ele marca 43 °C em segundos.

Ligo a água fria e enfio o termômetro embaixo da água. A linha vermelha cai até -1 °C. Então, ligo a água quente da torneira. A linha vermelha sobe até a temperatura máxima e o vidro quebra, me assustando.

Jogo o pequeno caco de vidro que ainda tenho entre os dedos na pia e fecho a torneira. Eu dou um passo para trás e coloco a mão em cima da boca. Olho em cima do balcão e há pequenas bolhas cinzentas e brilhantes de mercúrio dançando na pia branca.

Bem, acho que agora não tenho mais como saber se essa coisa estava certa ou não.

De volta ao meu quarto, sento na cadeira da escrivaninha e examino minhas mãos. Elas parecem mais brancas do que o normal. Ou talvez isso seja coisa da minha cabeça. Levanto e dobro meus joelhos. Em seguida, pego o celular e ligo pro Jordan. Eu não sei mais o que fazer. Ele não atende.

Fico andando de um lado para o outro do quarto. Eu paro em frente ao espelho pendurado na parte de trás da porta. Olhos laranja-dourados estão me encarando de volta. Eu grito e cubro minha boca com as mãos. Há uma aura azul em volta das minhas pupilas. Puxo minhas pálpebras de baixo para uma inspeção. Uma chama se acende no meu dedo. O choque me empurra pra trás e eu tropeço pelo chão.

Eu olho para cima e, de repente, me sinto como um estranho no meu próprio quarto. Encarando o que costumava me trazer conforto, como minha colcha fofinha e meus quadros — agora nada causa nenhum efeito em mim. Agarro uma toalha de banho pendurada na cabeceira e a coloco no chão sob meus pés, tentando evitar qualquer marca de queimado no chão de taco. Então, eu me deito, fico em posição fetal e fecho meus olhos com força para não ver mais os olhos laranja-dourados daquele estranho me observando.

    Minha mãe está certa. Não há nada de errado com o Dylan quieto e bonzinho. Mas eu acho que aquele garoto não existe mais.

DEZESSETE

No dia seguinte, eu acordo e me preparo para a escola sem dizer uma única palavra. Minha pele está constantemente coberta de suor. Eu troco de roupa duas vezes antes de aceitar as manchas na minha camiseta.

— Você finalmente está melhor? — Perry pergunta enquanto vamos para escola.

— É — digo.

—Bom. Você está atrasado nas pinturas de primavera. Kirsten veio pintar noite passada e já estamos na metade.

— Certo. — Eu esfrego a testa.

— Você já escolheu um lugar para seu encontro com Jordan? — É uma pergunta tão normal para um momento tão estranho.

— Não, ainda não.

— Bem, anda logo! Não deixe ele escapar.

— Olha, eu não conseguia me mexer. Tenho certeza de que Jordan entende. — Eu cruzo os braços.

— Certo? — Perry franze o cenho. — Você tem ideias? — ela fala, alongando o *s*.

— Nós falamos na Starbucks antes.

A Starbucks talvez seja realmente a melhor aposta agora, porque é o ambiente mais controlado em que eu consigo pensar. Se Jordan, ou eu, eu acho, explodir em um restaurante ou coisa assim, nós ficamos presos lá por causa da conta. Nas Starbucks, podemos pegar nosso pedido e escapar a qualquer momento.

— Chato.

— Por que é chato?

— Sei lá. Vão ao cinema ou façam qualquer coisa divertida.

— Eu não vou levá-lo ao cinema e ficar sentado do lado dele por duas horas sem poder falar. Isso não é um encontro.

— Tudo bem, rabugento. — Perry franze o nariz. — Vai ver vocês deviam só ficar em casa de novo.

— Que seja. — Eu me mexo sem sair do lugar, virando o rosto para ela. Minha cabeça lateja. Não consigo mais tentar manter uma conversa.

— Aparentemente, teve outro incêndio noite passada — Perry diz.

Eu olho de volta para ela.

— Espera, sério?

Começo a rolar o meu feed do Twitter. Passo o olho por uns cinquenta tuítes do meio da noite até chegar nos dessa manhã. Relatos aleatórios das notícias locais foram retuitados no meu feed. Eu não reconheço nenhum deles. Isso exige minha atenção, então leio cada um deles.

Autoridades locais estão pedindo sua ajuda para identificar dois homens responsáveis pelo terror noturno

#URGENTE: a polícia local confirma incêndio criminoso em série.

A Construtora Blatt está oferecendo uma recompensa de U$ 10.000 por qualquer pista que ajude a identificar os incendiários.

O sentimento de apreensão toma conta da área onde as casas estão sendo construídas, com a polícia confirmando que os incêndios recentes foram propositais.

— Ah não —murmuro. Meu corpo afunda na cadeira e penso na pressão adicional que isso vai colocar em Jordan. Isso não só vai ajudar a confirmar qualquer suspeita que a HydroPro tenha de que ele está aqui, mas a polícia vai estar atrás dele como um incendiário também.

— Qual o problema? — Perry pergunta.

Eu travo meu celular e o coloco no bolso.

— Nada — respondo. — Eu vi alguém tuitar sobre uma tarefa que esqueci de fazer.

— Qual tarefa? Eu também não fiz?

Sacudo a cabeça.

— É de história. Você não está nessa aula.

— Ah, bom. — Perry solta o ar. — Eu estou tentando estender essa licença de lição de casa que recebi o máximo que posso. Isso realmente melhorou minha qualidade de vida, sabe?

— É, eu sei.

Não gosto de como acabei de mentir para ela. Não consigo lembrar da última vez que não fui honesto com Perry e me chateia quão rápido a mentira saiu da minha boca. Foi uma mentira inocente. Não há nenhum problema comigo se ninguém souber quem causou os incêndios... Ou o que Jordan é... Ou o que eu sou.

Perry e eu chegamos na escola. Eu saio do carro e fecho a porta, rolando com pressa o feed do Twitter. Eu não entendo como eles viram Jordan e eu no lugar do incêndio. Nos cuidamos para não deixarmos rastros.

Leio todas as respostas aos tuítes dos noticiários locais a respeito dos incêndios, as pessoas estão ficando loucas. Uma delas culpa a falta de Cristo nas nossas vidas. Outra pessoa afirma que as crianças precisam passar mais tempo na escola para não aprontarem. Uma terceira diz que criminosos merecem prisão perpétua.

Eu bato meu pé no chão. Toda essa situação está ficando exagerada.

As respostas aos tuítes do perfil da Construtora Blatt não fazem sentido. Todo mundo está dizendo como eles são uma empresa querida na área e que estão rezando por eles. Eu não me lembro da última vez que Falcon Crest se importou tanto com alguma coisa. Os Blatt constroem algumas casas baratas e todas iguais, e as pessoas não sabem como vão continuar nossas vidas? Eles não estão salvando o mundo. Crianças passam fome enquanto eles estão desperdiçando recursos e cortando árvores.

Eu envio uma mensagem para Jordan, perguntando se ele viu alguma das notícias. A polícia deve ter realizado uma investigação no início da semana ou algo assim, porque até então isso não tinha saído na mídia.

Enquanto espero a resposta de Jordan, Kirsten manda um vídeo para mim e Perry. Clico no play. A imagem está em preto e branco, embaçada. Eu coloco meu celular mais perto do rosto, apertando os olhos para decifrar a imagem. De repente, vindo do lado esquerdo, uma figura sombria aparece no vídeo. Ela está correndo em direção a uma grade ou barreira no centro do campo. Quando a alcança, a figura passa por cima, fazendo fagulhas voarem. Eu engasgo, então entendo o que estou assistindo. Eu apareço no quadro alguns segundos depois, correndo atrás da figura escura — correndo atrás de Jordan.

Kirsten
A caminho do meu Pulitzer! Coloquei uma câmera nas árvores e filmei isso. Vocês acreditam? Vou colocar mais câmeras hoje.

— Você deve estar me zoando — murmuro. Bloqueio a tela do celular e o enfio no bolso.

Por que Kirsten mandaria isso para os jornais? Ela não deve saber nada sobre isso. Mas por que saberia? Ela não conhece Jordan. Se os jornais conseguirem descobrir quem está no vídeo, então Jordan vai embora, nosso relacionamento irá acabar e eu serei preso.

— Te vejo na aula de química — Perry diz e nos separamos no corredor. Eu olho feio para o celular de Perry no bolso de trás de sua calça enquanto ela caminha para longe de mim. De alguma maneira, eu resisto ao impulso de agarrá-lo e parti-lo ao meio antes que ela possa ver o vídeo. Em vez disso, eu travo minha garganta, impedindo que o vômito se movendo no meu estômago suba mais. Assim, consigo dar um passo na direção do meu armário.

Quando me viro, eu noto que todo mundo no corredor está me encarando. A maioria está rindo. Um grupo de meninas aponta para mim. Eu me assusto. Me examino, apalpando meu corpo. Nada de chamas. Eu abro a câmera frontal do Snapchat e olho meus olhos e eles estão em seu tom normal de cinza.

— O que é? — Eu pergunto para ninguém em particular. Algumas pessoas fogem. Quer dizer, é, ainda tenho manchas de suor espalhadas pela camiseta, mas não sabia que suar podia ser tão engraçado. Ninguém sabe o que eu faço. Talvez eu tenha malhado antes da escola. Esses preguiçosos deveriam pensar melhor.

Darlene se aproxima de mim. Óculos de sol verdes estão pendurados em uma corrente em volta do pescoço dela. Ela abraça seus livros junto ao corpo. Seus olhos não saem do chão.

— Ei, Darlene.

Ela me ignora.

Eu estendo meu braço para acenar, mas Darlene solta um grito antes que eu sequer abra os dedos. Ela recua, derrubando os livros e trombando com os armários.

— Não se aproxime de mim! Fique bem aí. — Darlene está respirando rápido. — Eu não sei o que eu vi no outro dia, mas não quero descobrir.

Engulo em seco enquanto examino os outros a nossa volta.

— Eu posso explicar. Não foi nada. — Coço a parte de trás da minha cabeça. Risadinhas dos meus outros colegas me cercam, crescendo em frequência e volume.

Darlene sacode a cabeça enquanto recolhe seus livros.

— Não foi?

Eu não tenho mais só manchas de suor. Minha camiseta está ensopada. O corredor começa a girar. Rostos risonhos, dentes brancos e dedos acusadores me cercam.

— Do que vocês estão rindo? — grito, fechando um punho.

— E também não espere que eu te siga — ela diz, então corre pelo corredor.

— Me seguir? Do que você está falando?

Quando Darlene some, eu noto um papel grudado em um dos armários atrás de onde ela estava. Meu nome é a primeira coisa que noto na página.

— Quê? — Pego o papel e leio.

> Atenção, querida Falcon Crest! Como muitos de vocês sabem, no meu tempo livre eu pinto e acho que estou ficando muito bom. Vários de vocês têm me perguntado onde podem ver meu trabalho, então eu decidi começar meu próprio perfil no Instagram! Vocês podem me seguir em @DylanHighmarkPinta. Eu, no geral, pinto minhas coisas favoritas, que me deixam alegre e quentinho por dentro. Vocês podem ver amostras do meu trabalho nos prints abaixo. Espero que me sigam logo! — Dylan Highmark

O papel treme na minha mão quando eu termino de ler o texto. O print na parte debaixo do panfleto é da página de Instagram @Dylan-

HighmarkPinta, que eu não criei. Alguém postou seis fotos de pinturas aleatórias. Todas elas têm qualidade nível aluno do Fundamental e devem ter um filtro que as faz parecer pinturas. A primeira é de um ursinho de pelúcia, as outras são de uma berinjela, um pêssego, um autorretrato nu, que é minha cabeça photoshopada em um corpo aleatório, uma foto de Jordan com um coração que diz *meu crush* e uma imagem de mim dando sorvete de colher na boca de Jordan enquanto ele está coberto com granulados coloridos. Eu ergo os olhos. Todo mundo está me observando.

— Você dorme com esse ursinho? — pergunta um menino quando passa por mim.

— Você pode querer reavaliar o que *muito bom* significa — diz outro, rindo.

— Obviamente essa página não é minha. — Meu rosto fica vermelho. Amasso o papel e o atiro pelo corredor. O alarme toca. A multidão começa a desaparecer, mas quando eles fecham os armários, o panfleto aparece grudado em todas as portas.

— Quem é o crush? — pergunta uma menina.

— Isso é assustador, cara — comenta um menino. Ele cola o panfleto no meu peito, me deixando sem ar.

Meus crushes e minhas pinturas são duas coisas que eu sempre tentei manter escondidas do pessoal do colégio, porque quero manter privadas. Eu nem faço aulas de arte na escola porque eu não quero ser alvo de críticas. Não preciso das pessoas aqui me dizendo o quanto sou ruim. E não preciso de todo mundo rindo do meu crush como eles riem de mim há anos.

Mas, agora, arte e relacionamento não pertencem mais a mim. São jogo livre.

Eu caio de joelhos. Meus olhos começam a lacrimejar. Através da minha visão embaçada, noto a pele sob das minhas unhas ficando laranja. Rapidamente, seco os olhos e me levanto, enfiando minhas mãos nos bolsos. O sangue desce do meu cérebro e eu ajusto meus pés para me manter equilibrado. Minha cabeça começa a girar. Minha boca se enche de saliva. Eu me viro e corro para o banheiro.

Mergulho na primeira cabine, o vômito forçando caminho até minha boca. Eu puxo meu cabelo de lado pelo que parece ser uma hora inteira enquanto meu estômago se esvazia. Sento no chão e apoio minha cabeça contra a cabine. A porta do banheiro abre e fecha. Um conjunto infinito de sapatos ressoa pelo chão. Eu escuto os meninos rirem e falarem de mim.

Mordo as unhas enquanto procuro a página falsa de Instagram no meu celular. Ela é real. Alguém efetivamente teve o trabalho de criar essa página. Eu cubro meus ouvidos e bato minha cabeça contra a cabine.

Quando o banheiro fica em silêncio, checo se sobrou algum par de sapatos. Está vazio. Eu fecho meus olhos, respiro fundo e saio da cabine. Limpo o rosto e faço bochecho com água na pia. Minhas pálpebras estão pesadas.

Enfio a mão no bolso em busca do meu celular, mas minhas mãos passam por dois enormes buracos. Eu viro o tecido para fora e as bordas dos buracos estão queimadas. O tecido enegrecido se transforma em pó entre os meus dedos, caindo pelo chão como pimenta de um moedor. Eu me viro e meu celular está no chão da cabine. Encaro minhas mãos. A pele pulsa. Veias roxas cresceram em volta dos nós dos meus dedos como uma trepadeira selvagem. Essa piadinha me fez esquecer o quanto eu mudei por um momento. Agarro meu celular e saio correndo do banheiro.

Quando saio, Savanna está no meio do corredor, com os braços cruzados. Seus lábios e unhas estão pintados de roxo. Seu cabelo branco está trançado em longas maria-chiquinhas que brotam das laterais da sua cabeça e descem pelo seu peito.

— Eu ouvi de um amigo meu chamado Jimmy que você gostava de pintar — ela diz, rindo. — Mas eu não sabia que você era tão bom. — Savanna coloca sua longa unha entre os dentes e sorri.

Eu fecho a cara para ela, meus ombros ondulando para cima e para baixo com cada respiração pesada que dou.

— Quer dizer... Os detalhes desse ursinho são uma coisa. — Savanna ergue o panfleto. — E o autorretrato? Mas é meio estranho se pintar pelado.

— Você? — pergunto. — Por que você fez isso?

— Fui eu — responde ela, com tom de voz agudo, então me dá um sorriso com os lábios apertados. Savanna puxa seu celular do bolso e desliza o dedo por ele. — Vamos ver... Seu perfil novo tem... Uau! Sete seguidores. Parece que ninguém se importa com isso, que nem com o resto da sua vida.

— Só me deixe em paz, Savanna! — grito, passando por ela.

— Eu estou te pedindo o mesmo. Cometa o erro de achar que somos amigos ou que eu vou querer estar no seu grupo idiota de novo e eu te derrubo com mais fotos de ursinhos e legumes.

Mostro o dedo do meio para ela.

— Lixo — Savanna murmura enquanto se vira na direção oposta.

O corredor está vazio. Eu piso nos panfletos enquanto caminho pela escola, pensando no rosto de Savanna toda vez que a sola do meu sapato bate no chão. Arranco os papeis de todos os armários, um por um. Eu nunca precisei enfrentar a Savanna, porque sempre fui capaz de ignorar as provocações dela. Mas dessa vez isso me pegou. Ela escolheu o dia errado para aprontar comigo.

Dezenas de cenários de vingança passam pela minha mente. Eu poderia passar urtiga no batom dela... Encher seu esmalte com suco de pimenta... Pagar alguém para cortar o cabelo dela quando ela não estiver prestando atenção... Furar os pneus de seu carro. Meu passo acelera até virar uma corrida e, de repente, estou segurando uma pilha de panfletos nos braços.

O cheiro de madeira queimada começa a chegar às minhas narinas. Olho para o chão e noto que está vindo dos panfletos que recolhi. Eles estão pegando fogo. Eu os solto, vendo-os deslizar pelo ar enquanto bato no meu estômago para extinguir as cinzas grudadas na minha roupa.

— Ah não, ah não, ah não — murmuro. Ando de um lado para o outro do corredor para apagar as chamas espalhadas, mas quando eu piso nos panfletos, meu movimento faz as cinzas voarem na direção dos outros papéis. Pequenos incêndios irrompem nas folhas espalhadas pelo corredor.

Eu preciso me livrar de todos esses papéis, que são um combustível para minhas chamas. E esse corredor é basicamente uma câmara de fogo. Arranco cada panfleto dos armários perto de mim. A superfície de metal debaixo deles é fria, mas se aquece rapidamente com a minha pele. Leio o bilhete humilhante de novo enquanto me movo pelos armários.

136

135

134

133

Uma nova onda de raiva cresce dentro do meu estômago. É quase como se eu sentisse gasolina correndo pela minhas veias quando cinco pequenas chamas surgem da ponta dos meus dedos. Elas ateiam fogo na nova pilha de panfletos nos meus braços. Eu grito, então os jogo no ar enquanto bato os pés, frustrado. Eles se dispersam como fogos de artifício.

O cheiro de fumaça toma conta do corredor e eu estou bem no meio dele. Abortar missão.

Caminho até o alarme de incêndio e puxo a alavanca, então corro o mais longe que posso antes de o alarme tocar. Os sprinkles são ativados, fazendo um som de cuspe. Meu cabelo fica encharcado em segundos. A tinta nos papéis embaixo de mim borra, tornando o bilhete ilegível. O canto da minha boca se curva pra cima de leve com essa consequência inesperada.

Eu sigo para a saída. Alunos e professores começam a sair das salas em meio a gritos e grunhidos. As pessoas seguram livros didáticos por cima da cabeça. Alguns alunos escorregam e caem no chão enquanto fogem da água. Meninas de boca aberta e olhos arregalados cobrem suas camisetas, que estão transparentes, com seus fichários. Eu tampo o rosto com a mão para me manter fora de vista.

Antes de sair, viro e olho por entre meus dedos para a loucura que criei uma última vez. Savanna corre pelo corredor mais próximo, protegendo o rosto. Suas tranças molhadas grudam nas suas costas. Eu tenho certeza de que ela usa maquiagem à prova d'água, mas finjo que não e imagino a base e o lápis de olho escorrendo pelo seu rosto. Eu saio do prédio. Atento onde piso, respiro profundamente.

DEZOITO

Eu corro para fora da escola. As cinzas em brasa sob a a minha pele me mantêm quente durante a jornada pelo ar congelante. Ignoro as mensagens sem fim de Perry e Kirsten me perguntando se estou bem. Meu sorriso de vingança se transforma em uma expressão preocupada depois de alguns minutos. Não apenas estou sozinho na beira da estrada, mas todo o corpo estudantil me chamou de piada, minha mãe acha que estou indo pelo mal caminho, Kirsten está me investigando por incêndio criminoso, Savanna ainda me odeia, Darlene tem medo de mim e o meu corpo está contra mim.

Quando chego em casa, meu pai está saindo do carro. Eu checo meu celular e são onze da manhã. Olho de volta para a rua, pensando se devo sair correndo, mas meus sapatos esmagam pedaços de sal na calçada e a cabeça do meu pai vira em minha direção.

— Dyl? — papai pergunta.

— Pai? — retruco.

— Por que você não está na escola?

— Por que você não está no trabalho?

Ele sacode a cabeça.

— Sem gracinhas, filho. — Papai puxa a bolsa por cima do ombro. — Eu tive uma entrevista em uma empresa nova e vou trabalhar de casa durante o resto do dia.

Coço a cabeça.

— Você não parece bem — comenta ele. — Você ainda está doente?

Eu faço que sim. Deixo minha cabeça cair e dou alguns passos em direção à minha casa.

Papai suspira. Uma onda de vapor enche o ar em volta da cabeça dele.

— Isso está ficando ridículo. Entre no carro. Vou te levar ao pronto-socorro. Eu disse para a sua mãe que já devíamos ter feito isso. — Ele joga sua bolsa no banco do motorista.

Eu engulo em seco. Meus batimentos aceleram.

— Não, vou ficar bem — digo, com uma risada leve. Ando mais rápido em direção à porta.

— Você não está bem, vamos. — A chave do carro balança na mão de meu pai. — Você está perdendo aulas demais.

— Mamãe mediu minha temperatura e eu estava melhor. Eu só vim para casa descansar mais um pouco.

— Isso não é normal. Você precisa fazer um exame de sangue. Pode ser viral, dado o tempo que está durando.

Exame de sangue? O que ele mostraria? Meu sangue ainda é vermelho? Eu o imagino agora mais como numa cor verde-limão fluorescente, um combustível de alta octanagem que pega fogo quando meu cérebro ordena. Ele provavelmente derreteria aqueles tubinhos, ou pior, a mão da enfermeira.

Os exames me documentariam, meus sinais vitais seriam registrados. A temperatura corporal, o sangue, tudo o que a HydroPro está procurando. Eles teriam tudo em um papel com meu nome e endereço.

Continuo andando até a porta. Eu desvio da entrada da garagem para a entrada principal, para não passar muito perto do meu pai.

— Dylan, não estou brincando. Eu tenho mais ou menos uma hora antes de precisar voltar ao trabalho.

Ignoro as palavras dele. Estou de costas para o papai agora, então aproveito e seguro a maçaneta, girando-a.

— Dylan!

— Eu só vou dormir até isso passar! Falo com você mais tarde.

O grito do papai reverbera pelo meu peito enquanto passo pela entrada de casa. Bato a porta e corro escada acima como se estivesse sendo perseguido por um monstro.

No meu quarto, empurro todos os travesseiros da minha cama pro chão e arranco os lençóis do colchão. Eu recolho a pilha de roupa de cama suada e a carrego pelo corredor até a máquina de lavar. Os lençóis azuis se enroscam nos meus tornozelos. Depois que encho a máquina com meus lençóis, tiro minha roupa e jogo lá também. Ligo a máquina e vou pelado até o banheiro.

Chegando lá, tomo um banho gelado. Minha cabeça se apoia no azulejo da parede e eu deixo que a água corra pelas minhas costas por uns quinze minutos.

Quando estou seco, visto um casaco e calças de moletom, e então guardo as peças de roupa que minha mãe esqueceu de pegar do chão. Eu faço a cama com lençóis limpos, jogo algumas garrafas vazias de água no cesto de lixo e deixo meu quarto livre de qualquer coisa associada à minha doença.

Eu preciso da ajuda de Jordan. Olho para a tela do celular a cada três minutos para ver o quão mais perto estou das três da tarde, quando Jordan sai da escola.

Meu quarto provavelmente está o mais arrumado que já esteve desde quando eu era um bebê. Corro escada abaixo e começo a limpar o quarto da Cody. Isso me ajuda a passar o tempo apenas por alguns minutos, porque lá só tem literalmente duas peças de roupa no chão e um livro fora de lugar. Eu olho pela janela e decido ir correr.

Mais tarde, acordo na minha cama às quatro da tarde, bem depois da hora em que planejava ligar para Jordan. Eu me viro e clico no nome dele na lista de contatos. O telefone toca três vezes antes dele atender.

— Ei — Jordan diz. Sua voz está grogue.

— Ei — respondo. — Desculpa, eu te acordei? — Estou roendo as unhas.

Ele boceja no celular.

— Não. Eu só estava aqui deitado depois da aula. — Jordan ri. — Mas tranquilo. Como você está? Eu te mandei mensagem ontem à noite.

— É, eu vi. — Tamborilo na parede. — Ei, você quer vir aqui?

Ele pigarreia.

— Tá bom, está tudo bem? Você parece, tipo, estressado ou algo assim.

— Estou bem. Só me sentindo culpado por cancelar tudo na semana passada. — Eu solto uma risada leve.

Jordan solta ar pelo nariz.

— Não se sinta.

— Quando você chega?
— Ah, você quis dizer agora? Hum, você pode me dar tipo uma hora?
— Sim. Venha a qualquer hora. — Eu desligo e mando o endereço para ele por mensagem.
Isso não pode estar acontecendo, pode?

Jordan me manda uma mensagem escrito *aqui* uma hora e vinte minutos depois da nossa ligação. Eu me levanto de um salto, corro escada abaixo e entro na cozinha. Espio a sala e meu pai está sentando no sofá assistindo basquete com seu notebook ao lado. Ele não me nota. Minha mãe e Cody estão no treino de ginástica ou coisa assim. Eu vou até a porta da frente e abro.

O ar frio vem de encontro ao meu rosto, fazendo arrepios surgirem em cada canto da minha pele. Jordan está usando um gorrinho amarelo, jaqueta azul-marinho, jeans escuros e botas marrons. Ele parece ter saído de uma revista de moda. Tem uma mecha de cabelo solta caindo pelo lado do gorro e ele está segurando uma sacola marrom na mão esquerda. Jordan sorri.

— Oi — falo, exalando.
— Oi, Dylan — responde Jordan. — Eu me troquei porque não sabia se você iria querer ir à Starbucks ou a algum outro lugar hoje. — Jordan entra. Fecho rapidamente a porta. — Você tem certeza de que está tudo bem?

Eu aponto para o meu quarto com a cabeça.
— Vamos subir.
— Seus pais estão em casa? Eu vou dizer oi?

Balanço a cabeça, dizendo "não".
— O que tem na sacola?
— Você vai ver. — Ele sacode a pequena sacola de papel pardo.
— Certo? — Eu rio.

Nós subimos para o meu quarto. Sento na beirada da cama e o vejo colocar a sacola na minha cômoda. Jordan lentamente tira a jaqueta, dando para ver que está usando uma camisa de flanela verde-escura por baixo. As mangas estão arregaçadas até o meio dos antebraços.

Com o olhar, sigo duas veias grossas, da borda da manga até o punho dele. Jordan sorri e mergulha no colchão. Dou um salto, parecido com quando o martelo faz aquela bolinha de metal subir até o topo, naquele brinquedo de parque de diversões. Exceto que em vez de um sininho tocando, é meu coração. Ele se vira de costas e examina as paredes.

— Gostei. — Jordan assente com a cabeça.

— Ah, espera. É a primeira vez que você vem aqui, não é?

Eu também noto que essa é a primeira vez em que tenho outro garoto no meu quarto. Acho que eu deveria estar mais animado, mas não consigo parar de pensar na temperatura corporal de Jordan. E na composição corporal de Jordan. E se a minha ainda é igual ao que era semana passada. E se é igual a dele agora.

— É. Seu quarto é bem mais decorado que o meu.

— É, bem, esse é meu quarto há dezesseis anos. Seu quarto é seu há quanto tempo? Um mês?

— Essas são suas pinturas? — Jordan aponta para a parede ao lado da cama.

— São pôsteres das minhas pinturas favoritas das galerias de arte que visito com Kirsten e Perry. — Os pôsteres estão alinhados em colunas simétricas que vão do chão ao teto.

— Que artístico, amei. Onde estão as que você pintou?

— Aqui. — Eu enfio a mão embaixo da cama e puxo uma pilha de telas empoeiradas.

Jordan ri.

— Por que aí?

— Porque as pinturas de verdade são melhores.

Ele pega uma paisagem das Montanhas Appalache que pintei no verão passado e a examina.

— Como isso não é de verdade?

Pego o quadro das mãos dele.

— Não importa. São idiotas de qualquer maneira.

Eu observo meu quarto. Achei que ele parecia limpo antes, mas enquanto vejo Jordan olhar todas as coisas nas paredes, começo a sentir que estou encolhendo. Talvez eu precise tirar algumas dessas coisas. Ou eu poderia agrupar as pinturas por tema, como paisagens e retratos.

Mas chega de conversa-fiada. Estou coçando meu braço com tanta força que acho que ele logo vai começar a sangrar.

Eu me levanto e ando até minha cômoda. Pego a sacola marrom.

— O que tem aqui?

Jordan pula em cima de mim e a arranca da minha mão.

— Ei, não olha. É um mimo especial.

— Isso parece assustador. O que é? A sacola está molhada.

— Ah não. Deve estar derretendo. — Ele abre e enfia a mão dentro. — São picolés com cobertura do Dairy Queen! Algo gelado para sua garganta.

Jordan me estende um e o coloca nos meus dedos. Eu agarro o palito de madeira do picolé. Uma gota de sorvete de baunilha escorrega pelo palito de dentro da casquinha de chocolate. Minha mente volta para a noite em que nos conhecemos.

O sundae. A explosão. A rua. O lago. Os incêndios.

Cada momento cheio de calor irrompe na minha mente e força meus olhos a se cruzarem. O picolé parece embaçado.

— Dylan, suas mãos estão tremendo — avisa Jordan.

— O quê? — Eu me viro e o picolé escorrega dos meus dedos. Ele cai pelo ar, se espatifando no chão.

— Foi mal — murmuro. Eu me abaixo e pego o palito, mas o sorvete amassado cai dele. — Grrrrr.

— O que está acontecendo com você? — Jordan pergunta. Ele se ajoelha na minha frente e coloca as mãos no meu ombro. — Me desculpa se fim de semana passado foi coisa demais. — Jordan suspira. — É melhor eu ir. Isso não está certo.

— Não! — grito. Sai mais alto do que eu queria. Atiro o palito de picolé do outro lado do quarto. Ele bate contra a parede. Jordan ergue a mão e desliza para longe de mim.

— Tem algo errado comigo… Ou, não errado, porque não há nada de errado com você. Mas essa doença… — Passo as mãos pelo rosto. — Não acho que seja uma doença normal.

Jordan sacode a cabeça.

— Não entendo.

Eu pego as mãos dele e as aninho nas minhas. Seus olhos arregalam.

— Você está tão…

— Quente. Minha mãe tirou minha temperatura hoje de manhã e estava em 43 graus.

Jordan arranca as mãos das minhas e dá um passo para trás.

— Não — ele diz, andando de um lado para o outro. — Isso não faz sentido.

— Bem, era isso que eu esperava que você soubesse.

— Não funciona assim. Não pode funcionar assim. — Jordan corta o ar com a mão.

— Não pode passar para outra pessoa?

— Não! A HydroPro teria me contado se pudesse. Eu sinto que eles teriam me feito passar o poder para outras pessoas para poderem fazer mais experimentos. Apareceu alguma chama?

— Não — minto. — Só descobri essa coisa da temperatura algumas horas atrás.

— Então, eu tenho certeza de que você está bem. — Jordan esfrega os olhos e senta na minha cama. — Talvez o termômetro estivesse quebrado.

— Não estava. E a médica com quem você se consulta? Podemos perguntar a ela? Eu estou meio que surtando.

— Você não estava no acidente. Nada aconteceu com você.

Solto um suspiro profundo.

— Certo, bem, eu não sei por que *você* está surtando. Você aconteceu comigo.

— Porque sim, Dylan.

Ele cobre o rosto com as mãos e começa a chorar de verdade. Ando até minha cama e me sento ao lado dele. Eu puxo o braço de Jordan para o meu peito.

— O que você ainda não me contou? — pergunto.

Ele sacode a cabeça. Seu queixo treme.

— Eu estou surtando porque... Porque... — Jordan inspira com força enquanto fala. — Porque eu estou morrendo disso. E se você agora é como eu, isso significa que você também está.

DEZENOVE

Morrendo? A palavra flutua no hidrogênio que há entre nós.

Uma vez, no verão depois do primeiro ano, Perry e eu achamos que éramos descolados e fizemos aulas de surfe na praia de Wildwood Crest, Nova Jersey. Nós fizemos isso mais para termos algumas fotos de nós surfando, mas também porque, no início daquele verão, nós tínhamos comprado um clareador de cabelo na farmácia e o passamos para andar por aí como dois modelos suecos superloiros — ou pelo menos era o que a gente achava. Eu parecia mais um híbrido de ruivo irlandês, pois meu cabelo era escuro demais para ficar totalmente loiro, então acabou ficando alaranjado. Mas Perry gostou. De qualquer forma, surfe combinava com nossa vibe naquela temporada.

O instrutor disse que a longboard era mais fácil de controlar para quem estava começando do que a shortboard, então, com base no meu histórico de atleta, escolhi a shortboard. Nós remamos até o meio do oceano e eu peguei a primeira onda deitado de barriga para baixo, como um campeão. Eu remei de volta, e, na segunda onda, achei que já podia levantar. Bem, eu levantei e voei para fora da prancha em dois segundos. Afundei, e a onda quebrou e bateu a prancha na parte de trás da minha cabeça. Vi estrelas e depois mais nada na água opaca de Jersey. Minha cabeça estava latejando. Eu não conseguia respirar e estava prestes a me deixar afundar de vez.

É assim que me sinto agora, encarando esse menino. Meu coração para de bater por alguns segundos. Esse garoto, de quem eu gosto tanto, aparentemente está morrendo. E provavelmente não há nada que eu possa fazer a respeito.

— O que você quer dizer com *morrendo*? — pergunto. Eu afasto o braço dele.

— Exatamente o que eu disse.

— Você pode, por favor, ser mais específico pelo menos uma vez na vida?

— Eu não sei os detalhes! O ar da Terra não consegue sustentar meu corpo. Tipo, eu tentei te explicar antes. Você é feito quase todo de oxigênio. Eu sou de hidrogênio. A atmosfera da Terra está lentamente me consumindo ou algo assim. É por isso que vou à médica todo sábado. Eu fico sentado em uma grande câmara de vidro que é preenchida com hidrogênio e isso traz meu corpo de volta a níveis normais do que quer que seja que a médica acha melhor.

— Que tipo de médico é? — questiono.

— Obviamente, nenhum normal. — Jordan ri em meio às lágrimas. — O nome dela é dra. Ivan. Ela trabalhava na HydroPro antes, mas então me ajudou a fugir. Ela saiu da empresa e vem tentando me manter vivo desde então.

Observo o rosto de Jordan. Ele está olhando para o chão

— Está feliz agora? — pergunta. — Eu sou um experimento científico. É por isso que fico fugindo.

Meu peito queima. Pressiono minha mão contra essa região do meu corpo, mas o toque só aumenta a sensação. Eu respiro profundamente antes de falar de novo.

— Estou feliz por você ter me contado. Não estou feliz por você estar morrendo, óbvio.

Minha voz falha. Há um buraco no meu estômago. Eu já sinto falta de Jordan e ele ainda está na minha frente. O sorvete derreteu completamente e formou uma poça branca no meio do meu quarto.

Jordan se vira para mim. Uma lágrima corre pelo seu rosto.

— Me desculpe, Dylan. Eu estava tão sozinho. Só precisava de um amigo... Uma pessoa. Nunca deveria ter deixado a gente se aproximar.

— Pare. Não fale assim. Você não, tipo, me forçou a nada. A gente nem sabe se eu sou mesmo como você.

Jordan engole em seco. A ponta de seus dedos está laranja, o que confere à pele sob suas unhas um brilho fluorescente. Ele esfrega as mãos nas coxas.

— Eu não me sinto bem — diz Jordan. Ele agarra minha perna e cai no chão.

— Jordan! — Me ajoelho ao lado dele, seu corpo está tremendo. Gemidos irrompem do fundo de sua garganta.

— Se acalme — peço. — Só respire. — Pego a mão do menino por quem sou apaixonado e esfrego as costas dele com minha outra mão. Eu não sinto nenhum tipo de calor. Nenhum desconforto.

Jordan respira fundo algumas vezes, mas então sua respiração fica curta. Uma nuvem fina de fumaça sobe do ombro dele. Uma mancha laranja aparece em sua camisa de flanela e então se alarga, revelando sua pele. Mais buraquinhos queimados aparecem na camiseta dele. Jordan me olha e seus olhos estão vazios.

— Jordan, pare. Você não pode fazer isso aqui. — Coloco as mãos em seu rosto, deixando-o a um centímetro do meu. — Você precisa relaxar. Pare de pensar no que eu disse. Finja que eu nunca disse essas coisas. — Eu o empurro para longe da minha cabeceira de madeira.

Pedaços queimados da camiseta de Jordan começam a cair. Eles batem no chão e se transformam em cinzas. Eu os sopro no ar, esperando parar a erupção de qualquer chama.

— Por que suas roupas estão queimando? Achei que elas eram à prova de fogo.

— Não essas. Eu pensei... Eu pensei que estava no controle — balbucia Jordan. — Banheiro. — Seus olhos se transformam em bolas de fogo azul e laranja. Ele coça o peito e sua camiseta basicamente se desintegra em sua mão.

— O quê?

— A banheira. Agora.

— Certo. — Eu assinto.

Passo o braço dele por cima do meu ombro e o puxo na direção do banheiro. Seus pés se arrastam pelo chão. Eu me viro e noto uma linha queimada na madeira. O acomodo nos meus braços. Nós mancamos pelo corredor e para dentro do banheiro, mantendo as chamas do ombro de Jordan a uma distância segura das fotos do corredor. Ele se afasta do meu corpo e mergulha no chão. Eu fecho a porta atrás de nós e a tranco.

Jordan engatinha na direção da banheira, agarra a borda e se joga para dentro. Eu empurro as costas dele e termino de erguê-lo para dentro da banheira de porcelana branca.

Sua camiseta está em farrapos. Pequenas chamas laranja reluzem pelas listras. Jordan a arranca do corpo por completo e a joga no chão.

Eu me assusto e salto em cima da camisa dele, pisando nas chamas até que desapareçam.

As veias de Jordan estão roxo-escuras e saltadas. Os músculos do seu abdômen estão tensos e se contraem com cada respiração curta que ele dá.

Jordan inclina seu corpo para a frente e liga o chuveiro. Ele grita, e então, puxa seus pés para junto do peito, apoiando a cabeça nos joelhos para se balançar para frente e para trás. Vejo uma linha de fogo descer por sua espinha. A água cai em Jordan.

Eu me movo na direção dele e ele dá um tapa na minha mão. Quando colidimos, minha pele pega fogo.

Eu grito. Tropeço para trás e caio contra a parede, derrubando um quadro. O vidro se quebra nos meus pés quando bate no chão.

— Ah não! — diz Jordan.

Balanço minha mão pelo ar, tentando me livrar das chamas, mas elas só aumentam já que as estou alimentando com oxigênio. Ligo a pia e deixo que a água escorra pela minha pele. Eu agarro a toalha e a amarro firme em volta da minha mão até as chamas morrerem.

Ergo meu pé do chão e meu corpo sobe até o teto.

— Jordan?

Ele está me encarando com olhos arregalados.

— Isso faz parte da coisa? O que está acontecendo?

Eu solto a toalha e agarro a borda da pia. Meu corpo se inverte e meus pés batem no teto. Estou plantando bananeira no meio do ar. O sangue desce para o meu rosto. Meu pulso martela no meu pescoço.

— Jordan, o que está acontecendo?

— Eu não... — começa ele. Jordan limpa o rosto agressivamente. — Deve ser um nível diferente de manifestação. A dra. Ivan disse que isso poderia acontecer comigo alguma hora, mas ainda não tinha acontecido.

Jordan se levanta na banheira. Os jeans dele estão ensopados. A água do chuveiro bate na parte de trás da cabeça dele, correndo pelo seu corpo e por cima dos músculos do seu peito. Mesmo nesse momento, eu não consigo não pensar em como esse garoto é bonito.

A força aleatória me puxando para o céu é atordoante. Minhas mãos estão tremendo e os músculos dos meus dedos, que eu acho que nunca foram exercitados na minha vida, não conseguem segurar por muito mais tempo. Solto a pia e voo para o outro lado do banheiro. Minhas costas batem no teto.

— Não sei do que você está falando de manifestações e a doutora sei-lá-quem, mas como eu desço?!

Uma batida na porta. Nós dois nos viramos em direção ao barulho. Jordan gira sua cabeça tão rápido que seu cabelo molhado joga uma linha de água na parede.

— Ei, Dyl? — chama meu pai. — Tudo bem aí?

Engulo em seco.

— Sim. Só tomando um banho. — Eu faço uma careta diante da minha resposta óbvia.

— Com quem você está falando?

Tento abaixar meu braço, mas a força da gravidade invertida o bate de volta no teto.

— Ninguém. É um podcast. O que você quer?

— Escuta, desculpa eu ter gritado antes. Eu só estava preocupado.

— Tudo bem.

— Eu vou até a loja de conveniência do posto comprar *hoagies* pro jantar. Você quer alguma coisa?

— Não. Não consigo comer. Ainda estou meio mal.

— Ok, volto logo.

— Ok.

Alguns minutos de silêncio se passam antes de falarmos de novo.

— O que é um *hoagie*? — quer saber Jordan.

— Um tipo de sanduíche. Isso é realmente importante agora?

Ele dá de ombros.

Eu estendo a mão para Jordan e ele a pega antes que flutue de volta para o teto. Os músculos dos nossos antebraços flexionam.

— Você não é igual a mim — afirma Jordan. — Você é um tipo diferente de "mim". Está manifestando diferente em você.

— O que está?

— O hidrogênio. A composição corporal. É o elemento mais leve. Você não está entrando em combustão... Você está flutuando.

— Bem, como é que eu desfluto?

— Pense em outra coisa. Se concentre. Da mesma forma como eu me livro das chamas, você precisa pensar em outra coisa para controlar novamente seu corpo. Feche os olhos e se imagine no chão.

Uma chama sai do ombro de Jordan. Eu me viro e a observo girar pelo ar para garantir que ela não vai pôr fogo no banheiro e destruir minha casa

Eu solto a mão dele.

— Se vou fazer isso, não posso olhar para você.

Jordan assente e senta de volta na banheira. Ele tira o cabelo do rosto.

— Você precisa respirar, Dylan. Só respire.

Eu fecho os olhos. O ruído da água do chuveiro caindo acalma minha mente. Eu não posso olhar para Jordan se quero voltar para o chão, mas penso nele. Não tenho conseguido pensar em mais nada, nem em mais ninguém ultimamente. Entre as aulas de química, minha família, o Dairy Queen e queimar casas, os braços de Jordan são o único lugar em que quero estar nessas últimas semanas.

Então, relembro nossos momentos normais juntos. Escuto a porta do Dairy Queen abrindo logo antes de vê-lo pela primeira vez. Sinto o cheiro do ar frio do bosque enquanto patinamos pelo lago congelado. Eu me pergunto como será o nosso normal agora.

Penso em seu moletom vermelho da Universidade Estadual do Arizona e em todos os lugares que Jordan já foi com ele. De alguma forma, estou com ciúmes de um moletom. Eu penso nos três pares de jeans que já o vi usando: preto, azul-claro e azul-escuro. Espero pelo dia em que eu possa puxar esses jeans pelas pernas dele, e espero que esse dia chegue logo. Espero que existam mais dias juntos depois desse. Mas não sei quanto tempo ainda temos.

Meus batimentos diminuem. Meu corpo afunda.

Eu imagino todos os dias futuros que quero ter com Jordan. Todos os momentos que podem se tornar obras de arte.

Jordan está sentado na mesa da cozinha com minha mãe, meu pai e Cody. Há uma grande panela de macarrão na nossa frente. Minha mãe está sorrindo, enquanto ela escuta Jordan contar uma história sobre encontrar uma cobra em uma trilha no Arizona e como ele a espantou.

Eu sei que minha mãe se pergunta se sou feliz. Sei que ela questiona se está me apoiando e amando o suficiente.

Queria que Jordan estivesse na mesa só uma vez comigo e com minha mãe, para que ela soubesse que vejo minha casa como um lugar seguro. Eu sei que isso é tudo que mamãe quer. Queria mostrar a ela essa pessoa cujo rosto eu ilumino com a lanterna. Mas agora eu só consigo pensar: *essa deveria ser a pessoa cujo rosto eu ilumino com a minha lanterna?*

Meus dedos se enroscam na beira da pia. Minhas pernas caem para baixo dos meus pés e aterrissam suavemente no chão. Abro os olhos e meu reflexo me encara de volta do espelho.

— No que você pensou? — Jordan indaga. Ele está sentado de pernas cruzadas na banheira.

— Em você.

O rosto dele reluz.

Eu esfrego meus olhos, vou até a banheira e entro nela. Tiro meu moletom e me sento na frente dele. Pego suas mãos de um laranja vivo. A água que cai contra minha pele é morna. Respiro fundo.

— O que vai acontecer comigo? — pergunto baixinho. — Eu estou morrendo?

— Não sei — diz Jordan simplesmente. — O hidrogênio parece estar te afetando de um jeito diferente. Então talvez não. — Ele aperta meus dedos.

— Posso te abraçar?

Jordan baixa os olhos, balançando a cabeça.

— Por favor?

— Dylan. — Jordan limpa a testa. Os pelos do seu braço grudam em sua pele. — Eu não quero te machucar. Não sei o que fiz com você.

Mergulho para a frente e enrolo meus braços em volta da nuca dele. Ele encosta sua testa na minha com força e grunhe.

— É melhor eu ir embora. — Jordan se levanta e dá um passo para fora da banheira.

Eu seguro o braço dele.

— Não, Jordan!

— Você não devia mais ficar perto de mim! Olha o que eu fiz com você!

— Então você quer que eu passe por isso sozinho?

Jordan balança a cabeça de um lado pro outro.

— Não. Claro que não. — Ele senta de novo. — Eu não posso fazer o que você quer que eu faça. — Jordan semicerra os olhos enquanto deixa a água do chuveiro cair neles. — Não sei como funcionou da primeira vez.

— Eu sei.

Nós passamos uns cinco minutos sentados, sem falar. Não sei o que vai acontecer quando sairmos dessa banheira. Não sei quem está esperando por nós lá fora. Jordan disse que havia pessoas más tentando machucá-lo. É por isso que ele saiu do Arizona. Eu vou ter que ir embora também?

Pigarreio.

Jordan funga. Os olhos dele estão vermelhos. Talvez ele esteja chorando. Ou pode ser a água do chuveiro. Ele desliza para a frente e encosta seu torso bronzeado no meu, afastando o cabelo em meu rosto.

Eu pensei que estava começando a saber quem Jordan era, mas agora, está ainda mais difícil entender o garoto por quem sou apaixonado. Ou talvez, porque eu mudei, isso não faça mais sentido.

Estou respirando um tipo diferente de ar e nada mais vai ser igual.

VINTE

Eu sou péssimo em navegar pela vida com meu novo corpo. Fico esquecendo quem ou o que eu sou. Sinto que estou passando pela puberdade de novo e tendo ereções aleatórias ao longo do dia que preciso esconder de todo mundo perto de mim. Toda vez que alguém me olha, o mesmo tipo de pânico, como se eu tivesse sido pego me masturbando, passa pelo meu corpo. Estar constantemente assustado em lugares públicos está indo além da simples vergonha. Pensei que ter essas habilidades me deixaria mais forte, mas eu só me sinto acuado e impotente.

Minha mãe oficialmente acha que estou usando drogas. Minhas olheiras são como peitos com o farol aceso. Eu não consegui dormir a semana toda, principalmente porque fico surtando, pensando em meu fim próximo, mas também porque tenho flutuado até o teto no meio da noite como se tivesse sido possuído por um demônio. De todas as manifestações, ou o que quer que pudesse acontecer comigo, eu fico logo com *flutuar*? Que bem isso me faz? Tudo o que faz é me deixar parecendo estranho. E eu já tinha esse poder antes de o meu corpo decidir fazer uma dança das cadeiras com os elementos da Terra e transformar meu sangue em molho picante.

Cody entrou no meu quarto um dia e saltou em cima de mim quando eu estava dormindo. Preciso admitir que estava tendo um sonho com Jordan, então minha temperatura devia estar mais alta que o normal. Eu não acordei com o peso do corpo de Cody sobre o meu, mas com o grito agudo que ela deu quando tocou na minha pele e eu a queimei.

Está na minha lista perguntar a Jordan como controlar minha temperatura quando estou dormindo, momento em que não posso me forçar a pensar em outras coisas para me acalmar.

Agora, a Cody tem medo de encostar em mim. Meus pais querem encostar em mim, mas eu me recuso a chegar perto deles. Não abraço minha mãe há três dias e toda manhã quando ela sai, eu juro que a vejo segurando o choro. Se essa nova temperatura corporal não me matar, então isso com certeza vai.

Eu estou fora da escola há uma semana. Avisei que não ia ao meu turno no Dairy Queen terça passada. Não vejo como posso existir nesses lugares sem criar uma cena. Se eu começo a pensar em o que fazer para tudo funcionar, quando vejo já estou batendo no teto.

A Kirsten e a Perry ainda não notaram nada — *por sorte*. Eu mandei mensagem pra elas dizendo que ainda não estava me sentindo bem e avisaria quando estivesse melhor e precisasse de novo de uma carona de Kirsten para a escola. Elas têm mandado mensagem no nosso grupo sem parar a semana toda. Eu tenho fingido que não estou vendo essas mensagens e envio um meme de vez em quando para elas saberem que estou vivo. Mas a história da gripe só irá colar por um tempo. Eu não sei o que vou fazer daqui a uns dias. Preciso contar a verdade para as meninas em algum momento, quer Jordan goste ou não.

Meus pais acham que estou pegando o ônibus pra escola, mas, na verdade, eu pedalo minha bicicleta até depois do ponto de ônibus e vou direto para a casa de Jordan. Ele me encontra na esquina do condomínio na Smithson Hills depois de fingir que está indo para a escola também e nós voltamos para a casa dele.

Nós passamos o dia em seu quarto, examinando o que eu posso e não posso fazer, o que eu posso e não posso dizer e quem eu posso e não posso ver.

Tentar falar com as pessoas da HydroPro? Não.

Contar à Perry, à Kirsten ou à minha família sobre meu novo corpo? Não.

Ter um ataque com chamas ou sair flutuando em público? Com certeza não.

Esse é o único lado bom dessa situação toda. Eu posso ver Jordan mais do que o normal. E apesar de tudo, ele continua aqui.

— Podemos fazer algo diferente amanhã? — pergunto, sentado na cama de Jordan.

— Tipo o quê?

— Talvez voltar de onde paramos na semana passada e ter nosso encontro na Starbucks? Eu estou cansado de me preparar para o apocalipse.

— Não é se preparar para o apocalipse. É sobrevivência. É importante.

— Bem, é. Mas viver também é. Nós não podemos ficar aqui pra sempre. Podemos muito bem testar sair em algum momento, como uma preparação para nos reintegrarmos à sociedade. — Sorrio.

Jordan sorri também.

— Certo. Acho que a Starbucks é um lugar de baixo risco, de qualquer forma. Se alguma coisa acontecer, a gente pode só ir embora.

No dia seguinte, eu decido ir de bicicleta até a casa de Jordan e buscá-lo como um verdadeiro cavalheiro. É um pouco depois das cinco da tarde e o sol já se pôs pela metade. O frio que estava tomando Falcon Crest finalmente amenizou um pouco, mas não é como se isso importasse. Estou sempre quente agora, independente do tempo.

Nuvens cinzentas e finas cruzam o céu azul-alaranjado como fumaça de avião. Eu viro em Smithson Hills e pedalo pela sequência de casas idênticas que parecem caixotes.

Esse é meu primeiro encontro de verdade e acho que estou pronto. Minhas interações anteriores com garotos aconteceram em noites bêbadas de festa ou terminaram com o beijo da morte. Estou feliz por Jordan e eu termos ido devagar — pelo menos o lado romântico do nosso relacionamento. A outra coisa é confusa. Nós já estivemos juntos algumas vezes, mas não houve beijo. Normalmente, se eu beijo meninos na primeira vez em que saímos, eles desaparecem, daí o beijo da morte. Mas também, essas interações foram com meninos humanos normais. Talvez isso seja diferente.

Jordan está esperando por mim na frente de sua casa. O sol se pôs e seu rosto está iluminado pelo poste de luz ao lado da caixa de correio. Suas mãos estão dobradas na frente do corpo como um típico um menino de escola. Eu sorrio quando o vejo.

Deslizo o pedal de minha bicicleta até ela parar sozinha.

— Ei — diz Jordan, e passa as mãos pelo cabelo. Meu coração dá um saltinho. Saio da bicicleta e a deixo na rua. Eu vi Jordan todos os dias da última semana e ainda assim consigo sentir saudades dele.

Subo na calçada. Meus calcanhares estão no ar, enquanto meus dedos se equilibram no meio-fio. Nós passamos os braços em volta um do outro e nos apertamos no que é nosso abraço mais longo até agora. Quando eu o solto, o casaco fofo de inverno de Jordan fica com a marca do meu peito.

— Pronto para tomar café? — pergunta.

— Com certeza. — Eu resisto à tentação de fazer uma piada a respeito de nós ficarmos nervosos ou ansiosos e acabarmos explodindo um barista da Starbucks. Não quero que o Jordan sequer pense nisso, mas é literalmente a única coisa em que consigo pensar.

— Onde está o banco do carona? — indaga Jordan, examinando minha bicicleta.

— Você é definitivamente grande demais para o guidão. Consegue ficar em pé atrás?

Jordan sorri colocando a ponta da língua por entre os dentes e faz que sim. Eu quero jogá-lo na grama e enfiar a minha língua entre os dentes dele. Quero abraçá-lo sem as camadas de roupas entre nós.

Ele fica em pé atrás e apoia a mão nos meus ombros. Uma onda de calor desce pelos meus braços, relaxando meus músculos. Eu me viro e olho para o garoto por quem tanto sou apaixonado. Seus olhos escuros e seu queixo definido estão voltados para baixo.

—Bem, não posso te aquecer a noite toda — Jordan diz —, vamos, antes que você congele.

Ah, mas você pode sim, Jordan. Pode totalmente!

Eu pedalo e, de início, acho difícil manter o guidão estável. Jordan é bem mais pesado do que a Kirsten, a Perry ou a Cody, as únicas pessoas que eu já levei na garupa. Mas quando ganhamos velocidade, deslizamos pela cidade em direção à Starbucks.

Nós não falamos uma palavra durante o trajeto, e é um silêncio lindo. O vento corre pelos meus ouvidos na estrada principal. Eu estou à vontade na minha cidade pela primeira vez. Noto o céu cheio de estrelas atrás do Burger King velho e das placas de preço do posto de gasolina que se erguem no ar. As mãos de Jordan pesam nos meus ombros. É bom finalmente sentir algo novo em meio a toda essa rotina.

Quando chegamos à Starbucks, os nós dos meus dedos estão brancos de tanto segurar com força o guidão. Eu estaciono a bicicleta, a prendo com o cadeado e entramos na cafeteria.

— Olá — diz a barista para nós. — Em que posso ajudar?

Vou até o balcão.

— Eu quero um vanilla latte grande, por favor.

— Claro. E você? — Ela se vira para Jordan.

— Quero um café gelado grande, por favor — ele responde.

Eu rio, mexendo em algumas barras de granola na frente do caixa.

— Café gelado? Está congelando lá fora.

Olho para cima e ele está me encarando. Meu sorriso some e eu o encaro de volta.

— Ah — murmuro. Noto que minha piada não faz mais sentido para nós, porque estamos sempre quentes. Café gelado é sempre uma boa.

Na mesa, eu enrolo as mãos em volta do meu *latte* quente. Gotinhas de água deslizam nas laterais do copo cheio com o café gelado de Jordan. Até aqui, a noite está sendo maravilhosamente tranquila.

Eu estou reparando nas feições dele de novo, enquanto estamos sentados aqui, e minha obsessão com o rosto de Jordan não diminuiu nem um pouco. Ou a luz é mais fraca aqui ou eu nunca notei, mas ele tem algumas sardas no nariz. Jordan desliza na cadeira, só um pouco, emitindo uma energia relaxada e tranquila. Seus dedos traçam um círculo em volta de uma pequena poça de água na mesa de madeira. Os pelos pretos em cima dos nós de seus dedos despontam para todas as direções. Os pelos pretos do seu braço deixam sua pele branca e bronzeada aparentemente mais escura do que em outras áreas de seu corpo. As pontas das unhas de Jordan são irregulares, como se estivessem roídas.

— Então, eu falei com a dra. Ivan hoje de manhã — Jordan diz, antes de beber seu café.

— E disse o quê? — Eu levanto minhas sobrancelhas. — Você contou a ela sobre mim?

— É. Eu tive que contar.

— Eu achei que o plano era não dizer nada... Tenho a sensação de que meus poderes, ou manifestação, ou o que seja, vão passar em alguns dias. Por que você não me avisou que mudou o combinado de última hora?

— *Era* o plano, mas eu não sei. Estou nervoso. Sinto que fizeram várias coisas para me estabilizar no início e podem precisar fazer o mesmo com você.

Dou um gole no meu *latte*.
— Estabilizar?
Jordan faz que sim.
— Tem muita coisa acontecendo dentro de você.
— Nem me fale, mas é diferente comigo. Eu não estava no acidente, como você disse. — Minha estratégia de saúde mental é ficar repetindo que vai ser diferente até isso ser verdade. — Pode ser algo que acontece com as pessoas quando você começa a passar tempo com elas, e aí desaparece.
— Eu não tenho certeza. A dra. Ivan quer te ver.
— Quando?
— Logo. Ela vai encontrar um dia para nós dois irmos. Você pode ir comigo para minha consulta normal. Não vai levar mais do que algumas horas.

Eu, de alguma maneira, consegui ser convidado para uma sociedade secreta de boas pessoas da HydroPro *versus* pessoas más da HydroPro. Jordan me contou que se envolver com essa empresa implica sair do seu estado natal, visitar semanalmente uma câmara de vidro, ser perseguido por homens assustadores, pais mortos e um sentimento geral de pavor e tristeza.

Se eu me envolver, vou ter que contar aos meus pais e amigas a respeito de Jordan e da HydroPro, e eles provavelmente vão chamar a polícia. Mas se eu não for como o Jordan e todos esses sintomas desaparecerem alguma hora, então é melhor eu não contar nada a eles. Por enquanto, esconder isso é melhor do que deixar em aberto. Honestamente, estresse extremo tem sido uma manifestação mais comum do que eu soltar chamas nesses últimos dias. Talvez, essa coisa toda já esteja começando a passar.

— Vamos só recomeçar de onde paramos — digo. — Estamos na Starbucks... Tem outras pessoas... Tudo está bem.
Jordan passa uma mão pelo rosto.
— Bem na medida do possível — ele rebate. — Eu não vou te pressionar, mas promete que vem comigo na minha próxima consulta? Só por segurança.
— Promessa de dedinho. — Estendo meu mindinho. Jordan sorri e enrola seu dedo no meu. Há um pequeno choque.
— Isso já aconteceu com alguma outra pessoa que você conhece?

Ele franze o cenho.

— Eu achei que a gente ia pensar que isso não era minha culpa. — Seu tom é seco.

— Ah. — Eu me endireito na cadeira.

Jordan sobe e desce a cabeça.

— Desculpa. Estou brincando. Eu queria que não fosse por minha causa. — Ele se vira e olha pela janela. O vidro reflete a parte de dentro da Starbucks contra o céu escuro da noite. Uma camada de água ilumina os olhos dele.

Eu pigarreio.

— Então, preciso perguntar. Por que o pôster do Jon Snow no seu quarto? Ele é seu Stark favorito?

Jordan ri e enxuga os olhos.

— Vou vazar — avisa ele.

— O quê? — Meu rosto fica vermelho. O Jordan está bravo agora que eu mudei de assunto? Não consigo dar uma dentro.

— Ele não é um Stark, seu tonto. Lembra de toda aquela coisa de esconderem quem são os verdadeiros pais dele para ele não ser assassinado?

— Grrrr. Já estraguei tudo. Como eu fui esquecer disso?

— Não faça de novo. E eu não sei. Ele não é meu favorito. Acho que só me identifico mais com ele.

— Eu consigo entender isso. Vocês dois são os mais bonitinhos.

Jordan cora e dá um gole no seu café gelado.

—Não é por causa disso. Mas eu tenho uma tendência a fazer você se sentir mal, então vou deixar você entender o motivo sozinho.

— Os pais. Me desculpa.

Ele sorri.

— Você não precisa pedir desculpas toda vez. Qual o seu favorito?

Eu toco meu queixo.

— Hum, acho que quem eu mais admiro é a Arya. A habilidade dela com a espada é afiada. Foi um trocadilho. Além do que, também tenho uma lista de pessoas que quero apagar do planeta. Mas talvez a minha seja maior do que a dela.

— Durão.

Os olhos castanho-escuros de Jordan olham além de mim, o canudo verde entre seus dentes perfeitos.

Clientes entram e saem da Starbucks. Todo mundo olha para Jordan. Literalmente todo mundo. Seja uma encarada completa de cinco segundos ou uma olhadinha de canto do olho, ninguém entra ou sai por aquela porta sem notar a beleza dele. Eu me pergunto como deve ser atrair esse tipo de atenção, ser o tipo de cara que você não pode deixar de notar. Não sei se ele repara nisso. Seus olhos não saíram de mim desde que chegamos.

Um grupo de quatro mulheres mais velhas estão reunidas em uma mesa de canto, sentadas nos sofazinhos confortáveis. Eu preferiria que Jordan e eu estivéssemos sentados lá, mas elas estão ocupando todo o espaço. A cada mais ou menos três minutos, elas caem numa gargalhada aguda e sincronizada.

Ao lado das mulheres estão dois caras mais velhos que eu juro que já vi antes. Um deles tem um café, o outro não, o que eu acho curioso. O que está sem café puxa um bloquinho da bolsa e começa a anotar algo. Ele está de costas para mim. Ele se vira e olha para o teto. Eu engasgo quando vejo o perfil dele. É o mesmo homem da noite em que conheci Jordan e da galeria de arte. Seus olhos inquietos estão cravados em seu rosto comprido, embaixo de grossas sobrancelhas negras, como se fossem cavernas.

Uma bola de calor se forma em meu peito, se espalhando por meus ombros e braços. Minhas pernas ficam dormentes. Agarro a mesa para evitar que eu flutue pelo ar. Olho para Jordan para ver se ele também os reconhece. Ele está brincando com a embalagem do canudo.

Jordan aponta naquela direção com a cabeça.

— O que você acha que está rolando ali?

— Quem? — pergunto, minha voz algumas oitavas mais alta do que o normal.

— Aquelas mulheres escandalosas. — Ele sorri.

Solto o ar preso em meu peito. Jordan não notou nada de suspeito naquela outra mesa.

— Eu não sei. — Olho para os homens uma última vez e, então, me concentro de novo em Jordan. Faço uma careta enquanto espicho meu pescoço. Se eu quero manter as coisas normais, preciso agir como se tudo estivesse normal. — Clube do livro, talvez.

— Não tem nenhum livro.

— Minha mãe tem um clube do livro e nunca há livros. Eu acho que ela usa como desculpa para tirar meu pai de casa e beber vinho com as amigas.

— Você provavelmente devia investigar isso.

— Eu devia. — Minhas unhas ficam laranja ao pensar nos olhos dos caras da HydroPro espiando por cima do meu ombro. Gotas de suor brotam no meu rosto. Umedeço os lábios e sinto o líquido salgado. Eu não vou deixá-los atrapalhar esse encontro.

— Seu palpite está indo na direção errada — continua Jordan —, a Starbucks não é um lugar ao qual as mães vêm para ter uma noite de folga. A Starbucks é para, tipo, reuniões de negócios sérias, mas casuais. Isso é definitivamente um encontro de mães locais em alguma associação de bairro que virou sessão de falar mal do marido. Olha a caneta e o papel. Elas estão armando alguma.

As mulheres soltam outra gargalhada em grupo que mais parece um uivo.

— Eu quero fazer parte disso — digo, minha garganta quase fechando.

— Não é? Como eu conquisto esse look de "loira gostosa da Linda"?

Linda, como Jordan a apelidou, tem uma juba loira em volta do rosto. Ela tem uma leve faixa grisalha onde o cabelo se divide ao meio e uma franja, também dividida ao meio. Mesmo com todo esse cabelo, os fios são finos e parecem feno. Se chegássemos perto dela, seu cabelo evaporaria com certeza.

— Bem, se você quer esse look, só jogue fora seu condicionador — respondo. Jordan ri e isso me acalma por um momento. Olho para os caras de novo. — Tipo, nada por um ano. Só xampu nesse ninho, todos os dias, e secador na temperatura alta.

— Talvez eu prefira o look Deborah então.

— A morena? — pergunto. Três das mulheres têm cabelo loiro e ressecado. Uma delas tem cabelo comprido, castanho e liso. Ela é mais elegante do que as outras e está vestindo um cardigã chique e calça skinny preta. Eu noto que Linda está usando botas Uggs. Uma das outras mulheres está usando um bracelete preto.

— É.

— Ah, não. Essa é Valery. Ela foi festeira na sua época e fez pós-graduação em Nova York. Teve filhos aos trinta e tantos. Ela está se perguntando por que veio parar aqui com as perdedoras locais que estudaram com ela no Ensino Médio, discutindo o motivo pelo qual segunda é um dia melhor que terça para a coleta seletiva passar.

Jordan toma o resto do seu café. Ele gira o copo e o gelo tintila.

— Pobre Valery.

— Eu tenho medo de ser Valery — digo. Tinha esquecido que meu café estava na minha frente. Eu dou um segundo gole. Minhas mãos tremem quando eu levo o copo à boca.

— Você está bem? — pergunta ele

— Sim... Sim... Totalmente. — Dou outro gole no meu café. Eu quero contar a Jordan quem está bem ao nosso lado, mas melhor não. Ele parece completamente relaxado pela primeira vez, tipo, na vida e merece isso depois de tudo o que fez para me proteger. Vou aguentar essa sozinho.

— Certo. — Sei que ele não acredita em mim pelo tom de sua voz. — Onde você quer fazer pós-graduação?

Engasgo com o líquido que desce pela minha garganta.

— Pós-graduação? — falo, tossindo. — Eu ainda nem pensei na faculdade. Você tem um plano de dez anos ou coisa assim?

Jordan dá de ombros.

— Claro que você tem um plano. Qual é? — pergunto.

— Não tenho certeza, mas eu quero fazer planejamento urbano. Quando jogo isso no Google, a maior parte dos sites diz que você precisa fazer pós-graduação.

— Ah, legal. Tipo desenhar cidades?

Ele faz que sim.

— Sou ótimo em SimCity, sabe — puxo assunto.

— Nunca joguei.

— Jogue. Se bem que eles limitaram minha criatividade quando minha cidade só pôde ter alguns quilômetros quadrados.

— Que tipo de cidade é assim?

— Foi o que pensei.

Jordan se mexe na cadeira e senta sobre as mãos.

— Você realmente não pensou nisso?

— Quer dizer, eu não sou bom em muita coisa.

— Você é bom em SimCity, aparentemente. E pintura.

— É, mas agora não posso fazer isso. Estaria copiando você. Obrigado por matar minha única carreira possível antes mesmo de eu saber que ela existia.

Ele deixa a cabeça cair.

— Sempre estragando sua festa.

— Eu quero estudar no Oeste. — Ergo uma mão. — Não por sua causa.

— Tipo na Califórnia?

— Não. Isso seria clichê demais para mim. Acho que mais tipo Arizona, Colorado, Utah, ou algum lugar assim. Eu nunca fui para essas cidades, e as montanhas e tal parecem muito legais.

— Você gosta de ficar ao ar livre?

— Acho que gostaria se fosse exposto a ele. Não tem onde fazer trilhas por aqui. As farmácias em cada esquina não são muito pitorescas.

— Eu tenho certeza que tem. Vou pesquisar uma pra próxima vez que a gente sair.

Aperto os lábios. *Próxima vez*. Então isso deve estar indo bem. Eu me endireito na cadeira e arrumo minha postura. *Próxima vez. Próxima vez. Próxima vez.* Não consigo parar de pensar na próxima vez em que vamos ter um encontro, não um treinamento com lança-chamas.

— Dylan! — grita baixo Jordan.

Ele me assusta e eu derrubo meu café.

— O quê?

— Seu cabelo. — Jordan levanta a tela do seu celular até o meu rosto. Vejo meu cabelo bagunçado espetado na câmera frontal, indo em direção ao teto.

— Hum — murmuro. Toco no meu cabelo e passo o dedo pelas mechas flutuantes, abaixando-as. Quando solto a mesa, minha bunda se ergue da cadeira e minhas coxas batem na parte de trás da mesa. Jordan arregala os olhos. Ele pisa nos meus sapatos, empurrando meus pés de volta para o chão para me ancorar.

— Relaxe — sussurra ele —, pense em algo que te acalma.

Fecho os olhos e agarro a borda da mesa de novo, com mais força. Eu não consigo pensar em nada além disso. Olho para os dois homens que estão nos seguindo com o canto do olho para ver se eles notaram alguma coisa. Eles estão sentados em silêncio. Eu travo o maxilar com tanta força que consigo ouvir meus dentes rangendo.

As mulheres da associação do bairro se levantam da mesa e vão em direção à saída. Elas fazem uma cena ao sair, cacarejando porta afora. É distração suficiente. Eu pisco algumas vezes e me trago de volta para o presente, exalando. A tensão abandona meus braços.

Linda joga seu copo de café no lixo, mas erra. Ele quica no balcão e cai no chão. Ela tenta pegá-lo, mas tem dificuldades e agarra sua lombar. A barista corre para ajudar.

— Acho que agora pode ser um bom momento para irmos embora com nossas amigas — Jordan diz.

Meu coração aperta. Talvez isso não esteja indo tão bem quanto achei. Perdi o controle e estraguei tudo. O que é engraçado é que eu escolhi a Starbucks como um potencial lugar seguro para Jordan não pegar fogo, mas agora sou eu quem estou tendo um ataque. Claro que isso foi antes de tudo mudar. Eu não pensei em escolher um lugar seguro para mim, nem sei o que isso seria. Existe algum lugar seguro com a HydroPro nos seguindo por toda parte?

Nós nem passamos uma hora aqui e o meu crush já quer terminar a noite. Provavelmente, não é porque eu quase saí flutuando em direção à decoração de parede. Eu não devia ter mencionado minhas habilidades no SimCity: Jordan definitivamente acha que eu sou um nerd que passa o dia todo sentado na cama com o notebook na virilha jogando video games e comendo Doritos. Mas Jordan não estaria errado. Isso era exatamente o que eu fazia antes de conhecer ele.

— Ah! — Eu bufo e me remexo na cadeira. — Claro. Posso terminar meu café? — Giro o copo com a ponta dos dedos. Não bebo mais nada na esperança de adiar nossa saída o máximo possível.

— Sim. A gente pode voltar pra minha casa quando você terminar.

Assim que Jordan termina essa frase, levo o café a boca e o engulo mais rápido do que a água em minha garrafa preferida quando são três da manhã e eu acabei uma longa maratona noturna de SimCity.

— Pronto — anuncio.

Quando eu levanto, os dois homens da HydroPro se levantam ao mesmo tempo. Meus olhos arregalam. Rapidamente, derrubo meu celular da mesa.

— Ah, ops! — Me ajoelho no chão e procuro meu celular, lentamente. Observo as pernas dos homens. Eles não se movem. Eu bufo. Pego meu celular, então levanto.

— Esqueci que queria te mostrar uma coisa — digo. Puxo o braço de Jordan de volta para a mesa.

— O quê? — pergunta ele.

Abro meu aplicativo de notas para digitar o máximo de informação possível sobre os homens. Termino o parágrafo dizendo a Jordan para não olhar naquela direção.

— No meu celular. É um vídeo engraçado. — Sento de volta na mesa e mostro minha tela para ele. Enquanto ele lê, sua boca abre, mas rapidamente fecha.

Os homens enrolam por mais alguns minutos, antes de perceber o quão estranha é sua presença ali. Nós os vemos sair e então ir embora em seu carro prateado. A barista é a única pessoa que continua lá dentro com a gente. Jordan tenta respirar.

— Eles são...

— HydroPro? Sim — Jordan diz —, vamos sair daqui.

Eu o sigo para fora. Ele passa pela porta e a segura para mim. O vento faz o cabelo dele grudar em sua cabeça.

Ajoelho ao lado da minha bicicleta, então rapidamente giro os números do cadeado para soltá-la do poste, alinhando os quatro números que abrem meu código altamente seguro: um-dois-três-quatro. As botas pretas de Jordan encostam nos meus Vans vinho, enquanto ele me espia. O cadeado dá um clique e eu puxo o ferro preto dos pneus. As pontas dos meus dedos ardem.

— Suas amigas voltaram a mencionar o que aconteceu comigo naquela noite do lago? — Jordan pergunta aleatoriamente. Os olhos dele examinam o estacionamento.

— Hum, não. Elas só perguntaram uma vez, no dia seguinte, como eu te disse, mas acho que todo mundo meio que se distraiu com a loucura de tudo. As meninas ainda devem acreditar que eu puxei Kirsten pra fora da água.

— É bom elas não terem questionado. — Jordan agarra meus ombros, então se equilibra na garupa.

— Por quê?

— Eu estou tentando entender porque eles estão me seguindo... E chegando tão perto.

— Eles estão seguindo nós dois — digo, engolindo em seco.

Jordan faz que sim, então abaixa os olhos.

— Eu realmente não deveria usar daquele jeito. Fiz besteira. — Ele xinga baixo e então morde o lábio.

— Usar o quê? — Começo a pedalar pelo estacionamento.

— O calor. As chamas. Eu não deveria usar como um poder pra, tipo, ajudar pessoas. Ou machucá-las. A dra. Ivan diz que vai me proteger, desde que eu não apronte. Ela não pode me ajudar se eu trabalhar contra ela e chamar atenção. Ou é o que ela diz. Mas a dra. Ivan não parece estar fazendo um trabalho muito bom com a parte da proteção.

— Na verdade, agora que estou pensando nisso, acho que nunca te agradeci por aquela noite. — Eu me viro e olho para ele. — Obrigado. Tipo, mesmo. Você salvou a vida da minha amiga.

Jordan dá de ombros.

— Eu quase não fiz isso, porque estava com medo.

— Mas você fez. Você arriscou tudo por mim.

— É — murmura ele —, acho que não é exatamente um risco quando já estou com um pé na cova... É só acelerar o inevitável.

Coloco meus pés no chão para evitar que a gente continue se movendo. Eu espicho meu pescoço para trás. Nós nos olhamos. Um poste de luz joga uma auréola sobre a cabeça dele.

— A dra. Ivan não está te ajudando a melhorar? — pergunto.

— Depende do que você define como melhorar. Eu às vezes me pergunto se seria melhor parar de visitá-la. Não sei se todo o problema que causo vale a pena.

Engulo em seco e agarro o braço dele.

— Não estou saindo com você só por causa disso.

— Eu sei — fala Jordan. Ele respira fundo.

— Tipo, você pode confiar em mim.

— Eu confio.

— E eu não acho que você deveria parar de visitá-la.

— Ok.

— Porque o que você está causando dentro de mim definitivamente não é um problema, sei que vale a pena.

Jordan sorri.

— Tá bom, então.

Ele passa os braços pelo meu pescoço e apoia seu queixo no meu ombro. Eu levo meus pés aos pedais. Não vou forçá-lo a me dar respostas ou criar um plano para afastar nossos perseguidores. Quando faço isso, ele para de falar comigo. Eu vou deixá-lo revelar as coisas no tempo dele, como vem fazendo. Só espero que Jordan me conte as coisas antes que alguém possa me machucar também.

    Minhas coxas flexionam enquanto eu empurro a bicicleta para frente. Deslizo de volta para a casa dele, cheio de cafeína e gostando de Jordan Ator mais do que na noite em que nos conhecemos. Mesmo que não brilhasse literalmente, ele é a luz mais forte em meio a todas as luzes deste bairro monótono.

VINTE UM

Nós chegamos até a casa de Jordan, que está iluminada por lâmpadas brancas colocadas uniformemente na grama. Jordan salta da garupa para a entrada da casa e corre alguns metros enquanto espera passar o nervosismo. Eu deixo minha bicicleta cair no quintal da frente, então nós seguimos o caminho de cimento até a porta.

— Seus tios estão ok com isso?

— Sim. — Ele ri. — Você não recebe amigos em casa? O que você acha que vai acontecer?

Eu engulo em seco. Não sei. Talvez um amasso forte que se tornaria superdesconfortável se os tios dele nos pegassem.

— Nada. — Dou uma risadinha. — Você mandou mensagem para eles não estranharem quando tiver um desconhecido na casa deles?

— Sim, Dyl. Você se preocupa demais.

Eu não me preocupo, questiono. Mas, mais importante, ele acabou de me chamar de Dyl pela primeira vez. Um aperto se forma em meu peito. Meus joelhos ficam um pouco fracos quando nos aproximamos da porta.

Relacionamento: PRÓXIMA FASE.

Jordan abre a porta e a casa está diferente do que me lembrava. Ou talvez dessa vez eu possa de fato olhar em volta e ver tudo, porque não estou fugindo do meu sequestrador.

A entrada tem cheiro de produto de limpeza e há uma mesa redonda a alguns passos da porta com um vaso verde cheio de flores coloridas. A escada tem um corrimão de ferro fundido e se curva para o segundo andar. Nós circulamos a mesa e passamos pela escada em direção à cozinha.

No corredor, há três retratos de três meninas bonitas, que imagino serem primas dele. Todas elas têm cabelo castanho-escuro e seguram uma rosa branca idêntica junto ao ombro.

Eu espero ver os tios de Jordan quando entramos na cozinha, mas o cômodo está vazio. Está escuro, exceto pelo brilho fraco de duas luzes, uma em cima da pia e outra em cima do fogão. A luz do fogão ilumina uma travessa de vidro cheia de alguma coisa que parece lasanha. Tem uma espátula saindo pra fora dela.

— Tem alguém em casa? — pergunto.

— Sim, eles devem estar lá em cima.

— Algum dia vou ver o rosto dos seus tios? Eles sempre estão escondidos nas sombras.

Ele ri.

— Eu acho que eles fazem isso, né?

Jordan vai até a travessa no fogão, enfia o dedo em um pedaço e então lambe o molho de tomate da ponta do dedo.

— Humm, quer um pouco? — Jordan oferece, lambendo os lábios.

— O que é?

— Lasanha de berinjela. É muito bom!

— Eu não estou com fome.

— Certo, vamos pro porão. — Jordan indica uma porta atrás de mim. Ele tira a lasanha do forno e a leva até a porta do porão. — Eu vou levar isso com a gente, você se importa?

— Nem um pouco.

Eu abro a porta para ele e nós descemos pelos degraus do porão. A temperatura cai tipo uns dez graus quando descemos. O porão é arrumado, como na casa de Kirsten. Tem uma mesa de sinuca atrás de um sofá e um jogo de dardos num canto. Há uma estante comprida ao longo da parede dos fundos com mais de cem trofeuzinhos dourados. As três meninas do corredor de cima aparecem de novo. Dessa vez, são retratos delas em cima da estante de troféus, ajoelhadas com bolas de futebol nas cinturas, segurando desconfortáveis bolas de basquete em posição de arremesso ou sorrindo ameaçadoras para mim, com bastões de metal sobre os ombros.

Jordan coloca a lasanha na mesinha de centro. Eu desabo no sofá. As almofadas soltam uma lufada de ar, como se estivessem desinflando. Jordan senta ao meu lado. Ele enfia uma perna debaixo da outra. Tem mais um menos um palmo de espaço vazio entre nós. Jordan pega o controle da Apple TV.

— O que você quer ver? — pergunta.

Mordo o lábio, encarando a lateral do rosto dele. Seu cabelo está pra cima por causa da pedalada até aqui, como o meu estava quando eu surtei na Starbucks. Seus cachos extravolumosos provavelmente são culpa do vento, mas eu gosto de pensar que ele está tendo um incidente com seus poderes porque gosta muito de mim. Meus olhos seguem o maxilar definido de Jordan desde a orelha até o canto de sua boca. Tem um pouco de molho no canto do lábio dele. Eu me sento e deslizo pelo sofá até ficar seu lado. Nossas coxas se tocam. Ele vira o rosto e seus lábios carnudos estão a um centímetro do meu.

— Você está com molho de lasanha na boca — digo. Me inclino e limpo com o polegar. Eu não volto para trás. Se vou fazer isso acontecer, precisa ser agora. Eu me conheço bem demais, sei que não vou conseguir me aproximar para beijá-lo sem ter uma desculpa além de que eu quero beijá-lo. Limpo meu polegar na minha coxa e aperto meus lábios contra os dele.

Ops. Combustão.

Os mantenho ali por alguns segundos. Os lábios de Jordan são macios e quentes. Eu me afasto e nossos olhos se abrem. Nosso contato visual se firma. Então ele abaixa a cabeça e apoia sua testa contra a minha. Nós rimos na boca um do outro e essa é toda a confirmação de que preciso.

Eu beijo os lábios dele de novo e dessa vez deixo meu corpo cair contra o de Jordan. Meu peso o empurra para trás e subo em cima dele. Meu cabelo cai em seu rosto. Sinto o gosto do café gelado na sua boca. Jordan deixa o controle da Apple TV deslizar de sua mão para o chão, e então passa os dedos pelo meu cabelo.

Meu peito está apoiado no dele, nossos corações batem juntos. Eu sinto seus batimentos tentando acompanhar o ritmo dos meus. Meu coração está saindo pra fora, me dizendo para ir mais rápido. Mais rápido. Mais rápido. Mais rápido. O que eu sinto por Jordan está transbordando de mim, saindo pela minha garganta e pelos meus lábios. Estou dando tudo a ele. Sem mais beijos da morte. Esse é o beijo da minha vida.

Caio de lado e coloco a mão no rosto de Jordan. Eu puxo seu rosto com mais força para o meu. Ele agarra minha nuca. Nossas bocas estão se abrindo cada vez mais. Nossos narizes soltam ar quente no rosto um do outro.

Eu me afasto, em busca de oxigênio.

— Estou muito feliz de ter deixado você entrar no Dairy Queen depois de ter fechado — digo, com a respiração pesada.

Jordan morde meu lábio inferior e o puxa antes de falar.

— Você mentiu? Você disse que estava aberto.

— Menti. Mas foi a melhor mentira.

Ele ri e coloca uma mecha do meu cabelo atrás da minha orelha direita.

— Você está atordoado? — questiono.

— Muito. Mas de um jeito bom.

Jordan agarra meu pescoço e junta nossos rostos de novo. A mão dele desliza pela lateral do meu corpo. Ele me puxa mais para perto. Pressiono minha mão contra o peito dele. Seus dedos puxam a borda da minha camiseta.

— Tudo bem assim? — pergunta ele, com a boca encostando na minha.

— Sim — respondo. Ergo os braços acima da cabeça e Jordan tira minha blusa. Ele a joga no chão, se ajoelha em cima de mim, cruza seus braços e tira sua camiseta também. Eu o empurro contra outra almofada e deito em cima dele, nossos torsos nus um contra o outro. Corro meus dedos pelos seus braços, fechando os olhos para focar no toque. Jordan tem mais músculos do que eu esperava. Sinto seu tríceps e ombros. O corpo dele esquenta. O calor é quase demais para os meus dedos.

E então, do nada, estamos subindo. Eu abro os olhos e vejo o sofá se afastar de nós. Jordan pesa nos meus braços. Giro nossos corpos no ar para que ele fique em cima de mim. A força da flutuação ajuda a levá-lo para cima.

— Bem, isso é incrível — fala Jordan, rindo.

Eu não sei o que dizer, porque é mais do que incrível e não consigo pensar em uma palavra melhor.

Nossos lábios se juntam de novo e não quero que eles se separem. Quero provar todos os elementos dos quais Jordan Ator é feito. Quero sentir todos os seus quarenta e três graus. Coloco minhas pernas em volta dos quadris dele, nós giramos no ar e derretemos um no outro.

Eu apago no caminho de volta para casa — mentalmente, fisicamente, emocionalmente, metaforicamente, literalmente, anedoticamente.

Estou na garagem vendo a porta do SUV do meu pai ser fechada quando volto para a realidade. Nem me lembro de ter dado um beijo de despedida no Jordan quando saí da casa dele.

Eu entro em casa e minha mãe, meu pai e Cody estão sentados na mesa da cozinha. Eles se viram rapidamente em minha direção quando deixo a porta bater. Cody leva um garfo cheio de macarrão à boca, mas congela quando me vê. O espaguete desliza lentamente do garfo dela e cai de volta no prato.

— O que aconteceu com você? — pergunta Cody, com um sorriso irônico.

— O que você quer dizer com o que aconteceu comigo?

Eu estou sorrindo enquanto tiro os sapatos.

— Querido — diz minha mãe. Seus ombros caem. — Você está com uma aparência péssima.

Dou risada.

— Estou?

— Por que você está tão sorridente? — questiona Cody.

Meu pai me encara enquanto continua a comer seu macarrão.

— Eu disse que a gente devia ter levado ele no médico. Eu não sei por que isso é um problema.

Rapidamente, atravesso a cozinha até o espelho da sala e vejo uma versão muito mais feia de mim mesmo. Eu pareço um esquilo drogado. Meu nariz está vermelho vivo, a pele em volta dos meus lábios está ressecada. Esfrego meu queixo e flocos de pele desintegram na minha mão. Meus olhos estão vermelhos e lacrimejantes.

— Ah, uau! — murmuro, dando um passo para trás.

Mamãe aparece ao meu lado com uma caixa de lenços de papel. Ela tira um e o esfrega em meu rosto.

— Você exagerou hoje. — Ela coloca a mão na minha bochecha e então suspira.

— Mas, tipo, da melhor forma possível.

Mamãe inclina a cabeça para trás.

— Onde você estava? Você precisa vir comer alguma coisa. Você não estava com aquele amigo novo, estava? Eu já tive o suficiente disso.

A sigo de volta para a cozinha.

— Eu estava.

— Onde? — meu pai pergunta, ríspido. Ele olha pela janela por cima do ombro. — Está congelando lá fora. O que você está aprontando?

— Provavelmente, estavam se pegando de novo — fala Cody. Ela põe a língua pra fora. — Foi por causa desse menino que você me largou umas semanas atrás?

— Que menino? — quer saber a minha mãe. — Quando você largou sua irmã?

— Dylan, eu achei que a gente já tinha falado sobre isso — papai entra na conversa.

Reviro os olhos.

— Foi aquela vez no mês passado, quando eu esqueci a Cody. Nós já falamos sobre isso.

— Quem é esse menino? — insiste minha mãe.

— É só alguém com quem eu tenho saído.

— Você está de castigo. — Mamãe aponta para mim. — Eu não vou admitir desonestidade nesta casa.

— Ah, relaxa — fala Cody —, ele só tem um namorado e não quer contar pra você. É bom que ele seja bonito.

— Não é um namorado. Mas ele é mais bonito do que eu.

— E quanto à higiene?

Os músculos no rosto da minha mãe relaxam.

— Você está saindo com alguém e não falou nada? — indaga mamãe. — Eu espero que você não tenha beijado esta noite, doente como está.

Eu dou um passo para me distanciar da mesa e assoo o nariz.

— Não estou saindo com ninguém! E não estou com fome. Te conto sobre ele amanhã.

Jogo o lenço de papel no lixo e rapidamente encho um copo de água. Dou um gole enquanto ando em direção à escada.

Minha mãe joga as mãos para o alto.

— Então você está saindo com alguém?

Meu pai coça as sobrancelhas.

— Qual é o nome dele? — grita Cody da cozinha.

— Eu não vou te contar! Sai das redes sociais, sua stalker mirim! — retruco perto do corrimão.

Entro no meu quarto e fecho a porta. Desabo na cama, de barriga pra baixo. Meu corpo fica rígido quando eu subitamente sinto todos os meus músculos. Se pelo menos isso tivesse acontecido comigo durante a prova de sistema muscular na aula de fisiologia no ano passado, eu não estaria agora ainda na classe de ciência básica.

Meu celular vibra quando surge a notificação de uma mensagem do Jordan: "Ei".

Eu sorrio e respondo com um emoji envergonhado. Então mando um "Ei".

É assim que ficar com alguém funciona? Porque eu gostei disso. Eu estou namorando o Jordan?

Na verdade, eu nunca vi dois caras juntos pessoalmente antes. Vejo na televisão e nas redes sociais e nos meus relacionamentos hipotéticos na minha cabeça, mas não nessa cidade. Não aqui, onde famílias idênticas de quatro pessoas vivem em casas idênticas que só mudam a cor das persianas. Não diante dos meus olhos. Eu não sei como é isso. Quais são as regras? Acho que não existe nenhuma em Falcon Crest. O que é assustador, mas legal, no geral. Pela primeira vez, vou viver não só na minha cabeça, mas no mundo.

Eu me pergunto se o Jordan pode ir ao baile de fim de ano comigo. Vou ter que consultar qual é o regulamento da escola. Tenho certeza de que ele pode, mas se a sra. Gurbsterter for responsável, duvido muito. Por que eu estou pensando no baile? Nós somos namorados? Não ainda. Estou me apressando demais. Acho que ainda estamos naquela fase de euforia quando você não faz ideia do que está acontecendo, mas é divertido.

Enfio meus fones nas orelhas e dou play no meu álbum preferido da Adele porque, por dentro, eu sou, no momento, uma poderosa cantora britânica gritando a plenos pulmões. A primeira música começa e eu desabo.

VINTE E DOIS

Estou de volta à escola na semana seguinte, tentando encarar como normal a vida sendo o primeiro aluno flutuante do Falcon Crest. Ter beijado o Jordan tem me dado certeza sobre para onde devo seguir, porque o nosso relacionamento é tudo pra mim. E também me faz pensar menos na temperatura do meu corpo, chamas e uma possível morte, pelo menos por enquanto.

Ainda vejo algumas pessoas me olharem por causa do fiasco do Instagram. No entanto, aprendi que encarar diretamente essas pessoas é o suficiente para afugentá-las, pois elas nunca mais me olham. É uma excelente nova habilidade e, no ritmo atual, até o fim do mês toda a escola vai ter medo de olhar para mim.

Também estou me dando conta do quanto odeio casais. Na verdade, preciso ser específico: eu odeio casais que estudam no Falcon Crest. É injusto que eles consigam ficar perto um do outro o dia inteiro, todos os dias. Eles podem se beijar antes de entrar na sala de aula, se abraçar ao final do período da manhã e do período da tarde, sentar juntos na hora do intervalo e ainda dar uns amassos no estacionamento depois da escola. Você acha que eles demonstram respeito pelas pessoas que não têm o crush estudando na mesma escola? Não, eles não estão nem aí. Relacionamento a distância é muito difícil.

Eu não odeio de verdade as pessoas. Mas hoje me sinto meio aéreo. Vi Jordan novamente ontem à noite, porque o encontro na Starbucks estava literalmente muito quente para não continuarmos aproveitando seja lá como fosse.

Fui à casa do Jordan outra vez e, de novo, não vi a tia ou o tio dele, porque eles estavam, mais uma vez, na casa da avó, instalando um novo roteador wi-fi. Então, fomos para o porão de novo e ele pegou o controle da Apple TV de novo — só que dessa vez conseguimos assistir a um filme inteiro.

Assistimos *A Vila*, do M. Night Shyamalan. Jordan nunca tinha visto um filme do M. Night Shyamalan antes. Ele não entendia por que eu tinha que repetir M. Night Shyamalan toda vez que dizia o nome do filme. Também fiquei confuso depois de dizer M. Night Shyamalan pela quinta vez em dois minutos.

— Não sei. É assim mesmo — falei. — Não é a vila de alguém. É *A Vila de M. Night Shyamalan*.

Eu disse a Jordan que M. Night Shyamalan era da Filadélfia e que morava a vinte minutos de sua casa. Isso parecia distraí-lo de todas as suas perguntas a respeito de quem era o dono da vila do filme do Shyamalan. Simplesmente vimos o filme e nos beijamos muito.

E agora eu tenho SPI, mais conhecida como Síndrome das Pernas Inquietas. Na aula de história, o professor veio até mim e perguntou se eu precisava usar o banheiro, porque meus joelhos estavam balançando por quarenta minutos sem parar. Sinto falta do Jordan e isso está me assustando. Introvertido que sou, quando saio com novas pessoas, o máximo que consigo suportar são duas horas de convívio. Mas fiquei com o Jordan ontem por exatamente cinco horas, e não foi o bastante.

Tenho observado o refeitório e é como se todo casal de mãos dadas estivesse me olhando, tentando me deixar com inveja. Eu estou com inveja. Tenho inveja de eles ainda terem a opção da eternidade. Jordan e eu não temos o "pra sempre" em potencial. Poderíamos ter um ano, cinco anos ou dez anos. Não sei com que rapidez o hidrogênio corrói o corpo humano. Então, a cada momento que estou longe do Jordan, sinto como se estivesse perdendo tempo.

— Vejo que a carne dos hambúrgueres de frango ainda está cinza — diz Kirsten, cortando seu empanado de frango com uma faca branca de plástico.

— Se você esperava uma mudança na política escolar durante a sua ausência, então acho que o período debaixo d'água realmente estragou a sua cabeça — respondi. — Nossa comida ainda é terceirizada e vem de Nova Jersey.

— Eca! — Kirsten dá uma mordida e mastiga o hambúrguer como se fosse feito de borracha. — Eu nem sei por que me incomodei em preparar aquele briefing falando da política de melhores práticas ambientais para a aquisição de alimentos, se eles não vão usar a informação.

— E aí, galera! — diz Perry, surgindo do corredor. Ela senta no banco ao meu lado depois de tirar a bolsa do ombro e jogá-la sobre a mesa.

— Uau, parece que nós três estamos finalmente juntos outra vez! — Kirsten fala. — Sinto como se fizesse muito tempo.

— Onde você estava? — pergunto. — O almoço começou, tipo, vinte minutos atrás.

— A sra. Gurbsterter queria falar comigo sobre as Nacionais.

— Ela me disse que ia fazer isso — conta Kirsten. — E como foi? Por que não me avisou?

— Desculpe. Ela me disse duas semanas atrás, depois do treino. Então eu quase morri. E me esqueci completamente disso.

— Você não presta.

— Você prefere que eu morra da próxima vez, então?

— Oi, pessoal — intervenho, acenando. — Eu não estou na equipe de líderes de torcida. Sobre o que era o encontro? Foi sobre o ano que vem?

Perry se mexe na cadeira.

— Não. Ela perguntou se estava tudo bem me dar mais responsabilidades nas Nacionais, mesmo que eu não seja a capitã.

— Isso é uma coisa estranha de se perguntar.

— Esta carne é realmente nojenta! — comenta Kirsten. Seu rosto se contorce. — Eu realmente não consigo comer isso. — Ela pega um guardanapo e cospe um pedaço mastigado de frango nele. Testemunhar isso acaba com meu apetite.

— Dá pra deixar isso longe de mim? — pergunto, afastando o guardanapo embolado de frango.

Kirsten empurra a bola para Perry, que enlouquece e atira o guardanapo pro outro lado do refeitório. A bolinha maçarocada bate contra uma máquina de refrigerantes, finalmente caindo no chão.

— Você é doida! — digo eu.

— Eu tenho baixa tolerância para coisas nojentas! A sra. Gurbsterter colocou uma dessas marmitas fitness prontas para esquentar no micro-ondas em seu escritório durante nossa reunião. Sério, eu queria vomitar! Ainda estou enjoada.

— Ah não, essas marmitas fitness, não.

Ela concorda.

— Foi uma de camarão.

Kirsten e eu suspiramos.

— Essa é uma das suas responsabilidades nas Nacionais? Ajudá-la com essas marmitas? — pergunto.

Perry deita a cabeça em cima da bolsa sobre a mesa.

— Não. Ela quer que eu seja a monitora do corredor do hotel em uma das noites e tome conta de alguns equipamentos.

— Você deveria ter dito não até que ela mudasse de ideia.

— De verdade? Eu apenas concordei o mais rápido possível para dar logo o fora de lá. O micro-ondas dela estava quebrado ou algo do tipo, porque aqueles foram os sete minutos mais longos da minha vida!

— Não foram sete minutos no paraíso?

— Não me faça imaginar isso...

— Essas coisas nem te fazem emagrecer. É tão idiota — retruquei, enquanto abria meu iogurte de mirtilo e o mexia com uma colher de plástico.

— Uma vez, a sra. Gurbsterter me disse que alguém falou pra ela que ajudava a rejuvenescer e, um mês depois, ela começou a dieta com essas marmitas prontas — Kirsten conta. — E ela acredita nessa história!

— Caramba! — digo, balançando a cabeça. — Tenho certeza de que Benjamin Button está se revirando no túmulo agora por causa dela.

Olho meu celular a todo momento, mesmo sabendo que não recebi nenhuma mensagem de Jordan. Ele me disse que sua escola proíbe o uso de celulares. Em caso de desobediência, eles confiscam o aparelho e só o devolvem no dia seguinte. Jordan argumentou que teríamos que passar uma noite inteira sem nos falar se ele fosse pego. Então, eu disse a ele para não me mandar mensagem porque não queria correr esse risco.

— Você tem mexido muito no celular ultimamente — observa Kirsten, sorrindo. — Tem certeza de que não ficou com o Jordan nesse fim de semana?

— Não fiquei! Você realmente acha que eu faria algo e não contaria a vocês? — respondo, sem graça.

— Vai saber... Você não tem falado muito com a gente esses dias. Além disso, você nunca fez nada parecido antes, então quem saberá dizer o que você vai aprontar se algo estiver acontecendo? — rebate Perry.

— *Quando* acontecer — Kirsten corrige.

— Não vamos tirar conclusões precipitadas — retruco.

— Eu tirei conclusões precipitadas três semanas atrás, quando você entrou no carro de Kirsten com um tesão nítido e atípico — explica Perry. — Eu corri para o parapeito do prédio e literalmente me atirei até chegar a uma conclusão. Me debrucei sobre as minhas conclusões. E me sinto confortável com o que concluí.

— Tá certo. Você precisou fazer muita coisa para chegar a essa conclusão, então agora pode se tranquilizar — respondi.

— E eu concluo que algo mais aconteceu nesse fim de semana, não foi?

— Sim — afirmei, sorrindo.

— Concluo, agora, que algo mais poderá acontecer já que, neste sábado, meus pais não estarão em casa e vai rolar uma festa! — grita Kirsten, enquanto bate os pés no chão com força.

— Tinha esquecido que você estava louca pra dar essa festa!

— Dylan, você não pode esquecer — diz Kirsten. — Se você tivesse lido nossas mensagens da semana passada, teria visto que falamos disso dez vezes. Coloque na sua agenda. Será a nossa despedida antes das Nacionais. Se você não vier, vai dar azar!

— Vou pedir ao Jordan para ir também, com certeza.

— Se ele não puder, você ainda tem que estar lá — fala Perry. — Nada de nos abandonar agora que você tem um namoradinho. Caso contrário, minhas conclusões serão anuladas.

— Tudo bem, tudo bem. — Faço um sinal de juramento. — Eu vou. Será a última vez que nos veremos antes de você ir? Quando você viaja?

— Provavelmente, sim — responde Kirsten. — Vamos para a Flórida na segunda-feira e voltamos no sábado.

— E a festa será, tipo, só a gente ou com outras pessoas da escola? Imagino que seja uma festa com o pessoal da escola.

— A escola inteira.

— Então eu posso esperar que Savanna e os mais novos estejam lá?

— Dã! Savanna é obcecada pela Kirsten — retruca Perry.

— Por favor! — Kirsten suspira. — Não estamos mais no sexto ano. Ela e eu superamos essa amizade.

Perry revira os olhos.

— Você talvez tenha superado, mas ela, não.

— Você vai convidá-la depois do que ela fez comigo? — pergunto.

— Não vou convidá-la pessoalmente, mas tenho certeza de que ela vai aparecer. Além disso, a Savanna só vai te atacar de novo se eu disser que ela não pode ir. Eu tenho que manter as coisas civilizadas por causa dos nossos pais. Não se esqueça disso: os Blatt são poderosos na comunidade e eu não posso estragar essas conexões.

Gostar de Jordan é meu segredo. Bem, devo dizer meu segredo em forma de gente. Todo mundo sabe que ele existe por causa da brincadeira da Savanna. Mas estou feliz que o Jordan esteja a uma distância física segura do Falcon Crest, de Savanna e de tudo mais aqui. Nosso mundo é a Starbucks, sorvete, beijos, filmes... e fogo e flutuar. É doce, fresco e quente, e tudo ao mesmo tempo. E é só nosso.

Eu adoraria ter o Jordan na escola para beijá-lo e abraçá-lo nos intervalos de aula, mas é muito melhor para ele não conhecer essa parte da minha vida. Não sei se quero misturar essas duas partes, especialmente com tudo o que está acontecendo com os Blatt. Se a Savanna desconfiar dos incêndios ou se nos pegar mentindo, ela nunca mais vai deixar a gente em paz.

No caminho para a aula de inglês do sexto horário, vejo a Darlene andando na minha direção do outro lado do corredor. É difícil ver Darlene, escondida entre a multidão de alunos bem mais altos. Ela está com a cabeça atrás de uma pilha de livros que carrega nos braços. Darlene está vestindo uma saia de cintura alta verde-musgo com legging preta e coturnos pretos. Um gorro bordô cobre seu cabelo curto. Caminho até o outro lado do corredor para que nos encontremos. Darlene desvia e passa por mim sem dizer nada.

Eu me viro e a sigo até seu armário. Ela abre a porta marrom e quase a bate na minha cara. Desvio a tempo. Há um adesivo de arco-íris na parte de dentro da porta do armário em que está escrito *Eu sou um aliado*. Abaixo dele, uma foto de Shawn Mendes que eu meio que quero roubar.

— Oi, Darlene — digo, coçando a nuca.

Na última vez que nos falamos eu quase a queimei, e, antes disso, eu tinha flutuado pelo corredor, então estou me esforçando bastante para ser normal, embora não esteja dando certo. Meus pés já estão dormentes, e a sensação de formigamento está subindo lentamente pelas minhas pernas. Eu ajusto meu relógio biológico para um minuto antes de me lançar ao teto bem acima de nós.

— Oi, Dylan — responde ela. Sua voz soa mais aguda e mais simpática do que eu esperava.

— Olha, eu quero me desculpar pelo outro dia. Eu te coloquei em uma situação constrangedora e você estava apenas...

— Está tudo bem — diz Darlene, olhando para o interior de seu armário. Ela arranca um post-it rosa amassado e o joga no chão.

— Está mesmo?

— Você não quer estar no grupo. Entendo. Tipo, eu realmente não me importo.

Saco. Definitivamente *não está* tudo bem.

— Eu não disse que não queria participar. Eu disse que estava pensando a respeito.

— Mais uma vez, tudo bem. — Darlene fecha o armário e gira a fechadura preta três vezes. — Eu preciso ir. Tenho que ir para a sala de estudos e preciso planejar a reunião da AGH de hoje à noite. — Darlene se vira. — Tenha uma boa semana.

— Mas... — Fico cabisbaixo. *Tenha uma boa semana?* Soa mais como *por favor, não tente falar comigo novamente nos próximos cinco dias.* Droga. Ela me odeia com todas as forças.

Alguém dá um tapa nas minhas costas e eu levanto a cabeça novamente.

— Ei — diz Kirsten. — Desde quando você é amigo de Lena Houchowitz?

— Não sou. — Começamos a andar. — Ela tentou ser minha amiga, mas eu sou infinitamente péssimo em fazer novos amigos e estraguei tudo porque fui grosso.

— Eu sei que você não tem más intenções. Você estava brincando e ela não entendeu?

— Savanna agiu como uma valentona, e eu ataquei a Lena porque tenho doze anos.

— Ah, entendi — responde Kirsten. — De qualquer forma — continua ela —, eu queria te perguntar algo mais cedo, mas não queria falar na frente da Perry.

Eu paro abruptamente. Meus tênis fazem barulho por causa do atrito com o piso.

— De jeito nenhum. Já não gostei disso. Sem segredos entre nós! — respondi, gesticulando no ar.

Kirsten se aproxima, prende seu braço no meu, e me puxa pelo corredor.

— Não é nenhum tipo de segredo. Quero saber o que você acha de uma situação.

— Você não está namorando Keaton Cyrus, está? Eu acho que isso não vai dar certo.

Ela dá um tapa no meu braço, rindo.

— Não! Me ouça: a rádio de notícias local está promovendo um concurso nesta primavera para estudantes do Ensino Médio, e eu meio que quero participar.

Kirsten coloca seu iPhone bem na minha cara. Dá tempo de ler só o título da página da internet antes de ela puxar o celular.

— O vencedor recebe um prêmio em dinheiro e a oportunidade de fazer um estágio neste verão.

— Ah, isso é bem legal!

— Eu acho que seria perfeito para mim.

— Bem, eu concordo. Não acho que possa existir nada mais perfeito.

— Ah, eu também! Espero conseguir entrar ao vivo. Isso não seria demais?

— Seria demais! Por que Perry não pode saber disso?

— Ela pode saber. Eu só não queria falar sobre isso no almoço porque ela sempre fica tão estranha toda vez que um de nós faz planos para o verão, já que isso atrapalha os planos dela. E eu não queria que a Perry ficasse triste. Isso é muito legal para mim.

— Isso não é verdade porque, primeiro: eu não tenho planos para o verão, então eu nunca dei nenhuma ideia a respeito. E, segundo: você fala com a Perry como se fosse mãe dela. É claro que ela vai ficar brava com você todas as vezes.

Kirsten balança a cabeça.

— Apenas apresento opções.

— Opções que ela não quer.

— Ela vai agradecer no fim.

— Negativo.

— Então você acha que eu deveria participar do concurso ou não?

— É claro que deveria! — Dou uma cotovelada em Kirsten e nos olhamos.

— Viu o que eu fiz agora? Estou te encorajando. É isso o que amigos fazem. Eu não disse pra você talvez se candidatar à vaga de redatora da newsletter para o centro municipal da terceira idade, em vez de te apoiar.

— Ah, Dylan! Tudo bem, eu vou encorajar mais a Perry.

— Isso é o que você ganha por tentar dar uma de espertinha.

Kirsten ri.

— Você daria uma revisada no documento que elaborei para me inscrever no concurso se eu enviar para você hoje à noite?

Balanço a cabeça, concordando.

— Eu não sou capaz de escrever qualquer coisa melhor do que o texto que você vai escrever, mas é claro que reviso. Qual é o assunto, exatamente?

— Bem, você pode escolher o tema que quiser. Vou falar dos incêndios criminosos nos Blatt!

Me deu um frio absurdo na barriga e meu estômago revirou. Minha vida é uma piada. Minhas mãos tremem. Agora, estou procurando desesperadamente a saída mais próxima.

— Pera aí. Por que *esse* assunto? — Passo a língua nos meus lábios. Avisto um bebedouro e vou até ele. Meus pés começam a levantar ligeiramente a cada dois passos. Kirsten me segue.

— Por que *não*? É uma das maiores histórias de todos os tempos já ocorridas aqui na cidade. A notícia está nos jornais do país. Se for escolhido, você trabalhará com um dos jornalistas que atuam no mesmo caso e ajudará na investigação, além de escrever seu próprio artigo com as suas descobertas. Imagino que vão avaliar o artigo final. Não tenho certeza. Postaram hoje e só dei uma olhada rápida antes do almoço. Eu poderia escolher uma veia mais ecológica e falar sobre as emissões de carbono dos incêndios. E já tenho aquele vídeo que vai me dar uma boa vantagem. — Kirsten leva a mão ao queixo.

Eu seguro a borda do bebedouro e a aperto com força. Meu corpo está tão leve como uma pena. Aquela força mais uma vez me puxa para o teto. O bebedouro é a única coisa que mantém meus pés no chão.

— Não tem outras pautas? — pergunto.

Kirsten aperta os olhos e me inspeciona.

— Sim, mas... O que você está fazendo agora? — Kirsten tenta olhar para trás de mim.

— Nada — respondo de súbito. — Nada.

Minhas mãos estão escorregando.

— Você não acha que poderia ficar um pouco estranho com a Savanna e tal? Tenho certeza de que há outros bons assuntos.

O que eu realmente quero dizer é: você não acha que poderia ficar um pouco esquisito com o JORDAN E EU. Estou genuinamente surpreso que Kirsten não tenha me reconhecido naquele vídeo. Mas eu não duvido nada de que ela encontre algum programa de renderização de vídeo com reconhecimento facial avançado.

— Por isso é perfeito! Eu tenho contato direto com a Savanna e os incêndios estão literalmente acontecendo no meu quintal. Eu sei como usar os meus recursos. — Kirsten pisca de um jeito maroto para mim. Em seguida, começa a mexer no celular.

O sinal da escola toca. Ela guarda o telefone na bolsa.

— Ok. Vou tentar escrever a proposta para não precisar me preocupar com isso enquanto estiver treinando com as meninas. Te mando assim que terminar. Obrigada, Dyl.

— Tá bom.

— Você vai pegar um pouco de água? — pergunta Kirsten, apontando para o bebedouro.

— Ah, sim — respondo. — Hum... — Eu me curvo para beber água, mas não aperto o botão para ela sair, senão eu posso voar para longe. Kirsten continua me encarando. Finjo que dei umas goladas e mostro a língua para ser engraçado, mas Kirsten não ri.

— Vejo você mais tarde... — diz ela lentamente, com os olhos arregalados.

Kirsten desaparece pelo corredor vazio. Dou uns tapinhas no meu rosto. Depois que tiro as mãos do bebedouro, me perco no ar. Minhas costas alcançam o teto. Eu gostaria de ir agora para o Santa Helena. Será que lá tem capela? Porque eu realmente preciso rezar pela minha alma.

Kirsten é ligada no 220. Eu sei que ela não vai parar de investigar esses incêndios até ter resolvido o caso, conseguir o estágio e ter seu trabalho publicado no *New York Times*. E solucionar o caso significa descobrir que foi Jordan quem ateou o fogo.

Alguém me dê um sinal de que tudo vai ficar bem.

Às vezes, gosto da ideia de que existe um poder superior. Isso permite que eu coloque a culpa nele e evite ter que assumir qualquer responsabilidade pelas minhas próprias ações. É realmente uma maneira conveniente de lidar com meus problemas.

Ficar muito bêbado e vomitar em um arbusto do lado de fora da casa da Perry — eu nunca faria isso: foi Deus me ensinando uma lição.

Mandar mensagens incessantemente para um garoto que não responde — isso não foi bizarro da minha parte: foi o plano de Deus para não ficarmos juntos.

Não estudar para todas as provas e me dar mal em todas: isso é Deus trabalhando. Ele não quer que eu vá para Harvard e simplesmente está sendo meu guia no meu caminho.

Esquecer que minha irmã existe e deixá-la sentada perto do esgoto no escuro — isso foi Deus proporcionando experiências de vida difíceis para ela crescer e ser uma mulher forte.

Como o conceito de amor, o conceito de um poder superior é algo que eu não entendo. Mas essa é uma história para outro dia.

Meus pés tocam o chão. Eu desabo no chão e deito sobre o azulejo, e minha cabeça fica sobre as minhas mãos.

A porta do banheiro dos professores ao meu lado se abre. O dr. Brio surge no corredor. Ele está terminando de pôr a camisa para dentro da calça. Não sei por que ele não conseguiu terminar de fazer isso no banheiro como uma pessoa normal. Do outro lado do corredor, Savanna sai da secretaria e caminha em nossa direção. Fazemos contato visual e, em seguida, seu olhar se volta para o chão. Ela aperta os livros contra o peito.

Esse é o meu aviso? Engulo em seco. Estou oficialmente em uma simulação. Onde está o botão cancelar?

— Dylan, por que você não está na aula de novo? — pergunta o dr. Brio. Ele sobe a calça. — Por favor, levante-se do chão.

— O sinal ainda nem tocou... — começo. Mas nessa hora a campainha toca e me interrompe. Eu olho para o alto-falante ao lado do relógio. O dr. Brio fica de um jeito que parece que o queixo dele vai se fundir com o pescoço. Ele me encara através dos óculos.

— Já vou indo — digo, ficando de pé. — Muitas pessoas têm me pedido conselhos ultimamente. Estou perdendo parte das aulas por causa delas. Não é só culpa minha.

Ele ri.

— Está pra chegar esse dia — responde ele, gesticulando e retornando para sua sala de aula. — Está pra chegar esse dia.

Eu reviro os olhos.

Eu me viro para ir para a aula de inglês, quando Savanna surge do nada no meu caminho. Respiro fundo: um dos seus fichários me apunhala logo abaixo dos meus mamilos. Coloco a mão meu peito, esfregando-o para aliviar a dor. Alguns dos livros dela caem no chão. Savanna resmunga.

— Olha por onde anda, Dylan — vocifera. — Nossa, além de feio e de não ter cérebro você também é cego?

— Eu estava de costas para você. Você é quem deveria ter me visto.

— Tanto faz.

Eu me agacho e pego alguns de seus papéis espalhados. Ela freneticamente recolhe tudo do chão. Uma parte de seus cabelos está solta, escapando do alto rabo de cavalo em vez de estar tudo amarrado, como de costume.

— Não toque nas minhas coisas. Eu posso pegar.

Dou de ombros.

— Tá, tudo bem. Estava tentando ser legal.

Devolvo alguns dos papéis que peguei. Savanna olha para os papéis que estou segurando e depois me encara. Está de boca aberta. A região abaixo dos olhos está vermelha e inchada. Ela coça a testa três vezes. Ao reparar nos papéis em minhas mãos, vejo um folheto do Grupo de Apoio à Prevenção do Suicídio.

Savanna pigarreia.

— Me dê isso — diz, rasgando os papéis da minha mão.

— Desculpe — murmuro, sem graça.

— Desculpa o quê?

Ela continua parada ali. Então, ao mesmo tempo, nós dois damos passos na mesma direção e acabamos nos trombando de novo.

— Sai do meu caminho! — grita Savanna, me empurrando de lado e sumindo pelo corredor. Seu rabo de cavalo balança na correria.

— Savanna — eu a chamo enquanto tento alcançá-la. — Você está bem?

Ela para e olha com raiva para mim. Em seguida, se vira e desaparece.

Vou atrás da Savanna. Quando passo do corredor, vejo a porta se fechando diante de mim. Através do vidro, pude ver o caminhão da Construtora Blatt estacionado. O sr. Blatt está na frente do veículo, de braços cruzados. Quando Savanna se aproxima, ele a segura pelo braço e a empurra para o banco do passageiro do caminhão.

Agora Deus está tirando uma com a minha cara. Meus problemas parecem irrelevantes, e, pela primeira vez na minha vida, eu estou preocupado com Savanna Blatt.

VINTE E TRÊS

Acontece que Jordan estava falando sério sobre fazermos algo ao ar livre em um de nossos encontros, porque ele tinha planejado uma caminhada. Não será uma trilha nas montanhas do Colorado, mas eu andaria pelo chão de terra do ferro-velho do bairro só para estar com ele, então estou empolgado.

No dia seguinte depois do almoço, ainda na escola, Jordan me manda uma mensagem curta com instruções. Ele parece estar tão ansioso quanto eu por esse encontro, o que é uma mudança bem-vinda.

Jordan
Meu iPhone diz que o sol se põe às 17h30.

Saio da escola às 14h45. E você sai às 14h15.

Sei que você vai de ônibus para casa nesta semana pq Perry e Kirsten vão ficar até tarde treinando, mas acho que você disse que vai chegar de ônibus em casa por volta das 14h35?

Meu ônibus demora uma eternidade, então vou a pé até a Starbucks. Provavelmente, chegarei lá por volta das 15h.

Você quer me encontrar lá de bicicleta e depois ir para o parque? Tem uma trilha muito legal no Parque Ridley Creek.

Também seria muito mais fácil se você tivesse um carro. Tire logo sua carteira de motorista ☺ Ok, tem uma freira andando pelo corredor aqui. Tenho que ir. Vejo você depois da escola! ❤

São muitos horários em uma só mensagem para eu processar. Estou nervoso, achando que vou estragar tudo de alguma forma. Mas o que mais me chama a atenção é que Jordan conhece minha rotina. Ele realmente me ouve quando falo. Eu nem sabia que horas minhas aulas terminavam. E é claro que eu nunca vou admitir isso pra ele.

Esperar o treino de líderes de torcida acabar me atrasaria, então pego o ônibus assim que as aulas terminam. A volta para casa sempre piora minha náusea, e minha temperatura corporal já subiu alguns graus. Minha garganta está um pouco fechada. Abro minha mochila e a seguro no meu colo caso precise transformá-la em um saco de vômito improvisado. Há quinze jovens calouros tagarelando nos bancos à minha frente. Suas risadas perfuram meus tímpanos. Pela primeira vez, eu gostaria de flutuar até o teto do ônibus. O susto os deixaria em silêncio até o fim do meu trajeto. Fico me mexendo no assento até chegar a hora de descer no meu ponto.

São 14h40 quando saio do ônibus e tudo o que sei é que preciso estar na Starbucks às 15h. Em casa, digito a senha para abrir a garagem. Enquanto observo o portão abrir, pego um chiclete na mochila e o coloco na boca. Em seguida, subo na bicicleta e sigo pela rua.

Gosto da sensação do ar gelado batendo no meu rosto. O frio também evita que minhas mãos comecem a suar demais. O sol está se pondo, e o céu parece escurecer rápido. Espero que possamos aproveitar ao máximo essas duas horas juntos no meio do nada. Além disso, esta pode ser a última vez que Jordan e eu saímos antes de eu encontrar a dra. Maria Ivan. Não sei se as coisas vão mudar depois. Não sei como serão nossos encontros. Saber que terei respostas depois da caminhada de hoje me conforta.

Mas eu não posso mais continuar me escondendo assim. Sinto que poderia dormir por uma semana inteira só por causa do estresse de imaginar o que está por vir. Eu quero ver a dra. Ivan para me sentir melhor, só que, ao mesmo tempo, não quero. Ao me consultar com ela, estou admitindo que esses poderes não irão embora.

Desço a rua. As rodas da bicicleta zunem ao ganhar velocidade. Jordan está parado na calçada perto da placa do drive-thru da Starbucks. Ele está vestindo um casaco azul-marinho e o capuz cobre a sua cabeça. Daqui, consigo ver a gravata marrom e camisa social da escola. Sinto um frio na barriga.

Freio a bicicleta e paro diante dele.

— Está elegante — afirmo, tirando o cabelo dos meus olhos.

— Você está meio pálido — responde Jordan. — Você ainda não está se sentindo bem?

— Sério? Bem, eu não estou no meu melhor momento, para ser sincero. Acho que o estresse de tudo está acabando comigo.

Jordan franze a testa.

— Vou dar um jeito nisso em breve. Vamos na dra. Ivan, ela vai fazer você se sentir melhor. Prometo.

Jordan dá um passo na minha direção e me puxa para um abraço. Ainda estou sentado na bicicleta, então minha cabeça descansa perfeitamente contra seu peito. Por um momento, estou curado.

— Nós não precisamos fazer a trilha hoje — diz Jordan. — Você deveria ter me falado.

— Não, eu quero fazer isso. Você curte fazer trilhas. Eu com certeza ainda posso fazer essas coisas.

— Tem certeza? Podemos ir assistir a um filme ou pintar. — Jordan suspira.

— Vamos levando assim até descobrirmos o que realmente está acontecendo.

Ele coça o queixo.

— Qual é o problema?

Jordan dá de ombros.

— Só estou pensando. Quando aconteceu comigo foi um acidente... não foi algo sobre o qual tive controle. Mas eu fiz isso com você.

— Você está encarando isso da maneira errada. Quando aconteceu comigo, foi um acidente também. Você não tinha ideia de que isso iria acontecer. E eu também não. Não estou culpando você, então não se sinta mal.

Jordan balança a cabeça, puxando a gravata.

— Eu não quero que você se sinta preso a mim.

Eu coloco a mão em seu ombro.

— Eu quero estar com você agora mais do que nunca. Eu preciso de você. Você é a única pessoa que tenho agora.

— Somos você e eu.

Eu inspiro.

— Você e eu.

Há um silêncio entre nós.

— Também não quero perder a oportunidade de ver você fazer trilha usando seu uniforme da escola — brinco.

Jordan sorri.

— Eu provavelmente deveria ter trazido uma muda de roupa, mas esqueci e não queria perder tempo indo pra casa pra me trocar.

— Ainda bem que esqueceu. Você está fofo assim. Vai ser a caminhada mais elegante que já aconteceu no Parque Ridley Creek.

Jordan ri.

— Você é o melhor.

Ele fica atrás de mim para sentar na garupa, mas eu não deixo.

— Você se importa de pedalar até o parque? Minhas pernas não dão conta.

— Claro.

Trocamos de lugar e eu abraço Jordan pela cintura. Usando luvas sem dedos, ele segura firme no guidão e começa a pedalar, deixando a Starbucks para trás. Saímos da avenida movimentada, com shoppings e postos de gasolina, e seguimos para uma rua mais arborizada e estreita. Não há ciclovia, então alguns carros buzinam ao passar por nós. Procuro desviar, sem perder o equilíbrio, para não ser atingido por galhos de árvores ou espelhos retrovisores de carros.

Levamos cerca de quinze minutos para chegar ao parque. Seguimos de bicicleta enquanto podemos antes que as placas comecem a indicar a floresta e, então, não há mais asfalto a ser percorrido. Eu desço da bicicleta. Jordan prende minha bicicleta a um poste metálico no qual há saquinhos usados para recolher cocô de cachorro. Não há carros no estacionamento ou pessoas na entrada da trilha. Acho que não é muito normal fazer uma caminhada quando está quase zero grau. Mas eu gosto da ideia de sermos apenas Jordan e eu sozinhos na floresta. É mais ou menos como eu me sinto nesse relacionamento. Existe um segredo crescendo ao nosso redor, e ele e eu estamos no centro de tudo.

Jordan para no começo da trilha. Ele olha em volta, seus olhos mirando longe.

— O que foi?

— Nada — diz ele. — Estou apenas me certificando de que não estamos sendo seguidos.

Eu balanço a cabeça, concordando. Ficamos parados. Presto atenção aos ruídos ao nosso redor. O único barulho que ouço é o silêncio do inverno.

— Você acha que estamos bem?

— *Bem* é uma palavra complicada no nosso caso.

Suspiro.

— Eu estou bem para continuar se você estiver bem — diz Jordan.

— Estou bem.

Jordan pega minha mão e entrelaça seus dedos nos meus.

— Pronto? — pergunta. Há letras brancas pintadas na árvore na nossa frente, formando *Trilha E*.

Um choque percorre meu braço. Aperto a mão de Jordan.

— Sim.

Ambos estamos sorrindo enquanto damos nossos primeiros passos na floresta.

Olho para cima. Todas as árvores estão sem folhas. Os ramos criam um teto acima de nós e filtram o azul do céu. Alguns corvos grasnam ao longe. Há o farfalhar de folhas secas. É mais provável que sejam esquilos. Tomara que apareça um fofinho, se eles não estiverem hibernando agora.

A trilha não é pavimentada. Em vez disso, pedras estão encravadas sobre a neve lamacenta. Eu ando com cuidado, evitando as rochas maiores e galhos de árvores caídos, assim não torço um tornozelo.

— Sinto falta de fazer isso — diz Jordan.

— Você fazia muitas trilhas no Arizona?

— Era só o que eu fazia.

— Sério?

— Sim. Quando eu disse que cresci em uma cidade no meio deserto sem nada ao redor, eu estava falando sério.

— Nada?

— Literalmente nada.

— Exceto por aquela nova Starbucks.

Jordan sorri.

— Tinha isso. E caminhadas muito melhores.

— Muito melhores?

— Sim. Aqui parece um filme de terror, com árvores cinzentas alcançando ameaçadoramente o céu e folhas mortas voando pela rua.

No Arizona, há montanhas vermelhas, cactos verdes, flores cor-de-rosa, sol e rios...

— Rios? Achei que não tivesse água por lá.

Jordan ri e dá um soquinho no meu braço.

— Tem água. Na verdade, descer o rio Salt é uma das coisas mais divertidas para se fazer na minha cidade natal.

— Estou te provocando.

— Qualquer hora dessas eu te levo lá.

Topamos com uma árvore caída no caminho. Solto a mão de Jordan e pulo em cima do tronco. Abro os braços tentando me equilibrar e, com um pé na frente do outro, caminho lentamente com Jordan. Enquanto andamos, pedaços do tronco se desintegram sob meus pés.

— Você não pode andar em meio aos cactos como anda entre as árvores — digo.

— Agora você me pegou.

— Espere até o verão. Fica muito mais bonito. E quando o clima esquenta, todo mundo sai de casa como se nunca tivesse visto o sol antes. Conheço um rio para onde posso levá-lo também.

— Me parece perfeito.

Ele sorri para mim, enquanto seu olho direito está fechado por causa do raio de sol que bate em seu rosto. Suas bochechas bronzeadas estão vermelhas por causa do frio. Um verão ao lado de Jordan seria perfeito demais. Acordar para ver aquele sorriso todos os dias sem precisar ir à escola e ter todo o tempo para fazer o que quisermos parece um sonho. Não há nada que nos impeça de que essa seja a nossa realidade.

Tomaríamos infinitos sundaes no café da manhã. Eu mostraria a Jordan novas combinações de sabores além do tradicional sorvete de baunilha com Oreo. Jordan com certeza é o tipo de cara que curte sundae com pedaços de brownie. Depois disso, caminharíamos por uma longa trilha, cercados por uma floresta verde, sem que a escuridão interrompesse nossa caminhada antes da hora. Nos livraríamos do suor tomando um banho no rio, sem camisa. Então, terminaríamos a noite no porão da casa dele com uma bem-sucedida sessão de amassos e adormeceríamos assistindo a uma série de documentários sobre crimes na Netflix. A pegação seria um sucesso porque, até lá, eu já seria um expert em fazer amor.

Chegamos a uma bifurcação no caminho. À esquerda, uma trilha plana, semelhante a esta na qual estamos agora. À direita, uma subida íngreme e estreita que dá em uma colina. Jordan aponta para a direita.

— Topa ir por aqui?

Estou pronto para fazer qualquer coisa com Jordan. Meu corpo, nem tanto. Minha garganta queima toda vez que tento engolir. Tenho certeza de que as minhas amígdalas estão inchando. Provavelmente vou precisar passar por uma cirurgia em breve. Há um fluxo constante de muco na minha narina direita enquanto a esquerda está completamente entupida e não consigo respirar por ela. Sempre que eu viro a cabeça, parece que os ossos do pescoço estão raspando uns nos outros. Meu crânio parece carregar um saco de cinco quilos que me puxa pra baixo. As consequências das mudanças no meu corpo estão começando a ficar insuportáveis.

— Sim, vamos — digo, porque meu coração está batendo em direção à colina. A minha cabeça pode aguentar esses sintomas horríveis. Já o meu coração pode não sobreviver ao ver Jordan triste.

Há degraus de madeira na lateral da colina — que, conforme nos aproximamos do topo, parece ser mais uma *montanha*. Seguimos pela escada improvisada e nos apoiamos nos galhos próximos para subir a trilha mais rápido. Eu sigo atrás de Jordan. Uma fina camada de lama se forma na sola de seus sapatos. Limpo o nariz com a manga a cada segundo que passa. Felizmente, o muco congela no tecido bem rápido, assim que entra em contato com o ar, reduzindo o risco de teias de ranho se espalharem pelo meu corpo.

Aos poucos, não vejo mais a sombra das árvores. Ao olhar para o trecho da trilha que já percorremos, não consigo mais enxergar a bifurcação na estrada onde começamos nossa subida.

— Quando devemos voltar? — pergunto, com a respiração ofegante. — Sabe, seria uma boa ideia, provavelmente, não voltarmos quando já tiver escurecido.

— Estamos quase no topo — avisa Jordan. — Eu consigo ver o fim da escada. Vamos.

E ele acena, me incentivando a continuar.

Respiro fundo e subo os degraus restantes. Minhas coxas estão queimando.

— Eu não consigo acreditar que você nunca esteve aqui antes — diz Jordan. — É tão perto de sua casa.

Eu coço a cabeça. Acho muito insano o fato de eu sonhar em ir para a faculdade no Colorado para estar ao ar livre, quando não sou capaz de estar ao ar livre nem nos arredores da minha própria casa. A verdade é que eu gosto da minha rotina diária. Isso me mantém perto das pessoas certas e me protege de pessoas maldosas como os Blatt. E também é mais fácil seguir a rotina e ter dias previsíveis.

Mas então uma pessoa como Jordan pode entrar na sua vida e incinerar sua rotina diária — literalmente — e, aí, você se vê caminhando pelas trilhas de um parque estadual pertinho da sua casa que você nem ao menos sabia que existia. Eu posso até gostar da minha rotina, mas estou começando a pensar que ela não é boa para mim. Isso me impede de conhecer novas pessoas e não permite que pessoas boas possam ter uma chance comigo. Além disso, quem quer viver uma vida previsível quando alguém como Jordan chega sem avisar?

Jordan alcança primeiro o topo e coloca as mãos nos quadris. Ele se vira para mim, sorri e olha para o horizonte. Alguns segundos depois estou ao seu lado.

— Ah, legal — digo.

A luz do sol passa através de finas nuvens brancas no outro lado do morro. Tons de rosa pintam o céu. Tem um velho celeiro de pedra que fica em uma clareira na base do morro, cercada por uma grama alta que dança suavemente com a brisa.

Jordan afunda no chão ao meu lado, e eu faço o mesmo. A neve congela minha bunda, então eu me aninho em Jordan para me aquecer.

Ele observa o pôr do sol, e eu olho para o seu rosto, me dando conta de como Jordan é real. O brilho alaranjado do céu realça as suas sobrancelhas castanhas e grossas. Seus olhos são profundos, grutas repletas de chamas e surpresas. Beijo sua bochecha. Jordan se vira para mim, sorri gentilmente e beija minha bochecha de volta.

— Muito bom para uma primeira trilha, hein?

— Sim!

— Você trouxe água? — Jordan respira fundo.

— Não. Eu deveria ter trazido?

Ele ri.

— Não sei. Eu também não trouxe.

— Acho que não somos tão bons nessa coisa de trilha quanto pensamos.

— Você pode ficar desidratado no frio?

— Essa é uma boa pergunta. Afinal, nós não estamos suando.

— Verdade. Acho que nossos corpos também não seguem mais as expectativas biológicas normais.

Me dá vontade de tossir e eu uso meu braço para cobrir a boca. Em seguida, me distraio com a paisagem à nossa frente.

— Olha só, aqui é bonito. Que nem o Arizona. Mas de uma forma diferente.

— Eu estou feliz por estar aqui.

— Você já fez outros amigos?

Ele faz que não com a cabeça enquanto pega um pedacinho de grama que não está coberto pela neve.

— Na verdade, não. Tem essa garota que está em, tipo, cinco das minhas aulas. Nós conversamos o dia todo, mas eu não a vi fora da escola ainda. Não sei se, tecnicamente, podemos ser considerados amigos.

— Ela tem te ajudado na adaptação?

— Sim, como você sabe disso?

Dou de ombros.

— Apenas adivinhei. Posso te perguntar uma coisa?

— Claro.

— Eu sei que você veio aqui para fugir da HydroPro, mas você está planejando se mudar novamente? Tipo, no fim deste semestre.

Jordan balança a cabeça.

— Espero que não. A última coisa que eu quero fazer é começar tudo de novo. Se eu conseguir manter a HydroPro bem longe de mim, quero ficar por aqui o quanto eu puder.

— Legal — respondo, sorrindo. — Mas preciso dizer que eu ainda não consideraria essa menina sua amiga.

Jordan ri.

— Além disso, tem você. — Ele coloca a mão no meu joelho. — Você é o meu melhor amigo aqui.

O ardor na minha garganta se intensifica. Olho para as árvores e meus olhos ficam cheios d'água. Pode ser por causa do frio, ou pode ser o líquido subindo do meu peito enquanto ele se esvazia. Isso é tudo o que somos? Amigos? Eu quero tanto ser mais do que isso. Eu quero que *nós* sejamos mais. Será que estou indo rápido demais? Será que Jordan ainda pensa que eu tenho medo dele? Será que ele quer que eu fale sobre isso primeiro? Eu mordo o lábio, frustrado comigo mesmo por não saber como isso funciona. Eu olho para o chão e vejo que a neve ao redor de nossos corpos derreteu.

Nossos olhares se encontram. Eu vejo um brilho diferente nos olhos de Jordan enquanto ele observa minha boca.

— Eu sei que você está se sentindo pra baixo, mas tudo bem se eu te beijar? — pergunta.

Eu fungo, então limpo meu nariz com a manga.

— Se você quiser. Mas eu tô meio nojento — digo, me olhando de cima a baixo.

— Eu quero. — Jordan se inclina e me beija lentamente.

Seus lábios, nós nos encontramos novamente. Um dos meus lugares favoritos.

Jordan coloca a mão sobre a parte interna da minha coxa. Este beijo é mais molhado do que de costume. A respiração dele queima meu queixo.

Sinto uma gota de muco descendo lentamente até o meu lábio superior. Me afasto para limpar meu rosto. Jordan continua com a mão na minha perna.

— Sabe o que mais eu quero?

— O quê? — Eu inspeciono a meleca na minha manga.

— Que nós sejamos mais do que amigos.

Minha pele formiga. Talvez eu tenha acabado de receber a resposta sobre como isso funciona.

E talvez obter uma resposta em vez de uma pergunta seja, na verdade, meio estranho. Eu não sei como responder a essa afirmação que simplesmente brotou de sua boca. Jordan está me pedindo para ser namorado dele ou isso é algo que ele está pensando? Jordan quer que a gente seja do mais que amigos agora? Ou ele ainda está reunindo as evidências e esperando chegar a alguma conclusão antes de alterar o *status* do relacionamento para namoro?

— Ah — digo. Começo a rir, e não tenho certeza do porquê.

— O que é tão engraçado? — O rosto de Jordan fica vermelho e ele coça o queixo.

Balanço a cabeça. Estou tentando dizer algo, mas as palavras não saem porque não paro de rir.

Eu me viro, olhando para as árvores e tentando recuperar o fôlego. Levo as mãos ao rosto na tentativa de parar de rir. Engulo em seco. Localizo a raiz da árvore mais próxima, caso eu precise agarrá-la para não sair flutuando pelo céu.

Eu me viro para Jordan. Ele está me encarando.

— Eu estou falando sério.

Ele joga um pedaço de grama na minha cara.

— Eu sei. — Finalmente paro de rir. — Posso te fazer uma pergunta?

Jordan assente em silêncio.

— Você quer ser meu namorado?

— Eu quero — sussurra, e a sua expressão é a mais doce e feliz possível.

Nós nos beijamos novamente, e desta vez eu deixo o muco escorrer pelo meu lábio superior. Nada vai me afastar do Jordan.

Não sei quanto tempo ficamos nos beijando. Mas quando finalmente nos afastamos, está quase escuro. Olho para Jordan — digo, meu namorado — e sorrio de orelha a orelha. Eu tenho um namorado agora. E não é qualquer namorado: é o mais quente e superpoderoso namorado que já existiu.

— Falando em ser mais do que amigos agora, Kirsten vai fazer uma festa de despedida antes das Nacionais. Você deveria ir. Poderia ser o lugar perfeito para eu apresentar o meu novo namorado — comento, sorrindo.

— Eu vou com uma condição — responde Jordan.

— Qual?

— Quero ficar do seu lado a noite toda.

— Combinado!

— Perfeito. Vamos, então? — pergunta Jordan enquanto se levanta. Ele estende a mão para mim. Eu a seguro e Jordan me põe de pé. Tiro a neve do corpo e tiro o cabelo do rosto.

Por cima do ombro de Jordan, vejo uma figura sombria se esgueirando atrás de uma árvore. Meu corpo fica tenso. Aperto os olhos para ter certeza do que acho que acabei de ver. À nossa esquerda, um galho estala. Jordan pula para o meu lado. Cada faísca de alegria que havia no meu corpo se dissipa.

— Jordan — digo, engolindo em seco. — Tem alguém aqui?

— Eu acho que nós precisamos ir. — Ele se vira. Seus olhos estão arregalados.

— São eles? A HydroPro?

— Talvez. Vamos embora! — Jordan agarra meu braço. Dou um passo e meu corpo imediatamente é sugado para o céu. Sem nada para me impedir de flutuar infinitamente para longe, eu grito.

Jordan suspira com força. Ele segura a minha mão e não solta. Seus pés ficam alguns centímetros acima do chão.

Fico de cabeça para baixo. Meus pés apontam para as árvores e meu rosto, para o chão. Todo o meu sangue corre para a minha cabeça. E é sangue quente. A temperatura da minha cabeça está acima dos cinquenta graus. A pressão que sinto parece que vai tirar meus olhos das órbitas a qualquer momento.

Jordan então agarra meu braço com as duas mãos. Ele me puxa para mais perto dele. Seus pés tocam o chão novamente.

Suas mãos estão no meu antebraço, depois nos meus cotovelos, depois nos meus bíceps e agora nas minhas axilas. Estou chegando perto do chão.

— Relaxa — fala Jordan, com os dentes cerrados —, e me ajude.

O peso na minha cabeça torna impossível pensar em qualquer outra coisa. Eu estava tão feliz! Finalmente eu tenho um namorado e agora ele vai ser tirado de mim. O suor escorre dos meus poros. As gotículas viajam na direção inversa da gravidade: do meu estômago para o meu peito, e do meu pescoço para a minha testa.

— Vou ter que fazer você desmaiar — avisa Jordan. — Não sei mais o que fazer. Eles vão ver a gente!

— Faça isso — murmuro. Sinto minha saliva deslizando para fora da minha boca. — Estou com muita dor. Faça logo isso!

Jordan morde o lábio. Então solta meu braço e rapidamente coloca as mãos nos meus ombros antes que eu flutue para longe. E fecha os olhos.

Uma onda de calor explode na parte superior do meu corpo como um relâmpago. Há um estalo, e Jordan rapidamente sai de perto de mim e atravessa o céu. Com o impacto, o corpo dele transpassa um arbusto e bate em uma árvore. O ar está repleto de fumaça. Eu caio de barriga no chão. Jordan está a poucos metros de mim. Ele se levanta e tira o cabelo do rosto.

Eu me sento e olho para o Jordan: não estou desmaiado, não estou fora de mim, mas... Completamente acordado.

— Por que não funcionou? — pergunto. — Quer dizer, funcionou um pouco... Eu estou no chão. Mas ainda estou acordado.

— Eu não sei! — diz Jordan rapidamente. Ele se levanta e esfrega as mãos. — Precisamos ver a dra. Ivan agora. *Agora*. Eu não faço ideia do que está acontecendo! — Jordan está em pânico.

Eu me levanto e corro até ele. Nós nos abraçamos, então, quando nos viramos para pegar a trilha de volta, congelamos — mas não de frio. Seis pessoas nos encaram, bloqueando o caminho. Eu reconheço todos eles. São as mesmas pessoas que têm nos seguido. Um deles tem uma arma na cintura. Mas o homem de rosto comprido não está com eles. Olho para Jordan. Em um instante, uma fina auréola azul-gelo surge ao redor de suas pupilas. Agora, a cor dos seus olhos está laranja-ouro.

VINTE E QUATRO

Ao contrário do que era a minha vida normal antes de Jordan, agora sempre tem alguém olhando para mim. Ainda estou me acostumando, mas de uma coisa eu tenho certeza: não gosto disso.

Antes que eu dê um passo, uma granada de fumaça cai aos nossos pés. Ela estala, soltando uma fumaça cinza e espessa que força seu caminho para dentro da minha garganta, me fazendo tossir. Tudo escurece ao nosso redor.

Agarro a mão de Jordan que está fumegando. Ele chuta meus pés, e tentamos correr na direção oposta.

Damos só alguns passos, mas logo chegamos à beira da colina onde estávamos há pouco. Eu espio a altura e o trajeto: galhos de árvores, pedregulhos e muitas folhas mortas.

— Pra onde vamos?

Eu me viro e o bando da HydroPro está se aproximando em meio às nuvens de fumaça.

— Pelo único caminho — Jordan responde e começa a descer o morro. Respiro fundo e o sigo.

— Vamos para casa?

— Eles estão vindo atrás de nós. Ainda não podemos ir para casa.

— Mas não fizemos nada de errado. E não temos certeza do que eles realmente viram. — Eu tiro um galho do meu rosto. — Vamos falar com eles, afinal eles não podem sequestrar duas crianças. A gente chama a polícia.

Ele balança a cabeça.

— Não podemos fazer isso. Não importa o que os policiais pensam. Se dissermos qualquer coisa sobre as chamas, a flutuação ou os nossos corpos, os policiais vão pensar que temos algo a ver. As pessoas da HydroPro não. Eles sabem que é verdade. Eles nos viram usando nossos poderes agora mesmo quando tentei fazer você desmaiar. Eles vão nos pegar e nos levar. Eu escapei uma vez antes, mas não sei se posso fazer isso de novo. Desta vez, eles podem nos levar para longe de tudo o que conhecemos para sempre. Seremos experimentos, não namorados. Precisamos ver a dra. Ivan!

Gritos irrompem na noite atrás de nós.

— Rápido — diz Jordan.

Descemos a colina. O chão congelado nos ajuda em nossa fuga. As lanternas do bando da HydroPro iluminam o caminho à nossa frente. Procuro desviar toda vez que vejo uma luz perto de mim. Acompanho os pés de Jordan enquanto ele caminha.

— Vá para aquelas árvores — Jordan ordena, ofegante, enquanto aponta ao longe.

— Estou tentando.

Jordan faz uma curva brusca. O chão é irregular como o inferno. Meus joelhos estão tremendo e meus tornozelos estão doloridos. Corremos e pulamos à medida que avançamos em meio aos arbustos. O som de folhas secas sendo pisadas invadem o silêncio noturno, e esquilos e pássaros fogem de nós enquanto tentamos alcançar as árvores.

Jordan estica o pescoço procurando o pessoal da HydroPro.

— Eles não estão tão perto. Apenas continue. Caminhe em zigue-zague para não deixar rastros no chão.

Alcançamos a área arborizada. Fica mais escuro à medida que nos afastamos da luz das lanternas. Mas não há muitas árvores, então levamos apenas alguns segundos para atravessar. Do outro lado, surge uma estrada.

Jordan para abruptamente. Acabo trombando com ele e solto um grunhido.

— Você está bem? — ele pergunta.

— Por aqui! — alguém grita.

Jordan faz o sinal de silêncio com o dedo em seus lábios.

Feixes de luz dançam nas árvores ao nosso redor. Nos abaixamos e rastejamos para atrás do maior tronco de árvore que encontramos. Sons de passos se aproximam cada vez mais perto de nós.

— Nós vamos ser pegos — sussurro. — Parecemos culpados agora. Deveríamos ter ficado.

Jordan espia ao redor da árvore, então pula rapidamente atrás de mim. Seus olhos estão laranja e azuis. Ele está piscando rapidamente. Eu pego sua mão e fecho meus olhos. O calor que sinto dentro de mim esquenta meu rosto. Minha respiração está rápida e ofegante.

De repente, minha mão fica pesada. Jordan a segura. Eu ouço dele uma risadinha familiar, o que me força a abrir meus olhos.

Estou flutuando, parado à meia altura de uma árvore. Meu corpo está dormente. Jordan sorri embaixo de mim. Eu puxo sua mão.

— O que...

— Silêncio... — ele sussurra. — Isso é bom. Continue assim. — Sua mão direita está me segurando com força.

Eu balanço minhas pernas no ar como se estivesse nadando enquanto tento nos conduzir a um lugar mais seguro. A maioria das árvores está morta, mas há algumas com folhagens que podem nos camuflar.

As vozes dos membros do bando da HydroPro ficam mais altas à medida que eles se aproximam da linha das árvores onde estamos.

Estamos a cerca de dez metros de altura quando conseguimos alcançar um galho robusto. Envolvo minhas pernas em Jordan e o puxo para perto de mim para que nós dois não flutuemos mais alto. Juntos, nos colocamos entre dois galhos.

— Vá até ali — diz ele, apontando para um galho com mais folhas. Nós deslizamos pelas árvores como Tarzan e Jane. Ficamos agachados e escondidos, vendo os HydroPro vasculharem o chão abaixo de nós. Estamos encostados contra um grande tronco. Com a minha mão, procuro conter a minha respiração ofegante.

— Está vendo alguém? — Ouvimos uma voz perguntando.

— Não. As árvores terminam aqui também — diz outra. — Eles podem estar na estrada do outro lado. A menos que eles tenham pegado carona com alguém.

O pé de Jordan escorrega e seu sapato arranha o galho ao deslizar pra frente. Ele abafa o som ao mesmo tempo que cobre a boca. As pessoas embaixo de nós giram a cabeça procurando algo.

— Verifiquem as árvores — um dos HydroPro ordena.

Logo abaixo de nós, eles estão reunidos, apontando luzes para todos os lugares. Eu deixo um gemido abafado escapar ao ver uma das luzes passar perto de mim. Um raio de luz passa do lado de minha mão e eu a puxo de volta para ela não ser vista. Fecho meus olhos com força. O corpo de Jordan também flutua no mesmo compasso de sua respiração ofegante.

— Vamos voltar para a entrada do parque. E também vamos checar as casas deles.

Todos concordam. Eles saem da floresta, nos deixando sozinhos na escuridão.

Assim que todos somem de nossas vistas, eu respiro novamente enquanto solto minhas mãos.

— Onde fica o canteiro de obras da Construtora Blatt mais próximo? — pergunta Jordan.

— O quê? Não sei. Por quê?

— Vamos distraí-los.

— Vamos atear fogo?

Jordan assente.

— Sim.

Eu seguro o braço dele.

— Jordan, não podemos fazer isso de propósito!

— Nós precisamos! Você ouviu. Eles sabem onde moramos. Eles sabem onde você mora — sua voz falha. — Enquanto eles não nos pegarem, não vão desistir. Outro incêndio vai nos ajudar a esfriar a cabeça e aí poderemos ir até a dra. Ivan.

— Sem trocadilho?

— Sem trocadilho.

Eu bufo.

— Isso não vai funcionar.

— Vai sim. Agora vamos descer desta árvore. Estamos perdendo tempo.

Me sinto como o Super-Homem carregando Jordan em meus braços pelo ar. É como se ele perdesse todo o peso do corpo quando o hidrogênio dentro de mim assume o controle e me faz flutuar para onde eu preciso estar. Meus pés tocam levemente o chão. Corremos ao longo do acostamento da rodovia, na direção oposta dos HydroPro.

Chegamos ao novo conjunto habitacional em Liberty Pike, o lugar onde Jordan ateou seu primeiro incêndio. Agora, será o lugar ao qual ele terá ateado o último incêndio, assim esperamos.

Esse projeto de habitação prevê a construção de grandes casas unifamiliares, ou seja, casa para gente rica. A casa-modelo — eu acho que eles construíram outra, já que Jordan queimou a que existia — possui iluminação especial em sua fachada no jardim da frente. Todos as casas parecem iguais, exceto pelas cores diferentes de suas persianas. Algumas das casas prontas já foram vendidas, mas ainda há muita terra e material de construção pelas ruas. Nós paramos ao lado de um trator.

— Qual delas? — pergunto, sem fôlego.

Jordan vasculha a rua toda. Alguns postes estão funcionando, outros têm fios pendendo do topo e nenhuma lâmpada.

— Aquela — diz ele, apontando para uma casa que tem apenas tábuas de madeira e pregos. Sequer havia um tapume cercando.

— Você tem certeza?

— Sim.

— Mas e os seus poderes? Você não deveria usá-los assim.

— Se você não contar, ninguém vai ficar sabendo.

Ele apenas me encara, nenhuma expressão em seu rosto.

— Tá bem — digo, resignado. — Vamos acabar logo isso.

Caminhamos até os fundos da casa escolhida. Algumas árvores recém-transplantadas estão atrás de nós, e será a nossa rota de fuga quando o fogo começar a se alastrar. Olho em volta para ter certeza de que ninguém está nos observando. Escuto carros passando. Silêncio.

Jordan levanta a mão com a palma direcionada para a casa. Observo tudo. Ele fecha os olhos. As pontas de seus dedos começam a cintilar. O ar é sugado em sua direção, fazendo meu cabelo ficar bagunçado por causa do vento. Ele respira fundo antes de uma chama florescer em sua mão.

Fissuras da cor do fogo sobem por seus braços. Eu dou um passo para trás. As chamas em suas mãos aumentam e começam a girar como um tornado. O seu rosto tem uma expressão que eu nunca vi antes.

— Jordan, acho que devemos parar... Eu não gosto disso! — digo enquanto pego seu ombro, tentando puxá-lo para longe da casa. — Temos outras alternativas.

A luz que emerge de suas chamas ilumina toda a vizinhança.

Latas de lixo começam a revirar. Árvores finas e recém-plantadas são quebradas e arrancadas pelo vento.

— Não temos alternativa — murmura Jordan, com os olhos fechados.

Jordan então coloca as mãos para a frente e as chamas irrompem, envolvendo toda a casa. Um fogo laranja, amarelo e azul queima tudo.

Em seguida, ele grita enquanto deixa seus braços despencarem. O fogo em suas mãos se dissipa. Jordan cai de joelhos, chorando e apertando o peito.

— Jordan — sussurro. Eu corro para o lado dele, mas quando eu o toco sua pele me queima como nunca tinha queimado antes. Linhas pretas estão gravadas em seus antebraços nos mesmos lugares onde as chamas surgiram, como se o tivessem marcado.

Um pedaço da casa desmorona ao nosso lado. O fogo crepita tão alto como fogos de artifício no feriado da independência dos Estados Unidos.

— Certo, vamos ver a dra. Ivan agora. — Não consigo disfarçar o pânico em minha voz. Eu o sacudo, mas só por um segundo. Esse é o tanto de contato corporal que é suportável. Ele geme de dor.

Uma orquestra de sirenes de polícia e de carros de bombeiros soam ao longe. Este plano está perto de ser um verdadeiro desastre, e eu não posso deixar isso acontecer. No que depender de mim, tudo vai dar certo, porque hoje é o dia em que, pela primeira vez, eu tenho um namorado.

Agarro Jordan e o arrasto para perto de uma árvore. Cada movimento me causa dor. Uma sensação de choque agudo percorre minha espinha. Me ajoelho no chão tentando conter a dor. Pressiono minhas têmporas e meus pulmões se contraem. Mal consigo respirar. Agarro Jordan novamente até que estejamos escondidos atrás das árvores. Nós dois caímos moribundos no chão.

Jordan tira o celular do bolso e o estende para mim.

— Ligue para este número — diz ele.

— Quê?

— Faça a ligação! Não temos muito tempo. Eu exagerei. — Ele suspira.

— Tá bem. — Eu me arrasto para a frente para pegar o celular. — O que devo dizer? — Estou ficando tonto enquanto tento ler a tela. As palavras estão borradas.

— Apenas diga a eles que você está com Jordan Ator e fale o código E-9.

— É a dra. Ivan? — pergunto enquanto escuto chamar.

Jordan assente. Ele se arrasta até mim e cai sobre o meu peito, tremendo. Depois passa seus braços pelos meus ombros e me abraça tão apertado até parecer ficar sem ar.

— Sinto muito — fala.

— Pelo quê? — sussurro e é tudo o que consigo dizer.

— Por tudo. Você é o melhor.

Alguém atende do outro lado da linha.

— Oi? Sim, estou com Jordan e é o código é E... Merda!

O pescoço de Jordan fica mole. Ele parece um cadáver em cima de mim.

— Ah! E-9. O código é E-9. Por favor, nos ajude!

VINTE E CINCO

Acordo ouvindo o som de bipes. Lentamente abro meus olhos, mas a intensidade da luz me incomoda. Tudo na sala fica borrado por um momento. O chão e o teto são brancos. As paredes são feitas de vidro. E eu sou a única pessoa ali dentro.

Tento mover a minha mão para tirar o cabelo do meu rosto, quando percebo que há uma dúzia de fios coloridos colados no meu braço. Um vento gelado do sistema de ventilação sopra nos meus pés. Não lembro como cheguei aqui. Estou com roupas de hospital. Meu rosto, pernas e estômago parecem normais, nada dói.

Uma mulher está sentada em uma mesa preta do lado de fora da minha caixa de vidro. Ela está de costas para mim enquanto digita algo em seu computador. O restante da sala externa é escuro e está vazio. Parece um armazém gigante. Vigas de aço cortam o piso de concreto até o teto.

Pigarreio. A mulher se assusta e se vira para mim, esboçando um sorriso.

Em seguida, caminha até o vidro, puxa uma máscara de um recipiente do lado de fora da porta, e coloca-o sobre o rosto. Ela amarra as tiras apertadas atrás sua cabeça, então digita um código em um teclado. Uma porta de vidro se abre, e ela entra na sala.

Eu me sento.

— Você é a dra. Ivan? — pergunto e percebo que estou rouco.

— Sou.

Ela está vestindo calça preta, camisa listrada e sapatos turquesa de salto. Seu longo e ondulado cabelo castanho está atrás da orelha.

— Como você está se sentindo? — Ela aperta alguns botões de uns aparelhos e suas telas piscam números diferentes.

— Cansado. Mas eu estou bem. Onde está o Jordan?
— Neste momento, ele não está aqui. — A máscara abafa sua voz.
— Não? Então onde ele está? Ele está bem?
— Ele está bem.
— Posso vê-lo?
— Receio que isso não seja possível.
— O que você quer dizer com isso? O que aquelas pessoas fizeram com ele?

Fico agitado e começo a mexer meus braços. Algumas das máquinas se movem pelo chão enquanto eu puxo seus cabos. Os bipes se intensificam.

— Ele me trouxe aqui para ficarmos bem e seguros. Você o deixou no incêndio? Você o machucou?

A dra. Ivan reinicia algumas das máquinas. Depois, senta-se na beirada da minha cama. Segurando meu braço, ela diz:

— Dylan, fique calmo, *você está seguro*. Nós não deixamos o Jordan no incêndio. Nós protegemos vocês dois.

Minhas narinas se dilatam.

— Então por que Jordan não está aqui também? Por que *nós dois não estamos juntos aqui*?

— Ele também está seguro. Mas o caso do Jordan é mais complicado do que o seu.

— Como isso pode ser possível quando nós dois — aponto para o meu corpo — somos assim?

A dra. se inclina para ficar mais perto de mim.

— Você está seguro porque ninguém te conhece com este seu novo corpo. Jordan não tem tanta sorte. Ele esteve aqui, mas então decidiu ir para outro lugar.

— Outro lugar? — Minha voz falha. — Para onde? Longe dos Hydro-Pro? Eles nos perseguiram pela floresta. Eu sei como eles se parecem. Eu posso te ajudar a encontrá-los.

A dra. Ivan se levanta e caminha para o outro lado da minha cama. Ela troca a bolsa de soro vazia por uma cheia e a conecta ao meu acesso venoso. Observo o líquido claro deslizar pelo tubo até minha veia.

— Eu não preciso encontrá-los — diz ela. — Eu sei quem eles são. Eu faço parte do grupo que se separou depois de ficar sabendo o que eles queriam fazer com o Jordan.

A dra. desvia o olhar.

Eu coço o nariz.

— Por que eles simplesmente não o deixam em paz? Ele não tem nada para eles. Eles não o testaram o suficiente?

— Você pode pensar isso, mas não é bem assim. Receio que eles nunca fiquem satisfeitos. Existem muitas possibilidades: fontes de energia, terapia de calor, avanços na medicina, sem esquecer dos lucros milionários. Isso é antiético e não está certo. — Ela levanta as mãos. — Jordan foi criado a partir dos erros deles, então eles deveriam deixá-lo viver a própria vida. Mas, em vez disso, os HydroPro criaram vários projetos internos, simplesmente baseados no fato de que Jordan existe para usufruto deles. Eu não poderia fazer parte disso.

Ela coça a testa.

— Ele não quer nada disso.

Ivan inclina a cabeça, ponderando.

— Eu sei. Estou ajudando Jordan da melhor maneira possível. Estou mantendo-o saudável, prolongando sua vida, me certificando de que ninguém saiba que os incêndios foram causados por ele, dando-lhe roupas à prova de fogo, tentando manter sua vida o mais normal possível. Espero que um dia ele não precise mais de mim. — Ela bate a mão levemente na perna.

Viro a cabeça para o lado.

— Você pode confiar em mim, Dylan. Eu vou fazer o mesmo por você.

Eu a olho de cima a baixo.

— Então eles sabem que Jordan está em Falcon Crest?

— Quem?

— HydroPro. As pessoas que querem levá-lo.

— Sim. Eles sabem agora. Temos que ser cautelosos.

— E eu?

— Não temos certeza. Para eles, pode ter sido apenas coincidência você estar com Jordan na hora em que iam pegá-lo. Eles não sabem que você está comigo agora.

Concordo. Observo as máquinas ao meu lado.

— Agora eu sou como Jordan? Para sempre? — digo, olhando o meu corpo.

Ela cruza os braços.

— Bem, você é como ele agora. Os testes mostram isso. Mas não tenho como prever o futuro ou por quanto tempo as manifestações durarão. — Ela escreve notas em uma prancheta pendurada na cabeceira da minha cama.

— Você acha que elas vão durar para sempre?

Ela apenas dá de ombros enquanto me encara.

— Tá certo. — Jogo o cobertor sobre meus pés. Volto a deitar a cabeça no travesseiro, me viro pro lado, de frente para o vidro. — Quero saber quando Jordan volta.

A dra. Ivan suspira.

— Dylan, acho que você não está me entendendo. Jordan não está aqui. Ele não está neste prédio. Ele não está nesta cidade ou neste Estado. Ele não vai voltar. Tivemos que mudar a sua localização.

Meus dedos torcem o travesseiro, sinto minhas mãos tremerem.

— Bem, por quanto tempo? O Jordan disse que iríamos dar um jeito nisso juntos! Ele disse que... — Respiro fundo. — O Jordan disse que estava morrendo. Eu vou vê-lo antes disso?

A dra. Ivan morde o lábio.

— Como eu te falei, não posso prever o futuro. — Ela tenta me tranquilizar.

Mas eu ranjo os dentes.

— Dane-se! Posso ficar sozinho de novo?

A dra. Ivan assente e bate na beirada da minha cama.

— Me diga se precisar de algo. Eu estarei na minha mesa.

Finalmente eu sei onde Jordan passava os sábados. Eu conheço a dra. Ivan. Estou aprendendo mais sobre os HydroPro e o que eles fizeram com o Jordan. Eu disse que seria paciente com ele e o deixaria revelar as coisas em seu tempo. Só que eu não queria ficar sabendo das coisas dessa maneira. Jordan disse que me traria aqui e me trouxe. Eu queria que ele não tivesse feito isso. Eu não sabia que isso significaria que o Jordan não estaria junto comigo.

VINTE E SEIS

Eu fico me revirando de um lado para o outro na cama por algumas horas. Fico vendo a dra. Ivan alternando entre digitar no computador ou caminhar pelos pequenos corredores do armazém. Está escuro lá fora. Estou analisando todas as máquinas e equipamentos de monitoramento ao meu redor, tentando entender o que eles estão medindo.

A dra. Ivan percebe que estou acordado. Ela pega algumas coisas na gaveta de sua mesa antes de entrar na minha caixa de vidro.

— Está pronto para ir embora?

— Acho que preciso estar.

Ela caminha até a minha cabeceira. Em seguida, toca minha testa e então acena com a cabeça, enquanto solta todos os fios dos meus braços e do meu peito e remove o acesso. Eu esfrego meus pulsos e dobro meus cotovelos, me certificando que eles ainda funcionam. Estou com a boca seca.

A dra. Ivan tira um pequeno objeto azul de uma bolsa e o entrega para mim. É um aparelho com bocal e um tubo longo.

— Este é um Elemental Balancer — diz ela. — Você já usou um inalador antes?

— Não.

— Você usa da mesma forma. Empurre o êmbolo em cima e respire por baixo. Isso interromperá temporariamente as condições de composição do seu hidrogênio.

— Uau, sério? — Eu o pego de suas mãos e inspeciono o dispositivo. — Sem mais calor ou ficar flutuando?

— Sem calor ou flutuação. Mas use com prudência. Uma vez que este inalador se esvaziar você não poderá ter outro. Essas descompensações contínuas são prejudiciais ao seu corpo a longo prazo.

Suspiro.

— Da mesma maneira que estão destruindo o Jordan por dentro?

— Exatamente.

Ela me entrega a bolsa e eu guardo o aparelho lá dentro.

— E agora você também. Mas estou tentando descobrir a dinâmica entre a composição do ar e a composição de seus corpos. Por hora, use sua mente e concentre-se no agora, pois só assim você conseguirá vencer essa situação. Encontre um canto na sua mente que seja seu lugar seguro e feliz. Concentre-se nisso e os efeitos colaterais devem desaparecer.

— Mas e se meu lugar seguro e feliz for o Jordan?

A dra. Ivan franze a testa enquanto faz mais algumas anotações em sua prancheta. Ela me faz repetir um protocolo de alta que, basicamente, diz para eu não a mencionar, nem mencionar este lugar, ou qualquer coisa que tenha acontecido aqui para quem quer que seja.

— Mais uma coisa — observa ela. — Eu tenho enviado mensagens para os seus pais usando seu celular como se fosse vo...

— O quê? Como assim? — Meus olhos se arregalam.

— Eles não estão felizes por você ter ido a uma festa do pijama na casa da Kirsten sendo que tem aula.

— Uma festa do pijama? Faz quanto tempo que estou aqui?

— Há um dia.

Eu deixo o Elemental Balancer cair na cama e ponho as duas mãos no meu rosto.

— Meus pais acreditaram que eu passei a noite na casa da Kirsten?

— Sim. Foi para um projeto escolar. — Ela diz tudo de um jeito tão sem graça que eu até duvido que seja verdade.

— Como você conhece a Kirsten e a Perry?

Ela verifica algo em seu papel, ignorando minha pergunta.

— Adicionei meu número na sua lista de contatos — continua a dra. Ivan, falando mais rápido. — Vou verificar como você está de vez em quando. Marcaremos outro horário para nos vermos em breve. Mais uma vez, não fale com ninguém sobre isso.

— Por quanto tempo? Você sabe como isso é difícil?

— Não. Mas Jordan sabe. — Ela levanta uma sobrancelha.

Meu estômago dói.

— Há uma boate no térreo deste prédio. Você vai passar por lá e ligar para seus pais imediatamente para dizer a eles que você está a caminho de casa. Não mande mensagem, ligue. Assim eles se tranquilizarão. Os seus pais têm pedido para você ligar. Perguntas?

— Hum... Não?

— Bom. Mais uma coisa. Jordan deixou isso para você.

Ela segura um pedaço fino de papel. Meu coração acelera. Eu pego o papel de suas mãos e o desdobro tão rápido que rasgo um dos cantos.

— Eu acho que isso vai te ajudar a entender o que eu estava te explicando antes.

— Por que ele deu isso para você?

— Estou lá fora — avisa ela, saindo da sala.

Começo a ler.

Dylan,
Se você estiver lendo isso, significa que você já acordou e eu finalmente fiz algo certo. Isso também significa que você deve estar bravo demais comigo.
E você tem motivo para estar. Eu entendo. Eu sinto muito. Eu menti e te enganei. Acima de tudo, sinto muito por ter que te abandonar.
Mas quero desdizer o que disse no seu banheiro naquela noite. Não me arrependo de permitir que você me conhecesse. Não me arrependo de ter me sentido atraído por você e de ter te beijado. É por causa de tudo isso que eu tive que te deixar.
Assim que você entrou nessa situação, eu sabia que tinha que te afastar de tudo isso. Ontem foi muito assustador e eu não aguentei ver você se machucar... por minha causa. Então, partir foi a única maneira que encontrei de corrigir isso por enquanto. A dra. Ivan vai cuidar de você. Ela vai te explicar tudo.
Espero ficar ausente por pouco tempo. Mas não espere por mim. Tudo é imprevisível e não sei dizer se poderei voltar enquanto os HydroPro ainda estiverem por perto.
Eu odeio o que os HydroPro fizeram comigo. Antes do meu acidente, lembro que era uma criança normal no Arizona e que queria conquistar o mundo. Mas, depois do acidente, aprendi a verdade sobre o mundo e então perdi essa vontade. Não é justo o que esse acidente fez comigo.
Na noite em que você sofreu a mudança, eu vi os seus olhos e sabia que estava assustado. Eu soube então que o mundo mudou para você também.

Mas no meu coração eu sei que se não fosse pelos HydroPro, nós estaríamos sentados aqui juntos, querendo conquistar o mundo.
Nos falamos em breve (espero).

Jordan

Levo a mão à boca enquanto suas palavras ficam embaçadas diante dos meus olhos. Eu pisco para voltar a enxergar. As lágrimas caem e borram a tinta preta sobre o papel. Eu fungo o nariz, amasso o bilhete e o jogo do outro lado da sala. Por fim, enfio minha cabeça no travesseiro.

Tento me lembrar dos momentos vividos antes de chegarmos aqui.

Todo esse tempo, ele sabia o que estava fazendo. Ele sabia que aquelas horas seriam possivelmente nossos últimos momentos juntos. Ele sabia que ia sumir. Eu queria poder ter sabido de tudo antes também.

Estou tentando lembrar de suas últimas palavras, seu último sorriso, como seu cabelo se desajeitou. Penso no nosso último abraço. Sinto seus braços enlaçando meus ombros e seu peito contra o meu. Eu me abraço e lembro que aquele abraço foi diferente de todos os nossos abraços. Foi mais apertado, mais longo e significativo. Agora eu entendo o porquê.

Não há palavras que sejam capazes de descrever o que eu sinto pelo Jordan. Foi melhor ele ter tido a última palavra.

Sigo as orientações da dra. Ivan literalmente. Ligo para minha mãe. Ela me explica como está chateada porque, além de não dormir em casa, eu também perdi o jantar em família — de novo. Diz que estou proibido de sair neste fim de semana. Ela acha que estou completamente desnorteado e que preciso de alguns dias para me recompor. Concordei plenamente. Na verdade, eu meio que acho que estou de castigo, ao final da ligação. Mas mamãe gosta de fazer isso para que eu possa refletir sobre minhas ações.

Eu pego o trem de volta para casa. Enquanto ele segue pelos trilhos passando pelos arranha-céus iluminados da cidade e depois os subúrbios, eu só consigo pensar em Jordan.

Penso nas consequências do incêndio que ateamos antes de ele desaparecer. Abro o Safari no celular e pesquiso sobre incêndios em Falcon

Crest para ver se há alguma notícia a respeito. E há muitas notícias, a maioria em portais de rádios e revistas locais. Mas uma é da central de notícias de Wilmington, Delaware. Outra é de Nova Jersey. Meus olhos vasculham outras cidades para ver até que ponto a notícia está se espalhando.

Clico em um vídeo com a legenda: "Sequência de incêndios perturba o pacato subúrbio de Falcon Crest". Uma mulher loira com uma jaqueta azul brilhante caminha em direção à câmera. Eu coloco meus fones de ouvido.

"Neste momento, estou de pé no que deveria ser o local onde vinte casas de luxo estão sendo construídas", diz ela. "Mas como vocês podem ver pela imagem horrível atrás de mim, essas casas são agora uma pilha de cinzas."

A câmera corta da mulher para pinos de madeira carbonizados empilhados no chão. Eu reconheço tudo.

"Este local azarado já tinha visto sua casa-modelo queimar há semanas atrás, mas ontem à noite, outra casa em construção foi vítima de um incêndio criminoso."

Um bombeiro aparece: "Nunca vi incêndios dessa magnitude nos meus vinte anos de trabalho. É realmente preocupante... Aliado ao clima e à baixa visibilidade noturna, foi um estrago total. Temos sorte por nenhum desses incêndios ter acontecido em casas ocupadas".

A câmera corta de volta para a mulher. "Sorte mesmo. Com nenhum motivo aparente, os moradores têm estado no limite nas últimas semanas. A polícia precisa de sua ajuda para identificar os dois jovens do sexo masculino que se acredita serem os causadores de um dos incêndios. Todos eles até agora aconteceram em canteiros de obras da Construtora Blatt, e as pessoas estão se perguntando qual é a conexão, se houver, entre Blatt e esses incêndios."

Fecho as abas do celular e o atiro no assento livre ao meu lado. Ponho as mãos sobre o rosto e abafo um grito. Bato a cabeça contra o assento do trem. Não só tudo está piorando, como terei que lidar com isso sozinho.

Ao chegar em casa, vou até a porta da frente e coloco o Elemental Balancer em minha boca. Em seguida, pressiono o botão e inalo. O ar, o remédio ou o que quer que seja, queima enquanto desce pela minha garganta. Meus olhos escurecem, como depois de se levantar muito rápido, e eu me apoio em uma das colunas da varanda.

Depois de um momento, recupero minha visão. A tontura passa e eu entro. Mamãe, papai e Cody estão sentados no sofá da sala. Cody está aconchegada sob o braço de mamãe. Os pratos de todos ainda estão na mesa da cozinha junto com uma tigela de vagens cozidas. Parece que faz meses que estou ausente.

Eu deito sobre eles. O aparelho funciona. Eles me abraçam e tocam em mim sem se queimar. Cody dá um tapa na minha bunda. Mamãe massageia suavemente minha cabeça com a ponta dos dedos. Meu cabelo cai para a frente e cobre meu rosto.

Meus olhos se fecham lentamente. Eu sinto como se não dormisse há dias, mesmo tendo ficado praticamente desmaiado por vinte e quatro horas inteiras. Sigo para o meu quarto antes de adormecer. Não sei por quanto tempo o Balancer dura e eu tenho medo de desmaiar e acordar com os gritos deles sendo queimados pelo meu corpo.

VINTE E SETE

— Você acha que eu usar este suéter cropped no inverno é demais? — questiona Perry, virando-se na frente do espelho de um provador.

— Acho que você deveria usar uma blusa por baixo — sugere Kirsten.

— Sim, mas vai ficar meio esquisito.

— Você vai ficar linda se combinar com um jeans de cintura alta.

— Talvez. Mas, não sei se quero usar jeans de cintura alta.

Estamos no provador da H&M. É tão imenso que cabe nós três com folga. Não tive mais notícias de Jordan, então minha única escolha é continuar normalmente minha vida — o que inclui ir à festa de Kirsten.

Quando ligo para ele, o telefone nem toca, caindo direto na caixa postal. Se eu mando um SMS a resposta é "mensagem não entregue". Os recados enviados pelas redes sociais nunca aparecem com a notificação de leitura. Jordan me excluiu completamente da vida dele e desapareceu.

— Dylan, você não vai comprar nada para usar na festa? — Perry pergunta enquanto puxa o suéter pela cabeça.

Ouve-se uma explosão de estalos por causa da energia estática do tecido. Ela joga o suéter no banco. Seu cabelo está espetado em todas as direções.

— Já tenho minha roupa de festa — digo, mostrando meu moletom.

— Você usou isso a semana toda.

— E? — Minha aparência não tem sido minha principal preocupação ultimamente.

— Eu sabia que estava sentindo um cheiro esquisito aqui — diz Perry.

— Eu não posso aparecer na festa com um garoto novo e uma roupa nova ao mesmo tempo: a menos que vocês queiram que eu chame a atenção do time inteiro de líderes de torcida.

— Ah, saco! — responde Perry, com cara de pensativa.

— Você vai sorrir na festa? — quer saber Kirsten. — Seu ar depressivo no mês passado já estava me cansando. E nós precisamos exatamente do oposto para a competição.

Abro minha boca com o maior sorriso que posso mostrar.

— E agora?

Todos caem na risada.

De fato, não sou de beber e nem curto muito festas. A imagem de uma festa sempre me lembra aqueles documentários do Discovery Channel onde um monte de homens barbados usando capas de chuva jogam peixes recém-pescados de um barco dentro de caixas — muito barulho, fedor, pessoas molhadas e todo mundo com um olhar de desesperança e desespero.

A verdade é que vou à festa de Kirsten sem um namorado e sem uma roupa nova, então eu vou passar despercebido: o que é melhor, sendo honesto. Eu não contei a elas que Jordan foi embora, porque eu não saberia mentir. Aos olhos delas, Jordan é um garoto normal. Não há razão para ele sumir sem me avisar, a menos que seja uma má pessoa. Então, elas o odiariam e eu não quero que pensem isso dele. Em vez disso, apenas disse que ele tem uma festa de família e que ele viria se desse tempo.

Mas lá no fundo, não consigo deixar de lembrar que falei a Jordan sobre a festa, e ele disse que viria. Eu sei que não é saudável, mas estou indo para a festa com o pensamento de que ele vai aparecer. Afinal, Jordan me afirmou isso antes de partir, então talvez sua promessa ainda esteja de pé. Talvez ele tenha planejado isso para voltar para mim e ficarmos bem de novo.

— Você convidou a Darlene? — pergunto à Kirsten quando saímos do shopping, enquanto jogo meu copo de café no lixo.

— Eu não tenho o número dela. Por quê?

— Quero convidá-la para a festa. Eu a sigo no Instagram. É estranho se eu a convidar por lá?

Convidar Darlene me dará algum tipo de propósito nessa festa. Estou pensando que a primeira coisa a fazer para corrigir minha vida depois do Jordan será consertar meu relacionamento com ela.

— Você realmente acha que o desentendimento entre vocês foi tão ruim que precisa convidá-la? Você já se encontrou com ela fora da escola?

— Não. Mas ela estava sendo tão legal, e eu fui rude. Eu só me sinto mal.

— Você pode ser a única pessoa que ela conhece na festa.

— Quero dizer, ela pode trazer um amigo. A Darlene é tão mais legal que eu, então tenho certeza de que ela deve ter muitos. Apesar disso, ela me disse para não falar com ela.

— Ah, então definitivamente não mande nenhuma mensagem.

— E se foi um código para *por favor, entre em contato*?

— Não foi — rebate Perry. — Ela não estava flertando com você.

— Concordo — diz Kirsten. — Algumas das outras líderes de torcida vieram até mim ontem no treino perguntar se poderiam trazer amigos. Eu disse que qualquer aluno do segundo ano pode vir. Se ela quiser ir lá, ela vai aparecer. Caso contrário, não force.

Eu resmungo.

— Eu odeio esses joguinhos. É por isso que eu não interajo com pessoas.

— Eu tenho mandado mensagens de texto para Savanna — Kirsten diz.

— O quê!? — Perry e eu perguntamos ao mesmo tempo.

— Para qual motivo? — pressiono.

— Para a festa. Relaxe.

— Eu pensei que você havia dito que não iria convidá-la pessoalmente.

— Bem, você está certo. Mas eu decidi usar isso para quebrar o climão e, depois, perguntei a ela se eu poderia entrevistar seu pai para o projeto de notícias.

— O que ela disse? — Pergunto.

— Ela disse que iria falar com o pai. Ele estava com meus pais anteontem, então acredito que vá aceitar.

— Alguma pista sobre quem está fazendo os incêndios? — Digo, mordendo um dos meus dedos.

— Um pouco. — Kirsten sorri. — Mas ainda não posso dizer nada. Eu não quero estragar a surpresa antes de você ler.

Se Savanna aparecer na festa, isso pode ser outra boa coisa. Eu não consigo acreditar que pensei nisso. Mas desde que vi aquele folheto nas mãos dela, estive pensando sobre seus prováveis significados e o que eu posso fazer.

A orientação do Google é que eu deveria conversar com ela sobre isso e fazer algumas perguntas. Eu não quero falar disso com alguém da escola ou mesmo com os meus pais, porque não tenho certeza se ela realmente tem pensamentos suicidas. Ela poderia estar levando o folheto para outra pessoa ou fazendo a própria pesquisa para um projeto escolar. Depois do Jordan, acho que é melhor eu não fazer suposições sobre as pessoas. A última coisa que eu quero é colocar uma pressão desnecessária sobre ela.

Mas eu não consigo esquecer do seu olhar. Naquele momento, falamos a mesma língua. A maneira como ela olhou para mim quando viu o folheto em minhas mãos foi tão familiar. Aquela coincidência acontecendo como se fosse uma deixa para eu entender algo que ela não conseguia dizer. Nem preciso conversar com ela. Só quero que ela saiba que pode falar comigo. Tudo o que Savanna Blatt faz é calculado. Se ela estava pedindo ajuda, não quero ignorá-la.

Depois do shopping, nós dirigimos para a Party City, que é o paraíso para quem precisar dar uma festa. A da Kirsten começa em duas horas e ela está com pressa. Ela decide que precisamos nos separar para comprar tudo o mais rápido possível. Estou encarregado dos descartáveis pois, aparentemente, é só o que sei fazer. Perry cuida dos salgadinhos e refrigerantes, e Kirsten será responsável pela decoração.

Eu vou até o corredor de produtos de plástico, esperando pegar alguns copos e guardanapos brancos, mas há muito mais do que esses descartáveis tradicionais. Arregalo os olhos diante de tantas opções. Olho para cima e para baixo das prateleiras e vejo uma variedade infinita de cores, modelos e temas que nunca pensei que queria experimentar. De repente, fiquei empolgado com a festa, o que é algo muito bem-vindo para mim.

Tema "Um dia em Paris"? Sim. Tão romântico. Mas Jordan não vai para a festa e eu não quero ser lembrado de que o amor existe.

Tema de flores para o chá da tarde? Elegante. Os copos de papel são delicados e se transformam em xícaras.

Tema "luz negra"? Caramba. Os copos são neon e a embalagem contém pequenas seringas de plástico que eu acho que devem ser para borrifar álcool na boca das pessoas. Isso parece o convite ideal para um "boa noite cinderela". Passo.

Tema das princesas? Não. Kirsten não precisa disso e eu nem quero presenteá-la com essa opção.

Tema *fiesta* mexicana? Pode ser divertido. Mas eu não confio em alguns dos degenerados do segundo ano que podem ser xenofóbicos.

Eu decido ficar com as xícaras, guardanapos e pratos com tema de flores para o chá da tarde. Por que não? Eles combinam muito bem, e eu estou rindo com a ideia de ver pessoas bebendo cerveja com uma xícara de chá de papel.

Sigo para o caixa carregado de coisas nos braços. Perry e Kirsten já estão na fila. Kirsten está próxima a uma prateleira de chaveiros, ao lado dos doces.

— O que é isso? — pergunta Kirsten, segurando os guardanapos floridos. — Isso é tudo o que eles tinham?

— Sim! E você vai usá-los.

Quando voltamos para a casa da Kirsten, ela tranca a porta da frente e explica que todo mundo deve entrar e sair apenas pelo porão, para não usarem os outros ambientes da casa. As meninas vão para o quarto de Kirsten se arrumar, e eu vou para o porão para arrumar a decoração.

Eu organizo doze xícaras com motivos florais para o beer pong em uma mesa dobrável. Coloco todos os objetos delicados, como castiçais e vasos com plantas artificiais, em armários que estão embaixo da TV. No meio da sala, olho para a mesa de centro vazia e coloco as mãos nos quadris, bufando.

Percebo que não tenho ideia de onde estavam todas as decorações antes de eu guardá-las. A sra. Lush vai sacar que teve uma festa aqui e vai checar o porão. Se um item estiver fora do lugar, ela vai saber.

No verão passado, dormi na casa de Kirsten quando seus pais foram a um casamento fora da cidade. Ela não tinha permissão para receber ninguém, então decidimos apenas ver um filme. Eu me deitei no sofá de três lugares e Kirsten se deitou no sofá de dois lugares com algumas almofadas. Usei duas almofadas de apoio durante o filme para ficar confortável. No dia seguinte, quando a sra. Lush chegou em casa, ela perguntou a Kirsten por que as almofadas em ambos os sofás estavam ajeitadas como se alguém tivesse dormido ali e quem ela tinha convidado. Então, é melhor que a Kirsten se lembre como esse porão foi decorado, caso contrário, ela vai estar bem ferrada.

— Vamos brindar! — diz Perry.

Estamos sentados no porão antes da festa começar. Ela coloca um pouco de bebida alcoólica e refrigerante em três xícaras. Dou uma cheirada na combinação e reclamo.

— Eca.

— Um brinde para... — Kirsten começa. Ela inclina a cabeça para o lado e olha para o teto pensativa. — Ah, dã... um brinde para a equipe de Líderes de Torcida do Falcon Crest! A grande vencedora das Nacionais. — Ela sorri.

— Já ganhou? Que brinde ambicioso — digo.

— Isso mesmo!

— Minha vez! — avisa Perry.

— Ah, então todos nós vamos brindar agora? — pergunto.

— Sim.

— Ok!

Eu começo a pensar em todas as minhas opções possíveis para fazer um brinde.

— Um brinde a Dylan e Jordan: que vocês tenham um relacionamento longo e cheio de amor e felicidade.

Eu franzo a testa e abaixo minha xícara.

— Ah, Perry — fala Kirsten. — Que meigo.

— Demais —resmungo. — Mas duvido que vá acontecer.

— Ué — começa Kirsten. — Por que você está chateado? Você só fala do Jordan há dias, e agora tudo é desgraça e melancolia.

— Sinto muito. Felicidades. — Eu levanto a minha xícara e brindamos.

— Sua vez — diz Perry, virando-se para mim. — Tente não ser muito deprimente.

— Já sei. Eu acho que há um certo homem do seu passado que nós deveríamos trazer neste brinde.

— Keaton?

— Sim.

Se não posso ter um amor, pelo menos quero que minhas amigas tenham.

— Eu acho que está fervendo — digo.

— Como assim?

— Borbulhando sob a superfície. Acho que o amor ainda existe. Além disso, a temporada de bailes está chegando. Você tem que se manifestar agora antes que todos já tenham um par.

— O que fez você pensar nisso?

— Não sei. Só quero que minhas amigas sejam felizes.

Kirsten ri.

— Você arranjou seu crush e agora tá dando uma de cupido.

— Apenas digo — e mantenho minha mão erguida. — Seu cabelo está perfeito. Ele vai estar aqui esta noite. Se você fizer qualquer coisa que acabe sendo esquisita, você vai estar ausente a semana que vem inteira e não precisará vê-lo. Tudo conspira a seu favor. Me ouça.

— Tudo bem, então — diz Perry. — Se vamos ser ambiciosos esta noite, então que brindemos ao Keaton para que seja meu namorado novamente. Para que a sra. Gurbsterter saia do meu pé e para que eu não seja engolida por um crocodilo na Flórida.

— Uau! — Kirsten e eu gritamos juntos

Um brinde ao Jordan voltando, um brinde ao Jordan voltando, um brinde ao Jordan voltando, um brinde ao Jordan voltando.

Repito em silêncio.

E, juntos, fazemos nossos brindes.

Bem, surpresa do século, mas fazer um brinde antes de tomar uma bebida não traz nenhuma consequência. A festa saiu do controle, literalmente, quinze minutos após as líderes de torcida sênior chegarem e Jordan não. Não sei se estou mais chateado porque eu não vou vê-lo ou porque gastei todo o meu dia preparando uma festa estúpida que agora não faz sentido nenhum pra mim.

A minha escolha para as xícaras de papel também não funcionou, o que me deixou bem decepcionado. A cerveja desintegrou os copos de papel e eles não duraram o suficiente para as pessoas brincarem de beer pong. Todo mundo começou a gritar e reclamar dos restos de papel em seus dedos. Como eu ia saber que isso aconteceria? Algum cara sênior correu para o mercado mais perto para arranjar copos de plásticos vermelhos, descaracterizando totalmente a festa.

Ainda estou no bar. Tem duas horas que não me mexo. É bom estar no canto da sala, porque ninguém pode se esconder atrás de mim, e eu tenho uma visão muito boa para ver se o Jordan vai chegar.

O porão está lotado. A multidão ocupa todos os lugares. Acho que essa é uma das desvantagens de ter uma casa com um porão gigantesco — cabem os alunos de todas as classes da minha série e ainda sobra espaço para as salas dos segundos anos de três escolas juntas. E, de verdade, não conheço 75% das pessoas presentes.

Duas garotas com cabelo verde-azulado estão debruçadas sobre uma tigela de Doritos na minha frente. Elas pegam um salgadinho a cada dois minutos e o comem como passarinhos. Não conversam muito entre si. Ao invés disso, se comunicam com uma mistura de acenos e olhos revirando.

Um cara alto e magro com um cigarro atrás da orelha caminha sem parar pelo porão. Ele está segurando uma garrafa de vodca. Ele usa uma daquelas correntes pendurada no bolso e tem uma cabeça de alien estampada em seu jeans. Não falou com ninguém desde que chegou, então ou ele está perdido ou querendo arranjar briga.

Há um estrondo e alguns gritos na mesa de centro. Dou um pulo de susto. Um choque percorre meu corpo.

— Droga — murmuro. A torre de Jenga finalmente caiu. Eu já estava me preparando psicologicamente para isso, mas acabei me distraindo com esse cara se rastejando pelo porão de Kirsten.

Perry emerge da multidão e se aproxima, desviando de vários braços suados.

— Você viu a Kirsten?
— Não.
— Espero que ela esteja bem. Tenho certeza de que ela deve estar ficando doida com a festa.

Eu dou um gole, mesmo que eu não goste do que está no meu copo.

— Keaton está a caminho.
— Ah, sim! Vamos brindar. — E tocamos nossos copos vermelhos.

— Jordan não vem mais — digo, com cara triste.
— Ah, não. — Perry me abraça.
— Está bem. Eu vou viver indiretamente através de você e Keaton. Seu brinde não funcionou para mim, então cabe a você manter as superstições vivas para nós.
— Sem pressão — diz Perry, tomando um gole.
— Sem.
— Você conhece alguém da festa?
— Ninguém.
— Eu conheço aquela garota mandando ver no barril de cerveja. — Perry aponta para uma menina com cabelo loiro platinado que está de cabeça para baixo. Dois meninos a seguram pelas pernas e a cerveja brota de sua boca. — Ela vai para o Santa Helena. Você deveria perguntar ao Jordan sobre ela.
— Eu passo. Como você a conhece?
— Fizemos nossa Crisma juntas no oitavo ano. Nós duas escolhemos Santa Maria Goretti como protetora, e ela me disse que eu era uma "burra, imitadora e vadia de escola pública".
— Bonitinho.
Um garoto alto e gostoso aparece no fundo dos degraus do porão. Keaton Cyrus chegou. Ele está vestindo jeans preto e um suéter verde escuro. Seu cabelo está perfeitamente penteado. O rosto de Perry se ilumina e é nítido que ela ainda gosta dele. Ele nos vê, acena e caminha pela multidão até onde estamos. Por ser alto, ele se destaca no meio das pessoas.
— Ei, pessoal — diz ele, enquanto abraça a Perry.
Nós nos cumprimentamos com um soquinho.
— Você é o barman, Dylan?
— Bem, eu estive aqui a noite toda, então acho que sim. O que posso servir para você? — Pego uma toalha e a jogo por cima do ombro.
Ele ri.
— O que é aquilo?
— Um barril de cerveja. — Olhamos para o barril e ele está cercado de casais bêbados se pegando e de pessoas lambendo seu bocal. — E provavelmente você não vai querer beber nada dele.
Ele ri outra vez.
— Prepare uma vodca com coca para nós — diz Perry.
— Feito!

Como um profissional, alinho os copos e despejo as bebidas. Keaton cantarola as músicas do Drake que estão tocando. Sirvo Perry e Keaton e, em seguida, pego meu celular. Mando uma mensagem para Jordan dizendo que sinto sua falta e pergunto se ele está bem. Na mesma hora recebo a notificação de que as mensagens não foram entregues. Volto a beber com um canudinho, e o gosto está realmente horrível. Eu travo minha língua no céu da boca.

Keaton começa a tossir. Paro de mexer no celular e olho pra ele.

— Ei, Dylan, quantas doses você colocou aqui?

— Não sei. Deveria ter contado?

— Aparentemente, não...

Por um tempo, ficamos os três ali, mas me sinto cada vez mais irrelevante neste lugar à medida que a noite avança. Perry e Keaton estão conversando sobre coisas deles e eu meio que me sinto um intruso ali. Eu engulo o resto da minha bebida e jogo o copo na pia do bar.

— Vou procurar Kirsten — digo.

O que é, em parte, uma mentira. Vou procurar Jordan também. Eu sei que começamos a namorar apenas alguns dias e eu estou com pensamentos obsessivos essa noite, mas ele me disse que eu estava morrendo, e, em seguida, saiu do estado. Esse é um nível de ghosting diferente que eu nunca sequer tinha imaginado, quanto menos me preparado para isso.

Coloco a minha mão nas costas de Perry e finalmente dou meu primeiro passo nesta noite. E sinto meu pé muito pesado.

Perry grita.

— Dylan! — Ela cambaleia diante de Keaton e tenta esfregar suas costas. — O que você acabou de colocar em mim? Tá doendo!

— Caramba — eu digo e volto para a parede. — Sinto muito. Machuquei vocês? Eu não fiz nada. — Dou uma olhada nas minhas mãos: sob a pele, reluz um brilho alaranjado. Na hora, ponho as mãos nos bolsos.

— Você está bem? — Keaton pergunta a Perry.

— Minhas costas estão pegando fogo.

— Vou procurar Kirsten — repito.

— Ok, bem, me mande uma mensagem quando você a encontrar — diz Perry, fazendo uma careta.

Eu ando até o centro do porão e sinto meus joelhos fraquejarem. Penso em me apoiar em uma pessoa aleatória para não cair, mas tenho medo de estar muito quente. Olho para minhas mãos novamente. As pontas do meus dedos estão brilhando. Eu nunca tinha ficado bêbado em meu novo corpo.

O que eu fiz?

Péssimas escolhas. Aquela bebida era muito forte. Devia ter pelo menos três doses por copo, o que significa que eu bebi seis doses. Oh, meu Deus. *Seis*. Eu levanto minha mão na frente do meu rosto. É mais do que uma dose por dedo. Mais do que uma mão de doses.

— Dylan! — grita Perry.

Me viro para ela.

— O que foi? Ainda não a encontrei, não me apresse.

Ela revira os olhos e me mostra o meu celular.

— Você esqueceu isso.

— Pare de roubar meu celular, garota. Eu preciso dele — respondo, pegando o celular de suas mãos.

— De nada — diz ela, enquanto volta para a multidão.

— Vou procurar Kirsten.

Guardo o celular no meu bolso e esfrego minhas mãos suadas nas pernas. Neste exato momento, um pequena chama surge lentamente ao longo do dedo que friccionei.

— Ah! — grito e apago a chama com a outra mão. Giro a mão diante do meu rosto e vejo a chama reluzente sob minha pele. Ao estalar os dedos, uma pequena chama dispara no ar.

— Uau, cara, truque doido! — diz um garoto ao meu lado. — Você usa um isqueiro?

Eu ignoro sua pergunta. E caio na risada. Refaço meu trajeto pelo porão. Outro estalar de dedos e outra chama surge. Um breve flash de luz ilumina meu rosto no porão. Isso é imprudente, mas se há uma maneira de chamar a atenção de Jordan, é mostrando que estou aqui.

A cada estalar de meus dedos, um novo conjunto de rostos olha para mim. Estou esperando até que um deles seja o lindo rosto de Jordan.

Estalo.

Estalo.

Estalo.

Chego ao outro lado do porão e ainda estou sozinho. Minha visão está embaçada por causa do calor no meu rosto e da bebida em meu corpo. Decido ir para a cozinha e dar uma olhada no andar de cima.

No pé da escada, meus olhos notam um par de coturnos pretos. Darlene Houchowitz me encara com pena. A luz da cozinha brilha atrás dela.

— Darlene! Você está aqui!

Ela me olha por cima. Seus braços retos, junto ao seu corpo.

— Sim, quem não está? — Resmunga.

— Estou tão feliz que você está aqui. Tipo, tão feliz. — Não consigo disfarçar que estou radiante.

Ela revira os olhos.

— Guarde seus sentimentos falsos para alguém que se importa. Pela última vez, não ligo que você não tenha se juntado ao grupo.

Brenton Riley vira a esquina para os degraus do porão e fico de queixo caído.

— Bem, se não é toda a AGH? Calouro na festa — grito. — Olhe para você.

— Achei que você não conhecesse Brenton — diz Darlene. Ela se vira para ele e sussurra alto o suficiente para que eu possa ouvir. — "Eu não iria perto dele. Ele tem agido estranho ultimamente".

Eu não conheço o Brenton. Nunca tinha visto o garoto pessoalmente. Eu stalkeei seu Instagram depois que soube de seu envolvimento com a AGH e tinha que ver qual era a desse pequeno ativista político. Sua bio diz literalmente "apaixonado por mudança social". Ele tem cabelo castanho desgrenhado e óculos de aro preto grossos, que acho que o fazem parecer mais inteligente do que ele realmente é.

— Você é Dylan Highmark? — pergunta ele.

— Ele mesmo em pessoa. — Eu cutuco seu ombro e ele estremece.

— Não toque nele! — Darlene grita comigo. — Vamos. — Ela segura a mão de Brenton e o conduz para longe de mim.

— Ei, vocês viram a Savanna? — grito atrás deles.

— Você está falando sério? Cuide da sua vida, Dylan.

Afe. Passo as mãos pelo meu cabelo. Provavelmente não é a melhor pessoa para perguntar isso. Respiro fundo e me recomponho. Coloco as mãos no meu peito e tento ficar sóbrio. Respiro de novo. Jordan não está aqui. Hora de desistir. Vou pegar um copo d'água e depois dormir ao lado do adesivo da Ariel.

Há alguns atrasildos lá em cima que não deveriam estar aqui mas, mesmo assim, ainda está tudo silencioso. Fecho a porta do porão atrás de mim. Meus ouvidos estão zumbindo. Jogo meu celular no balcão da cozinha, pego um copo da pia, encho e o bebo de uma vez.

Com o canto do olho, vejo um menino com cabelo castanho-escuro semelhante ao de Jordan. Eu me viro e vou rapidamente até ele. Agarro o seu ombro para encará-lo.

— Jordan?

Mas não é ele. O menino se desvencilha de mim.

— Cara, você acabou de me queimar? — pergunta o garoto. — Posso te ajudar?

Ele me olha como se eu fosse uma aberração — o que eu sou. Uma aberração flutuante e solitária com uma temperatura corporal de cinquenta graus que vai morrer a qualquer segundo.

— Eu gostaria que você pudesse. Eu realmente gostaria que você pudesse.

Não sei o que acontece comigo, mas minha garganta se fecha e as lágrimas escorrem pelo meu rosto. Com o braço, limpo a boca e cubro o rosto.

— Ei, você está bem? — questiona o menino. Sua voz não é mais hostil.

— Devemos ajudá-lo? — murmura outra garota.

Eu aceno.

— Não, eu estou bem — digo, fungando. Pego o copo d'água e o bato com força sobre a pia, estilhaçando-o. Isso me faz chorar ainda mais e então, sem o aviso habitual do meu corpo, disparo para o teto da cozinha. Minhas costas batem na parede de drywall e eu caio de volta sobre o balcão, que interrompe o fluxo de vento que saía do meu peito.

As pessoas que estavam na cozinha gritam e correm para o porão e outros cômodos. Eu deslizo meu corpo para fora do balcão e desmorono no chão. Eu me levanto e corro escada acima antes que possa fazer qualquer outra coisa.

Choro sem parar.

Chego ao quarto de Kirsten e bato a porta atrás de mim. Tiro meus sapatos e mergulho na cama. Está frio aqui. A colcha da Kirsten é uma bagunça macia que me abraça. O quarto está girando e minhas bochechas estão quentes.

Meu coração se acalma. Eu imagino Jordan na cama comigo, deitado em meu peito. Pego um travesseiro e o abraço, como se fosse ele com seus lindos cabelos castanhos cacheados. E choro novamente.

— Boa noite, Jordan... Onde quer que você esteja.

Adormeço por um, dois segundos antes de ser acordado.

— Dylan, acorde! — Perry grita.

Eu pisco rapidamente. Minha boca está seca. Minha garganta arranha quando tento engolir.

— O que está acontecendo?

Minha cabeça lateja. Eu acho que estou de ressaca. Keaton está ao lado dela.

Olho pela janela, o céu ainda está escuro. Esfrego meus olhos, percebo que não há mais música tocando. Um homem grita lá embaixo, e alguém está batendo nas portas aqui no andar de cima. Eu pego meu celular e vejo as horas: 1h48.

— Os policiais estão aqui — diz Perry.

— O quê? Você está falando sério?

Pulo da cama. Eu ia acender o abajur quando a porta do quarto de Kirsten se abre. Um policial surge jogando a luz da lanterna de um lado para o outro entre Perry, Keaton e eu. Eu congelo e levanto as mãos.

— Todo mundo pra fora! — grita ele, indicando a saída. — Estamos evacuando a casa.

Eu me viro para Perry e ela dá de ombros.

— Agora! Vamos — diz o policial. Ele sai da porta e continua a vasculhar.

Pego meu moletom e o jogo por cima do corpo. Tento calçar os sapatos em movimento.

— Fomos presos?

— Não sei. Eu também adormeci e acordei com os policiais gritando — responde Perry.

No alto da escada, dou uma olhada na casa: todos da festa estão saindo pela porta da frente. Algumas pessoas ainda seguram seus copos. Dois policiais estão na parte inferior da escada. Kirsten chora ao lado deles.

Eu desço.

— Oi! — Minha voz sai rouca.

— Dylan! Onde você esteve? Você está bem?

Kirsten me abraça.

— Claro que estou bem. O que está acontecendo? — Observo os policiais saírem.

— Outro incêndio.

— Que incêndio? — Meu corpo fica tenso.

Mais alguns jovens passam pela porta da frente. No último grupo, reconheço o familiar rabo de cavalo de Savanna Blatt. Trocamos olhares. Tento falar algo, mas vejo que ela está bem. Seus braços estão cruzados, e ela continua me encarando até sair pela porta.

A fila das pessoas que estavam na festa termina. Mais dois policiais surgem do porão.

— Tudo limpo — diz um.

O outro policial desce as escadas e empurra as costas de Keaton.

— Vocês têm que sair também — exige ele.

— Espere, Kirsten tem que sair? Esta é a casa dela — digo.

— Nós não fomos pegos por causa da festa, Dyl. Eles estão evacuando o bairro inteiro. Vá olhar lá fora — fala Kirsten.

— Como assim?

— Senhorita, vamos cuidar disso mais tarde — diz um policial para Kirsten. Ele rabisca algumas notas em um bloco. — Temos coisas maiores para ver ainda e só quero garantir que todos estejam seguros. Vamos lá. — Ele indica a porta para sairmos.

Eu corro para fora. Carros de polícia e caminhões de bombeiro enchem a rua. Os pais chamam seus filhos aos gritos e depois os empurram dentro dos carros. Algumas pessoas olham para o céu com as mãos na boca.

— Atenção! — grita um bombeiro e passa correndo por mim puxando uma longa mangueira amarela. Imediatamente saio do caminho.

Então, olho para cima. O céu está cor de laranja brilhante. Chamas ondulam pela floresta atrás da casa de Kirsten. Os troncos das árvores se partem com o calor. Dezenas de bombeiros espalham um pó branco para apagar o fogo. Eu engulo em seco.

— Mas... Mas... O Jordan não está aqui — digo a mim mesmo em voz alta. O som das sirenes e os gritos dos pais abafam minha preocupação. A não ser que... ele esteja aqui. Um pensamento surge: e se Jordan ateou fogo como um sinal para me avisar que ele está de volta?

Eu desço a rua em direção ao local em chamas. Mas não consigo dar mais que alguns passos, os meus joelhos estalam de dor. Os carros prateados dos HydroPro chegam cantando pneus na frente da casa de Kirsten. Eu olho para o homem alto e esbelto que sai de um dos veículos. Em seguida, fecho os olhos por um momento, na esperança de desaparecer.

Quando eu os abro, o homem alto caminha imponente em minha direção sem demonstrar qualquer medo.

— Dylan, me dê cinco minutos para falar com você. — Ele tenta segurar o meu braço.

— Fique longe de mim!

Eu grito e saio correndo pela rua. Outro caminhão de bombeiros passa por mim. O barulho da sirene me assusta. Kirsten está no meio de tudo isso, filmando com seu celular. Ela fala com um policial, um bombeiro, depois outro policial. Faz muitas anotações enquanto fala com eles.

Deixo toda essa agitação para trás. O homem alto ainda está no meio da rua, me olhando. Seus olhos negros vão ficando cada vez mais distantes.

Se o Jordan quisesse estar na festa, ele estaria aqui. Mas ele escolheu ficar longe por uma razão. Eu não vou atrás dele e levar os HydroPro comigo. Mas se o incêndio não foi causado por ele, então quem causou?

Agarro meu pulso e vejo a noite iluminada com chamas que me parecem familiares.

VINTE E OITO

Acordei mais cedo que o de costume para provar aos meus pais que posso ir à escola. Tem sido uma tortura. Eles não largam do meu pé e preciso aguentar isso.

Depois da festa, fiquei com uma ressaca tão feia que, no dia seguinte, só saí da minha cama para ir ao banheiro e pegar água. Tentei jogar SimCity, mas nem isso consegui fazer porque olhar para a tela me deixava enjoado. Mentalmente, incluí o item *ressacas horríveis* à lista de poderes do meu novo corpo.

Eu poderia ficar em casa hoje, mas preciso de algo para me distrair de Jordan. Quando estou acordado, penso nele. Quando estou dormindo, eu sonho com ele.

Eu me arrasto pelo corredor usando uma camiseta segunda pele e short, e sento na mesa da cozinha suspirando. Meus olhos coçam. Meus pais já estão vestidos com suas roupas de trabalho. Papai está lendo as notícias em seu iPad e mamãe está cortando um pepino no balcão da cozinha.

— Se sentindo melhor? — Papai pergunta, sem tirar o olhar da tela.

— Sim, totalmente — minto.

Eu roubo um pedaço de torrada do prato dele e mordo. É o meu tipo favorito de torrada: com manteiga, canela e açúcar polvilhado por cima.

— Você deveria beber alguma coisa, Dylan — mamãe diz. Ela pega um suco de laranja da geladeira e me serve um copo.

Eu tomo um gole.

— Simplesmente não posso acreditar que Kirsten daria uma festa como essa. — Mamãe comenta, balançando a cabeça enquanto caminha de volta para o balcão. — Ela sempre foi a mais responsável de seus amigos.

Os pais de Kirsten ligaram para meus pais quando eles voltaram da viagem, no domingo, para se desculpar pela festa. Acho que eles exageraram, fazendo parecer que nós estávamos usando drogas.

Papai olha para mim e fecha seu iPad.

— Vocês todos têm sorte por terem sido alertados. Mas estou feliz que você possa perceber que esse não é um hábito bom para a sua vida. Veja como isso afeta o seu dia.

Ele se levanta e arruma suas coisas em sua pasta executiva. Eu olho para o meu suco de laranja. Para minha sorte, meus pais não acreditam que colocar de castigo resolve os problemas. Eles confiam em mim para eu refletir sobre minhas decisões, aprender com meus erros e tomar decisões melhores no futuro. E, sorte deles, eu já refleti sobre tudo ontem. Depois de pensar muito, concluí que meu único erro do fim de semana foi ter tomado mais doses do que deveria. Se tivesse tomado apenas uma dose, não teria ficado bêbado como fiquei. E também não deveria ter usado meus poderes no porão, não deveria ter falado com Darlene, ou queimado Perry, ou disparado em direção ao teto da cozinha. Fora isso, todas as outras decisões tomadas foram boas escolhas... De resto, eu não tinha como ter controle.

Kirsten ficou de castigo sem previsão de saída, e a mãe de Perry perguntou como ela conseguiria lidar com a faculdade, se não conseguia nem ser líder de torcida. Ambas foram autorizadas a ir às Nacionais, mas sem celulares. Eu não consigo falar com elas desde sábado. Com o nosso grupo do WhatsApp morto e Jordan sumido, só recebi uma mensagem de Cody nos últimos dois dias.

— Seu amigo estava na festa? — mamãe pergunta. — Como ele está se sentindo?

Eu dou outra mordida na torrada.

— Ele não foi.

— Ah, que pena. Quando vamos conhecê-lo? — Ela enxuga as mãos na toalha de cozinha.

— Nunca — respondo.

Meus pais trocam um olhar.

— Tudo bem, estou indo — anuncia papai. Ele me dá um tapinha nas costas e um beijo de despedida na mamãe. — Tenha um bom dia, Dyl.

— Tchau — resmungo.

— Não se esqueçam que voltarei mais tarde hoje. Finalmente vou jantar com o CEO da nova empresa.

— Verdade. Como estão as coisas? — pergunto. Com tudo acontecendo, não prestei a mínima atenção aos avanços da carreira de papai. Ele poderia estar trabalhando na lanchonete da escola, que eu não teria notado.

Ele dá de ombros.

— Mesma coisa, mas trabalhando para esta nova empresa de energia que oferece ótimos benefícios e ainda temos a opção de comprar ações da empresa.

Ele pega o celular e entrega para eu ver.

— Aqui. Veja isto, o número três.

Pego seu celular e vejo um artigo carregando na tela. O título diz: "As cinco principais empresas da Filadélfia para acompanhar de perto este ano". Rolo a tela até o número três: HydroPro. Fico boquiaberto.

— Muito legal, hein?

— Você está brincando comigo!? — grito.

Meus pais estralam a cabeça ao me olharem. Mamãe deixa cair no balcão a faca que está usando para cortar legumes.

— Brincando com o quê? — pergunta ela, colocando a mão no peito.

Eu abaixo minha voz.

— Você não trabalhava em finanças? — pergunto, virando para o papai.

— Eu trabalho. Toda empresa tem um departamento financeiro — diz. — Esta empresa é legal, Dyl. Eles têm...

Ele continua falando, mas eu me desligo e sua voz se torna um murmúrio incompreensível. Eu devolvo o celular pra ele e cruzo os braços. Meus pés começam a formigar e, na mesma hora, envolvo-os ao redor das pernas da cadeira.

Lá se vai minha fantasia de trazer Jordan para minha casa para jantar um espaguete com minha família. Eu não posso trazê-lo aqui, do jeito que Jordan é. E não com quem papai está trabalhando.

Meus pais sempre tentaram me garantir que a casa é um espaço seguro. Mas como eles podem mantê-lo seguro se eles não sabem mais o que é perigoso?

Quando a porta da frente se fecha, mamãe deixa a salada de lado e, em seguida, caminha para a mesa. Ela coloca as mãos nas costas da minha cadeira e olha para mim.

Paro de comer a torrada do meu pai e olho pra ela.

— Oi, mãe.

— Está tudo bem, Dylan?

Soltei uma risadinha desajeitada.

— Mãe, você sabe que eu já bebi antes. Eu não entendo por que você está exagerando.

— Não é apenas a festa, quero dizer, em parte, sim. Você nunca foi "festeiro". — Ela gesticula as aspas no ar para enfatizar. — Mas nas últimas semanas, não consigo mais te reconhecer.

— De boa, mãe, sigo perfeitamente normal como sempre fui. — Digo enquanto levo os pratos até a pia.

— Veja — diz ela, estendendo o braço. — Você está se afastando de mim. Você sempre se sentiu tão à vontade falando conosco antes.

— Eu não estou me afastando de vocês. Eu literalmente tenho que me preparar para escola. Agora, tô começando a me sentir constrangido porque você está analisando cada movimento meu.

— Há muitas mentiras nos dias de hoje e muita coisa acontecendo com seus amigos... Com o acidente do lago, essa festa e seu novo relacionamento. Você pode se sentir sobrecarregado.

Passo uma água no meu prato e na xícara e coloco-os na máquina de lavar louça.

— Mãe, estou bem. Confie em mim. — Eu ia abraçá-la, mas desisto quando me dou conta de que posso estar muito quente.

— Bem, se você precisar...

— Eu vou te dizer. Pode deixar.

— Tudo bem. — Ela volta a cortar tomates cereja. — Você tomou banho ontem?

Balanço a cabeça negativamente.

— Bem, vá tomar um banho frio. Vai ajudá-lo a se sentir melhor. — Ela aponta para o corredor. — E odeio dizer isso, mas você não tá cheirando muito bem e seu cabelo está bem oleoso.

— Tá certo. Obrigado pelo incentivo matinal à minha autoestima.

— Você quer uma salada para o almoço?

Devo contar a ela sobre os HydroPro e o que eles procuram? Devo dizer a ela que o que eles estão procurando está bem aqui em sua casa?

Eles não estão nem aí pro trabalho do papai, ou Filadélfia, ou compras de ações. O único interesse deles é Jordan. E, talvez, essa seja a única coisa boa com esta notícia: se os HydroPro estão por aqui, então Jordan pode estar mais perto do que penso. Talvez eles estejam mantendo negócios nessa região porque sabem que Jordan tem algo pelo qual voltar.

VINTE E NOVE

A escola está silenciosa. Todo mundo está em uma vibe mais discreta desde a festa. Metade dos alunos do segundo ano está sem celular, de castigo ou ainda de ressaca.

Há um peso pairando sobre nossa cidade como um denso nevoeiro matinal desde que alguém começou a botar fogo por aí. Bem, eu sei que Jordan começou alguns dos incêndios, mas agora já percebi que há um imitador à solta, o que me assusta ainda mais. Os professores não conseguem disfarçar o estresse e eles parecem ter um ataque de pânico toda vez que recebem uma chamada da diretoria. Não ajuda nada ter carros e vans estacionados na frente da escola a semana inteira, com repórteres pedindo para comentarmos sobre os incêndios e sobre os Blatt sempre que entramos e saímos das aulas.

Savanna chegou atrasada hoje. Há boatos circulando de que o pai dela não a quer na escola até que o caso do incêndio criminoso seja resolvido porque ele sente que ela não está segura em público. Na semana passada, eu teria dito que isso é uma desculpa idiota, pois os incêndios não têm nada a ver com o Blatt. Mas agora, não tenho tanta certeza de que isso seja inteiramente verdade. Poderia ser um incendiário enlouquecido aproveitando o que Jordan começou. Ou pior, outro menino para quem Jordan passou seus poderes também. Mas eu estou reprimindo esse pensamento.

Eu chego à sala de aula logo antes do sinal tocar e deslizo para o meu assento com minha mochila sobre meus ombros. Darlene está a algumas fileiras à minha frente. Eu me certifico de olhar em todos os lugares, menos nos olhos dela.

Brook Hempshire, nossa representante de sala, está ao lado da lousa com uma pilha de cartões vermelhos e rosa. Ela tem um cabelo ruivo claro e seu rosto e braços são cobertos de sardas.

— Ei, todo mundo — diz ela. — Hoje é o último dia em que você pode comprar cartões do Dia dos Namorados para seus amigos. Alguém quer um? — Ela mostra os cartões. Algumas pessoas levantam as mãos e ela segue entregando a todos.

Esqueci totalmente dessa data. Eu estava tão perto de ter um dia dos namorados este ano pela primeira vez, mas não espero que Jordan volte antes disso. Ele ainda é meu namorado? O que acontece quando seu namorado desaparece sem deixar rastro? É há um limite de tempo que você deve dar a si mesmo até ficar solteiro novamente? Um mês? Dois meses? Não tenho certeza. Vou me dar um ano, porque eu não quero *não ser* o namorado de Jordan.

Eu levanto minha mão para comprar alguns cartões. Este pode ser o meu último dia dos namorados, então eu poderia muito bem aproveitar ao máximo. Procuro manter meu rosto voltado para a frente, porque ficar virando a cabeça me deixa enjoado.

Brook chega à minha mesa e fica ao meu lado.

— Quantos você quer? — pergunta ela.

— Quanto eles custam?

— Cinquenta centavos.

— Tem algum doce ou algo assim?

— Você pode escolher uma rosa vermelha para o amor, uma rosa amarela para um crush e uma rosa branca para a amizade. Eles são entregues no dia dos namorados com o seu cartão.

Eu vasculho minha mochila e pego dois dólares.

— Quero duas rosas brancas, por favor.

Ela me entrega dois cartões e eu lhe dou um dólar.

— Espere, quero outro também.

Brook me entrega um terceiro cartão e eu lhe dou minha outra nota de um dólar. — Apenas me entregue os cartões assinados no fim da aula.

— Certo.

Eu pego uma caneta e bato na minha testa pensando no que escrever. Um minuto depois, começo a assinar os cartões.

PARA: *Perry Lillian Lyle*   **CLASSE:** *6C*
Eu tento de todas as formas e não encontro saída.
Apenas digo que você é minha melhor amiga.
Você está na Flórida esta semana, não tem graça.
Tudo está vazio, o que você quer que eu faça?
Pode me chamar de louco, mas é verdade.
Você é a minha amiga que só me traz felicidade.
DE: *Dylan Emory Highmark*

PARA: *Kirsten James Lush*   **CLASSE:** *6C*
Alguém ligue para a emergência.
Pois estou a ponto de perder minha paciência.
Tenho algumas notícias de última hora.
Tenho estado tão triste desde que foi embora.
Você é minha amiga favorita.
Vamos nos ver e matar esta saudade maldita.
DE: *Dylan Emory Highmark*

PARA: *Savanna Blatt*   **CLASSE:** *1C*

DE:

Eu devolvo os cartões para Brook, e ela os coloca dentro de um envelope de papel pardo. Volto para o meu lugar e um aviso soa nos alto-falantes. Infelizmente, não é a voz de Kirsten.

— Todos os alunos, por favor, apresentem-se no auditório. Haverá uma palestra com orientações da brigada de incêndio. Mais uma vez, todos os alunos, por favor, dirijam-se ao auditório. Obrigada.

Um suspiro coletivo irrompe pela sala. Essas palestras costumam ser muito chatas, mas isso parece algo bom para mim hoje. Espero conseguir sentar no fundo e tirar um cochilo pra poder curar a ressaca. Todos saem da sala e formam uma fila. Minhas pernas estão bambas. Eu limpo o suor da minha testa e o enxugo na coxa, esperando a fila andar. Ficar de pé por alguns minutos já está me deixando enjoado.

O almoço é sempre estranho quando Perry e Kirsten não estão aqui. Eu estou sem amigos e me dá vontade de querer comer escondido no banheiro. Só que eu nunca fiz isso. E nem vou. Em parte, porque nem me importo das pessoas me verem comendo sozinho, mas principalmente porque os banheiros daqui parecem esgotos a céu aberto e isso acabaria com a minha fome.

Filmes de comédia romântica com adolescentes não são baseados em fatos reais pois, na verdade, sabemos que a doce estrela de cinema Sally não está comendo seu sanduíche de peru e queijo temperado, com cheiro de peido vazando das cabines do banheiro.

Mamãe preparou para mim uma salada hoje, o que é bom, porque eu não tenho que ficar na fila da merenda. Mas também significa que há menos pessoas ainda sentadas no refeitório. Há poucos alunos para eu escolher com quem irei sentar e corro o risco de acabar almoçando com alguém aleatório após todos pegarem sua comida. Ambientes descontrolados assim nunca funcionam muito a meu favor.

Eu examino as mesas e localizo Keaton. Enquanto eu ando, um de seus amigos do time de futebol se senta ao lado dele. O assento vago mais próximo de Keaton está, tipo, a cinco pessoas de distância. Cinco pessoas que não conheço. Não quero parecer desajeitado na ponta da mesa.

Há uma orquestra de cadeiras rangendo contra o chão, e uma multidão rindo logo atrás de mim. Eu me viro e examino algumas mesas vazias. Vejo Savanna na ponta de uma delas. Ela está sozinha. De repente, todo mundo chega da palestra pra almoçar. Conforme eles passam por Savanna, acabam largando o material distribuído na palestra na frente dela. Uma pilha de papéis rapidamente se transforma em uma montanha. Outras pessoas largam garrafas de água pela metade na mesa também. Savanna olha feio pra eles.

— Ei, Cruella, você não pode simplesmente colocar seus cães no incinerador e acabar com essa baboseira? — alguém pergunta. Todos reviram os olhos para ela.

Eu olho para Keaton e depois de volta para ela. Dou um passo em direção a Savanna.

Meu novo corpo deve estar começando a desequilibrar minha química cerebral, porque acho que não participo voluntariamente de uma interação social com Savanna Blatt desde o oitavo ano. Eu não sei o que esperar. Eu não sei se ela vai arrancar a minha cabeça ou me ignorar completamente. Mas, talvez, por estar sozinha ela esteja com um humor diferente. Tem muita coisa acontecendo em nossa cidade e pode ser que ela esteja estressada, ainda mais sendo alguém que afasta todas as tentativas de aproximação.

Estou literalmente agindo como mãe agora.

Eu me aproximo de sua mesa e me sento ao seu lado com um lugar vazio entre nós. Não há mais pessoas chegando. Alguns dos folhetos dados na palestra e que foram largados ali deslizam para o chão. Pigarreio e abro minha mochila para pegar minha salada. Savanna se volta para mim, se limpando com um guardanapo. Ela não está usando batom, mas suas unhas estão pintadas de rosa.

— Acho que você está no lugar errado — diz ela. Seu tom é agudo, como sempre.

Eu balanço minha cabeça e abro a tampa vermelha do pote de salada.

— Eu estou ciente do lugar que escolhi.

— Ah, entendi. Perry e Kirsten não estão aqui, então você não tem outro lugar para se sentar.

Eu ignoro seu comentário e despejo o molho sobre a salada. Misturo tudo muito bem e começo a mordiscar folhas de alface. Enquanto isso, vejo Savanna desembrulhar biscoitos de arroz com manteiga de amendoim.

— Eu não preciso que você tenha pena de mim — diz ela. — Então, cai fora.

— Ah, eu não sinto pena de você. Eu vim aqui para pegar informações da brigada de incêndio — falo com um sorriso, enquanto pego um dos folhetos e finjo ler.

Savanna zomba.

— Todo mundo aqui é idiota — diz ela.

— Incluindo eu?

— Especialmente você.

— Você estava na assembleia esta manhã? — pergunto enquanto tento tirar uma uva-passa que ficou presa no meu dente.

— Não. Pra quê? Pra toda a escola ficar me encarando o tempo todo?

— Não sei.

— Eu cheguei apenas para a última aula. — Ela mordisca um pedaço do biscoito de arroz com manteiga de amendoim e põe na boca.

Há um minuto de silêncio.

— A assembleia foi boa? — questiona ela.

— O bombeiro estava lá. Ele nos disse o que fazer no caso de um incêndio doméstico.

— Isso é útil, considerando que todos os incêndios aconteceram em casas em construção.

Dou de ombros.

— Nunca se sabe.

— Como está seu namorado? — pergunta ela, e então ri.

— Bem. Por que isso é engraçado?

— É uma pena que Jimmy não tenha dado certo. Não consigo imaginar que este cara seja melhor. Kirsten mencionou alegremente que ele iria ser apresentado em sua festa. Ele não estava lá, óbvio. Então eu nem me surpreenderia se você estivesse inventando.

— Como você ficou sabendo dele?

— Tenho minhas fontes no Santa Helena.

— Então, você decidiu contar pra escola toda, inventando que eu falo mal dele?

— Bem, eu pensei que seu relacionamento deveria ser celebrado e todo mundo deveria saber, não acha? Mas parece que você não se decidiu se quer exibi-lo em festas ou mantê-lo em segredo. O que vai fazer, Dylan?

Meu corpo começa a tremer depois que ela termina de falar. Savanna põe o celular na orelha. Eu cerro meus punhos embaixo da mesa. Se ela ao menos soubesse o que passei nas últimas semanas, ela nunca pensaria que eu estaria inventando. Eu envolvo minhas pernas em torno da cadeira. Com a ponta dos dedos, encosto na pilha de papéis. Uma pequena chama surge inesperadamente, envolvendo os folhetos e deslizando ao longo das bordas retangulares. Na hora, pego uma das garrafas de água e jogo para apagar o fogo.

Faço contato visual com um menino sentado sozinho em outra mesa. Um calouro, talvez. Ele me observa boquiaberto. Fecho a cara e com a mão falo pra ele desviar o olhar.

Me aproximo mais de Savanna.

— O que você fez foi maldoso.

Ela me olha com surpresa.

— O que foi maldoso? — pergunta ela.

Não me choca que ela não consiga se lembrar de qual momento estou falando, são tantos para escolher.

— O Instagram falso.

— Ah... Aquilo? — Ela gesticula. — Aquilo foi hilário. Eu já tinha me esquecido dessa conta. Eu deveria postar...

— Pare com isso! — falo mais alto e Savanna se assusta. — Só porque é engraçado para você não significa que seja engraçado para todo mundo. — Minha voz falha.

— Foi uma brincadeira — diz Savanna suavemente.

— Foi cruel.

Ela suspira.

— Tá bem... Eu acho que, tipo, talvez eu não devesse ter feito.

Eu balanço minha cabeça e, em seguida, a apoio em minhas mãos.

Savanna e eu almoçamos enquanto checamos as redes sociais. Ninguém veio se sentar conosco. Alguns olhares maldosos parecem dizer: *o que aqueles dois estão fazendo juntos?* O que eu concordo cem por cento.

Estou esperando meu pedido de desculpas, mas percebo que ele nunca virá. Depois de aguardar o que parece ser mil anos, me viro pra ela.

— Ei, Savanna?

Ela bloqueia o telefone, então me encara. Seu rabo de cavalo cai sobre seu ombro direito. Suas sobrancelhas estão levantadas, esperando que eu continue. Savanna pisca.

— Eu sei que você não é a minha maior fã, mas, tipo, se você precisar de alguém para conversar... Você pode falar comigo ou algo assim. — E esfrego minhas mãos nas coxas.

Savanna passa a língua nos lábios e olha para a mesa. Ela puxa uma mexa de cabelo que caiu sobre sua testa.

Faço um gesto com a cabeça e indico o assento vazio entre nós.

— Certo. — Suspiro.

Não sei por que tentei isso. Nem isso ela merece de mim. Inferno, ela foi um dos motivos pelo qual pensei em suicídio. Eu me levanto, pronto pra sair.

— Você não gosta de tomate? — pergunta Savanna.

Eu me viro para ela.

— O quê?

— Sua salada. Você não comeu nenhum dos tomates.

Ela aponta para o meu pote de salada que está vazio, exceto por uma fileira de tomates cereja intocados.

— Ah... Em geral eu como. Mas hoje eu não estou me sentindo muito bem e a aparência deles estava me deixando enjoado. Pela primeira vez, eu não estou com vontade de ter bolas na minha boca.

Ela ri e morde o lábio. É esquisito vê-la sorrindo.

— Nossa, Dylan, você é tão nojento! — diz ela, revirando os olhos.

Acho que pode ser o jeito dela de dizer que está tudo bem.

— Você quer um? — falo.

Ela examina os tomates por trinta segundos antes de pegar um com o garfo e dar uma mordida.

O sinal do final do intervalo toca logo em seguida. Eu vejo todo mundo saindo do refeitório. Estou olhando para eles de costas e é um mar de círculos marrons, pretos, loiros e vermelhos balançando como ondas, a mesma que me leva de aula a aula, e da escola para casa. Não preciso ver seus rostos para reconhecer o fluxo. Todo dia, os milhares de alunos do Colégio Falcon Crest acordam ao mesmo tempo, as luzes que eles acendem de manhã iluminam a minha consciência. Assim como a lua está conectada às marés, estamos todos conectados ao mesmo empurra-empurra diariamente nesta escola.

E depois do incêndio do último fim de semana, estou percebendo que Jordan e eu estamos nos tornamos intrinsecamente ligados de maneira semelhante. Não é a simetria de seus dentes ou sua barriga definida que me puxam em direção a ele, mas a composição extraordinária de nossas vidas que nos faz encaixar. O extremo é o nosso normal, e o de mais ninguém. O Fantasma do Natal Passado de Scrooge pode até ser um personagem chamejante legal, mas ninguém me olha, segura minha mão com o mesmo calor, ou traz um sorriso ao meu rosto tão rápido quanto Jordan. E nenhum deles acontece por causa do fogo. Ninguém poderia dizer se o acontecimento do fim de semana foi um sinal, somente eu serei capaz de saber.

O refeitório está vazio. Eu espero até que as tias da cantina fechem as divisórias de metal entre a cozinha e o buffet, impedindo que alguém de lá consiga ver o que estou fazendo. Pego a pilha de folhetos e os carrego até a frente da longa fileira de máquinas de venda automática.

Não é difícil acender o fogo, já que estou agitado o suficiente e sinto o calor em minhas veias. Aqueles papéis ali são perfeitos para começar uma pequena chama que vai se alastrar em segundos. Eu sei que uma das regras é não usar meus poderes de propósito, mas se isso for necessário para me comunicar com Jordan abro uma exceção à regra.

Eu corro para longe da crescente nuvem de fumaça. Quando estou na metade do corredor, escuto uma rápida sucessão de explosões à medida que as máquinas pegam fogo. Fujo para a primeira sala de aula que encontro e deslizo sorrateiramente para trás de uma mesa, tremendo de medo enquanto professores passando correndo por mim em direção ao barulho e às chamas.

Se houver uma chance de Jordan ter causado o último incêndio para me avisar que ele ainda está aqui, quero que ele saiba que ainda estou aqui também, querendo o mundo.

TRINTA

No sábado seguinte, volto para ver a dra. Ivan.

Quando chego, ela me faz preencher um formulário de vinte páginas para documentar tudo o que aconteceu comigo desde a minha última visita.

Ela me pergunta sobre quais poderes se manifestaram, minhas reações físicas depois de começar a usar o Balancer, as situações em que meus poderes estão mais ativos e coisas do meu dia a dia, como se houve mudanças nos meus padrões de sono e de alimentação. Tem até uma questão sobre minha libido e a quantidade de ejaculação desde a mudança de minha composição corporal. Deixo essa linha em branco.

Agora, a dra. Ivan pede para eu entrar na caixa de vidro, que está sem a cama e sem os móveis. Também estou sem camisa e descalço, vestindo apenas uma bermuda. Fios estão presos ao meu peito, conectados a uma dúzia de máquinas encostadas no vidro. Luzes no teto brilham sobre mim vindo de todos os quatro cantos da caixa. Estou com as mãos nos quadris, esperando orientações.

— Você tem notícias do Jordan? — pergunto enquanto ela está digitando no computador.

— Não tenho. — Sua cabeça se move ligeiramente de um canto do monitor até o outro enquanto ela lê algo na tela.

— Achei que você estaria cuidando dele.

— Não sou só eu na equipe. Você é minha responsabilidade agora. Eu tenho outras pessoas cuidando de Jordan.

Bufo.

— Houve outros incêndios esta semana. Tenho pensado em Jordan... Que ainda pode estar por perto. — Pego um dos fios no meu peito, esperando que ela reaja. A doutora olha por cima de sua tela e me encara, inexpressiva. Depois, simplesmente volta a digitar.

— Ele não causou esses incêndios. Como eu disse antes, ele não está aqui.

— Como você pode ter tanta certeza?

Ela ergue uma sobrancelha.

— Eu tenho.

A dra. Ivan se levanta e se aproxima da porta, insere um cartão magnético e entra. O formulário que preenchi anteriormente está anexado a uma prancheta nas mãos dela. Ela folheia as páginas, balançando a cabeça enquanto lê.

— Você parece estar lidando com tudo relativamente bem. — Ela checa alguns dos fios sobre o meu peito, me causando calafrios.

— É só isso que você conclui? Eu odiaria ser surpreendido com algo por não saber lidar.

— Estamos prontos. — Ela guarda a prancheta e me deixa sozinho na caixa de vidro. — Você pode correr para mim?

Olho em volta com um olhar interrogatório.

— Tipo, bem aqui?

— Sim, corra sem sair do lugar. — Ela cruza os braços.

— Então tá... — E começo a correr. A dra. Ivan caminha ao redor da caixa de vidro com seus braços cruzados. Ela observa os números mudarem nas máquinas.

— Mais rápido.

Dou um pique e movo minhas pernas mais rapidamente. As máquinas começam a apitar em frenesi.

— Para que serve isso? — pergunto, ofegante.

— Muito bom. Polichinelos.

Ela me ignora. Eu olho para ela.

— Você está falando sério?

— Sim. Estou observando as reações do seu corpo: a variabilidade da sua frequência cardíaca, temperatura corporal e outras coisas. — Ela circula sua mão no ar. — Continue. Polichinelos.

Eu paro de correr e bufo. Levanto meus braços, movimento-os no ar, sincronizando a parte inferior com a parte superior do corpo, trazendo meus membros juntos para, em seguida, separá-los. Alguns dos cabos entram no caminho dos meus movimentos, me atrasando. Meu coração está acelerado.

— Flexões! — ordena a dra. Ivan.

Reviro os olhos e caio no chão. Eu não consigo me lembrar da última vez que fiz uma flexão. Meus braços estão doloridos depois de cinco repetições. O suor escorre pelo meu rosto.

— Levante-se rápido e pule o mais alto que puder.

— Pular? — pergunto, ofegante. Os músculos sobre meu estômago se contraem.

— O mais alto que puder. — Ela indica para cima.

Eu pulo.

— De novo — diz ela.

Eu pulo.

De novo e de novo e de novo. Repetimos o ciclo de corrida, polichinelos, flexões e saltos altos várias vezes.

Estou totalmente encharcado de suor ao final da quinta repetição. Minhas mãos estão molhadas e não consigo me fixar no chão para as flexões. Meu cabelo ensopado escorre pelo meu rosto.

— Pule — diz ela, levantando as mãos.

Rapidamente me levanto e pulo. Ao voltar pro chão, meu pé escorrega por causa da poça de suor e eu caio de costas. A parte de trás da minha cabeça bate de leve contra o chão.

— Pule — ela repete.

Eu cerro os dentes e bato meu punho no chão, e então fico de pé mais uma vez.

— Não! — grito, cuspindo muita saliva. — Dane-se! — Aponto para a dra. Ivan, me aproximo do vidro e dou um soco com força. Ela não se mexe. O vidro fica sujo com o suor da minha mão. — Eu odeio você! Não sei por que estou fazendo isso. Eu não conheço você. Você é péssima em ajudar Jordan e você é péssima em me ajudar. Vocês todos são uns merdas. Vocês e os HydroPro. Só porque você saiu da empresa não significa que não tenha responsabilidade. Você criou isto — e eu bato com as mãos no meu peito. — Você é responsável pelo que fez a mim, ao Jordan e aos pais dele. Você não é uma boa pessoa. Você diz que é. Você *pensa* que é. — Mordo o lábio e balanço a cabeça.

— Você não sabe do que eu preciso. Eu mesmo farei isso. — Volto para o centro da caixa e tento arrancar os fios grudados no meu corpo. — Vou trazer Jordan de volta. Você vai ver. Você vai ver. — Os fios não querem desgrudar de minha pele. — Droga, como se tira essas coisas?

Eu jogo minhas mãos para o lado e de repente me atiro para o teto da caixa. As máquinas enlouquecem, como uma dúzia de alarmes de incêndio. A dra. Ivan pega a prancheta e faz anotações.

Eu flutuo e giro pelo ar. Os fios me prendem me puxando da direita para a esquerda. Quando subo muito alto, eles me puxam para mais perto do chão.

Enquanto vejo a dra. Ivan rabiscar em seu papel, percebo o que ela realmente queria. Claro, estava testando minha frequência cardíaca e temperatura durante os exercícios. Mas ela estava me causando estresse de propósito para que eu flutuasse e para ver o que sou capaz de manifestar. Eu sei que a dra. Ivan faz isso para me ajudar, mas não vou admitir e dar essa satisfação a ela. Quando Jordan fez o que ela mandou, isso não o levou a lugar algum. Eu penso sobre o que a equipe da dra. Ivan fez com ele, e do meu futuro sem ele. Eu dobro meus braços e grito. Uma bola de fogo cresce no meu estômago. Minha visão fica turva e não vejo mais nada. Então, eu explodo. Assim como Jordan fez no lago. É a mesma sensação quando o café pelando viaja pelo meu esôfago, porém é no corpo todo.

As máquinas ficam silenciosas. As paredes de vidro estão estilhaçadas ao meu redor. Eu caio direto no chão duro. O fogo se dissipa, e eu fico em posição fetal caído no chão, cercado por um círculo de cinzas.

A dra. Ivan engole em seco e dá um passo para trás.

— Acho que é o bastante para esta noite.

Fico olhando para ela.

A dra. Ivan me obriga a ficar com ela por mais uma hora enquanto eu me acalmo. Tomo banho, sento-me ao lado de sua mesa e bebo um copo de água. Meu cabelo está molhado, pingando um pouco em meus joelhos. Ela está inserindo notas no computador.

— Posso ir? — pergunto, roendo as unhas.

— Você está se sentindo melhor?

— Não. Eu tenho uma febre crônica e uma ansiedade debilitante por causa da minha potencial morte iminente. Eu deveria me sentir melhor?

Ela suspira.

— Vejo você no próximo sábado.

Ela puxa um papel de uma gaveta e me entrega.

— Use isso para rastrear suas manifestações esta semana. — Ela esfrega a testa com a mão.

O papel é uma tabela composta com colunas para cada dia da semana e linhas para cada hora do dia. Na parte superior, há um cabeçalho com números aleatórios e o termo "Projetos Especiais". Ao pegar o papel, rasgo-o na frente dela. Os olhos da dra. Ivan se arregalam e ela fica boquiaberta.

— O que está fazendo, Dylan?

— Eu não vou voltar mais — digo, encolhendo os ombros. — Não sou seu "pequeno projeto". Estamos falando da minha vida. Não me sinto melhor quando venho aqui. Vou encontrar Jordan e ver no que vai dar. E se isso significa morrermos juntos, que assim seja. — E jogo o papel picado e os pedacinhos dançam pelo ar enquanto caem no chão.

— Dylan, você precisa voltar.

Eu me viro e vou até a porta.

— Dylan! — Eu ouço a cadeira em que ela estava sentada ser arrastada. — Dylan! — A doutora dá um soco na mesa.

Eu paro. Meu corpo fica rígido.

— Há... Uma cura potencial. — A voz dela está mais suave. — Um tipo de antídoto...

Minha mão segura a maçaneta.

— O quê? — pergunto, ainda de costas para ela. Minha mão treme segurando a maçaneta.

A dra. Ivan suspira.

— Existe uma tecnologia que pode ser capaz de reverter a mudança que está em curso no seu corpo.

Minha mão aquece na mesma hora. Meus dedos parecem derreter na maçaneta, marcando as minhas digitais. Quando me viro, arranco a maçaneta junto e a jogo do outro lado da sala antes que se derreta em minha mão. O objeto tilinta até se chocar contra o vidro. Eu caminho em direção a dra. Ivan.

— Uma cura? Você a tem?

Ela ergue as mãos enquanto caminha para trás.

— Não. Está em desenvolvimento pela HydroPro. Eu soube por alguns contatos remanescentes que tenho lá. É um resultado de alguns dos experimentos originais feitos com Jordan. É por isso que ainda preciso de você... Para conseguir uma forma...

Eu bato minhas mãos na mesa.

— O Jordan sabe disso?

A doutora nega.

— Eu não queria dar esperanças para vocês.

Rio na cara dela.

— Isso seria melhor do que tudo o que você nos deu até agora. Como você vai conseguir o antídoto?

— Estou formulando um plano com alguns outros parceiros da minha equipe, mas...

— Então você não tem um plano? — Aceno e sigo a passos rápidos em direção à saída.

— Dylan, por favor, espere!

— Não tenho tempo para esperar! Jordan pode estar por aí se colocando em perigo sem saber.

Como eu disse antes, esperar nunca me ajudou em nada. Jordan foi embora porque achou que ia me salvar. Ele achava que o melhor para nós era vivermos separados. Mas agora eu sei qual é a melhor coisa para nós: encontrarmos esse antídoto e ficarmos juntos novamente.

TRINTA E UM

Meu corpo treme na viagem de trem de volta para casa enquanto eu olho o endereço da HydroPro no StreetView, aproveitando para dar uma boa olhada na disposição dos prédios nos arredores. Em poucos minutos, localizo várias portas, garagens e janelas por onde poderia me infiltrar. Entrar no endereço da HydroPro não será um problema. Meus poderes facilitam essa parte. Eu poderia flutuar até o telhado, derreter uma fechadura ou voar por uma janela aberta. Difícil será encontrar o antídoto.

Mas uma coisa que eu sei com certeza é que os HydroPro são obcecados por Jordan. Não deve ser difícil encontrar informações sobre isso dentro do prédio. Espero que, assim que estiver lá, todos os corredores me levem a Jordan.

Leio a notícia sobre o acidente que meu namorado causou e anoto os nomes de seus pais e outros detalhes que podem ser úteis quando estiver no prédio da HydroPro. Também abro o Twitter e procuro tuítes sobre a empresa, mas não há nada aparentemente útil.

Há um tuíte de Kara Bynum dizendo que o time de líderes de torcida está de volta à Filadélfia. Eu clico em sua conta e olho suas postagens. Não há menção de o time ter ganhado qualquer competição. Eu acho que podemos admitir que a participação das animadoras de torcida do Falcon Crest em um campeonato nacional não estava prevista. Continuo rolando a tela até que encontro um troféu *de verdade*.

Kara tuitou uma foto da sra. Gurbsterter e da Perry na quarta-feira. A sra. Gurbsterter está usando uma tiara com orelhas do Mickey Mouse e uma pochete engraçada. Se ela quer parecer magra, alguém deveria dizer a ela que usar uma pochete faz parecer exatamente o contrário.

Ela está radiante e está com o braço em volta do ombro de Perry, que está olhando para a câmera completamente sem expressão. Mas eu posso dizer que Perry está prestes a vomitar com o cheiro que provavelmente está emanando da axila suada da sra. Gurbsterter por causa do calor da Flórida. Espero que a tortura que minha amiga está passando valha a pena no final, porque essa garota merece vencer uma.

Falando nela, segundos depois eu limpo a tela com as inúmeras notificações de mensagens de Perry e Kirsten me chamando para sair e para ligar para elas que, definitivamente, voltaram à cidade e estão com seus celulares de novo. Elas me enviaram fotos das telas da primavera finalizadas. A minha ainda tem apenas alguns tons de azul.

Saio do aplicativo e bloqueio meu telefone sem responder. Eu não tenho nada a dizer a Perry e Kirsten, porque eu não quero mentir. Continuar a ignorá-las é péssimo, mas menos arriscado. Eu não confio em mim o suficiente para inventar mentiras explicando o que eu e o Jordan estamos fazendo.

Esse antídoto não apenas curará eu e Jordan, mas também vai consertar a confusão que se tornaram os meus relacionamentos com meus melhores amigos e família. Poderei ser eu mesmo novamente. Quem imaginaria que um dia eu iria querer voltar tão rápido a ser aquele Dylan comum?

O trem me deixa na estação Liberty Pike. Tiro a trava da minha bicicleta que está no estacionamento e pedalo pela estrada deserta em direção ao prédio da HydroPro. Eu passo pelas novas casas construídas pela empresa Blatt em Liberty Pike. Olhando para as construções abandonadas, lembro de quando Jordan me disse que botou fogo em uma delas em sua primeira noite em Falcon Crest. Me entristece pensar na solidão que ele sentiu ao se mudar para cá. Dói ainda mais pensar que, provavelmente, Jordan está se sentindo assim agora, outra vez. Espero ter aliviado um pouco de sua solidão durante o breve tempo em que estivemos juntos, porque ele fez isso por mim.

No canto do meu olho, uma faísca laranja pisca no céu. Os pneus da bicicleta cantam com a minha freada brusca. Eu me viro, olhando as casas em busca de mais rajadas de luz, mas tudo continua escuro.

Então, ouço um barulho, como o de uma porta se fechando, e fico completamente arrepiado. É um sábado à noite, não tem ninguém trabalhando, logo este lugar deveria estar vazio... Mas não está. Os sons podem ser de Jordan ou de outro incendiário. Meu coração palpita com o pensamento de ele estar perto de mim novamente. Só que se forem outros incendiários, eu preciso impedi-los de agir. Jordan não pode voltar para Falcon Crest se os HydroPro ainda acharem que ele é muito perigoso para uma vida normal. Se alguém, além de Jordan, estiver correndo por aí provocando incêndios e tornando a cidade instável, não é justo. E eu estou cansado de coisas injustas.

Largo minha bicicleta no meio-fio e entro no canteiro de obras. Me esgueiro pela lama entre duas casas inacabadas, minha mão sorrateiramente deslizando ao longo da madeira compensada. Na lama, vejo pegadas. Eu me abaixo para inspecionar. Comparando o meu pé direito com as pegadas, percebo que elas são pequenas.

De repente, ouço outro som. Desta vez mais alto, como um frasco de plástico pesado caindo no chão. Me estico todo para tentar ver de onde veio. Mas também fico mais tenso. Então, fico de costas contra uma parede enquanto tento acalmar minha respiração.

Sussurros irrompem na noite. Uma risadinha. Franzo minha testa. *Quem será?*

Eu lentamente deslizo pela parede até me ajoelhar, então caminho meio agachado na direção dos sons. Eu alcanço uma calçada recém-pavimentada e me levanto. Meus olhos testemunham algumas chamas queimando ao lado de outra casa um pouco mais pra baixo na rua.

— Ah, não — digo para mim mesmo. Começo a correr em direção a essa casa. O fogo queima duas molduras de janela, rapidamente subindo para o telhado. A fumaça escura e espessa contrasta com o céu escuro.

Duas figuras encapuzadas surgem na entrada da frente da casa em chamas. Minha respiração fica presa na garganta. Paro no meio da rua de súbito, quase escorregando.

Essas duas figuras estão todas de preto: calças pretas, sapatos pretos, luvas pretas e moletons pretos. Uma delas tem uma bolsa preta pendurada no ombro e está fazendo malabarismos com uma garrafa entre as mãos. As sombras andam casualmente pelo gramado da frente da casa. Quando atingem o meio-fio, elas se abraçam.

Elas não sabem que estou aqui. Elas não podem saber que estou aqui. Inspeciono. Faço que vou pra frente, mas recuo: não pode ser ele.

— Jordan!

As figuras congelam. Se afastam e olham ao redor até me encontrarem na rua. Ao me verem, saem correndo.

Um choque percorre meu corpo. Corro em disparada atrás delas. Eu realmente não tenho escolha. Vim aqui procurando algo e encontrei. Não posso ficar aqui sozinho. Esta casa está prestes a ser completamente tomada pela chama em 2,4 segundos, e os policiais adorariam ter alguém para prender pelos incêndios criminosos. Invadir a HydroPro está temporariamente suspenso.

— Ei! — grito. — Eu não estou procurando problemas! Só tenho alguns perguntas!

As sombras misteriosas não param, sequer olham para mim. Elas saltam um meio-fio e desaparecem no meio de duas casas. Faço uma curva fechada para a esquerda e sigo seus passos.

Elas descem uma colina gramada. Uma das sombras cai no chão, mas rapidamente ambas voltam a correr para a rua. Um carro buzina e freia em cima. Eu já me preparava para o pior. Os faróis brilham diretamente sobre as duas pessoas. Seus corpos continuam correndo pela calçada até desaparecer em uma área arborizada.

Eu desço a colina, tomando o cuidado de não cometer os mesmos erros das sombras em fuga. Depois de tudo isso, ser atropelado por um carro seria muito decepcionante. Não me tornei um maldito super-herói disfarçado para ser morto por um velhinho indo comprar bilhetes de loteria. O carro solitário segue pela estrada levando com ele a única iluminação da rua, só então eu atravesso.

Entro na área arborizada, porém logo percebo que estou correndo atrás do nada. Paro e escuto: silêncio. Logo em seguida, um som: são as árvores rangendo contra o vento. Ao longe, o ruído da casa sendo consumida pelo fogo.

Um galho se quebra, seguido por folhas sendo pisadas. Resolvo me arriscar lançando uma chama no ar, e os incendiários aparecem no breve lampejo de luz que criei. Eles tropeçam, assustados com a repentina explosão de calor. Eu corro atrás deles.

Sei que não deveria conscientemente usar meus poderes, mas estou usando. Por Jordan. Ele usou os dele para me salvar, e eu estou fazendo o mesmo. Em seguida, salto sobre uma pedra e atiro outra chama no meu caminho.

Não vejo mais os incendiários. Lanço outra explosão de luz e não há nada. Sumiram.

Agito as mãos e dou um impulso para cima antes de começar a correr de novo. Devo estar apenas a um palmo do chão, mas então a gravidade endireita meu corpo. Viro meus tornozelos e pulo de novo e de novo e de novo. E continuo no mesmo lugar. Eu quero ativar meu poder de voar, só que meu truque não está funcionando. Vou tentar a sorte. Agarro um galho e subo em uma árvore. Pode ser que um ponto de partida mais alto faça a diferença.

Uma sirene toca ao longe. Eu olho em direção ao Liberty Pike e vejo luzes vermelhas e azuis piscando por entre as árvores.

Uma dor atravessa meu peito. Solto a árvore, e meu corpo voa pelo céu como se tivesse sido disparado por um canhão.

O perigo mortal parece ser sempre o melhor gatilho.

Me prendo em um galho, me apoiando nele. Estou meio que balançando, meio pulando de galho em galho. Toda vez que eu vacilo e caio no ar, meu corpo volta para a copa das árvores como se existisse um trampolim eterno debaixo de mim. Continuo atirando chamas esporádicas para iluminar o caminho. Finalmente, volto a ver os incendiários. Do meu ponto de vista, estou a cerca de dez metros deles.

— Ei! — grito quando finalmente os alcanço. Eles estão embaixo de mim, no chão. — Quem são vocês?

As sombras não olham para cima. Em vez disso, fazem uma curva fechada e correm em outra direção. *Caramba*. Eu pulo em um galho de árvore e me viro para trás para mudar de direção. Escuto o som de algo se rachando. O ramo se separa do tronco e gira pelo ar antes de colidir com o chão. Um forte barulho ecoa pela floresta.

Caminho — ou melhor, *voo* — mais rápido que eles. Observo os incendiários se esquivarem de troncos de árvores e pedras e tropeçarem em buracos. As copas das árvores estão sem folhas. Tenho uma visão clara embaixo de mim.

Estou quase alcançando as sombras de novo. Daqui dá pra ver que estão ficando sem fôlego.

— Parem!

Suas cabeças se viram procurando a origem do grito. Eles investigam a área atrás deles. Consigo ver uma parte de seus rostos e percebo fios de cabelo comprido saltando de seus capuzes. O resto está escondido pelas sombras da noite.

— De onde a voz está vindo? — Um deles pergunta.

Frustrado, atiro minha maior chama em uma árvore logo à frente deles. A floresta se transforma em uma bola de fogo. O tronco da árvore explode do chão como uma erupção vulcânica, com suas raízes rasgando a terra. Ele desaba e impede uma rota de fuga para os incendiários.

As sombras abrem os braços quando param de correr. Uma delas tenta escalar a árvore caída, mas grita quando toca a casca queimada e recua.

Estou agachado em um galho. Meus olhos fixos nos dois.

Pulo da árvore, voltando para o chão. Meus pés batem na terra e folhas rodopiam no ar ao meu redor. Minhas pernas estão fracas. Os pés formigam. Os incendiários se viram e me encaram, totalmente sem fôlego.

Eu dou um passo à frente. Eles pulam para trás e se abraçam.

— Eu não estou aqui para machucar ninguém.

— Então nos deixe em paz! — pede um deles.

— Eu só quero que vocês parem. Por que estão fazendo isso? Vocês estão destruindo a vida de outras pessoas!

— Você não sabe de nada, pra começo de conversa. — Uma das sombras está prestes a baixar o capuz de ambos.

— Não! — diz o outro incendiário. A voz é familiar.

Mas não adianta, um deles acaba por tirar o capuz dos dois. É uma garota. Ela tem cabelo castanho curto e encaracolado. Olhos enormes e redondos me examinam. Os lábios dela estão apertados.

O outro incendiário resmunga. Ele larga a mochila no chão e segura a garota pelo braço, ficando de frente para ela.

— Você é mais esquisito do que eu tinha pensado, Dylan — ele diz.

Calafrios percorrem cada centímetro do meu corpo. O outro incendiário puxa o capuz para trás.

E aí está ela: rabo de cavalo alto e tudo o mais. Savanna Blatt está me encarando, inexpressiva.

TRINTA E DOIS

Às vezes eu tenho os impulsos mais estranhos ao longo do dia e me pergunto se sou o único a experimentar esses sentimentos. Tipo, se eu estou sentado na aula de química do dr. Brio, do nada me dá uma vontade louca de gritar a plenos pulmões. Ou posso estar cortando pepinos para a salada com a mamãe, e me dá uma vontade de cortar um dos meus dedos para ver qual seria a reação dela. Ou eu posso estar no banco do passageiro com a Kirsten e me bate a vontade de pegar o volante para nos capotar pelo ar. Eu não quero fazer essas coisas de verdade, é mais um "e se...".

Mas agora, estou com um desejo muito real de estrangular alguém. E não é uma situação hipotética, mas uma situação de *quando* vai acontecer.

— Você! — grito para Savanna. — Que raios você está fazendo aqui? — Minha voz falha.

Ela levanta as mãos para mim.

— Que raios *você* está fazendo aqui é a pergunta certa.

— Perseguindo você... Não sei. — Eu me viro e coloco as mãos na minha nuca.

Savanna se aproxima de mim.

— Você está tentando botar fogo em mim com um lança-chamas? Você é um psicopata!

— Eu não tenho um lança-chamas. E isso não é da sua conta. Por que você está queimando as casas do seu pai e depois culpando os outros? Primeiro você arruína a minha vida com aquela brincadeira estúpida e agora você está tentando arruinar a vida do meu namorado!

Savanna ri.

— Se aquela brincadeira arruinou sua vida, então você não tinha uma vida só pra começo de conversa. E como estou arruinando a vida do seu namorado? Toda vez que algo vai mal para você, você me culpa. Talvez você devesse começar a pensar menos sobre o que estou fazendo e mais sobre você mesmo, daí talvez você consiga algo de verdade.

— Cala a boca, Savanna. Você é a última pessoa que vai me dar conselhos de vida. — Cruzo meus braços. — E quem é a sua amiga? — pergunto, apontando na direção da outra encapuzada.

— Não é da sua conta — retruca Savanna.

— Você conhece esse garoto? — quer saber a menina.

— Infelizmente. — Savanna revira os olhos.

— Ele é o outro incendiário? — pergunta a menina e aponta para mim.

— Não sei. Espere. — Savanna ergue as sobrancelhas. — O que você estava fazendo em Liberty Pike?

Eu a encaro em silêncio.

— É você o responsável pelos incêndios?

— Não! — grito.

— Você está mentindo! Você estava nas casas com algum tipo de equipamento para atear fogo. Eu te vi!

— Não tenho tempo para você.

— Eu não me importo se você for o incendiário, obviamente. Eu também sou uma incendiária. Não vou te dedurar. Apenas me diga.

— Como se eu pudesse confiar em você. Você estava ateando fogo para que as pessoas fiquem mais obcecadas por você? Isso não faz sentido.

— Muito pelo contrário, na verdade. E estava funcionando bem até você aparecer.

— O quê?

— Você é o outro incendiário?

— Pode ser o namorado dele — sugere a outra garota.

Eu olho na direção dela e meu rosto cora.

— É, não é? — pergunta Savanna. — É assim que estou arruinando a vida dele?

— Quem está aí fora? — grita um homem.

Os olhos de Savanna se arregalam e ela abre a boca.

— Pai?

— Ah não... — murmuro.

Savanna corre para pegar a mochila. Ela tira um isqueiro do bolso, o enfia no fundo da bolsa e a fecha. Em seguida, joga a mochila para a outra garota. — Pegue isso e corra! — ordena Savanna.

— O quê? Não! — diz a menina. — Eu não vou deixar você aqui com esse cara.

— Eu o conheço. Tá tudo bem. Meu pai não pode saber de nós assim. Apenas vá.

— Tem certeza?

— Oi? — grita o pai de Savanna novamente.

Um feixe de luz de lanterna ilumina os galhos acima de nós. Um cachorro late.

— Sim — diz Savanna. — Vai! — Sua voz está em pânico. Savanna passa a mão pelo rabo de cavalo e empurra a garota mais para dentro do bosque. Logo depois, Savanna se vira para mim. — Não diga nada.

— Sobre qual parte? — pergunto.

— Não faça nada estúpido comigo, Highmark. — Ela me segura pelo braço e crava suas unhas compridas na minha pele. — Por favor. Só esta noite.

Olho para o rastro por onde a outra garota desapareceu. Eu não sei quem ela é, mas Savanna deve se importar profundamente com a menina. Savanna nunca tinha implorado na minha frente, e eu acho que ela nunca faria isso, a menos que a situação fosse terrível. Esses dias, tenho vivido situações assim e sei o que é se importar com alguém. Eu gostaria que Savanna fizesse o mesmo em relação ao Jordan e a mim se os papéis fossem trocados.

— Se meus segredos estão seguros com você, então seus segredos estão seguros com mim — eu digo.

Ela acena.

— É claro.

Eu me viro, e tem uma lanterna apontando para meu rosto. A luz me cega e eu meio que me desequilibro.

— Savanna? — Seu pai pergunta. Ele coça a cabeça. Seus dois irmãos e um policial estão juntos. Ou, pelo menos, acho que é isso, já que não estou conseguindo enxergar direito. O policial segura um cachorro na coleira: um grande pastor alemão fareja o ar procurando algo suspeito.

— Pai — diz ela, respirando ofegante.

— O que você está fazendo aqui fora? Não é seguro. Quem está com você?

Todas as quatro lanternas estão apontadas para mim.

— Ninguém. Quero dizer, sim. É Dylan Highmark. Mas apenas ele. Você o conheceu antes. Nós estamos... É... Fomos... — Savanna engole em seco e olha para mim.

— Estamos trabalhando com Kirsten Lush em seu projeto pessoal acerca dos incêndios — digo. — Ela entrevistou o senhor antes. Ouvimos que havia um incêndio por aqui e viemos à procura de detalhes.

Savanna suspira meio que aliviada.

— Este não é um projeto divertido — fala um de seus irmãos, avançando em nossa direção.

— Chega, Miles — diz o pai. — Savanna, vá para casa, por favor. Deixe Kirsten fazer o próprio trabalho a partir de agora. E eu não quero mais ver você perto do Dylan. Entendido?

Galhos estalam não muito longe. Todos paralisam, tensos. Miles ergue as sobrancelhas. Eu paro de respirar. É a outra menina. Eu mordo o interior da minha bochecha. Os olhos do sr. Blatt procuram algo na escuridão. As orelhas do cachorro se animam.

O silêncio é interrompido por sirenes da polícia e do caminhão de bombeiros. Os Blatts se viram em direção à rua.

— Devemos ir — aconselha Miles.

— Savanna, você me ouviu — diz Blatt.

Ela assente.

O sr. Blatt se vira e corre de volta para a rua com seus filhos, seguidos do policial com seu pastor alemão.

— Obrigada por isso — agradece Savanna.

— Sim, tanto faz. — Coloco a mão na testa, aliviado. Dou um passo, mas a minha visão fica turva. Meus pés escorregam em uma raiz de árvore e eu tropeço.

— Dylan — murmura Savanna.

Minha boca se abre, mas não consigo formar palavras. Meu coração bate tão forte que parece estar dentro da minha cabeça.

— Você está bem? O que está acontecendo?

Tudo fica fora do ar e eu bato a minha cabeça contra a terra.

TRINTA E TRÊS

Mais tarde sou acordado por alguém batendo no vidro perto da minha cabeça. Esse som ecoa dentro do meu cérebro e abro os olhos. Estou deitado no banco de trás de um carro. Através da janela, uma loira de meia-idade acena para mim.

— Desculpe-me — diz ela. Sua voz está abafada e sua cara é de preocupação.

— O quê? — Pergunto, esfregando minha cabeça. Me apoio no banco da frente para me levantar. Minhas costas doem. Savanna está desmaiada no banco da frente, sua cabeça contra o volante. — Savanna! — grito, chutando seu banco.

Seu corpo balança e ela acorda.

— Que aconteceu? — grita Savanna. Ela ainda está de preto, mas sem o capuz e as luvas. Seus olhos estão inchados.

— Ei — diz a mulher. — Você parou na vaga para carregar veículos elétricos. Só existe uma dessa. Aqui não é lugar para cochilar.

Savanna olha para mim e desliza os dedos pelo rabo de cavalo. Ela abre a janela e se vira para a mulher.

— Oi. Já íamos sair, obrigada. — Uma névoa se espalha pelo vidro enquanto ela fala. A mulher faz aquela cara de *aham* e se afasta. Com uma das mãos, Savanna pega a mochila e com a outra liga o carro para estacioná-lo em outra vaga.

— Deus, que mulher irritante! — fala Savanna enquanto acena um tchauzinho para a mulher.

— Para onde você me trouxe? — pergunto, ajeitando minhas roupas.

— Relaxe. Você desmaiou na floresta. Eu tive que te tirar de lá.

— Ah, agora você está me ajudando?

Ela cruza os braços e solta um longo suspiro. Eu reviro os olhos. Savanna passa a mão pelo próprio braço. — Acho que precisamos conversar.

Eu suspiro. Ela é a última pessoa com quem quero falar agora. Verifico meu telefone e vejo três chamadas perdidas de Perry.

— Tudo bem — digo. Olho ao redor do estacionamento e vejo uma praça de alimentação na esquina do shopping. — Podemos conversar lá, pelo menos? — pergunto, mostrando o lugar. — Estou morrendo de fome. Além disso, a mulher ainda está olhando para nós.

A loira está sentada em um Tesla no corredor seguinte do estacionamento. Ela está falando ao celular. Eu não sei para quem a mulher está ligando, mas nós definitivamente não precisamos de mais uma pessoa à qual dar explicações se ela estiver ligando para o marido ou para quem quer que seja.

Fico animado quando entramos na praça de alimentação. O buffet é incrível. Onde mais você encontraria comida tailandesa, pizza, macarrão com queijo e sopa de tomate juntos, de boa?

Eu pego um prato e encho de rolinhos primavera vegetarianos, arroz com frango e uma salada de batata que está com uma cara boa. Savanna pega uma fatia de pizza de queijo sem molho de tomate e escolhemos uma mesa no canto mais isolado possível.

— Então, sobre o que você quer falar? — pergunto. Vou deixá-la conduzir esta conversa. Eu sei que nós dois queremos perguntar um ao outro *o que está acontecendo*? Mas Savanna que comece. Estou achando que isso vai dar em um pedido de desculpas atrasado sobre o caso do Instagram falso, ou um pedido de desculpas por tentar me envolver romanticamente com Jimmy, ou um pedido de desculpas por me atormentar durante a minha infância, ou uma explicação razoável para ser uma incendiária, ou todas as opções. Eu mordo meu rolinho primavera vegetariano.

Savanna tira pedacinhos da borda da pizza e os coloca cuidadosamente na boca, mas sem mastigar. O sistema de ventilação sopra um ar fresco sobre nós. Um faxineiro varre o lixo debaixo de uma mesa próxima.

— Dylan... Eu só queria dizer que sinto muito. Eu não sabia que você estava passando por tudo isso. — Ela olha o vazio ao nosso redor.

Eu engasgo com a crosta do meu rolinho primavera. Bato no meu peito para respirar de novo. Ela acabou de pronunciar que *sente muito*?

Não era assim que eu esperava que essa conversa começasse. Quero dizer, eu estava esperando que fosse assim. Mas minhas expectativas sobre algo acontecendo pela primeira vez do meu jeito eram tão altas quanto as chances de eu sair flutuando antes mesmo de ter poderes — ou seja, inexistentes.

Termino de comer a comida que estava mastigando e penso antes de responder. Não adianta ser rancoroso. Todos nós fazemos besteiras uns com os outros. Savanna não estava incendiando casas de propósito para que Jordan fosse pego ou para me colocar em apuros. Como ela ia saber? Como alguém poderia saber?

Respiro fundo e olho para Savanna sem entender.

— Tudo bem.

Ela se recosta na cadeira e cruza as pernas. Suas mãos estão dobradas em seu colo.

— Para ser justo, acredito que nós dois estávamos passando por alguma coisa.

— Você acertou.

Savanna olha para o lado. Seu cabelo parece ainda mais brilhante em contraste com suas roupas pretas. Solto o garfo e limpo a boca com um guardanapo.

— Quando nos trombamos no corredor aquele dia e eu vi aquele folheto sobre prevenção ao suicídio... Tudo bem eu trazer isso à tona?

Ela assente.

— Pensei que fosse por causa dos incêndios. Eu pensei que talvez eles estivessem deixando você mal. Mas você mesma estava ateando fogo. Estou confuso. — Digo pondo as mãos sobre a mesa. — Eu não entendo, como essa brincadeira faria você se sentir melhor?

Savanna dá de ombros. Seus olhos olham o nada.

— Não estou aqui para falar sobre isso.

— Como? — Eu levanto minhas sobrancelhas. — Do que estamos falando então?

— Dos incêndios. Eles estavam me libertando.

— Te libertando? Como assim? Não estou entendendo.

— Nos últimos dois meses, consegui ser mais eu do que nunca na minha vida. Meus pais... os meus irmãos... ninguém estava prestando atenção em mim. Eles estavam tão ocupados. Já que uma outra pessoa estava causando os incêndios, pensei que ninguém saberia.

Eu achei que conseguiria continuar fazendo isso sem ser pega e por muito tempo ainda.

— Você adora atenção. O que está falando? E, sem querer parecer um idiota, mas não acha que isso é um pouco extremista? Você não poderia ter falado com sua família sobre o que estava acontecendo?

— Não foi extremo! — Ela grita e suas narinas se abrem. — Você não me conhece, nem a minha família.

Eu levanto as mãos.

— Desculpe. Eu não quis dizer isso.

A área do buffet está em silêncio. A voz de Savanna ecoa sempre que ela fala.

— Você não acha que seu namorado poderia ter falado com alguém?

Não respondo.

— Veja — diz ela. — Não é tão fácil.

Eu concordo.

— Foi ele, não foi? Eu ouvi você gritando o nome dele lá em Liberty Pike. Você pensou que ele estava ateando o fogo e você estava procurando por ele, não estava?

— Sim.

— Por quê?

Eu respiro fundo.

— Realmente não posso te dizer. Mas lembra quando você disse que eu tinha um lança-chamas na floresta?

Ela concorda.

— Bem, eu não tinha. Eu estava lançando as chamas com as minhas próprias mãos. E Jordan também faz isso.

Seus olhos se arregalam. Ela olha para mim da mesma maneira que eu olho para cada prova de química — com desgosto e confusão.

— Espere... Como assim!? — diz Savanna, ficando de pé.

— Sente-se — ordeno, olhando ao redor. Falei meu segredo casualmente porque, na real, não existe o melhor jeito de contar isso pra alguém.

Ela joga a cabeça para trás e ri.

— Você realmente não tem limites, né? Existem algumas maneiras diferentes de lidar com isso, mas inventar mentiras absurdas não é uma delas. — Savanna senta lentamente. — Eu estava falando sério com você. Minha vida foi afetada. Isso não é uma piada.

— Estou falando sério com você também, Savanna.
— Eu não acredito. Lança uma chama então.
— Não posso fazer isso aqui. Você não está ouvindo? Não posso chamar atenção. O Jordan está desaparecido por causa disso. Tem pessoas atrás dele e os incêndios se tornaram uma pista para encontrarem ele.
— Sumido como? Tipo, sequestrado?

Eu conto a ela sobre a busca dos HydroPro pelo Jordan. Não falo nada sobre a minha eventual morte.

— Isso não faz sentido.
— Para ser justo, a sua explicação também não. Então, acho que estamos quites. Isso é tudo o que posso divulgar por enquanto — digo, me recostando na cadeira.
— Então eu deveria acreditar que você faz fogo do nada?
— Sim. — Dou de ombros. — Eu também posso flutuar, se isso desperta mais seu interesse.

Ela balança a cabeça.

— Você realmente é como um rato de laboratório, Highmark.

Fico de pé.

— Bem, já falamos o suficiente sobre os incêndios. Estou feliz por você me dizer esse sei lá que você queria dizer. Adeus, Savanna.

Dou um passo, mas ela agarra meu braço.

— Eu não te disse ainda — diz ela. Seu lábio treme. — Tem mais. A verdade é... — Savanna gagueja e para. — Tem algo que eu quero te dizer. Bem, há anos, pra falar a verdade. Mas eu acho que você já sabe o que é.

Depois de tudo o que aconteceu nos últimos dois meses da minha vida, estou esperto o suficiente para não fazer suposições sobre as pessoas.

— Certo...

As mãos de Savanna tremem.

— Não sei. Somos mais parecidos do que você pensa.

Eu rio.

— Tenho certeza de que você tem grandes qualidades guardadas aí. Mas duvido muito disso.

Ela morde o lábio.

— Isso não deveria ser engraçado.
— Bem, então fale. Não tô te entendendo.

— Eu sou...

Ela respira fundo e então abaixa a cabeça.

— Você é...?

— Eu sou...

— Você é o quê? — pressiono.

— Eu não consigo dizer.

— Bem, isso não vai me ajudar a te entender.

— Dylan...

Savanna coloca a mão na mesa. Está tremendo. Eu franzo minhas sobrancelhas e observo os movimentos de seu corpo. Rapidamente reflito sobre os eventos das últimas duas horas para tentar descobrir por que Savanna está agindo desse jeito. A única coisa diferente é a presença daquela garota. De repente, a única coisa que consigo lembrar é da forma como aquelas sombras estavam sempre muito próximas, se tocando... no incêndio, na floresta e antes da fuga. Complicado. Na verdade, os comportamentos de Savanna — usando táticas de desvio de atenção, assumindo um comportamento rígido e frio, participando da sabotagem a Dylan Highmark — indicam a resposta.

— Espere. Você é... — digo, sentando de volta no meu lugar.

Ela meio que concorda e, por fim, concorda de vez.

— Como eu sei que estamos pensando a mesma coisa?

— Não sei.

— Você é gay? — pergunto.

— Sim! E eu não sei o que fazer sobre isso!

Seu rosto se contorce e depois explode em muitas lágrimas. Quase fico boquiaberto, mas me controlo a tempo.

Parte de mim quer pular na mesa e abraçá-la. A outra parte quer jogar a salada de batata na cara dela. Pensei que eu me sairia melhor nesse assunto. Quero me sentir feliz por ela, mas estou tendo problemas em esquecer todas as merdas que ela tem feito comigo há anos.

— Bem... — começo a falar. Mas não tenho ideia do que dizer.

Ela limpa os olhos com a manga do moletom.

— Você não precisa dizer nada. Eu não quero que seja meu amigo. Sei que fiz muitas coisas para você. Eu sinto muito pelo jeito que sempre te tratei.

— Por quê?

— Por que o quê?

— Me trata desse jeito?

Ela respira fundo.

— Sinceramente, eu não sei. Isso, tipo, sempre pareceu tão fácil para você. Veio tão naturalmente. Eu sempre me senti uma idiota perto de você.

— Você tá de brincadeira? Sair do armário não foi nada fácil pra mim. Ainda não é. E você e sua família foram algumas das pessoas que dificultaram ainda mais. Você machucou meus sentimentos... muito. — Fico em silêncio.

— Eu sei. Quando você sentou comigo no almoço na outra semana eu pensei... Pensei que você estivesse com problemas.

— Eu estava! E eu estou. Esses últimos dois meses... me sinto perdido. O que você quer de mim?

— Nada. Só queria que você soubesse, pra tudo isso fazer um pouco mais de sentido.

— Não. Essa coisa toda é zoada. E não quero dizer você. Digo: você, eu, Jordan e tudo mais.

Savanna funga e olha para o chão.

— Verdade.

— Eu sou a única pessoa que sabe?

— Sim. — Savanna puxa o rabo de cavalo.

— Você vai contar para outras pessoas?

— Vou tentar. Mas não pra minha família... Pelo menos não ainda.

— Sim, eles não parecem ser os mais acessíveis.

Deixo minha comida de lado. Sei que Savanna está tão enjoada agora que deve estar prestes a vomitar. Sua boca provavelmente está dormente. Ela aperta as mãos com força para que não tremam.

— Não sei se aceito suas desculpas, mas estou muito orgulhoso e feliz por você. Eu sei que não é fácil. Imagino que toda vez que alguém se assume, nós deveríamos dizer que isso não vai mudar nada entre nós, mas, no nosso caso, espero que as coisas mudem.

Ela ri.

— Obrigada, Dylan.

— Você está namorando aquela garota da floresta? Você sabe que agora vou dar uma de repórter.

Ela ri novamente.

— Acho que podemos dizer que sim.

— Ela é linda.

O rosto de Savanna fica vermelho.

— O nome dela é Devon. Ela vai para o Santa Helena. Você provavelmente a viu na festa de Kirsten.

— Ah... O Santa Helena dos Gostosos. Parece que todos os gays bonitos vão lá.

Savanna encolhe os ombros.

— Eu não diria isso.

— Você tem razão. Nós dois somos muito mais lindos.

Savanna sorri. Eu estendo minha mão e abro meus dedos. Ela coloca a mão sobre a minha.

— Isso é estranho.

— Acho que nós dois podemos dizer "ai de nós, somos os únicos gays na escola juntos agora!".

— Concordo.

Com o canto do olho, noto uma cabeça familiar com longos cabelos loiros ao lado do balcão de pizza. Eu me viro para ver melhor. É Perry ou uma gêmea idêntica. Kirsten emerge de um canto segurando duas bebidas e fica ao lado dela. O enorme chaveiro pendurado em seus dedos confirma minha suspeita.

— Ah, não — murmuro.

— O que foi? — pergunta Savanna.

— Kirsten e Perry estão aqui. Eu tenho ignorado elas. Se elas me virem, vão ficar loucas.

— Onde elas estão?

— Pegando pizza.

Coloco o cotovelo na mesa e tento esconder o rosto com a mão. Me remexo na cadeira procurando uma posição que fique longe dos olhos delas.

— Me diga quando elas estiverem vindo.

— Elas estão vindo.

— O quê? Já?

— Dylan! — grita Perry.

Eu me endireito na cadeira e nossos olhares se encontram. Ela está sorrindo de orelha a orelha. Ambas parecem bronzeadas. Perry coloca sua pizza em uma mesa e corre em minha direção. Seus braços estão estendidos para um abraço.

— Onde você estava? Que saudade de você! Adorei o seu cartão de dia dos namorados.

Olho para Savanna enquanto sinto meu corpo esquentar. Uma luz laranja brilha sob minhas unhas. Checo meus bolsos e vejo que não estou com o Balancer. Isso é péssimo. Não apenas as ignorei, como estou aqui com Savanna, a única pessoa que afirmo desprezar neste mundo. Então muitas perguntas estão prestes a ser lançadas. Como eu explico?

Pense, Dylan. Pense.

Antes que Perry se aproxime, eu me levanto e estico meu braço para impedi-la de se aproximar. Com esse movimento, derrubo a cadeira que eu estava sentado.

— Espere, pare!

Perry quase encosta na minha mão.

— O que há de errado?

— Eu... Eu estou doente. Não quero passar para você.

Savanna estremece. Meu corpo está fumegando. Eu sei que se abraçar Perry, ela vai se queimar.

— Isso não faz sentido — diz Perry, revirando os olhos. — Acho que vou assumir o risco. — Ela dá mais um passo em minha direção e eu pulo para trás.

— Estou falando sério — Empurro o ar entre nós com a palma da minha mão para ligeiramente afastá-la. — Por enquanto, não posso.

Ela aperta os olhos para mim.

— Você está agindo muito estranho agora. — Seus olhos miram Savanna por um segundo e depois voltam para mim.

— O quê? — murmura Perry baixinho, ajeitando a bolsa no ombro.

Kirsten nos alcança.

— Que bom encontrar vocês dois aqui. Qual é a ocasião?

Ninguém diz nada. Savanna ainda não disse uma palavra. É como se ela tivesse se transformado em uma pessoa diferente depois de se assumir.

— Vamos, Kirsten — fala Perry. — Acho que estamos interrompendo, Dylan não quer falar conosco. — Perry segura o braço de Kirsten.

— O que você quer dizer? — Kirsten pergunta, limpando os lábios com o braço.

— Eu não disse que não queria falar com você. Eu disse que não posso te abraçar agora. Ainda estou doente. — Suspiro. — Sinto muito, como você está? — Falo, tentando consertar a situação.

—Você parece bem para mim — Perry deixa escapar.

— Por que você não respondeu às nossas mensagens? Estamos te chamando pra jantar há dias. — Ela assente para Savanna. — Sem querer ofender.

Savanna balança a cabeça.

— Não estava de castigo ainda? — pergunto.

— Só perdemos os nossos privilégios de usar o celular enquanto estávamos viajando. De resto, podemos sair de casa.

— Entendi.

Kirsten cruza os braços. Minha pele formiga, meu corpo todo está adormecido. Pego minha cadeira do chão e a coloco de volta no lugar. Me sento e engancho meus pés debaixo das pernas da mesa, sabendo o que está prestes a vir.

— Tudo bem... podemos sair amanhã? — Kirsten pergunta. — Você não responder às nossas mensagens meio que dificulta o planejamento.

— Hum... — começo a dizer. Eu olho para Savanna como se ela pudesse me ajudar. Os olhos dela estão longe daqui. Eu tenho que ir à HydroPro amanhã. É minha última chance para encontrar Jordan. Eu tenho que consertar tudo. Mesmo tendo valido a pena, esse desvio causado por Savanna atrasou bastante meus planos. O tempo está se esgotando.

Meus pés começam a levantar do chão. Eu seguro a borda da mesa e me obrigo a voltar para baixo. Solto o ar com força.

— Vamos, Kirsten — diz Perry, puxando o ombro dela. — Você já tem a sua resposta.

— Dylan, você tem agido estranho ultimamente e isso é óbvio. — Kirsten fala severamente. — Você disse antes que não havia segredos entre nós. O que está com você?

Kirsten tenta tocar meu braço, mas eu me esquivo.

Estou mordendo minha língua, tentando me impedir de flutuar para o teto e minha pele explodir em chamas.

Perry balança a cabeça.

— O Jordan fez algo com você?

Eu abro a boca.

— Não é nada disso! — grito e bato a mão contra a mesa.

Todo mundo pula de susto. Os rostos de Perry e Kirsten estão assustados e desconfiados. Perry aperta o braço de Kirsten.

Savanna põe os dedos sobre seus olhos murmurando a palavra *olhos* para mim. Entro em pânico. Pego o celular e vejo meu reflexo na tela: a auréola azul-gelo brilha ao redor da minha pupila. Volto meu olhar para a parede. Kirsten e Perry se afastam.

— Bem, adeus, Dylan. Aproveite sua noite — diz Perry.

Kirsten me olha de cima a baixo.

— Fizemos o que podíamos fazer aqui — Kirsten fala. — Vamos embora.

As duas pegam a pizza e saem da praça de alimentação.

Minhas mãos estão tremendo tanto que a mesa balança entre mim e Savanna.

— Dylan, acalme-se.

— Eu não... Eu não me sinto bem. — Um caroço se forma no fundo da minha garganta. Uma dor aguda irradia da minha espinha e atravessa as laterais do meu corpo. Acho que nunca briguei com Perry ou Kirsten, muito menos com as duas ao mesmo tempo. Se eu não tenho a Perry e a Kirsten, não tenho ninguém.

Inclino-me sobre a mesa e vomito. A maior parte do líquido marrom cai no meu próprio prato. Outra parte se espalha pela mesa. Savanna grita. Ela junta os guardanapos encharcados e depois joga tudo na lixeira.

Uma mensagem de Kirsten aparece no meu celular dizendo: *Muito bem. A Perry está chorando.*

Talvez elas estejam certas. Talvez Jordan tenha feito algo comigo. Mas a vida dele está em jogo, e eu não sei como tomar decisões quando as apostas são tão altas. Mentir para protegê-lo parece a melhor decisão. Ele está lutando pela própria vida, e eu sou apenas um garoto dramático com um crush. De alguma forma, eu me tornei o guardião dos segredos de todos. Mas eles não estão me ajudando, estão me destruindo.

Eu tossi de novo e não saiu mais nenhum líquido. Meu corpo normal não sabe como lidar com isso, mas o meu novo corpo parece achar que sabe e, por causa disso, aparentemente, está me matando aos poucos.

TRINTA E QUATRO

Na segunda-feira, mamãe muda seu horário de trabalho para poder me levar pessoalmente na escola. Usei bastante o Elemental Balancer após o incidente na praça de alimentação e, por isso, acabei dormindo o fim de semana inteiro. Nos últimos dias, por ter ficado muito fora de casa, os meus pais já não confiam em mim o suficiente para me deixar pegar o ônibus escolar sozinho, mas sem problemas. Ir de carona para a escola é muito melhor do que andar num ônibus com um motorista que toca música country junto com cinquenta calouros roncando.

Esta é a primeira vez que estou de castigo, e eu acho que meus pais não sabem muito bem como funciona. Estou sem tempo para incluir "dicas de como aplicar um castigo ao seu filho" à minha lista diária de coisas para fazer, então estou apenas curtindo a carona.

Mamãe pega no meu ombro no momento em que estou saindo do carro.

— Tenha um bom dia, Dylan — diz ela, com um sorriso meio forçado.

— Obrigado. Vou tentar.

— Talvez possamos jantar juntos esta semana?

— Não entendi. A gente não janta junto todas as noites?

Ela balança a cabeça.

— Você sabe o que eu quero dizer. Sair para jantar... só você e eu. Você pode me contar sobre o garoto com que está saindo.

— Um jantar pode ser uma boa — digo, enquanto passo meu dedo pela maçaneta da porta do carro.

Mamãe faz um carinho no meu braço.

— Por favor, me diga se você precisar de alguma coisa... qualquer coisa.

— Tá bem, mamãe... — Respondo com um suspiro.

Ela levanta o dedo indicador. Seus olhos estão vidrados em mim.

— Dylan, não.

Eu pigarreio.

— Obrigado pela carona. Vejo você depois da escola.

Saio do carro e bato a porta. Respiro fundo e olho a luz do sol batendo nas janelas da escola. Savanna está sentada em um banco na entrada principal. Ela está olhando pra mim. Lentamente, Savanna levanta a mão e acena para mim, e vou até ela.

— Oi.

— Oi — ela responde. Suas bochechas estão rosadas e seus lábios estão com um batom vermelho escuro. Savanna está usando uma faixa de cabeça tricotada azul-marinho, combinando com as luvas da mesma cor e uma jaqueta puffer verde.

— Como você está se sentindo?

Eu me sento perto dela.

— Já estive melhor — digo, chutando uma pedra na calçada.

— Teve notícias do seu namorado?

— Não. E acho que também nem deveria esperar mais.

— Ele pode voltar.

— Sim... muitas coisas podem acontecer. E como estão seus sentimentos?

— Sobre o quê?

Eu dou uma risada.

— Sobre como você vai passar por essas portas e ser você mesma pela primeira vez. — Eu a cutuco com o cotovelo.

— Só uma pessoa vai saber.

— Uma é melhor do que nenhuma. Você sabe que pode contar comigo, certo? Sempre que precisar de alguém para conversar, tipo, de verdade...

Savanna concorda.

— Obrigada, Dylan, não precisa se preocupar. Eu nunca fiz a ligação para o telefone daquele folheto... você deu o azar de me ver em um dia ruim — responde ela, arrumando a faixa na cabeça.

— Não me importa se você ligou ou não. É bom poder compartilhar isso com alguém.

— O especialista falando, não é?

— Apenas experiência pessoal.

Savanna limpa o nariz com a luva.

— Tenho me sentido bem melhor desde que eu te contei sobre mim. Mas, para ser honesta, não quero sair deste banco. Sinto que todo mundo já está me olhando.

— Ninguém está olhando para você, Savanna. Eu sou a única pessoa que sabe. Todo mundo ainda pensa que você não tem coração.

Ela sorri e dá um tapa no meu braço.

— Vai ser assim comigo para o resto da minha vida?

— Não. — Sorrio. — Talvez apenas metade — digo, me inclinando na direção dela.

— É justo — responde Savanna, que já não sorri mais.

— Pensa comigo, eu saí do armário no primeiro ano e quem liga para a minha vida?

Savanna cruza os braços.

— Eu vou te dizer: agora que você começou a experimentar essa coisa de "ser legal", e começou muito bem, aliás, você vai ver que a verdade é que ninguém liga pra sua vida.

— Acho que demorei tempo demais estragando tudo — diz ela, fungando.

— Todo mundo vai amar a verdadeira Savanna. Na verdade, estou pessoalmente muito interessado em te conhecer. Aquela garota do passado que você precisou ser um dia não existe mais.

— Eu odeio ela.

— Repete mais alto!

— Eu odeio ela!

— Ok, não tão alto… As pessoas vão achar que precisamos de uma camisa de força.

Dou uma olhada no estacionamento procurando por Perry e Kirsten. Como há muito não sentia, me corpo não está quente. E, nisso, vejo o carro da mamãe parado no mesmo local onde ela me deixou. Fazemos contato visual através da janela.

Ela levanta as mãos: entre gestos e movimentos labiais, me diz pra entrar na escola.

— Acho melhor entrarmos — digo. — Antes que minha mãe decida me seguir dentro da escola também.

— Tudo bem.

Eu me levanto e dou alguns passos. Savanna continua imóvel. Estendo minha mão para ela, Savanna a pega e se levanta.

— Este segredo é só seu e você não precisa contar para ninguém se não quiser. Apenas seja você mesma.

— Sim, quero dizer, não vou anunciar pelos alto-falantes igual você.

Concordo com um aceno de cabeça. Tiro meu inalador mágico do bolso e uso algumas vezes, mesmo achando que não preciso dele agora. Mas não consigo parar de pensar na falta que sinto de todos aqueles com os quais perdi contato e isso está acabando comigo.

TRINTA E CINCO

Savanna e eu nos separamos no primeiro corredor, e ao invés de ir para a aula de história, vou para o lugar que realmente importa.

Chego à sala de aula do dr. Brio e bato em sua porta. Ele está sentado corrigindo testes: lambe o dedo, pega um papel e olha para mim com o canto do olho.

— Senhor Highmark — diz ele, suspirando.

— Eu sei. Eu deveria estar na aula agora.

Ele tira os óculos e os coloca sobre a bancada preta.

— Você tem se ausentado muito da escola ultimamente. Está tudo bem com você?

Apenas concordo em silêncio.

— Posso entrar?

Ele estende a mão para um dos bancos livres.

— O que eu posso fazer por você?

Me sento no banco que está o mais longe possível dos equipamentos de laboratório.

— Os seres humanos podem respirar hidrogênio?

Ele suspira.

— Não. Os seres humanos precisam de oxigênio para viver. Há quantidades muito pequenas de hidrogênio na atmosfera terrestre, mas nada que serviria para a nossa vida.

— Certo. Mas e se formos feitos de hidrogênio? Tipo, sei que temos carbono, nitrogênio... principalmente oxigênio. Mas e se a nossa constituição fosse apenas de hidrogênio? Lembra daquela foto em nosso livro com o diagrama de um cara, e ele foi preenchido com as diferentes porcentagens dos elementos presentes no corpo humano?

Ele sorri.

— Sim. Me lembro desse diagrama. Estou feliz que você esteja usando seu livro.

— Sim. Às vezes é esclarecedor.

— Mas não entendi a sua pergunta. A composição do corpo humano tem essas características. Se tivessem outras, não seria humano.

Desvio o olhar para o teto do laboratório.

— Interessante.

Isso significa que eu não sou mais humano?

Pego meu telefone e envio uma mensagem para Jordan dizendo *sinto sua falta*. Na mesma hora aparece a notificação "não entregue" junto com outras mensagens iguais que vão se acumulando.

O dr. Brio faz uma anotação com caneta vermelha em um papel e move de uma pilha para outra.

— Mais alguma pergunta?

— Sim, mais uma. O que o senhor pensa sobre os direitos dos gays?

Ele ri e deixa cair a caneta.

— Não esperava essa pergunta, mas é fácil de responder: apoio total.

Eu me levanto, feliz com a resposta.

— Que ótimo! Então o senhor tem interesse em ser o professor orientador da Gay Straight Alliance?

Ele faz cara de pensativo.

— Estou no grupo e precisamos de um orientador — continuo. — Caso contrário, o grupo vai se encerrar depois deste ano.

O dr. Brio se levanta, pega as duas pilhas de testes e caminha até a mesa. Eu o sigo, apertando a mochila nas costas.

— Senhor Highmark, eu ficaria feliz em fazer parte de qualquer atividade extracurricular que você esteja fazendo. Me sinto honrado com seu convite. Me informe quando e onde devo estar presente.

— Obrigado! Hoje temos uma reunião na biblioteca, depois da escola.

— Eu estarei lá.

— Incrível, mal posso esperar pra contar pra Darlene. — Sigo em direção à porta, feliz e esperançoso com a chance de poder consertar as coisas com pelo menos uma pessoa.

— Dylan? — dr. Brio fala.

— Sim?
— Você tem a papelada para eu assinar?
— Que papelada?
Ele balança a cabeça e me manda sair.
— Eu cuido disso. Apenas vá para a aula, por favor.

Passo pelo armário de Kirsten a caminho da aula de história e eu a encontro trocando alguns livros de lugar e organizando todos eles numa pirâmide. Ela também troca de caneta, deixa a azul e pega uma preta que estava em uma caneca de café da ABC News. Duas fileiras com post-its decoram o interior da porta do seu armário. Na primeira fileira está escrito *afazeres*. Um dos itens ali diz respeito a mim: *Descobrir se o Dylan está bem*. Aquilo partiu meu coração mais do que podia imaginar.

Desde que Jordan se foi, não tinha me dado conta do quanto ignorei Kirsten e Perry nas últimas semanas. Eu estava tão obcecado por ele que esqueci das pessoas que me conhecem desde que me lembro. Kirsten e Perry não querem mais falar comigo. Eu mesmo não ia querer falar comigo depois de tudo que fiz. Mas ter Jordan de volta não fará sentido se elas não forem mais minhas amigas. E elas merecem minha confiança tanto quanto Jordan.

Eu me aproximo de Kirsten.
— Olá...
Ela pula de susto.
— Credo! — diz ela, arrumando o cabelo atrás da orelha. — Você é a última pessoa que achei que estaria aqui me espionando.
Há um longo silêncio entre nós.
— Como você está? — pergunto.
— Já estive melhor. Acabei de escrever o artigo sobre os incêndios, ou seja, algo bom.

Meu corpo não reage à palavra incêndio. Eu superei. Estou cansado de reagir. Estou cansado de ouvir qualquer coisa relacionada ao fogo e ficar nervoso, e mentir para meus amigos, me afastando de todos eles.

— Ah... Que ótimo. Eu posso dar uma lida, se você quiser o olhar de outra pessoa.

— É, talvez.

Minha mandíbula está tensa. Eu quero contar tudo para ela, mas não sei como.

— Bem, preciso ir — diz Kirsten, sem rodeios. — Atrasei meu dever de casa porque estava terminando o artigo.

— Como assim? É isso?

— Não entendi.

— Você vai se afastar de mim?

— Sim, Dylan. Você tem me ignorado desde que voltei das Nacionais. Você não pode falar comigo só quando lhe for conveniente.

— Eu não tenho te ignorado.

— Sério? Então como você classifica aquela pessoa que nunca responde às mensagens de texto ou não atende às ligações de telefone? Te mandei uma mensagem depois do que aconteceu na praça de alimentação porque a Perry estava chorando e até agora você não me respondeu. E eu vi que você estava com seu celular.

Não consigo dizer nada.

— Pois é, eu tenho razão — diz Kirsten. — Ouça, estou feliz que você esteja bem e que teve uma noite divertida com a Savanna. Talvez você precisasse ou algo assim. Não sei. Mas a gente se vê.

Respiro fundo.

— Kirsten...

Ela dá de ombros.

— Me mande uma mensagem quando você tiver tempo no seu cronograma.

Ela faz menção de ir embora. Desesperado, passo a mão pelo cabelo.

— Espere. Só espere um pouco. — Molho a minha boca seca. — Lembra quando eu disse que não podia te contar algumas coisas?

— Claro que eu lembro. E é por isso que estou chateada com você. Nós sempre contamos tudo um para o outro durante os dez anos de nossa amizade.

Eu concordo.

— Bem, o que eu vou te contar agora você não pode falar pra ninguém, pois é algo diferente de tudo que já conversamos antes. Me promete que não vai contar?

Kirsten assente. Ela olha por cima do ombro.

— Sim, eu prometo.

Agarro seu braço e a puxo para a salinha do zelador mais próxima de nós.

— O que você está fazendo?

Eu estendo minha palma aberta, fecho meus olhos e forço os músculos no meu corpo. Sei que uma bola de fogo explodiu da minha mão quando ouço Kirsten gritar.

— Meu Deus do céu! — Kirsten diz, me empurrando. Seus livros se espalham no chão. — O que... — ela grita. E depois se afasta, tropeçando em um balde de limpeza e caindo de bunda no chão. Está boquiaberta. — O que foi isso? O que você acabou de fazer?

Eu sabia que ela teria que ver para acreditar.

— Fale baixo — digo, ajudando Kirsten a se levantar. — Lembra quando conheci o Jordan e disse que ele era quente de se olhar e de tocar? Era *isso* que eu estava querendo dizer.

— Achei que era no sentido figurado!

Conto tudo a ela — do primeiro fiasco no Dairy Queen, da noite na banheira, sobre o lago, as fogueiras, a perseguição no parque, a câmara de hidrogênio, o desaparecimento de Jordan... tudo. Só não falo da Savanna ateando fogo por aí.

Os olhos de Kirsten se movem para cima e para baixo enquanto ela conecta mentalmente os pontos. Ela não tirou mais a mão da boca, processando tudo.

— Você não acreditou em mim da primeira vez, mas preciso que você acredite em mim agora. Eu não podia te dizer coisas antes porque eu tinha que proteger o Jordan. Mas preciso de você e da Perry.

— Eu deveria ter percebido, que descuido! Estava bem aqui na minha frente o tempo todo. Os dois homens naquele vídeo ateando fogo... eram você e o Jordan! Como eu não te reconheci?

— Eu... — tento começar a falar.

— Eu sabia que era impossível sobreviver depois da queda no gelo daquele jeito. Mas é claro que eu não ia questionar isso. Ainda estou viva, felizmente. Agora, me lembro da forma como o gelo derreteu. E, pensando bem, me lembro de ter visto uma explosão acima de mim enquanto eu estava debaixo d'água. Jordan me manteve aquecida, não foi? Meu artigo é um verdadeiro fiasco. Eu pensei que eram aqueles homens nos carros prateados. Estava quase descobrindo de onde eles vieram. Vou ter que reescrever...

Eu a seguro pelos ombros.

— Kirsten, relaxe. Eu preciso que você mude o seu artigo. Não sei o que tem nele, mas pode ser muito perigoso para Jordan e eu.

— Esqueça o artigo por um segundo. Então ele não está mais aqui?

— Não sei onde ele está.

— E aquelas pessoas da HydroPro? Eles estão atrás de você? — Ela me abraça, mas logo se afasta. — Ah, já tinha esquecido, você está pegando fogo.

Eu ri. Mas meu sorriso desaparece rapidamente. Vai ser assim a partir de agora? Só vou receber abraços curtos porque as pessoas não conseguem me tocar?

— Mas eu tenho um plano para ajudar a trazê-lo de volta.

— Qual? — Kirsten pergunta.

— A médica que está cuidando de mim mencionou que os Hydro-Pro estão criando algum tipo de remédio ou antídoto que pode consertar Jordan ou pelo menos ajudá-lo a ficar vivo... e a mim também. Jordan não sabe disso. Se eu conseguir pegar esse antídoto e mostrá-lo ao Jordan, ele poderá voltar. Ele fugiu porque achou que estava me matando, mas não está.

— E como você vai pegar isso? — questiona Kirsten.

— Vou dar um jeito de entrar na HydroPro.

Ela suspira.

— Isso é seguro? E se eles te pegarem e você não voltar?

— O que é seguro mesmo?

Um grupo de pessoas passa falando alto na frente da sala do zelador. Ficamos quietos, esperando eles irem embora para voltarmos a conversar.

— Sinto muito que você teve que encarar tudo isso sozinho — diz Kirsten.

Minha visão começa a ficar embaçada e eu olho para o chão.

— Tudo bem... Eu acho. Se você voltar para a minha vida, ficarei bem.

— Claro que eu volto.

— Vou precisar de sua ajuda.

— O que eu preciso fazer?

— Bem, tenho feito um trabalho investigativo sozinho. Eu disse que você não pode publicar o artigo como está, mas você pode publicá-lo de uma maneira diferente. Tenho algumas provas para compartilhar, então preciso que você as divulgue para todo mundo. E isso quer dizer que você será o centro das atenções.

— Me mostre logo esse material.

Eu puxo o celular do meu bolso.

— Prova número um.

Mostro a Kirsten a foto que tirei dos carros prateados no primeiro incêndio.

— Ah, os carros prateados. Já sei disso.

— Pois é, mas eu sei quem eles são.

— Quem?

— Os HydroPro.

— Sério?

— Sim.

— Eu preciso de mais.

Eu vou deslizando as fotos do álbum.

— Prova número dois.

Abro o vídeo que Kirsten gravou com Jordan e eu pulando a cerca durante o incêndio. O que ela tinha era uma parte dele, e agora ela está vendo o vídeo inteiro. A segunda metade filma a brigada de carros prateados chegando ao local.

— Estou intrigada — diz Kirsten.

— As provas número três, quatro e cinco são os outros vídeos que você tem dos HydroPro se aproximando dos outros incêndios.

Kirsten sorri.

— Agora me mostre as fotos que você tirou da cena depois da sua festa.

Ela segue minhas instruções e coloca o celular na minha cara.

— Olhe aqui... aqui... e aqui. — Enquanto Kirsten vai me mostrando as fotos, eu aponto para o fundo de fotos diferentes, todas com os carros prateados na rua.

— Eles realmente não começaram esses incêndios, não é?

— Não exatamente... Mas onde quer que o Jordan estivesse, os HydroPro estavam. É circunstancial, mas quem disse que não podemos sair na frente deles? E aqui está a prova final. — Eu mostro a ela screenshots dos carros fora das instalações da HydroPro.

— Isso, meu amigo, é o que podemos chamar de caso!

TRINTA E SEIS

Saio correndo da escola direto para a biblioteca. Eu observo os computadores e as mesas que estão no centro da sala. Há algumas pessoas estudando sozinhas e uma garota pintando a unha, apoiando as mãos em uma escrivaninha. Mas sem qualquer sinal da Darlene. Vou até a mesa da bibliotecária.

— Oi — pergunto sussurrando, e a bibliotecária me olha. — Onde é a reunião da AGH?

Ela mexe o mouse para a tela do computador funcionar, depois clica algumas vezes.

— Parece que está agendado na sala de reuniões C — a bibliotecária sussurra para mim e aponta para o corredor.

— Obrigado.

Sigo rapidamente pelo corredor silencioso e vejo Darlene através da janela da sala de reuniões C, que fica no final das estantes. Ela está usando óculos laranja e uma saia amarela. Darlene pega um estojo de marcadores da mochila e os coloca na mesa. Ela está sozinha. Abro a porta e entro.

Darlene olha para mim. Na hora, vejo ela ficar tensa.

— Dylan — diz, recuando um pouco.

— Oi!

— Vamos ter uma reunião aqui. Está fechado para estudos.

— Eu sei, vou participar da reunião.

Ela suspira e seus ombros relaxam.

— Você não precisa fazer isso. Eu não preciso que participe por pena.

— Eu quero fazer parte deste grupo.

Ninguém diz nada por alguns longos segundos.

— Desde quando?

— Desde hoje.

Darlene cruza os braços me encarando.

— Estou falando sério. Eu meio que não tinha sacado o quanto eu queria estar aqui até poucos dias atrás.

— Você está bem, Dylan? — Ela bate um marcador rosa na mesa. — Da última vez que conversamos, você disse que estava com muitos problemas. Então, todas aquelas coisas estranhas aconteceram com você no corredor e achei melhor te ignorar. Não era minha intenção.

— O que está dizendo? Você me convidou para este grupo. Você sempre me apoiou.

Darlene sorri.

— Estou feliz que esteja aqui... Pelo menos para as últimas reuniões. Realmente não há muito mais o que fazer. Apenas alguns eventos durante a primavera, então terminamos — diz, colocando alguns papéis sobre a mesa.

— Não serão as últimas — afirmo com imponência. — Consegui um orientador para o grupo.

— Como assim? Quem?

— Doutor Brio!

— Doutor Brio, professor de química?

— Sim!

— Eu pensei que ele já orientava, tipo, cinco clubes? A sra. McClane, professora de biologia, me disse que um professor não poderia participar de mais de dois clubes, então nem pensei em convidá-lo.

Dou de ombros.

— Não sei. Eu o convidei, ele aceitou. Ela não deve ser uma aliada da causa da AGH.

— Claro que não. Ela estava tentando nos sabotar.

— Ainda bem que fomos mais espertos.

Pouco tempo depois, o dr. Brio entra na sala seguido por Maddie Leostopolous e Brenton Riley. Maddie tem um patch da bandeira da Grécia costurado em sua mochila. Brenton carrega um fichário de couro preto fino agarrado ao peito com iniciais douradas do seu nome estampadas na frente.

Todos se acomodam ao redor da mesa. Discretamente, examino cada um da cabeça aos pés, evitando contato visual com Brenton, e esperando que ele tenha esquecido dos eventos que ocorreram na festa de Kirsten.

— Então — Darlene começa. — Esta é uma reunião emocionante, porque temos um novo membro e um novo orientador se juntando a nós!

Maddie aplaude.

— Já que temos pessoas novas aqui, pensei que poderíamos começar com todos se apresentando e dizendo o nome, pronomes, um pouco de vocês e uma curiosidade.

Todos concordam.

— Eu vou primeiro. Meu nome é Darlene Houchowitz. Ela/dela. Eu sou do segundo ano, obviamente. Uma coisa engraçada é que meus três dedos do meio estavam grudados quando nasci, mas à medida que envelheci, eles se separaram. E eu me identifico como uma aliada.

— Isso deve ter doído muito — digo. — E não parece ter sido divertido.

— Verdade. Tá mais pra fato único. Maddie, sua vez.

Maddie acena para todo mundo.

— Vocês todos sabem meu nome — diz ela, rindo. — Eu acho que todo mundo estava na minha festa de dezesseis anos no ano passado. Exceto você, dr. Brio. Isso seria estranho. Sem querer ofender — continua Maddie. — Ah, e acho que você também não estava lá, Brenton. Você ainda estava no nono ano. Então, talvez apenas Dylan e Lena estivessem lá. É, acho que todo mundo já me conhece.

O dr. Brio balança a cabeça, concordando.

— Uma curiosidade sobre mim é que eu vou para a Grécia todo verão com minha família, e neste ano nós vamos viajar em julho. Eu também sou uma aliada.

— Legal! — fala Darlene.

Agora é a vez de Brenton.

— Oi. Eu sou Brenton. Meus pronomes são ele/dele/seu. Calouro. Já fui a todas as galerias de arte e museus do Smithsonian em Washington.

— Uau, impressionante! Algum favorito? — pergunta Darlene.

— Provavelmente o Museu Nacional do Indígena Americano.

— Um clássico.

O dr. Brio limpa a garganta enquanto se ajeita em sua cadeira.

— Eu sou seu professor de química favorito, dr. Brio. Eu uso pronomes masculinos. E estou feliz por estar aqui para apoiar este importante grupo. Tenho ensinado química no Ensino Médio desde antes vocês terem nascido.

Todos caem na risada.

— Que sincronia — acrescenta Maddie.

Ele ri.

Todos giram suas cadeiras e olham para mim.

— Olá, eu sou Dylan Highmark. Ele/dele.

Eu me pergunto o que posso dizer de curioso sobre mim. Não tenho tido muitas curiosidades sobre mim. Eu lanço chamas? Eu posso flutuar? Não sou mais humano de acordo com o dr. Brio? Mas, então, eu me lembro de que a minha vida era legal e engraçada antes dos poderes. Tento me lembrar.

— Uma curiosidade sobre mim é que eu tenho as mesmas melhores amigas há dez anos. — E bato na mesa ao terminar de falar essa frase.

Maddie coloca a mão no meu joelho.

— Você também é a única pessoa gay do segundo ano — diz ela, sorrindo. — Isso, sim deveria compartilhado. Especialmente aqui.

— É, você está certa — concordo. — Da próxima vez, eu falo isso!

Darlene sorri.

— Está bem, então! Estamos felizes por você estar aqui, Dylan — diz ela. — Você também, dr. Brio. — Ela puxa uma pasta de sua bolsa e pega alguns papéis. — Então, vamos seguir em frente e falar sobre a pauta de defesa dos direitos nesta primavera e...

A maçaneta da porta da sala de reuniões gira, abrindo a porta aos poucos. Darlene para de falar. Todo mundo gira a cabeça para ver quem está entrando.

Eu me viro e vejo Savanna deslizar pela porta. Darlene olha para mim e franze a testa. Aceno para ela, então sinalizo com a mão para Savanna entrar. Ela se senta ao meu lado.

— Podemos te ajudar? — pergunta Darlene. — Estamos tendo uma reunião. A sala está fechada para estudos.

— Oi a todos — diz Savanna, um pouco tímida. — Esta é a sala C, certo? Eu vim participar da reunião. — Ela está olhando para a mesa e não faz contato visual com ninguém. Seus ombros estão caídos. Ela mexe sem parar em seu rabo de cavalo.

Darlene olha para mim, depois para Savanna, depois de volta para mim.

Eu dou de ombros.

Darlene limpa a garganta.

— Nós estávamos nos apresentando para o grupo. Mas antes de continuar, gostaria de reiterar que este é um espaço seguro. Alguém precisa de uma explicação do que é isso? — diz ela, olhando para a Savanna.

A sala está silenciosa.

— Bom — continua Darlene, e então assente. — Você gostaria de se apresentar, Savanna? Todos já se apresentaram.

— Sim, claro — diz Savanna. Ela se vira para mim: — O que devo dizer?

— Apenas, tipo, nossos nomes, pronomes, uma curiosidade e qualquer outra coisa você gostaria de compartilhar com o grupo. — Eu instruo, batendo meus dedos de leve na mesa.

— Ah... legal — Savanna fala. Sua voz treme. — Meu nome é Savanna Blatt. Bem, uma curiosidade sobre mim é... Não sei. Isso é chato, mas eu tenho três irmãos mais velhos. — Ela faz uma careta. — Desculpe.

— Você não precisa se desculpar por isso — digo.

— Certo. — Savanna sorri levemente. — Então, essa sou eu — fala ela, suspirando.

— Você esqueceu seus pronomes — sussurro.

— Ela?

— Ótimo! — diz Darlene, empolgada. Ela pega seus papéis. — Estou muito feliz com todos aqui. Crescemos rápido! Vamos voltar ao nosso calendário de eventos.

— E talvez apenas mais uma coisa — anuncia Savanna, mexendo sem parar em um anel. Suas unhas estão pintadas de verde-limão. Ela olha para mim e eu concordo em silêncio com ela.

Savanna se inclina para a frente.

— Estou feliz também. Mas se algum de vocês disser pra qualquer um que eu estive aqui, felicidade será a última emoção que essa pessoa vai sentir.

Os sorrisos de todos desaparecem de seus rostos. A sala é tomada por um silêncio congelante. Maddie está boquiaberta. Darlene travou na cadeira. Brenton empurra os óculos mais para cima do nariz. O rosto do dr. Brio fica vermelho.

Ah, sempre encantadora. Essa não foi a saída do armário mais gloriosa que eu estava esperando, mas jurei que Savanna estava com isso na ponta da língua.

Dou uma encarada em Savanna.

Ela encolhe os ombros.

Darlene engole em seco.

— Tudo bem... — diz.

Há um minuto de silêncio. Do nada, Darlene cai na gargalhada, ela não consegue se segurar. Savanna não consegue disfarçar o desdém com a cena, mas então também começa a rir. Não demora muito, todo mundo está rindo, incluindo a própria Savanna.

— Não se preocupe com isso, Savanna — tranquiliza Darlene. — Este é o grupo mais ridículo que eu já vi. — Ela está rindo e chorando ao mesmo tempo. Em seguida, desliza alguns papéis para todos. — Estamos felizes que você esteja aqui.

Sinto que estou flutuando, mas sem sair do lugar. Eu observo Savanna, e minha mente não pensa nas coisas óbvias. Muito além do neon em suas unhas, sua boca tensa, a careta em seu rosto, ou dos seus saltos altos, eu a imagino em seu quarto. Penso em todas as noites não dormidas, só olhando para o teto, vivendo uma solidão maior do que realmente é.

Sou grato por ela ter me mantido perto dela ao longo dos anos, mesmo da forma como foi, por vezes até perto de morrer. Para alguém que costumava me magoar todos os dias, agora ela está reparando essa dor muito bem.

A solidão do meu quarto costumava me dar conforto — e imagino que a maldade de Savanna também sempre a reconfortou, suponho que funcionava como um abraço emocional que ela não tinha na vida real. Mas estar aqui me mostra quantos bons momentos eu perdi enquanto me mantinha isolado de todo mundo. E todos nós perdemos sem saber o que é estar ao lado de uma Savanna feliz.

Não importa a história escrita em nosso passado, o futuro ainda está para ser vivido, e o fato de todos estarem aqui juntos, rindo, mostra um momento especial entre duas pessoas que passaram tempo demais desejando que ninguém soubesse que elas existiam.

TRINTA E SETE

Alguns dias depois, na aula de química, minha orelha está pegando fogo. Mas não da minha própria temperatura corporal interna: é que eu não aguento mais a Perry falando de mim. Consertar as coisas com ela é a minha última tarefa antes de me infiltrar na HydroPro esta semana. Se algo acontecer comigo lá, não quero que a nossa amizade acabe desse jeito. Se eu sumir, que ela guarde boas lembranças da gente.

Meu Apple Watch indica que é quase meio-dia. Estou girando um lápis entre os dedos quando percebo que a madeira está começando a se desintegrar. Escondo o lápis antes que ele vire cinzas nas minhas mãos.

Finalmente meu relógio indica que é meio-dia e, na mesma hora, o sinal da escola toca. Me levanto para sair, quando faço um breve contato visual com Perry. São segundos suficientes para eu vê-la puxar seus livros contra o peito e sair da mesa.

— Perry, espere — digo, tentando alcançá-la.

Ela continua fingindo que não me ouviu. Perry está vestindo seu uniforme de líder de torcida. Uma fita branca está amarrada em seu rabo de cavalo ondulado.

Corro na frente dela e bloqueio a porta antes que ela possa sair. Perry dá um passo para a direita para passar por mim, mas eu me esquivo para bloquear sua saída.

Então, ela se abaixa para passar por baixo do meu braço, mas eu abaixo minha mão contra o batente da porta, e sua testa bate no meu antebraço.

— Dá pra parar? — Perry diz, batendo o pé direito. — O que você quer?

— Podemos nos ver rapidinho?

— Você tá brincando?

— Eu estou, na verdade. Entendo que você esteja brava. Entendo. Mas acho que já deu todo esse gelo, né?

— Não — ela sorri. — Você fez isso comigo e com a Kirsten por, tipo, duas semanas e meia. Nada mais justo que você tenha o mesmo tratamento.

— Você não tá falando sério! Você ficou de castigo pela metade desse tempo.

— Falo tão sério quanto a sra. Gurbsterter fala de suas marmitas fit — Perry responde fazendo uma careta de louca.

Eu suspiro.

— Perry, me desculpe, por favor.

— Sério? Você está se desculpando porque te pegamos guardando segredos?

— O quê? Não, nada a ver. Não pensei nada disso.

— Bem, eu penso. Talvez eu não devesse ter te ajudado tanto a arranjar um namorado. Não sabia que você ia me deixar pra lá. Se o seu jeito de namorar é deixando seus amigos de lado, te desejo sorte, porque você vai acabar sozinho.

Eu bufo e esfrego minhas mãos no meu rosto.

— Já deu isso. Sério, eu não me esqueci de você.

— Então, se você não estava com Jordan nesse último fim de semana, onde você esteve?

— Como assim?

— O que você estava fazendo?

— Eu...

Ela suspira.

— Bem, Kirsten e eu vamos torcer para o time de basquete no jogo desta noite. Apareça pra dar uma força.

— É disso que eu quero saber!

— Bom. É o jogo do campeonato masculino do time do colégio. Se eles vencerem, então eles seguem para as Estaduais, por isso estou usando meu uniforme. Tem faixas em todos os corredores. Você não está prestando atenção, não?

— Ultimamente, não...

— Já me justifiquei mais do que deveria com você.

Perry sai pela porta e entra no corredor. Sua saia de líder de torcida balança de um lado para o outro.

Corro atrás dela.

— Conte comigo hoje à noite.

— Veremos. Ah, e eu acho que a sua melhor amiga está te esperando — diz Perry me indicando a ponta do corredor.

Eu me viro e Savanna está encostada em uma fileira de armários, nos olhando. Ela me manda um sinal de paz, e Perry aproveita para desaparecer.

— Oi — digo, respirando fundo.

— Oi — responde Savanna. — Ela ainda está brava?

Concordo limpando as mãos nas minhas coxas.

— Alguma notícia de Jordan?

Eu verifico meu celular.

— Não. O que você vai fazer esta noite?

— Ir ao jogo de basquete com o resto da cidade. Você?

— Legal. Vou fazer o mesmo, que tal irmos juntos?

— Claro.

— A cidade inteira vai estar lá?

Savanna concorda em silêncio.

E uma ideia brilhante surge na minha cabeça.

O jogo começa às 19h e às 19h ainda estou parado na porta da garagem esperando mamãe sair. Como eu continuo de castigo, só posso sair se um dos meus pais me acompanharem. Isso não tem sentido nenhum e meus pais não têm nenhuma noção de disciplina. Apenas queria poder viver um castigo de verdade algum dia. Nos filmes, coisas legais acontecem com as pessoas quando elas ficam de castigo — um alçapão escondido dentro do guarda-roupa, um alienígena tenta se comunicar e eles ficam com preguiça de responder, um amante desaparecido surge do nada na janela e eles se escondem no sótão da casa. Talvez Jordan volte e atire pedrinhas na minha janela se eu estiver trancado no meu quarto sem poder sair.

Mamãe sai pela porta da frente e me leva para onde eu quero ir sem questionar.

Paramos na casa de Savanna, e dois carros de polícia estão estacionados ao longo do meio-fio com as luzes piscando silenciosamente.

Savanna caminha para fora da garagem e se senta no banco de trás. Nós nos cumprimentamos com um aceno.

— Você deu a dica anonimamente? — pergunta ela, sussurrando.

— Foi a Kirsten.

As luzes dos carros que passam por nós iluminam o rosto de Savanna enquanto mamãe dirige concentrada.

— Os policiais fizeram um monte de perguntas, parecia que tentavam prever algo.

— Kirsten vai fazer a coletiva de imprensa logo após o jogo e informar a todos como os HydroPro atearam fogo nas casas. Aparentemente, o contato dela conseguiu o que era necessário pra dar certo. A polícia vai descobrir em breve. A atenção da cidade estará na conferência de imprensa. Isso vai me dar cobertura enquanto eu estiver tentando entrar na HydroPro depois do jogo.

Savanna agarra meu braço.

— Tem certeza de que quer fazer isso desse jeito?

Eu me viro bem para trás para responder.

— Sim, é o melhor jeito. Kirsten concorda também.

— Eu posso apenas admitir o que fiz.

— Você não vai confessar nada. Seus pais são uns babacas. Por que você vai assumir a culpa? Temos fotos e vídeos dos HydroPro em cada cena de incêndio. No final das contas, são eles que começaram essa bagunça. Eles, sim, devem ser culpados.

Dez minutos depois, Savanna e eu entramos no ginásio do Falcon Crest. Eu nunca imaginei que caberia tanta gente assim. As arquibancadas estão lotadas e há pessoas até encostadas nas paredes, todas atentas ao jogo.

O primeiro tempo já acabou, e parece que não será tão doloroso quanto pensei. Quem imaginaria esse efeito colateral causado pelo Jordan? Agora eu sou membro ativo de um grupo extracurricular da escola: estou na AGH, também estou participando de eventos esportivos nos finais de semana... Logo eu poderei muito bem concorrer a presidente da turma. Ou melhor ainda, vice-presidente: brilhar, mas sem carregar todo o peso da responsabilidade.

Vejo Darlene na arquibancada e ela acena pra mim. Puxo Savanna para irmos até ela. Subimos correndo as barulhentas escadas de madeira, passamos por um grupo de pessoas e chegamos à penúltima fila. Brenton está sentado com as pernas cruzadas ao lado dela.

— Ei! — Darlene tenta gritar junto com a multidão. — Eu não sabia que você vinha.

— Pois é! Na verdade, estou aqui para torcer pela Perry e pela Kirsten mais do que pelo time de basquete.

— Torcida pras líderes de torcida. Curti.

As animadoras do Falcon Crest estão abaixo da tela do placar. Pulam de um lado para o outro com seus sorrisos brilhantes. Kara Bynum é jogada no ar. Ela não cai mesmo depois de três movimentos, então é provável que o equilíbrio de Kara esteja melhorando depois que Kirsten e Perry mostraram preocupação com a capacidade de força do tornozelo dela. O time está vencendo por 22 a 18.

Assim que eu me levanto, Kirsten me vê e acena para mim. Perry dá um tapinha no ombro de Kirsten e depois sussurra algo em seu ouvido, segurando seus pompons em seus rostos. Perry recomeça seus movimentos para torcer pelo time e em nenhum momento ela deixa de me olhar.

Alguém faz um arremesso de três pontos, e a multidão explode de alegria. As arquibancadas tremem. Os jogadores correm de um lado para o outro da quadra com tanta rapidez que parece que terei um torcicolo tentando acompanhar. Mesmo assim, me esforço para não perder as jogadas.

— Quando você vai contar tudo pra Perry? — Savanna pergunta.

Olho para o placar e faltam dez segundos pro final do segundo tempo. Observo o cronômetro zerar até o sinal tocar.

— Agora. E eu preciso de você.

— Tá doido, Dylan? — Savanna agarra meu braço. Seus dedos me apertam com força. — Você não pode falar nada de mim... ou dos incêndios. Vamos fazer tudo do meu jeito.

— Eu nunca te entregaria assim. Vou falar de Jordan e do que nós somos. Isso é tudo. Prometo. Vamos discutir o plano ainda hoje e você faz parte dele.

Ela assente, engolindo em seco.

— Ok — responde apertando o rabo de cavalo.

Descemos os degraus da arquibancada antes que a multidão não nos deixe passar.

As meninas seguem para o vestiário. Eu saio quase voando pela quadra e pego nos braços de Kirsten e Perry.

— A gente pode falar com vocês?

— Agora? — Perry pergunta. — E o que você quer dizer com *a gente*? — Ela olha para Savanna que está com os olhos arregalados. — Nós temos apenas um intervalo de, tipo, no máximo cinco minutos — diz ela, puxando o braço.

— Tudo que eu preciso são cinco minutos.

— Ah, vai falar disso agora? — pergunta Kirsten. — Está bem...

— Falar o quê? — Perry questiona.

Eu as conduzo para a sala de musculação ao lado do ginásio. Não há mais o barulho da multidão gritando, agora posso até ouvir a respiração ansiosa de todas. Sem acender a luz da sala, as encaro. Perry cruza os braços, ainda segurando seus pompons dourados. Savanna está ao meu lado.

— Bem, fale — diz Perry.

— Eu tenho que te dizer uma coisa.

— Isso é novidade. — Ela olha para Kirsten.

— Apenas ouça — Kirsten a instrui.

— Sei que agi mal e sinto muito.

— Certo — prossiga.

— E sei que minha resposta para minha justificativa de ter agido mal é ainda pior, mas tem um monte de coisas acontecendo na minha vida nas últimas semanas e eu não podia contar pra você. Eu não te ignorei, simplesmente não sabia o que dizer.

— Vocês dois estão, tipo, namorando ou algo assim? — Perry pergunta, olhando para mim e para Savanna. — Eu não faço ideia do porquê nós quatro estarmos aqui. Kirsten, sabe o que está acontecendo?

Kirsten assente rapidamente.

— Sim, na verdade, eu sei... — Seu rosto está vermelho.

Em seguida, pus tudo pra fora de uma vez só.

No final da minha declaração, Perry me encara assustada. Ela coloca um de seus pompons no peito.

— Achei que tinha me surpreendido quando você saiu do armário, mas isso não chega nem perto. Eu sei que agi da melhor maneira com você daquela vez, então, preciso pensar um pouco antes para saber como agir agora.

Eu concordo com ela.

— Nem eu sei como reagir, então, na verdade, não espero nenhum tipo de resposta.

— Acho que podemos concluir que estudar ciência foi claramente uma completa perda de tempo, já que nada do que é dito nos livros realmente acontece no mundo real.

— Perr, fala sério — diz Kirsten.

— Eu *tô* falando sério! — rebate ela. — Não, mas falando ainda *mais* sério, isso é *mais* bizarro e *mais* ridículo do que a vez na Flórida quando tentei empurrar a sra. Gurbsterter para dentro do rio no meio de um passeio de barco. Estou irritada por ter sido a última pessoa a saber do seu segredo.

— A verdade meio que veio à tona — digo. — Não tive escolha.

— Mas espere: essa organização é mortal, não tem escrúpulos, usa pessoas como cobaias e ainda assim você quer entrar no quartel-general deles? — questiona Perry.

— Sim, logo após o jogo, assim que minha mãe me buscar.

— Bem, te pego na sua casa — diz Perry, ajustando a roupa.

Kirsten lança um olhar para ela.

— O quê? Não! Não vou correr o risco de você ser levada também — respondo indignado. — Só queria que você soubesse a verdade sobre mim caso eu nunca mais volte. Não queria que você pensasse que estava te ignorando.

— E eu não vou me permitir ficar mais fora disso tudo — diz Perry. — Kirsten vai dar a coletiva de imprensa e Savanna... bem, na verdade, ainda não sei por que a Savanna está aqui.

— Ela pegou o Jordan e eu causando incêndios — minto. — Vocês três são as únicas pessoas que sabem de tudo.

— Sim, e eu protegi o Dylan — afirma Savanna, virando-se para Perry. — Você poderia apenas agradecer. — Ela aperta os lábios com força, para evitar que o próximo insulto saia de sua boca. Savanna olha para baixo.

— Tá, tanto faz — afirma Perry. — Basicamente, eu juntei você e o Jordan. Eu deveria estar lá para juntar vocês outra vez.

— Como você nos uniu?

— Eu forcei você a stalkear o Jordan.

— Na verdade — Kirsten interrompe —, acho que *eu* o forcei a stalkear o Jordan. Eu dei essa sugestão primeiro!

— Nós duas juntamos você e o Jordan, e nós três vamos trabalhar juntas para recuperá-lo, como sempre fizemos. Sentimos sua falta e não podemos perdê-lo novamente — diz Perry, sorrindo.

Eu dou um chutinho em seu tênis perfeitamente branco.

— Talvez a gente consiga alguns poderes esta noite — Perry brinca. — Esta vida é uma chatice. Não seja egoísta em ficar com toda a parte legal pra você.

Cruzo os braços e dou uma risada sem graça.

— Você não ia querer nada disso, vai por mim.

— Gostaria que vocês não simplificassem as coisas — reclama Kirsten. — Vocês sabem que invadir e mentir para os jornais são crimes, certo? Vocês estão prestes a forçar entrada em uma empresa privada. Muitas coisas podem dar errado. Você pode ser presa, Perry.

— De boa, você não precisa fazer isso, Kirsten — digo. — Juro que não vou ficar bravo.

— Eu cumpro a minha palavra sempre. Estou apenas dizendo que devemos prosseguir com um pouco mais de cautela.

— Eu também vou! — avisa Savanna.

Nós congelamos.

— Para onde? — pergunto.

— HydroPro... Esta noite... Te devo uma...

— O quê? — murmura Perry. — Ai, vamos lá: o que você deve a ele?

— Mais pessoas podem chamar mais atenção — diz Kirsten.

Eu concordo, mas depois digo:

— Sem problemas. — Savanna não precisa se assumir para Perry e Kirsten só pra me ajudar. Sinto um aperto no peito. Estou com falta de ar. — Quanto mais ajuda tivermos, melhores serão as chances de termos Jordan de volta.

Escutamos o locutor iniciando a apresentação das líderes de torcida para o show do intervalo.

— Mande uma mensagem pra gente depois do jogo — diz Kirsten. — Estaremos prontas.

— Eu vou. Amo vocês, meninas.

Elas acenam e andam de costas de volta para a porta do ginásio. Perry e Kirsten saem da sala e se juntam às outras líderes de torcida enquanto deixam o vestiário.

Todas correm para o centro da quadra. A trilha sonora explode e os aplausos invadem o ginásio. Kirsten e Perry, com uma expressão vazia no rosto, iniciam a coreografia. Perry está mais pálida do que cinco minutos atrás. Ela olha na minha direção, mas acho que não consegue me ver porque está escuro.

    Eu lentamente volto para as arquibancadas e vejo a vida seguindo seu curso enquanto temo pelo caos que acabei de liberar.

TRINTA E OITO

Mamãe me manda uma mensagem informando que chegou para me buscar, no início do quarto e último tempo, porque ela não quer ficar presa no trânsito. O cronômetro marca menos de oito minutos pro jogo acabar. Eu me levanto e vou para o estacionamento, esfregando as minhas mãos suadas nas coxas. Meus joelhos estão tremendo. O sinal de substituição de atletas toca, me assustando. Vejo dois jogadores serem substituídos. Desço toda a arquibancada e vou correndo pra fora, totalmente sem fôlego.

Savanna fica com Perry para assistirem à coletiva de imprensa de Kirsten. Se tudo der certo, isso atrairá a atenção de todos de Falcon Crest e dos HydroPro, e eles não nos atrapalharão enquanto estivermos nos infiltrando no prédio.

A nossa equipe está ganhando por dez pontos, então acho que teremos mais jogos adiante, o que significa que todos estarão de bom humor esta noite. Pode ser que, no próximo jogo, Savanna possa trazer a namorada, e no final disso tudo, Jordan vai voltar e ficaremos juntos novamente, e todos seremos amigos no Campeonato Estadual e teremos vencido na vida. *Perfeição*. Só vibrações positivas nesta noite.

Três vans de notícias estão do lado de fora. Um pequeno palco é construído com seis microfones. As equipes de filmagem montam seus tripés enquanto duas âncoras fazem barulho com os sapatos de salto no concreto. Discretamente, cubro meu rosto quando passo por eles.

Ao chegar em casa, corro direto para o porão. Checo o Twitter, lendo tuítes sobre a próxima coletiva de imprensa, até que eu ouço meus pais me mandando voltar pro quarto. Subo as escadas na ponta dos pés e entro no escritório do papai.

Seu crachá da HydroPro está em seu notebook, o cordão firmemente enrolado em torno dele. Pego e enfio no bolso. Desabo em sua cadeira de couro e fico girando em círculos enquanto espero a ligação de Perry.

Cinco minutos se passam. Dez... então quinze. Não há atualizações no Twitter. Começo a roer as unhas. Então, o rosto de Perry aparece na tela do meu telefone. Eu cuspo um pedaço de unha e respondo ao FaceTime.

— Finalmente! Fiquei nervoso com a possibilidade da coletiva de imprensa ser cancelada.

— Ah, não — diz Perry. — Vai acontecer agora. Eu vou te virar.

Ela vira a tela do celular para o estacionamento em frente à escola. Parece que todo mundo saiu das arquibancadas para a frente do pódio.

— E o resto de vocês, onde estão, gente?

— Estamos no carro da Kirsten. Tentei estacionar o mais perto que pude. Tá conseguindo ver? Espera... Aí vai ela!

Kirsten sobe ao pódio. Ela está apenas um nível acima das pessoas, o suficiente para que todos possam vê-la. Seu cabelo não está mais amarrado em seu clássico rabo de cavalo de líder de torcida. Ela passa as mãos pelo cabelo, colocando-o atrás da orelha, então fica diante do microfone, sorri com um brilho especial para a multidão.

— Ah, meu Deus! Ela está adorando isso — diz Perry.

Eu dou risada.

Os holofotes sobre Kirsten estão tão fortes que mal consigo ver as suas expressões faciais. Também não dá pra ver as pessoas presentes. Ela pigarreia.

— Olá — começa Kirsten, com sua melhor voz de locutora que, para mim, soa ligeiramente vacilante. Este é provavelmente o maior momento da sua carreira. Ela limpa a garganta novamente. Muitos flashes brilham sobre Kirsten.

— Gostaria de agradecer a todos por terem vindo aqui e por dedicarem um tempo para me ouvir. Especialmente depois de uma grande vitória dos nossos meninos. Pra cima, Exploradores! — Ela faz uma pausa. Ouvimos algumas palmas. — Serei breve e responderei às perguntas depois que eu terminar minha declaração. — Kirsten passa os dedos pela orelha direita.

— Ela vai continuar com isso? — pergunto.

— Silêncio — pede Perry.

— Meu nome é Kirsten Lush. Atualmente estou participando da sexta competição de jornalismo investigativo promovida pela ABC e que começou no mês passado. Embora nossos artigos finais só devam sair daqui a um mês, sinto que coletei fortes evidências sobre o recente flagelo dos incêndios e que não posso guardá-las só para mim e deixar Falcon Crest, minha casa, em perigo. Como muitos de vocês sabem, uma série de incêndios destruiu muitas das belas casas novas que estão sendo construídas em toda a nossa cidade. A polícia classificou isso como um caso de incêndio criminoso, e estou aqui para lhes dizer que eles estão corretos.

— Uau, ela está arrasando! — observa Perry.

— Identifiquei um grupo de suspeitos por meio de vídeos de vigilância, depoimentos de testemunhas e vestígios de provas. Se você prestar atenção à tela de exibição A. — Ela estende o braço para o lado e uma tela branca surge com o vídeo em que os carros prateados aparecem. Depois, frases de testemunhas são mostradas junto com mais fotos dos carros prateados, indicando que eles estavam do lado de fora de cada incêndio.

— Esses carros, e nossos suspeitos, são dos nossos mais novos vizinhos. Mas, ao que parece, eles não são tão amigáveis assim: HydroPro.

Agora, aparece uma foto com os mesmos carros prateados do lado de fora das instalações da HydroPro.

Ouve-se um burburinho generalizado. Os repórteres se aproximam de Kirsten. As câmeras não param, tirando fotos de tudo. Flashes explodem na tela e estou vendo pontos azuis e amarelos. Eu balanço minha cabeça.

— Esta é a nova sede que eles terminaram de construir durante o inverno, exatamente na mesma época em que os incêndios começaram a devastar a nossa cidade. Essa corporação interrompeu nossos negócios, nossa segurança pública e nossa tranquilidade para nenhuma outra razão além de seus próprios interesses. Com essas novas informações, esperamos que a justiça investigue a presença da HydroPro nesses locais justamente durante os incêndios e esclareça os objetivos reais da empresa em nossa cidade. Se não agirmos com esse propósito, receio que nunca mais poderemos viver em paz em Falcon Crest como vivíamos antes. Agora, vou responder às perguntas — finaliza Kirsten sorrindo.

A multidão começa a gritar o nome de Kirsten e muitas perguntas são feitas ao mesmo tempo.

— Alguma evidência sobre o motivo?
— Por que eles fariam tal coisa?
— De onde são os vídeos?
— Kirsten!
— Você pode dar o nome dos suspeitos?

Perry volta a câmera para o rosto dela.

— Chegou a hora. Vamos lá — digo.

Ela desliga sem dizer uma palavra.

Saio de casa pela porta do porão. Espero por cerca de quinze minutos perto de uma placa de PARE no fim da rua.

Vejo um carro se aproximando. Perry abaixa a janela. Ela está usando óculos escuros. Por baixo de seu uniforme de líder de torcida, ela veste uma blusa e a gola rolê cobre parcialmente o seu rosto.

— Entre logo — fala Perry, com a voz meio abafada e balançando a cabeça. — Hora do show! — Ao ouvir essa frase, dou risada no banco de trás.

— Fomos os únicos a sair de carro do estacionamento — diz Savanna.

— Perfeito. — Olho Perry de cima a baixo. — Você vai trocar de roupa? —pergunto. Ela ainda está vestindo sua roupa marrom e dourada de líder de torcida com uma fita branca cintilante amarrada na cabeça. Perry poderia muito bem ser confundida com um cone de trânsito de tão chamativa que está.

— Ah, me desculpe. Deixei minha roupa de invadir prédios em casa quando estava saindo para o jogo — retruca Perry.

Reviro os olhos e levanto as mãos.

— Já saquei.

Em quinze minutos chegamos ao complexo da HydroPro. Há uma grande placa branca extremamente iluminada com o logotipo da empresa na entrada. Damos a volta e Perry desliga a música que tocava no rádio do carro. Não há postes de luz e a única iluminação vem da entrada, diminuindo à medida que nos afastamos. Uma espécie de cerca natural feita com muitas árvores rodeia os limites do complexo.

A estrada que leva ao acesso principal da HydroPro parece eterna. E para ajudar, Kirsten está dirigindo igual a uma tartaruga.

O edifício finalmente aparece ao longe. Eu olho para a esquerda e para a direita, mas não consigo encontrar, no horizonte, onde a propriedade termina. Parte da estrutura do prédio é toda feita de vidro.

A cem metros do edifício vemos uma guarita. Um portão impede a nossa passagem.

— É... alguém planejou um plano B caso não possamos ir pela entrada principal? — Perry questiona.

— Eu estava apenas seguindo as instruções do Dylan — explica Savanna.

— Me desculpe. Eu nunca tinha me infiltrado em uma empresa de energia de alta tecnologia. Não imaginei que haveria postos de controle de segurança — respondo.

— Talvez a gente devesse dar a volta — sugere Savanna.

— Espere! O portão do lado esquerdo da guarita está se abrindo.

Uma fila de carros prateados passa pela abertura, sai do complexo e segue pela estrada de onde viemos.

— Abaixem-se todos — aviso. Perry desliga o carro e nós nos afundamos no banco. Dou uma espiada pra fora e vejo cinco carros prateados passarem por nós. Rapidamente pego o celular do meu bolso e abro o Twitter. Checo as notícias e vejo o que está sendo tuitado sobre a coletiva de imprensa da Kirsten, que já está em andamento. Os HydroPro estão em fuga? Seja como for, chegou a hora de agirmos.

— Hum... Dylan... Estão nos chamando — diz Perry.

— O quê? — Eu me endireito no banco. Pelo para-brisa dianteiro, o segurança acena para nos aproximarmos.

— Sigo em frente ou dou ré em alta velocidade? — Perry pergunta enquanto sua mão no câmbio está preparada para fazer o movimento que for escolhido.

Apenas engulo em seco e olho ao redor da estrada.

— Você tem mais um segundo antes que eu tome uma decisão sozinha.

Respiro fundo.

— Vá em frente. Eu posso fazer isso dar certo. Vou inventar algo sobre o meu pai.

Também posso incendiar a guarita como uma distração se as coisas ficarem muito complicadas. Sempre esqueço que tenho outras habilidades além de ser tímido e desajeitado.

Devagar nós nos aproximamos da guarita.

— Ah, meu Deus, eu o conheço! — comenta Perry.

— Você conhece? — pergunto.

— É o pai de Kara Bynum... Ela faz parte do grupo das líderes de torcida. Fica de boa. Fica de boa.

Ele está parado no meio da estrada, com as mãos nos quadris, e nos aguarda enquanto nos aproximamos. A luz dos faróis reflete em seu uniforme preto. Paramos.

Ele dá a volta no carro e bate na janela de Perry, que abaixa o vidro. Dá para perceber que ela está tensa. O guarda se aproxima do carro.

— Senhor Bynum? — chama Perry. Sua voz fica nitidamente mais aguda, por causa do nervosismo. Em seguida, ela abre um sorriso enorme. Seu batom vermelho faz seus dentes parecerem anormalmente mais brancos esta noite.

— Perry? — fala ele.

— Oi, sr. Bynum — diz Perry, aproximando-se da janela. Ela ri graciosamente.

— Como vai? — pergunto alto.

— Eu não sabia que você trabalhava na... — começa Perry, mas então põe a mão no queixo, meio que procurando uma palavra.

— HydroPro — Savanna sussurra.

— ... HydroPro?

Ele sorri e dá de ombros.

— Bem, essa é uma informação que não é muito útil para você.

— Você tem razão. Por que eu deveria saber? — Perry solta uma risada falsa. Ela coça a cabeça.

— Vocês meninas já terminaram de se apresentar no jogo? Kara deve ter terminado também.

— Sim! — diz Perry. — Terminamos agora há pouco. Os meninos venceram. Foi um grande jogo. — Ela assente.

— Ah, é bom ouvir isso. Vocês fizeram a apresentação especial das Nacionais durante o intervalo? Você sabe que eu ainda tenho aquela música grudada na minha cabeça?

Ele levanta os braços e canta. Simula algumas batidas aqui e lá. Seus quadris se movem de um lado para o outro e ele dança na frente da guarita.

Perry e Savanna estão tentando não cair na gargalhada. Eu estou sério, observando apenas. O sr. Bynum para de dançar e ri.

— Sinto falta de estar na Flórida com vocês meninas. Essa foi uma ótima viagem.

— Foi, menos o fato de não termos vencido — fala Perry, dando de ombros.

— Vamos esquecer isso. A gente vai vencê-los no ano que vem. — Ele gesticula e suspira. — Espere um segundo — diz, colocando as mãos no carro. — O que vocês estão fazendo aqui? Não deveriam estar comemorando com a equipe após a grande vitória?

— Pois é... — murmura Perry para si mesma. Ela morde o lábio enquanto olha para mim.

Abaixo o vidro traseiro e ponho minha cabeça para fora.

— Oi, meu nome é Dylan Highmark. Acho que não nos conhecemos. Eu não conheço a Kara, então talvez por isso que você provavelmente não me conhece. Mas eu a conheço porque estudamos na mesma escola. A gente conversa de vez em quando. Eu a vi no jogo desta noite, mas não cheguei a falar com ela porque a Kara estava na quadra torcendo. Obviamente. Perry a conhece porque faz parte do equipe das líderes de torcida, e eu e Perry somos grandes amigos, então também conheço Kara por causa dela.

Perry e Savanna me encaram sem piscar.

— Certo — responde o sr. Bynum lentamente. — Isso ainda não me diz por qual motivo você está aqui.

— Verdade... — Passo a língua pelos meus lábios. — Meu pai trabalha aqui também. Cameron Highmark? Não sei se você já ouviu falar dele.

Ele assente, então volta para a guarita. Nós o vemos digitando algo no computador. Perry se vira para mim.

— Você esqueceu de como elaborar um discurso articulado? — Suas palavras são afiadas.

— Ah, cale a boca. Estou fazendo o meu melhor aqui. — Olho com cara feia para ela. Depois grito para fora da janela: — Eu estou passando para entregar uma coisa para meu pai.

Savanna se encolhe.

— Ele trabalha no departamento financeiro? — pergunta o sr. Bynum.

— Sim. Ele acabou de ser contratado também, então é por isso que ele está trabalhando até tarde.

— Ok. Eu o encontrei no sistema. — O sr. Bynum imprime um pequeno papel branco e o entrega a Perry. Em seguida, ele aponta o caminho.

— Aquela grande parede de tijolos à direita onde fica o pessoal da fabricação e montagem, então não vão para lá. Vocês devem virar à esquerda na próxima curva. Administrativo, escritório, Financeiro e Pesquisa estão à esquerda.

— Pesquisa? — falo baixinho, mas ele me ouve e me responde concordando.

— Sim, mas você vai para o financeiro. Primeiro andar, ala esquerda.

— Ok, obrigado! Até mais!

Em seguida, Perry rapidamente fecha a janela e acelera.

— Acho que vou desmaiar — avisa Perry.

Eu me jogo no banco de trás, aliviado. Meu pescoço ficou tenso.

— Isso não vai ser tão fácil quanto eu imaginei — comento.

— Não diga! — Perry responde. — Você tem sorte que decidi vir. Minhas mãos estão encharcadas por eu estar suando de nervoso. — Ela me mostra isso deslizando as mãos pelo volante. Pela janela, vejo o portão de entrada cada vez mais distante de nós.

— Perímetro cruzado... Conseguimos! Qual é o segundo passo?

— Virar à esquerda.

Estacionamos num local estratégico e descemos.

Felizmente, o lado esquerdo do prédio é todo de vidro e podemos ver através das paredes. O saguão está vazio, e não há ninguém na recepção. Eu pego o crachá do meu pai e o aproximo junto a uma pequena caixa preta na porta. Uma luz verde pisca. A porta se abre e nós entramos.

— Há um mapa das salas — diz Savanna, apontando para uma placa entre os elevadores.

Todos correm para ler e analisar as informações. Recursos Humanos, Financeiros, Melhoria de Qualidade... Blá-blá-blá. Todos estão no primeiro andar como o sr. Bynum disse. O mapa do segundo andar revela cinco setores diferentes de Pesquisa. O Setor E diz "Projetos Especiais" igual ao que estava no papel que a dra. Ivan me deu. Aponto para ele.

— Aqui — digo. — É aqui que nós vamos.

TRINTA E NOVE

Chegamos ao setor E. Depois de passarmos pelas portas duplas, vemos um longo corredor com várias salas e portas enfileiradas. Luzes pendentes do teto iluminam o corredor e refletem um círculo branco no chão. Tudo está em absoluto silêncio.

— Vamos começar com a porta número um — diz Perry, encolhendo os ombros. Concordo. Ela caminha até a primeira porta. Meu corpo fica tenso. Perry começa a girar a maçaneta. Espero que essa porta revele o grande prêmio, a cura para Jordan e eu, guardado em uma caixa de vidro iluminada, sem que isso se transforme em um daqueles programas de competição de auditório em que o competidor encontra objetos nada a ver, como cortadores de grama e lâmpadas, que não ajudam em nada.

— Atrás da porta número um temos... — Perry fecha os olhos e a porta se abre. Uma lufada de ar joga meu cabelo para o lado. Nós espiamos. A sala está escura.

Entro um pouco mais para tentar ver o que tem dentro: uma grande mesa de madeira rodeada por cerca de vinte cadeiras. É uma sala de reuniões. Perry acha o interruptor.

— Não — falo, estendendo minha mão. — A parede é toda de vidro, alguém vai nos ver.

— Por aqui — indica Savanna. Ela caminha em direção a uma porta aberta no final da sala. Do outro lado, há outro compartimento com quatro mesas de cantos, ocupando exatamente os quatro cantos da sala e, no seu centro, tem uma mesa comprida e estreita. Papéis enrolados e desenhos de várias máquinas estão espalhados em sua superfície. Todas as mesas de canto estão bagunçadas, várias xícaras de café estão espalhadas. Arquivos e pastas estão empilhados nas cadeiras. Cadernos estão abertos com canetas servindo como marca-páginas como querendo dizer que alguém parou no meio de alguma coisa.

De acordo com um crachá, a primeira mesa de canto pertence ao dr. Peter Roland.

— Cada um vai conferir uma mesa e ver o que podemos encontrar — oriento.

Perry e Savanna assentem. Perry olha a mesa do dr. Roland e abre uma gaveta. Savanna olha a mesa seguinte. Parece pertencer a alguém que se chama Micha Stalling. Eu me dirijo para a próxima. Congelo quando vejo o crachá: dra. Maria Ivan. Solto um suspiro de alívio, mas logo uma sensação pesada cresce em meu estômago.

— Pessoal!
— Fale baixo! — Perry ordena.
— Desculpe — eu digo, baixando minha voz — mas esta é a pessoa que tenho visitado. — Aponto para o crachá. — E quem o Jordan estava vendo. Ela disse que está do nosso lado e não mais com a HydroPro.

Perry deixa sua mesa e caminha até mim.

— Será que ela já saiu da empresa e eles ainda não tiraram as coisas dela da mesa? — questiona.

— Não, isso não faria sentido. Ela disse que saiu faz tempo. — Bato com a mão na minha testa. — Ai, meu Deus. Isso não pode ser acontecendo!

Perry inspeciona o espaço.

— É ela? — diz Perry, e indica uma foto da dra. Ivan com uma garotinha.

— Sim — respondo, engolindo em seco. Pego um papel em sua mesa. A dra. Ivan tem passado a semana aqui. A assinatura dela consta na parte inferior. Eu mostro o arquivo a Perry.

— Será que ela não está mentindo para você? — questiona Perry novamente. Savanna nos observa no outro canto da sala. Sua testa está franzida.

— Pessoal, procurem mais rápido — digo. — Isso não está cheirando nada bem.

Eu vasculho cada papel em sua mesa. Procuro pelas palavras *Jordan, Ator, antídoto, chamas, fogo, quarenta graus* e qualquer outra coisa relacionada ao caso de Jordan em que posso pensar. O som metálico de gavetas abrindo e fechando enche a sala. Desabo na cadeira da dra. Ivan e tento acessar seu computador. Minhas tentativas de senha são recusadas três vezes seguidas. Dou uma olhada em uma pilha de post-its, mas elas estão escritas com um garrancho, por isso não consigo entender.

— Espere — Perry grita. Levo um susto e minha respiração acelera.

Ela levanta um papel no ar e o sacode. Savanna e eu corremos até ela.

— Olha! — diz Perry, apontando para a parte de cima do papel. — Aqui está escrito "Experimento 1066-11C". E logo abaixo, "Setor E, Laboratório Três". Estamos no Setor E.

— E? — pergunta Savanna. — O que é o "Experimento 1066-11C"?

— Não faço a mínima ideia. Mas vejam esta coluna — fala Perry.

O documento lista números e cálculos divididos em várias colunas. Não sei o que significam, mas na quarta coluna, a palavra *Ator* aparece sete vezes.

— O sobrenome do Jordan — digo. Meus olhos se arregalam. — Obrigado, Peter Roland. Onde está o laboratório três?

Nós saímos correndo da sala e começamos a procurar pelo corredor em que estávamos antes.

— Laboratório um — fala Savanna, apontando para uma placa. — Continuem.

Passamos pelo laboratório dois, depois desaceleramos. Nos aproximamos da porta do laboratório três com cautela, porque ela está parcialmente entreaberta. Eu me inclino para perto da abertura e ouço vozes conversando. Indico a todas que fiquem em silêncio absoluto. Empurro a porta um pouco mais, e nós três entramos. Na ponta dos pés, andamos por um corredor curto, que acaba se tornando um grande espaço aberto. O teto deve ter mais de doze metros de altura quando observado do canto onde estou. Meus olhos travam em duas figuras. Com o susto, recuo para me esconder. Minha boca fica seca.

— O que foi? — murmura Savanna.

— É ela.

— Quem?

— A dra. Ivan.

Savanna e Perry balançam a cabeça.

— Melhor irmos embora — sugere Savanna. Ela segura meu braço e me puxa rumo à porta. — Ela claramente não está tentando te ajudar. Você não pode confiar nela. Deixe a polícia lidar com isso.

— Não, ainda não! Temos que tentar. O Jordan está contando com a gente.

Olho de volta para a cena: um homem com cabelos grisalhos está sentado em uma mesa. A dra. Ivan está de pé diante dele, com as mãos nos quadris.

Eu fiquei tão focado nela que minha mente não se lembrou do rosto comprido e do corpo magro do homem. É ele. Aquele que tem me perseguido. Por que ele não foi para a Falcon Crest com os outros quando chegamos aqui?

Uma caixa de vidro, assim como a do consultório da dra. Ivan, está diante deles. Vazia.

— O que você quer que eu faça, Peter? — O rosto da dra. Ivan está tenso. — Ele não virá amanhã como tínhamos combinado, e eu certamente não posso sequestrar um adolescente. — Ela levanta as mãos e, em seguida, coça a testa.

— Você tem que encontrar uma maneira — diz Peter, com tom de voz ameaçador. — Ou o experimento não será válido. Não pode haver essas grandes lacunas de tempo na pesquisa. Você e sua equipe já arruinaram a experiência com o Jordan. Não estrague isso também.

— Você não está me ouvindo. — A dra. Ivan fecha o punho. — O menino está frustrado e com razão. Temos que dar a ele tempo para se acalmar, e então poderemos reiniciar o experimento.

— Bem, talvez se você não tivesse dito que havia algum antídoto ridículo para curá-lo, ele não ficaria tão à vontade correndo por aí na cidade e deixando de te visitar! Este era o objetivo: assustá-lo para que ele voltasse para nós. — Peter pega uma pilha de papéis de sua mesa. — Isso não é um filme de ficção científica. Antídoto... Você ficou louca ao inventar isso! — Ele cruza os braços.

— Caramba, eu tive que inventar alguma coisa. Ele estava prestes a explodir o laboratório e fugir para sempre. A meu ver, se achar que existe um antídoto, ele continuará voltando — diz a dra. Ivan, andando de um lado pro outro sem parar.

— E o que você acha que vai acontecer se ele continuar te pressionando por esse antídoto até descobrir que não está morrendo e que não precisa de um antídoto que nem existe? Você já pensou nisso!?

A dra. Ivan abaixa a cabeça, resignada.

— Você pensou na possibilidade de que seu primeiro experimento poderia passar seus poderes para outra pessoa? E você cogitou que, se isso acontecesse, seria mais provável ser alguém próximo a ele? Você pensou na possibilidade de como isso afetaria seu experimento? — Ela responde com a cabeça entre as mãos.

— Ei! — grita um homem atrás de nós. — Quem são vocês?

Savanna engasga de susto. Viro a cabeça tão rapidamente que até dá para ouvir meu pescoço estalando: dois homens estão de pé atrás de nós. Um deles agarra o braço de Perry, prendendo-a, e ela grita e esperneia tentando escapar. Eu dou um passo à frente e Savanna se posiciona atrás de mim.

— Solte ela!

— O que está acontecendo ali? — questiona Peter. Ouvimos o som dos sapatos da dra. Ivan enquanto ela caminha em nossa direção.

— Espera, espera... — diz ela. — Esse menino é muito mais poderoso do que você pensa. Afastem-se dele! — A doutora aponta para nós.

— Há quanto tempo eles estão ali? — indaga Peter, ficando de pé e deslizando a cadeira no chão.

— Eu disse para soltar ela! — grito para o homem que está segurando Perry. A dra. Ivan está certa. *Eu sou muito mais poderoso do que eles pensam*. Ela me disse para eu não usar meus poderes ou eles deteriorariam a minha saúde, mas a verdade é que ela estava dizendo isso só para se manter segura. Não há motivo para eu conter os meus poderes. Isso foi outra mentira.

Dou um passo à frente e o homem que aperta o braço de Perry em torno do pescoço dela se afasta um pouco. Ela tenta inutilmente se desvencilhar do brutamontes, e seu rosto está ficando cada vez mais vermelho.

O homem ao lado dele puxa uma arma da cintura e aponta para mim.

— Afaste-se, garoto — exige ele.

Meu corpo aquece.

— Não atire nele! — diz a dra. Ivan.

— Quem são eles? — pergunta o homem.

— O menino faz parte do experimento Ator. Eu sei quem ele é. Apenas me deixe falar com ele.

— Você não pode falar comigo! — falo e volto a encará-la.

— Dylan... Me deixe explicar. — A dra. Ivan lentamente caminha para a frente com as mãos no ar.

— Você teve sua chance de explicar. Em vez disso, escolheu mentir.

— Pode parecer que...

— Então, me fale: eu e o Jordan estamos morrendo? — pergunto pela última vez.

— É complicado.

— Estamos???

— Não! Não estão — responde, abaixando a cabeça.

Eu respiro fundo. Coloco a palma da minha mão em direção a ela como se estivesse prestes a explodir uma série de chamas. Ela para de andar e solta um gemido.

— Não se aproxime — aviso. Ela assente, mordendo o lábio. — Diga ao seu guardinha pra ele soltar a Perry!

A dra. Ivan olha para o homem.

— Solte a garota — pede ela. Sua voz falha.

O homem não a obedece e aperta ainda mais o pescoço de Perry, que engasga. Em seguida, ele olha para seu parceiro ao seu lado.

De repente, um alarme soa de um alto-falante no teto. Luzes vermelhas começam a piscar pelos corredores e em todas as salas. Meu corpo estremece. Savanna tampa os ouvidos. Eu olho para o outro lado da sala. Peter está falando ao telefone, enquanto a outra mão aperta o alarme.

— Precisamos de segurança extra no laboratório três do setor E! Agora! — diz Peter, batendo o telefone.

Não penso duas vezes. Eu me aproximo do homem que está prendendo a Perry e seguro seu braço com toda a força que consigo. Ele grita e seu braço enfraquece. Minha mão deixa uma mancha vermelha em sua pele. Perry imediatamente cai no chão, massageando o pescoço, quase sem ar. O homem com a arma se vira e corre para a porta. Meu coração está batendo forte como nunca bateu antes. Eu pulo e flutuo no ar atrás dele. Forço meus músculos para ir mais rápido.

Alcanço a porta em alguns segundos e pouso na frente do homem, impedindo sua fuga. Em seguida, eu levanto minha mão. Ele não consegue parar a tempo e bate de frente com a parede de calor que criei. O guarda cai de joelhos, seu rosto está muito vermelho. No fim, ele ainda parece resistir, quando finalmente desmaia. Pego a arma de sua mão e guardo na minha cintura. O alarme ainda está tocando. Savanna segura Perry e massageia suas costas. A dra. Ivan surge atrás delas e sacode os ombros de Savanna.

— Meninas, estou aqui para ajudá-las — ela fala, quando me aproximo. — Deixe-me ajudar. Diga para ele me ouvir!

— Afaste-se delas — ordeno, entredentes. Com um estalar em meus dedos, pequenas chamas surgem. Puxo a arma. A dra. Ivan volta para onde Peter está. Aponto a arma na direção deles, mas eles não são o meu alvo.

Eu atiro na caixa de vidro. Todo mundo congela. Dou outro tiro. Os sons dos tiros são mais altos do que o alarme. A caixa de vidro racha ao redor dos buracos de bala, então atiro em vários pontos da caixa até o revólver descarregar. Por fim, jogo a arma contra o vidro, gritando.

— Chega de experimentos! Chega! — grito, olhando para a dra. Ivan. Depois me viro para Savanna e Perry: — Meninas, me ajudem a pegar tudo lá dentro!

— Pegar o quê? — pergunta Savanna.

— Arquivos, papéis, computadores... Tudo. Eu vou queimar tudo!

Elas concordam e correm para os armários de arquivos e prateleiras trazendo tudo que podem. Nós empilhamos os materiais ao lado da caixa de vidro, que já está quase toda destruída. Enquanto despejo uma gaveta da mesa de Peter cheia de papéis, chuto uma das paredes da caixa de vidro. Metade dela se despedaça no chão. A dra. Ivan observa tudo horrorizada, balançando a cabeça.

Estou de frente para tudo o que desgraçou a vida de Jordan e os segredos dos HydroPro. Atiro uma chama de minhas mãos e espero que seja a última vez. Os papéis são os primeiros a pegar fogo, seguidos pelos equipamentos de informática. Savanna dá um empurrão na mesa de Peter, que rola nas chamas. A madeira da escrivaninha engrossa o fogo, as chamas giram em direção ao teto. A caixa de vidro se desintegra lentamente à medida que o calor se intensifica.

— Pare! — grita a dra. Ivan. Ela pega um grande pedaço de vidro quebrado do chão e me ameaça. — Você está destruindo tudo o que poderá te ajudar!

Mais seguranças entram na sala. A dra. Ivan acena para eles desesperada.

— Prendam eles! Detenham eles!

— Perry e Savanna: corram!

Eu estendo a minha palma aberta em direção à dra. Ivan, me preparando para nocauteá-la com chamas, mas paro antes de fazer isso. Peter está atrás dela, engatilha uma arma e aponta-a para a nuca dela.

— Não — diz ele categoricamente.

A dra. Ivan levanta lentamente os braços. Seu queixo treme.

— Peter... O que... O que você está fazendo? — A doutora não acredita no que está acontecendo. — Atire neles, não em mim! Neles!

— Já chega desse seu experimento vergonhoso.

— Meu experimento? É o *nosso* experimento. — A dra. Ivan se vira para encarar Peter, que segura a arma com mais força. O reflexo da luz das chamas brilha em seus rostos. — Estamos trabalhando nisso há quase um ano. O que você está fazendo? Viemos aqui para...

— Eu estou aqui por causa dos Ator... Para proteger o filho deles... E agora proteger Dylan. Nada mais. — Peter balança rapidamente a arma na minha direção.

Eu engulo em seco. Perry segura meu pulso.

A dra. Ivan está boquiaberta.

— O quê? — Ela parece sem ar. Em seguida, olha para mim e para Peter e pergunta: — Mas... Por quê? Como?

— Greg e Lauren eram as melhores pessoas nesta empresa. Eles estavam tentando fazer o bem para o mundo. Eu não ia deixar você destruir tudo que eles criaram. Guardas, escoltem ela para fora, por favor.

— Não! — grita a dra. Ivan e então tenta fugir, mas cinco guardas a prendem. Enquanto é levada para fora, a dra. Ivan grita em vão.

— Salvem as minhas anotações! Isso será uma grande perda! — Suas pernas se debatem quando ela é puxada para fora da sala. A dra. Ivan perde um sapato enquanto é levada pelo corredor pelos guardas. O som de sua voz fica cada vez mais abafado pelo fogo crepitante.

Eu dou um passo em direção a Peter. Sua testa está suada.

— Você?! — pergunto enquanto ele coloca a arma de volta em sua cintura.

— O que tem eu? — Peter retruca, enxugando o suor dos lábios.

— Você não estava tentando me sequestrar... ou sequestrar Jordan?

Ele balança a cabeça.

— Jordan não estava tão sozinho quanto você pensa. O que achou do meu disfarce? — Peter pisca. — Se tivesse deixado eu falar com você antes, teríamos evitado toda essa bagunça.

As chamas sobem pelas paredes, atingindo o teto, que começa a desabar.

— Você conhecia os pais dele?

— Por décadas. Conheci Greg quando começamos a trabalhar na HydroPro como engenheiros juniores.

— Você é do Arizona?

Ele assente. Faíscas azuis estouram da pilha de cacos de vidro e de equipamentos em chamas, passando perto da minha cabeça.

— Garoto, a gente vai morrer aqui se você continuar fazendo perguntas, o que seria um verdadeiro desperdício para todos. — Peter coloca a mão nas minhas costas e me empurra em direção à saída. Perry e Savanna nos seguem perplexas.

Saímos correndo pelos mesmos corredores de antes. As luzes de emergência nos guiam para a saída. Os ensurdecedores alarmes de incêndio ecoam no meu peito.

— Isso significa que você salvou Jordan? — pergunto, voltando a ficar ao lado de Peter de novo.

— Não. Eu não sabia desse número de emergência que ele tinha da Ivan. Ele fugiu dela, e eu não sei onde ele está. — Peter dá uma olhada ao redor, então continuamos correndo até a entrada principal. — Quando você e Jordan estavam no Parque Estadual Ridley Creek, eu joguei aquela fumaça para despistar os HydroPro, mas acabei perdendo vocês também.

— Foi você quem fez aquilo?

Peter faz que sim com a cabeça. Eu engasgo e não consigo respirar direito, lembrando que Kirsten tinha enviado a foto dele para a polícia quando, na verdade, deveríamos ter enviado a foto da dra. Ivan.

— Como eu posso encontrar o Jordan?

— Sei tanto quanto você.

Ele está correndo tão rápido quanto os pensamentos em minha cabeça. Quando chegamos ao saguão, uma horda de carros de polícia e caminhões de bombeiro está parada do lado de fora. Vejo Kirsten conversando com um grupo de repórteres.

— Você não pode sair por aí! — grito para Peter. Antes que alguém nos veja, eu empurro Perry e Savanna para trás da recepção. Andamos abaixados e escondidos até a sala mais próxima. Peter bufa enquanto vira o corpo para mudar de rumo. Ele nos segue, também se escondendo.

Fico de costas para uma parede.

— Eles estão aqui por minha causa? Você realmente deveria ter me deixado falar antes.

— Me desculpe — respondo, tentando recuperar o fôlego. — Se eu soubesse que você estava do meu lado, não teria te delatado.

— Tudo bem. Você fez o que tinha que fazer. Vou dar um jeito nisso.

Um estrondo irrompe no saguão.

— Polícia de Falcon Crest! Saiam desse escritório agora!

— Você vai ficar sozinho agora, Dylan — Peter diz. Não consigo disfarçar a minha cara quando ele diz meu nome. — Fiz tudo que estava ao meu alcance. Agora é com você. — Ele para de falar e me entrega sua arma.

— Espera, como assim?

Peter sai da sala e volta para o saguão com as mãos para cima.

— Estou aqui.

— Mãos para cima! Levante as mãos!

— Só tem eu aqui — diz Peter. — Podem ficar tranquilos.

E Peter é algemado e levado. O ruído dos passos vai ficando mais distante e o saguão fica silencioso novamente. Perry me tira do meu estado de torpor.

— Dylan! Temos que sair daqui!

Eu faço que sim com a cabeça. Com uma cadeira, quebro a janela do escritório. Abraço Savanna e Perry, e flutuamos através da janela em segurança. Seguimos assim por cerca de cem metros ao longo de um gramado. Antes de entrarmos em uma área arborizada, me viro para olhar para a HydroPro: um brilho laranja cintila de cada uma das janelas.

Esse experimento termina exatamente como começou, com explosão e chamas.

QUARENTA

A HydroPro é o único tema abordado nos noticiários nos dias seguintes. As instalações da Filadélfia estão permanentemente fechadas, em parte por causa da investigação e também porque o incêndio destruiu boa parte do prédio. Mesmo que a reportagem de Kirsten não resulte em nada, pelo menos os moradores de Falcon Crest os conheceram por seus incêndios e crimes, e não apenas por seus carros e máquinas movidos a hidrogênio.

Bloqueei o número de celular da dra. Ivan. Não tenho interesse nenhum em perder tempo pensando nela. Tenho trazido meu material de pintura para a varanda de casa para pintar e observar se há algum carro prateado vindo, mas nenhum passou por aqui. E, hoje, eu finalmente terminei a pintura da primavera com o tema flores azuis.

A coletiva de imprensa de Kirsten está virando notícia nacional. Começou localmente, mas então alguém retuitou o vídeo original e assim foram repassando adiante, e acabou viralizando. Todos os dias ela é entrevistada para um blog ou um site. Kirsten praticamente se tornou famosa. Eu até gostaria de ter algum crédito, mas estou deixando ela ter seu momento, por enquanto.

Estou no quarto da Kirsten ao lado de sua escrivaninha. Ela está sentada de frente pra Savanna. A iluminação profissional faz o rosto de cada uma delas cintilar. Uma câmera está montada em um tripé e elas estão gravando uma de suas entrevistas. Minha mão paira sobre a câmera.

— Por que você sentiu que finalmente tinha chegado a hora de se apresentar e contar sua história? — pergunta Savanna. Ela tem um pequeno cartão em cima de suas pernas cruzadas. Pela primeira vez, os papéis são trocados. Kirsten é a entrevistada.

— Para mim, acho que o ponto de virada foi quando percebi o quanto os incêndios estavam afetando outras pessoas — explica Kirsten, com as mãos fechadas sobre seu colo. — Fiquei frustrada com o ritmo da investigação, especialmente porque eu acompanhava em primeira mão o sofrimento dos meus colegas de escola. Por isso, acabou se tornando mais do que um concurso para mim. — Ela encolhe os ombros. — No final, todo mundo estava em perigo, e eu tinha a responsabilidade de compartilhar o que sabia.

Savanna assente. Então Kirsten se vira para mim.

— Pode terminar de filmar.

Aperto o botão da câmera e finalizo a gravação.

— Como foi? — indaga Kirsten. — Melhorou?

Assinto.

— Muito.

É a terceira vez que filmamos essa parte da entrevista com a Savanna.

— Incrível — Kirsten se levanta e pega a câmera do tripé. — Obrigada de novo, Savanna. Estou recebendo muitas perguntas também pelo Instagram e pelo Twitter. Vamos ter que filmar mais alguns desses quadros de perguntas e respostas para os fãs.

Savanna sorri.

— É claro. Qualquer coisa para ajudar a trazer mais esclarecimento pra todo mundo.

— Então, você ganhou o concurso? — pergunto.

— Acho que tecnicamente me desqualifiquei — esclarece Kirsten. — Mas quem se importa? Estou recebendo mais ofertas de estágio do que se eu tivesse ganhado o concurso. Não sei como vou decidir qual oferta devo aceitar. — Ela mexe na câmera. — Vou ter que editar tão rápido. Você quer ficar e me ajudar a editar, Savanna? Você precisa me dizer quais são seus melhores ângulos.

— Acho que meus ângulos são a menor das minhas preocupações agora, mas com certeza posso ajudar — responde Savanna, desligando as luzes em volta do tripé.

— O que vai fazer agora, Dylan? Quer ficar? — Kirsten pergunta.

Balanço minha cabeça em negativo.

— Acho que vou dar uma volta. — Olho para fora a janela. O chão está coberto de neve.

Kirsten suspira e caminha em minha direção.

— Tem certeza que você está bem, Dyl? — Ela gentilmente passa a mão em meu braço.

Levanto as mãos, então esfrego minha testa.

— Estou tentando.

— Nada dele?

— Não.

Kirsten me dá um abraço.

— Ainda acho que há uma chance de o Jordan voltar.

— Eu espero que você esteja certa.

Pego a minha mochila do chão.

— Sinto muito, Dylan — diz Savanna.

— Valeu, pessoal.

— Como está o seu pai? — pergunta Kirsten.

— Ele está bem. A antiga empresa o recontratou de volta imediatamente após o caso. Isso só torna as coisas mais difíceis, porque eu não posso falar com ele sobre o que aconteceu. Meu pai continua falando sobre a HydroPro... mas ele não sabe nem metade do que eles fizeram.

Kirsten faz que sim com a cabeça.

— Bem, estamos aqui.

— Eu sei. E amo vocês por isso — afirmo, pegando uma folha de papel da mesa de Kirsten. — Posso levar uma dessa?

Há apenas um método de comunicação com o Jordan que eu ainda não tentei: a velha e boa carta pelos correios. Decido responder à carta dele que a dra. Ivan me deu.

Saio da casa da Kirsten e sigo caminhando até a floresta. A neve cai suavemente do céu, congelando o chão. No celular vejo que está -6º C, mas não estou com frio. Tiro a neve de um tronco de árvore caído e me sento. Coloco o papel sobre o meu joelho e bato a caneta de leve contra o queixo, pensativo. Não escrevo nenhum esboço nas notas do celular nem penso sobre o que dizer, simplesmente ponho todas as palavras pra fora de uma vez no papel.

Agradeço ao Jordan por querer me manter seguro. Escrevo sobre o frio na barriga que senti na noite em que nos conhecemos. E também compartilho o vazio dentro de mim na primeira noite sem ele. Me lembro dos nossos passeios de bicicleta pela cidade, e como suas mãos, firmes nos meus ombros, eram pura troca de energia. Eu digo a ele que estou sentado aqui querendo desvendar o mundo, mas um mundo em que ele faça parte. Por último, divulgo os detalhes sobre o experimento, as mentiras da HydroPro, Peter, e que ele não está morrendo — nem eu.

Dou para Jordan uma razão para sair do esconderijo e voltar para casa. Espero que esta carta o convença disso.

Escrevo seis páginas e as dobro no meio, colocando-as em um envelope. Informo meu endereço no remetente e ponho o nome do Jordan no destinatário, mas sem endereço. Conheço um bom lugar onde posso deixar a carta: me levanto e vou para a casa da tia do Jordan.

Nuvens cinzentas cobrem o céu. A neve continua a cair levemente, assim como tem sido nos últimos três dias. Todo mundo parece estar hibernando no bairro onde a tia dele mora, porque está tudo muito silencioso. Bato na porta da casa e alguém a abre em segundos.

Uma mulher me olha de cima a baixo.

— Posso ajudar? — pergunta ela.

A mulher é alta e magra, com cabelo preto cortado pouco acima dos ombros. Os fios são da mesma cor do cabelo de Jordan.

— Olá — digo, sorrindo. — Você é a tia de Jordan Ator?

— Sim. Você é amigo dele? — pergunta ela, esfregando as mãos por causa do frio. A luz refletida na neve ilumina o seu rosto.

Minha garganta fecha e meu lábio inferior começa a tremer. Viro rapidamente para o lado e pressiono as costas das minhas mãos contra meus olhos para evitar que lacrimejem.

— Eu sou. Você não me conhece, mas eu e o Jordan saímos juntos por um tempo.

— É bom saber disso. Estou feliz por ele ter tido um amigo enquanto esteve na cidade. — Ela abre mais a porta. — Está frio, você não gostaria de entrar?

— Não, obrigado. Por acaso você sabe onde está o Jordan? Faz tempo que não nos vemos, estou com saudade dele.

A tia de Jordan franze a testa.

— Tenho saudade dele também. Mas a última notícia que eu tive foi de que o Jordan tinha voltado para o Arizona com outra família. Faz duas semanas que não sei nada dele. Desde o acidente, Jordan se fechou muito. Mas nós tentamos — diz a mulher, encolhendo os ombros.

Assinto em silêncio e olho para o chão. Chuto um pouco da neve na varanda.

— Você sabe se ele está bem, pelo menos?

— Até onde sei... Sim.

— Que bom. — Coloco a mão no bolso e pego a carta. — Caso você ou outra pessoa possa... Entregue isto a ele.

— É claro. O que seria?

Por cima do ombro, um rosto familiar aparece na tela da televisão na sala de estar da tia do Jordan: é o Peter. Eu escuto o âncora do noticiário.

— Agora, voltaremos a falar da investigação em andamento a respeito da corporação HydroPro e seu envolvimento nos incêndios em Falcon Crest. Um dos funcionários levado sob custódia no dia do incêndio que fechou a empresa está abrindo um processo contra ela. Trata-se do Dr. Peter Roland que, aparentemente, fez um acordo de delação premiada com a polícia para diminuir as diversas acusações sobre ele. Ninguém ainda conhece o conteúdo dessas informações e...

— Você está bem? — a tia de Jordan pergunta.

Eu balanço minha cabeça e foco meus olhos nela.

— Sim, eu estou bem... me desculpe, o que você perguntou?

Ela aponta para minha mão.

— A carta. O que está escrito?

Estendo a carta para ela.

— Apenas algo que eu acho que Jordan deveria saber.

A mulher pega o envelope e o analisa.

— Vou fazer o meu melhor então. — Ela vê o endereço do remetente. — Dylan — diz, sorrindo.

— Obrigado. Tenha um bom dia.

— Você também. Bom retorno para casa. — A tia de Jordan acena com um tchau e fecha a porta. Um pouco de neve desliza para fora do batente e cai ao lado dos meus pés. Por um momento, fico ali parado olhando a porta fechada, esperando que ela abra novamente e insista em me convidar para um chá ou café. Quero me sentar com a tia de Jordan e falar sobre o sobrinho dela a noite toda. Ela é a última conexão que tenho com ele.

Mas nada acontece. Respiro fundo e viro para a rua. Subo na bicicleta e vou embora.

Antes de estar em um relacionamento, sempre achei que as pessoas eram dramáticas demais depois de terminarem o namoro, mesmo que tenha durado pouquíssimo tempo. Agora, me lembro do conselho que eu mesmo dei a Perry para "simplesmente superar" Keaton. Lembro de todo o meu desprezo pelos casais da minha escola que choraram com a separação depois do baile de formatura, ou que ficaram choramingando no refeitório sobre querer voltar para o namorado ou namorada.

Não sei por que tiramos sarro das pessoas apaixonadas. Dizemos coisas como: "não vai durar muito" e "só é bom no começo". Mas eu acredito que, quando é verdadeiro, vai durar para sempre, nem que seja somente nas lembranças. E assim será.

A pessoa que você ama literalmente se torna parte sua. É o seu parceiro de vida. E eu nunca pensei sobre a palavra *parceiro* até agora. Gosto dessa palavra.

E quando falta um pedaço seu, você faz o seu melhor para ter esse pedaço de volta. Se você perder seu celular, notebook, roupa favorita ou outras coisas, você procura até encontrar. E ninguém liga pra isso. Nós não rotulamos alguém como desesperado, solitário ou patético por querer encontrar seu iPhone perdido. Se Kirsten me dissesse que perdeu o carro, meu primeiro pensamento não seria *Sinto muito. Existem outros carros te esperando.* Pelo contrário, nós vasculharíamos cada centímetro de Falcon Crest até encontrarmos o carro. Antigamente, quando alguém esquecia seu notebook na escola, a secretaria colava cartazes nos corredores e fazia comunicados no alto-falante. Quando um relacionamento termina, não se fala nada a respeito até que todos se esqueçam da sua existência.

Por outro lado, talvez as pessoas ajudem você a encontrar coisas materiais porque há algo concreto para se procurar. São objetos que todo mundo já teve em alguma fase de sua vida. Mas as pessoas não conseguem te ajudar a procurar por um amor ou a ter seu namorado de volta porque elas não viram os fragmentos da sua história com seu parceiro, afinal elas não fizeram parte disso. Não sentiram isso. Ninguém nunca abraçou o Jordan.

Jordan e eu construímos uma história: a história de um abraço, a história de um beijo e a história de uma amizade. Nada disso existe se estivermos sozinhos. Quando você perde tantas partes de si mesmo, dói. E quando você percebe que essas partes são insubstituíveis, você acaba se perdendo também.

QUARENTA E UM

— Grrrr! Finalmente — digo, pegando um copo vazio de sorvete que deixei cair no chão. Os últimos dois clientes vão embora do Dairy Queen depois de um dia agitado. Eu atiro o copo na lata de lixo como se fosse uma bola de basquete. Depois, limpo os doces que derramei por todo o balcão enquanto tentava fazer malabarismos com três sundaes e um milk-shake ao mesmo tempo.

— Você anda muito ocupado ultimamente — comenta Savanna.

Ela está sentada em uma mesa com Kirsten. Nosso normal não é como costumava ser, mas estamos todos curtindo. É bom ter alguém novo por perto, e depois de passar por toda essa provação percebi que sempre tive muitas pessoas comigo, mais do que imaginei.

— A gente não vai poder mais vir.

— Ah, não! — fala Kirsten, rindo e acenando um não gigante com o dedo. — Uma coisa que você deveria saber é que nunca deixamos de vir, mesmo quando Dylan está atolado até o pescoço de serviço.

Estamos no mês de março e as pessoas já acham que podem tomar sorvete à vontade. Mas ainda não. A sociedade nos enganou dizendo que em março já é primavera quando, na verdade, ainda é inverno. As férias de primavera podem ser em março. O primeiro dia da primavera é em março. Todos os calendários têm fotos de grama verde e flores no mês de março. Mas, na Pensilvânia, eu nunca vivi um dia de primavera em março. Neva, o céu está cinza, há lama preta em todos os lugares, e as pessoas usam chinelos quando ainda está fazendo dez graus lá fora. E todo mundo sabe que o pé ainda não está pronto para essa friaca nesta época do ano.

Um mês se passou desde o incêndio em Falcon Crest. E isso significa que já são mais de trinta dias desde a última vez que falei com

Jordan. Eu checo a minha caixa de correio todos os dias. Se a minha carta ainda não voltou quer dizer que ela está em algum lugar por aí.

Talvez esteja nas mãos dele. Talvez não.

Peguei alguns turnos extras no Dairy Queen durante a semana para me manter ocupado. Ou pelo menos foi isso que contei aos meus pais. Mas falando a real, estou aqui esperando o Jordan. Ele sabe que eu vou estar aqui, mas ainda não sei se ele vai voltar.

Já se passaram duas semanas desde o último incidente com meus poderes. Derreti alguns lápis na escola depois de um teste muito estressante. Mas aprendi a me manter calmo na maioria das situações. Posso trabalhar de novo na sorveteria. O Dairy Queen também não é o ambiente mais estimulante para mim, então não tenho medo de situações inesperadas que me façam explodir as máquinas de sorvete. Minha única mudança na prática é não virar os sundaes de cabeça para baixo na hora de servir os clientes. Talvez meus dedos quentes possam derreter um pouco do sorvete a ponto de fazer com que escorreguem do copo. E os clientes ganham um sundae de graça se a gente não os virar de cabeça para baixo, mas a maioria das pessoas não sabe disso. Então, fico de boa. Alguns pirralhos sabem disso, então já dou o sorvete direto para eles. É bem melhor do que tentar virar, derramar tudo no chão e depois ter de fazer outro morrendo de vergonha e com todo mundo me olhando.

Além disso, a imagem de sorvete derramado em todo o balcão me faz lembrar da primeira noite em que conheci o Jordan, e estou tentando não pensar nisso. E nem nele.

O sino da porta toca, indicando que um cliente entrou. Pego a toalha dos ombros e a jogo no balcão.

— Estamos fechados.

Mas, então, eu vejo Perry desfilando pela porta. Ela está vestindo seu estrelado uniforme de líder de torcida, que é tipo o uniforme do Falcon Crest mas multiplicado por mil no quesito estilo. O tecido é turquesa e deslumbrante. O cabelo da Perry está com um penteado que o deixou todo para cima. Ela está usando sombra azul, e seus longos cílios piscam para mim.

— Senhoras e Dylan — diz ela ao entrar —, tenho o prazer de anunciar que, a partir de hoje, sou a mais nova capitã de torcida do Falcon Crest! — Perry levanta os braços para cima e, em seguida, dá uma cambalhota. Todos nós aplaudimos.

— A sra. Gurbsterter te deu essa permissão? — pergunto.

— Sim! Tudo graças a essa menina aqui. — Perry aponta para Kirsten.

Perry puxa uma cadeira à mesa e se junta às meninas.

— Eu não fiz nada — afirma Kirsten, corando.

— Você fez, sim: a sra. Gurbsterter não calou a boca sobre a sua entrevista coletiva. Ela afirma que não tinha visto coisas tão ruins acontecerem nesta cidade desde que George H. W. Bush perdeu a eleição para o Bill Clinton nos anos noventa. A sra. Gurbsterter disse, ainda, que precisamos de uma vitória nas Nacionais no próximo ano para elevar a moral da cidade e eu sou uma das melhores líderes de torcida que ela tem. É irritante isso, porque *há anos* eu falo isso pra ela, que só tomou essa decisão agora por causa de Kirsten. Mas deu tudo certo, então eu realmente tô nem aí pro resto.

— Uma salva de palmas pra Kirsten! — fala Savanna.

E todos aplaudem a Kirsten de novo.

— Todos nós deveríamos comemorar com sorvete! — sugiro. — Qual sabor vocês vão querer antes de eu terminar de limpar tudo?

— Sorvete de baunilha com granulado de arco-íris — fala Savanna.

Eu a encaro.

— Tá me zoando? Você só pede isso!

— E daí? Eu gosto. Você acha que peço isso por causa do arco-íris. Pare de me julgar!

A porta se abre novamente.

— Já fechamos! — grito mais alto do que da última vez. Na hora que levanto uma colher de confeitos de arco-íris para jogar sobre o sorvete da Savanna, escuto Kirsten e Perry gritarem. A colher se dobra na minha mão. Eu me viro, achando que um assassino mascarado acabou de entrar.

— Será que você pode mentir de novo pra mim? — fala Jordan.

Meus olhos se arregalam. Um choque de calor viaja da minha cabeça para os meus dedos, e o copo de sorvete explode na minha cara. Mas eu não me movo. É ele. É realmente ele. Jordan está parado no meio da loja. Aqui, na vida real. Com seu capuz vermelho.

A quem estou tentando enganar? Eu estava trolando também. Eu sempre estava pensando no Jordan.

E neste momento eu tenho quase certeza de que o amor nunca será algo rotineiro quando estamos com alguém que mexe de verdade com a gente. A presença do Jordan me faz sentir igual a quando vem à minha mente uma lembrança especial da qual eu tinha me esquecido e eu a revivo outra vez.

Saio de trás do balcão e vou direto para seus braços. Seu abraço é do jeitinho que me lembro. Só que, desta vez, deixa uma nova e melhor marca no meu peito. Eu beijo seus lábios, que ainda têm o mesmo gosto. Seu cabelo está bagunçado. Jordan está quente, mas não muito quente. Esse é o Jordan. Ele é perfeito.

Jordan tira um pedaço de papel dobrado do bolso e o coloca na minha mão.

— O que é isto?

Ele sorri.

— Eu respondi para você.

Desdobro o papel e o coloco sobre o balcão. Minha carta está de um lado, mas a viro e vejo um desenho em seu verso. Na mesma hora eu sei o que é.

É a ilustração de uma cidade. O layout é como no jogo SimCity. O nome da cidade está no canto inferior esquerdo do papel e se chama St. Dylan. A população da cidade é de dois habitantes. O índice de aprovação do prefeito é de 100%.

Parece que Jordan escolheu começar a cidade pelos trilhos do trem — uma decisão sábia. Alguns jogadores de SimCity argumentam que começar a cidade pela água é melhor, mas o trem é ótimo para a economia local.

Há uma rua serpenteando pelos prédios em forma de coração. Na parte inferior da estrada, há um quarteirão com um Dairy Queen e uma Starbucks. Há uma parte arborizada além dos limites da cidade. Também há trilhas e lagoas. Alguns rascunhos de casas estão espalhados entre as árvores. Esse local se chama *A Vila de M. Night Shyamalan*.

Tem, também, uma área residencial com algumas casas em chamas, caminhões de bombeiro e carros de polícia. Há um restaurante italiano servindo lasanha de berinjela no centro da cidade. Na parte inferior do papel está uma lista de ícones que mostram o que os seus Sims precisam, como eletricidade, água e coleta de lixo. Há um novo, o O2, que significa "precisando de oxigênio".

Tem um Sim em cada ponta da cidade. Há um círculo ao redor dos pés deles e um balãozinho acima de suas cabeças, como se eles tivessem sido selecionados. Eu leio o nome do primeiro Sim. É Dylan Highmark, sua descrição é "veio da Pensilvânia. Cabelo bonito. Flutuador. Tentando colar na prova de química". Meus olhos viajam na folha à procura do segundo Sim, que é Jordan Ator. Sua descrição: "veio do Arizona. Temperatura quente. Pode pegar fogo com rapidez. Apaixonado por Dylan Highmark".

Eu engulo em seco. Minhas mãos começam a tremer. Olho para o papel. Por algum motivo, estou assustado demais para olhar para cima.

Então, volto para o balcão, abro uma gaveta e pego um lápis. Faço um pequeno balão em Dylan Highmark e acrescento a descrição "Apaixonado por Jordan Ator".

Esta obra de arte é melhor do que qualquer uma que eu já vi nas galerias ou penduradas na parede do meu quarto. Não preciso mais que as pessoas me procurem para eu me sentir querido, nem preciso mais ter inveja de ninguém. Tenho tudo que preciso agora.

Eu dobro o papel em forma de aviãozinho e o lanço de volta para Jordan. A carta voa pelo ar e cai em seus pés. Ele se abaixa, pega e a desdobra para ler.

Um sorriso cresce em seu rosto enquanto ele lê. Jordan joga o desenho da nossa cidade por cima do ombro e corre em minha direção. Ele me abraça tão forte que vai ser impossível soltá-lo. Eu não me importo onde ele esteve ou quanto tempo se passou. Isso que nós temos não acontece duas vezes sem motivos.

— Estava com medo de entrar aqui na primeira noite em que nos conhecemos porque eu não queria te conhecer e depois ir embora... — diz Jordan.

Seu hálito quente envolve meu rosto.

— Mas esta noite eu vim o mais rápido que pude. Porque agora temos uma chance eterna.

Eu o beijo de novo. Ainda temos nossos poderes e a vida será diferente, mas ninguém pode tirar a eternidade de nós.

Não existe uma explicação complexa para o amor como eu pensava. Ele acontece inesperadamente, do jeito como o Jordan entrou no Dairy Queen esta noite. Você nunca está pronto para isso. Não tem como. Não dá pra prever.

Jordan e eu sentimos a mesma faísca. Como fogo, não dava pra fingir que não existia. Então, em algum momento, algo mágico aconteceu, algo que nos levou ao amor. Não sei dizer quando... Tudo aconteceu tão rápido. Voamos de uma cena para outra. Nosso amor é a força que me nocauteou e me deu vida. O toque de Jordan foi uma energia que nunca senti antes. Nos momentos difíceis, lemos a mente um do outro e nos apoiamos com a nossa superforça. Olhando para tudo que vivemos, agora eu sei que criar laços com um estranho é sobrenatural. Chamas e poder flutuar são coisas muito legais, mas não há superpoder maior do que ser você mesmo e fazer alguém se apaixonar por você.

Quem precisa de um Elemental Balancer quando Jordan Ator é todo o equilíbrio de que eu preciso? Jordan limpa o sorvete de baunilha dos meus lábios, me beija e nós dois flutuamos até o teto.

FONTES Tiempos Text, Action Condensed
PAPEL Polen Natural 80 g/m²